U0530066

陈平原 ◎ 著

增订版

花开叶落中文系

人民文学出版社

图书在版编目（CIP）数据

花开叶落中文系/陈平原著．—增订版．—北京：人民文学出版社，2023
ISBN 978-7-02-018076-9

Ⅰ.①花… Ⅱ.①陈… Ⅲ.①散文集—中国—当代 ②随笔—作品集—中国—当代 Ⅳ.①I267

中国国家版本馆CIP数据核字（2023）第123221号

责任编辑　杜广学
装帧设计　李思安
责任印制　王重艺

出版发行　人民文学出版社
社　　址　北京市朝内大街166号
邮政编码　100705

印　　刷　三河市博文印刷有限公司
经　　销　全国新华书店等

字　　数　287千字
开　　本　880毫米×1230毫米　1/32
印　　张　12　插页8
印　　数　1—6000
版　　次　2023年8月北京第1版
印　　次　2023年8月第1次印刷

书　　号　978-7-02-018076-9
定　　价　66.00元

如有印装质量问题，请与本社图书销售中心调换。电话：010-65233595

○ 2009年1月陈平原、夏晓虹在海口

○ 1986年10月王瑶先生在北大临湖轩接待日本及美国学者,前排左起:唐作藩、竹内实、王瑶、丸山昇、王先生夫人杜琇、丸山先生夫人丸山まつ、伊藤虎丸先生夫人伊藤千代子;后排左起:孙玉石、李欧梵、耿明宏、张菊玲、黄子平、陈平原、杨鹤松、木山英雄、袁行霈、钱理群

1989年春节与袁行霈先生在吴组缃先生家

○ 1990年8月北大20世纪中国小说史国际学术研讨会期间合影，左起：山田敬三、吴福辉、陈平原、李庆西、伊藤虎丸、严家炎、钱理群

○ 1998年8月与余英时先生伉俪、李欧梵先生以及贺麦晓夫妇在布拉格聚会

○ 1999年7月北大20世纪中国文化研究中心成立会合影，前排左起：胡军、温儒敏、谢冕、严家炎、乐黛云、孙玉石、陈平原、王富仁；后排左起：郑培凯、洪子诚、孙郁、吴同瑞、朱青生、程郁缀、高远东

○ 2005年11月与瓦格纳、叶凯蒂伉俪及王德威在波士顿

○ 2010年10月北大中文系百年庆典与诸位师兄合影,左起:吴福辉、陈平原、凌宇、张中、钱理群、温儒敏

○ 2012年1月与李欧梵先生（左四）、浦安迪先生（左二）、黄子平（左三）等在北大五院

○ 2013年11月出席徐中玉先生百年华诞庆祝会后与徐中玉（前排右一）、钱谷融（前排左一）诸先生合影，后排左起：童世骏、曾繁仁、刘中树、陈平原、童庆炳、南帆

目 录

增订版序 ……001

辑一 另类系史

满枕蝉声破梦来
　　——怀念吴组缃先生 ……003
童心与诗心
　　——关于林庚先生 ……007
听君一席话 ……012
"学者百年"与"百年学者" ……016
行过未名湖边 ……020
传道授业的责任与魅力 ……026
语言学家的文学事业 ……033
那位特会讲古的严老师走了 ……037
为何"严"上还要加"严" ……045
严谨之外，还有宽容
　　——我眼中的严家炎先生 ……049
诗人气质的学者 ……056

课堂的魅力 ……060

与当代中国诗歌同行 ……063

大器晚成与胸襟坦荡

　　——在《九十年沧桑》新书发布暨讨论会上的发言 ……066

老钱及其《安顺城记》……075

百战归来仍战士

　　——读温儒敏《为精神界之战士者安在》有感 ……085

"五能教授"夏晓虹 ……094

"专任教授"的骄傲

　　——写在"北大十佳教师"颁奖典礼上 ……098

辑二　中文情怀

"最好"的感觉 ……105

北大人的精气神儿 ……107

老北大的书缘 ……110

想我筒子楼的兄弟姐妹们 ……113

"非典型"的筒子楼故事 ……118

《筒子楼的故事》再版后记 ……125

"讲座"为何是"胡适" ……129

"薪火"何以能"相传" ……136

同代人的学问与心情 ……139

毕业典礼上的"赠言" ……142

回首烟波浩渺处 ……144

《鲤鱼洲纪事》出版感言……164

《鲤鱼洲纪事》再版后记……166

未名湖的梦想……168

感恩与遗憾
　　——再说"我与北大图书馆"……170

图书馆的学术使命……175

庚子毕业小记……180

北大精神、中文系定位以及教师的职责
　　——答中山大学中文系副教授林峥问……182

辑三　往事如烟

那些让人永远感怀的"风雅"……205

学生记忆中的"讲学"……223

三读普实克……229

师长们的故事……234

在学术与思想之间……238

问世间，"学"为何物……255

告别一个学术时代……259

追怀米列娜……262

结缘河南大学与任访秋先生……267

与程千帆先生对话……274

"俗文学"与"北大传统"
　　——追怀著名俗文学研究专家王文宝先生……280

再说夏志清的"小说三史"……283

"平淡"是表象,"奇崛"是内涵……288

散淡中的坚守……290

追记王富仁兄的三句话……294

瓦格纳:为学术的一生……297

一次致敬式的对话

　　——怀念诗人兼学者杨牧……301

岁末怀故人……304

辑四　师友风流

教授生活,可以如此优雅……319

寻找"系友"张充和的故事……330

宗璞的"过去式"……336

诗人的美食……340

把人生当作一首诗……345

"在场"的意义……348

有师自远方来……352

有学问,又好玩……357

治学是一种"乐趣"……360

作为大学精魂的诗歌……364

你读莫言了吗?……368

不薄小说爱诗文……371

增订版序

本书的主角,毫无疑问是"中文系"。

"每一个中国人,自打牙牙学语起,就在进行卓有成效的'中文教育';但作为现代大学制度下特定的科系与课程,系统的'中文教育'(隶属于现代大学里的"中国文学门""中国文学系""中国语文系""中国语言及文学系"),却只有百年历史。这里借北大中文系走过的坎坷历程,观察百年教育之风云激荡。"这段话,见于我2010年所撰《"中文教育"之百年沧桑》。那一年,北大中文系为百年庆典推出了二十卷"北大中文文库",并刊行了《我们的师长》《我们的学友》《我们的五院》《我们的青春》《我们的园地》《我们的诗文》等六册散文随笔集。而在作为总序的《那些日渐清晰的足迹》中,我提及:"除了著述,还有课堂;除了教授,还有学生;除了学问,还有心情;除了大师之登高一呼,还有同事之配合默契;除了风和日丽时之引吭高歌,还有风雨如晦时的相濡以沫——这才是值得我们永远追怀的'大学生活'。"

我在文中称,"长久凝视着百年间那些歪歪斜斜、时深时浅,但却永远向前的前辈们的足迹,有一种说不出的感动"。这里有个人求学及工作的阅历与感受,更有从事现代中国学术史、教育史、文学史的思考与展望。因而,我眼中的"中文系"意涵相当复杂,既是一种教育机制、一种学科设置,也是一种组织文化、一种学术精神,还是一种象征资本、一种社会关系，或笼统地说，是一切与中国语言文学教育相关的人与事。

至于言说"中文系"的姿态与文体，既可以正襟危坐，撰写高头讲章，也可以博雅清谈，把玩小品文字。两者我都喜欢，而且，两者我都愿意尝试。前者如《作为学科的文学史——文学教育的方法、途径与境界》（北京大学出版社，2016），后者有《老北大的故事》（江苏文艺出版社，1998；增订版，北京大学出版社，2009；修订版，北京大学出版社，2015），介于二者之间的则是《文学如何教育——人文视野下的文学教育》（东方出版社，2021）——尤其是其第二辑"诗意校园"、第三辑"中文传统"、第四辑"文学课程"、第五辑"现代文学"所收诸文。

不说专题图书，即便在各种研究现代中国文学、学术及教育的专著中，我也常与"中文系"的制度、人物与故事打交道。但这回不一样，我所追怀与描述的，多是直接接触过的师长，以北大中文系为主，扩展到整个中外学界。只是写谁不写谁，全都因缘凑合，事先没有规划。另外，若干人物传记或评述已入他书（如三联书店2020年增订本《当年游侠人》之谈论金克木、唐弢、季镇淮、程千帆、王瑶诸先生，以及花城出版社2014年版《怀想中大》之追念黄海章、王季思、董每戡、卢叔度、陈则光、吴宏聪、饶鸿竞诸先生），这里不便重收。

比起九年前的初版来，这回的增订版可谓面目一新——删去27篇，增加29文，全书结构及文章次序也都做了调整。焦点依旧是"中文系"，既涉及"繁花似锦"，也谈到"落英缤纷"。书中少有长文，大都是散文随笔乃至即席发言，不够严密与完整，但温馨与惬意，也自有可取处——尤其是那些谈论师长的篇章，随时间流逝，日渐显示其价值。至于原先的第五辑，以议论为主，虽话题集中在文学教育，毕竟文体有别，最后还是决定删去。

文章写于不同时期，自然是笔调错落，水平参差。此书与我近期增订重刊的《怀想中大》相似，都是长长短短，不拘一格，谈论我的母校及师友，却又不仅限于怀旧，蕴涵着我对当下中国大学的思考。此类话题，说了等于白说，但白说也还得说。

本书不收一般意义上的序跋，但《筒子楼的故事》《鲤鱼洲纪事》二书的编写与出版，对我以及北大中文系来说，都极为重要，故破例收录——连同《再版后记》。

2022年8月1日于京西圆明园花园

附记：本书初版（三联书店，2013）编成于我卸任北京大学中文系主任后不久，故序言中称："本书的宗旨是，借助一个有过短暂行政经验的中文系教授的目光，来烛照或凸显当前文学教育及行政管理的若干问题。"如今重心大幅调整，不再收录"工作汇报"性质的文章，但保留全书的基本框架，以及初版序言的最后两段：

> 此时此刻，编纂这册小书，除了自家心境，还有一个特殊因缘——北大中文系即将从静园五院迁往未名湖畔的人文学苑。明知"何处春江无月明"，告别那春天里瀑布般倾泻而下让人心旌摇动的紫藤花，以及秋阳下层层叠叠如火焰燃烧的爬山虎，还是有点感伤。
>
> 花开叶落，本是大自然的规律，只是相处时久，依恋日深，不免也都有些"伤春悲秋"。作为一个百年老店，北大中文系并非第一回迁址；每次转移，都伴随着几多风雨。于是乎，我辈匆匆

过客,乃借追怀"往事如烟",鉴赏"师友风流",勾勒"另类系史",以体现自家的"中文情怀"。

辑一

另类系史

满枕蝉声破梦来

——怀念吴组缃先生

还像往常一样,回国后第一件事,就是骑自行车在未名湖边转悠,看看久违了的风景,顺便安置跑野了的心。还是那汪平静的湖水,博雅塔依旧,石舫依旧,柳树依旧,蝉声也依旧,唯有湖边流连的身影不同了。柳荫下略嫌破旧的木椅上,又少了一位曳杖的长者,这幅在异国他乡常常闯入梦境的"风景",不免显得有点残缺。

忽忆起几年前吴组缃先生题赠的诗句:"藕花摇落豆花开,满枕蝉声破梦来。"那是一篇旧作,吟成于先生渐入中年时节,故末两句为"世路于今行过半,炎炎夏日苦相催"。半个世纪后的今天,依然是夏日炎炎,蝉声破梦,难怪古人有"后之视今,亦犹今之视昔"的感慨。

吴先生主要以小说创作名家,五十年代以后任教清华、北大,又以小说研究为学界所称道。我进北大时,先生已不再讲授基础课,故无缘一睹其讲课风采。专题讲座倒是有幸聆听,不过也就寥寥三两次。我与先生接触,主要是平日聊天。先生健谈,每次拜访不愁没有话题。我只需提起话头,以后就顺其自然。先生有本事天南地北上下古今转一大圈,又回到原来的话题。"聊天"也是一门艺术,有人能放,有人能收,先生是我见到的为数不多的能放又能收的"聊天大家"。听先生谈天是一种享受,上自国家大事,下至校园新闻,出自先生之口,必

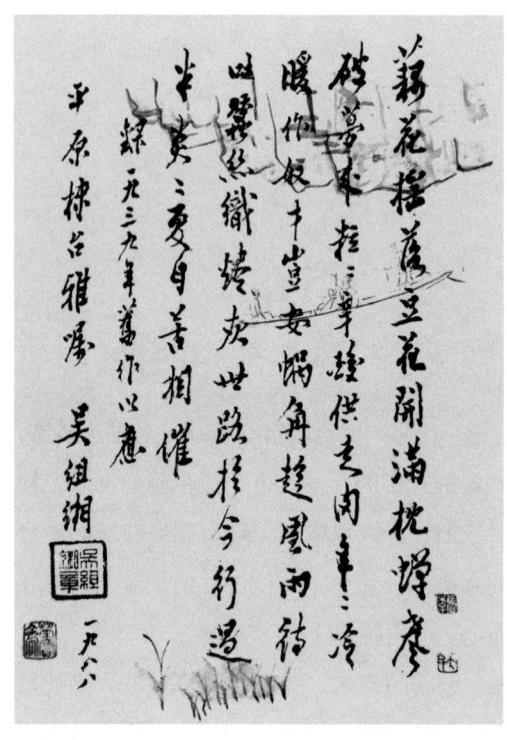

1988年吴组缃先生题赠诗笺

然平添几分机趣。

先生当过冯玉祥的老师,又曾随其出访美国,知道许多政界和文坛的逸事,说起来眉飞色舞,可就是不愿形诸笔墨。我不止一次怂恿先生动笔,或者允许将其口述记录下来,稍加整理作为文章发表。先生晚年有点动心,曾尝试作过几篇。可一来仍不无顾忌,最精彩的片段难得问世;二来先生对文章的笔墨情趣要求甚高,助手难当,工作进度很慢。如今先生遽归道山,半部《世说》未及写出,令人扼腕太息。

先生与"清华先后本同门"(《哭昭琛》)的王瑶师一样,擅长于读"纸背文章"。这种特殊国情训练出来的政治智慧,加上知识者的良心,使得先生大事从不糊涂。近年先生因身体欠佳,基本闭门书斋,可锐气勇气不减当年,常令我辈后生自愧不如。

因治学兴趣相近,先生与我聊天,最常提及的当然是中国小说史研究。但先生这方面的佳言懿行,自有其及门弟子记述;我更想谈谈他不大为人注意的诗文。

老一辈学者中能写旧体诗词的很多,因当年读书时,学校里还时兴让学生"拟西洲曲""拟柏梁体"。在《敬悼佩弦先生》中，先生就曾记载其从朱自清先生学作旧体诗的经过。朱先生以新文学名家，其"飞章叠韵，刻骨攒眉"，自称"未堪相赠，只可自娱"（《犹贤博弈斋诗钞·自序》），故生前从未公开发表。先生似乎也恪守这一原则，早年所吟旧体诗未见问世。"文革"是个转折点，"五七干校"无书可读，更谈不上专业研究，于是学者们"重理弦歌"。一出手多为旧体诗词，因其易吟易记，也因其恢复了早年的文化记忆。旧诗的"复辟"，实在是对自称"破旧立新"的"文化大革命"的绝大嘲讽。不知道先生是否也是在"文革"中恢复吟诗的兴致，不过我所见先生最早公开发表的旧诗《颂蒲绝句》二十七首，确实是吟成于1980年。此后先生偶有诗作，仍以自娱为主。王瑶师去世时，我请他写纪念文章，先生说眼睛不好，作文不易，于是吟成了七言古风《哭昭琛》。

  记得是七八年前深秋的一个下午，闲聊中提起清人书札及诗笺，先生饶有兴致，并展示了其收藏。以前只知道先生小说写得好，而且历来思想"进步"；那是我第一次听其谈论无关家国兴亡的旧诗与收藏，可见其未脱文人习气。回家后越想越有意思，第二天带了几张诗笺，登门讨诗。先生居然不以为忤，录早年所吟七律、五律各一首见赠，令我大喜过望。先生所赠五律后有题记："一九四二梦中得此什，不知所云，录以聊博平原棣台一笑。"我对"梦中"二字尤其感兴趣。以我有限的经验，诗文之事，倘若不是白天琢磨，就不会有"梦中得此什"之类的雅事。大概抗战中文人学者浪迹天涯，促成许多人吟旧诗以自娱。可惜当时忘记请教，事后也没有作过调查，此说因而无法得到证实。

  先生以小说名家，故其散文被论者称为"带有小说化的倾向"，言下之意是不大像"散文"。先生对此颇不以为然，晚年几次撰文强调拓展散文的疆域，最典型的是《谈散文》中的一段话："其实散文何止抒情？它也叙事，也说理，也描写。古代散文名篇是如此，看《古文观止》就知道。"将散文的文类特征概括为"抒情"，而又无法做到"讲肺腑之言，抒由衷之情，写真切的见闻感想"（《关于三十年代的散文》），在先生看来，此乃五十年代以后散文衰落的根本原因。私下里，先生对诸名家名作，有更为尖刻的批评。

近年来，我在从事学术研究之余，也写点小文章。有一次到医院探访先生，见先生正躺在病床上阅读我刚出版的小书，赶忙表示不是正宗的散文。没想到先生一句话就把我问住了："什么是'正宗的散文'？"此后再也不想"正名"，也不跟人生闲气，任由人家呼"阿猫"，叫"阿狗"，我自泰然处之。只求像先生所说的，"随心所欲自由地写自己的思想感情和见闻"，管它算不算"散文"！

去年出国前，杂事繁多，心绪欠佳，居然没来得及向先生道别。事后聊以自慰，只有一年时间，很快便能重新聆听先生教诲。接到先生去世的电话，悲伤之外，又多了一层悔恨。

终于，又回到了未名湖边，只是物是人非，留下的唯有"满枕蝉声"……

1994年8月12日于京西蔚秀园
（初刊《书与人》1995年第1期）

童心与诗心
—— 关于林庚先生

作为现代中国有数的著名诗人，林庚先生四十年代起转治中国文学史。不难想象，一般读者对其著述的期待，大都集中在诗论部分。这种先入为主的偏见，并非毫无来由。从最初独具特色的《中国文学史》，到日后逐渐学院化的《诗人屈原及其作品研究》《天问论笺》《唐诗综论》，其中最精彩的，确实多属诗论（如关于"兴亡史诗"以及"盛唐气象"的论述）。

这就难怪，当燕园里纷传林先生正在撰写有关《西游记》的论著时，朋友们大都只是作为逸闻，并没真的在意。直到接获赠书并仔细拜读，方才大吃一惊。如今书已问世八年，好几次想向读书界郑重推荐，只是苦于无从落笔。这不是一般的专业著述，而是诗人"用心"写作的大书，必须排除杂念（包括所谓的"学术通则"），同样"用心"去体会，方能真正味出其"妙不可言"。

除去三则旧文，主体部分的《西游记漫话》（人民文学出版社,1990），只有七万余言。在动辄数十万字的当今学界，这只能算小册子。没有版本考据，没有文献征引，没有研究综述，作者直面本文，沉潜把玩，含英咀华，然后自说自话，根本不理会业已成型的众多"体系"。其论说姿态，与其说是学者，不如说是行吟诗人，或孤独的散步者。

作者立说的根基,其实很简单,那就是:"《西游记》是一部富于童话性的小说。"(第140页)这本不算创见,从胡适起,不断有人谈及此书的游戏性质与童话氛围。问题在于,早已心智成熟的学者们,与童话的天真烂漫格格不入,很难深入体味。林著之卓尔不群,说到底,缘于作者沉醉其间,故别有会心。

作者历来喜欢童话,就连与童话相关的各种动画片,也都令其入迷。以此童心未泯的天性品读《西游记》,孙悟空、猪八戒以及众多可爱的小妖怪,不再只是研究对象,更是人生路上不可少的好朋友。在《后记》中,作者称:"十年动乱期间,夜读《西游记》曾经是我精神上难得的愉快与消遣。一部《西游记》不知前后读了多少遍,随手翻到哪里都可以顺理成章地读下去,对于其中的细节,也都仿佛可以

1995年与林庚先生合影

背诵似的。"不是因为专业研究的需要,纯属压抑不住的好奇心,以及对老朋友的感激之情,促使时已退休的诗人林庚,突发奇想,大谈起小说来。

对细节的熟悉以及对人物的体贴,使得林著信手拈来,皆成妙章,此尚在其次。称孙悟空、猪八戒旅途生活中的调侃戏谑,以及由此而产生的喜剧性冲突,乃"既有一定的生活原型的依据,又可能与取经故事经历过的戏曲化过程有关"（第116页),因"中国古代的戏曲,从唐参军戏到宋金杂剧和院本,一直都具有较多的调笑滑稽的色彩,插科打诨是其中最重要的至少也是不可或缺的成分"（第71页）；或者从明代的社会思潮中寻找"孙悟空自由不羁、超越一切束缚的精神状态"（第98页）之由来,尤其注重李贽的"童心说",这些言之凿凿的论述,虽也精彩,但别的文学史家也能做到。

最能体现论者性情,也最让人拍案叫绝的,其实是《童话的天真世界》一节。作者着重谈了三个问题,一是游戏的意味,二是小妖的功能,三是即兴式的花样翻新,并断言三者皆指向儿童的心理特征。

在作者看来,按阶级斗争观点解读《西游记》,不能说全错,但难尽得其神髓。不是说其中没有正邪之争,也并非抹杀孙悟空与众妖怪在道德境界上的差别,而是小说中许多精彩场面,无法单纯以"正义战胜邪恶"来解读。

作者认定,《西游记》中孙悟空"所以永远那样轻松自如,胜任愉快,正因为他将这一切出生入死的经历都看作是一场有趣的游戏而已"（第100—101页）。在这个游戏的世界里,"生而复死,死而复生,也全凭一时的需要和兴致"（第102页),就好像小孩捉迷藏,彼此间的格斗不存在真正的危险。成人读者普遍过于认真,非努力发掘争斗之微言大义不可；可孙悟空与妖魔以及诸天神的角逐，常带有游戏意味。比如，与二郎神追逐，土地庙外树起了旗竿；钻到老妖肚子里打秋千，树蜻蜓，翻跟头——这些都属于顽童的恶作剧。此类争斗，实为游戏的延续和发展，其中含"天真的情趣与幽默的态度"，"不能看得过于认真，看得过于认真了，便不免大煞风景"（第104—105页）。

与习惯忠奸对立黑白分明的成人思维方式不同，在注重游戏的儿童世界里，不少对立是可以消解的。如与孙悟空处于对立地位的小妖，其天真烂漫仍能赢得儿童的喜爱。同样摹写战争场面，《西游记》的特出之处在于，无关紧要的小妖占相当的篇幅，且给人留下生动的印象。那撞上厅来通报消息的小妖，先"把个令字旗磨一磨"；还有那"敲着梆，摇着铃"，口中念念有词，实则有口无心的巡山小妖，一如快乐的儿童，其调皮与稚气，都让人忍俊不禁。在林先生看来，此类场面，"对立的双方最终都统一在童话的天真烂漫的情调中了"（第111页）。

《西游记》以想象力丰富著称，可小说中有许多逻辑上前后不一致的地方，而读者竟不加追究，认可其依情境的转移而改变人物降妖伏魔的本事。孙悟空有时神通广大法力无边，有时又降到凡人的层次，陷入本不该陷入的困境。作者认为，这种不确定性，正是童话的积极因素，"造成了《西游记》中想象的创造性与无限性"（第113页）。假如严格按照成人的逻辑，孙悟空既然有通天本事，西天取经，该易如反掌才是。要真是这样，小说还有什么可看？"《西游记》的好处恰恰就在于写出了孙悟空层出不穷的新的方法和手段。他的行为从不落于一种格式，你无法预料他接下来会做些什么。他的行动中充满了即兴式的花样翻新与尝试"（第113页）。童话中的想象，不必讲求合乎逻辑，此乃情节千变万化的前提。反过来说，读者之认可孙悟空忽大忽小、忽圣忽凡，正是默认了小说中"所包含的童话性"（第114页）。

林著之解说《西游记》，选择了儿童的视角，以"童话性"作为立说的根基，有学理上的考虑，但更与作者的个人兴致相关联。极度的好奇心、无边的想象力，以及对于自由自在无拘无束生活方式的向往，是童心，也是诗心，更属于保持童心的诗心。

1998年8月9日于石河子

（初刊1998年8月29日《文汇读书周报》）

听君一席话 *

五年前,为了纪念王瑶先生去世十周年,我将此前陆续撰写的五篇关于先生的文章,略加增删,连缀成文。文章标题《念王瑶先生》,模仿王先生的名文《念朱自清先生》——私心以为,那是先生平生著述中最为气定神闲的"好文章"之一。此文共九节,并非一气呵成,断断续续写了将近四十年。但如果作者不加说明,你阅读时,并没有隔阂或跳跃之感。

我的追摩之作,除"文章缘起"外,分"从古典到现代""中古文学研究的魅力""最后一项工程""大学者应有的素质"和"为人但有真性情"五部分,大体上涵盖了我对于王瑶先生学问及人品的理解。本以为,关于王先生的话,到此为止;以后再谈,恐怕说不出什么新东西了。

可这几天,听了王先生1986年在香港答学者问的录音,还是大有感触。思绪一下子回到十五年前,再次印证了我最初的直觉。记得王先生刚去世时,我写过《为人但有真性情——怀念王瑶师》(《鲁迅研究月刊》1990年1期),其中有一段话曾广为传诵:

> 我从王先生游,最大的收获并非具体的知识传授——先生

---

* 此乃作者2004年12月23日在"纪念王瑶先生90周年诞辰学术座谈会"上的发言。

从没正儿八经地给我上过课,而是古今中外经史子集"神聊",谈学问也谈人生;谈学问中的人生,也谈人生中的学问。在我看来,先生的闲谈远胜于文章,不只因其心态潇洒言语幽默,更因为配合着先生的音容笑貌,自有一种独特的魅力。先生习惯于夜里工作,我一般是下午三四点钟前往请教。很少预先规定题目,先生随手抓过一个话题,就能海阔天空侃侃而谈,得意处自己也哈哈大笑起来。像放风筝一样,话题漫天游荡,可线始终掌握在手中,随时可以收回来,似乎是离题万里的闲话,可谈锋一转又成了题中应有之义。听先生聊天无所谓学问非学问的区别,有心人随时随地皆是学问,又何必板起脸孔正襟危坐? 暮色苍茫中,庭院里静悄悄的,先生讲讲停停,烟斗上的红光一闪一闪,升腾的烟雾越来越浓——几年过去了,我也就算被"熏陶"出来了。

去年,为了纪念中国建立博士学位制度二十周年,我应邀在国务院学位委员会主办的《学位与研究生教育》(2003年12期)上发表《"好读书"与"求甚解"——我的"读博"经历》,重提这段"名言",而且加了补充:"这段描写并非'写意',而是'写实'。我的'读博'之所以如此潇洒,既取决于王先生的个人风格,也与其时博士制度刚刚建立,尚无各种硬性指标有关。"如此谈论,与目前正热火朝天推行的标准化教学与数字化管理背道而驰,很可能让有关领导大为失望。可在我,不过是"实话实说"。或许,人文学术的传承,自有其特殊性。当然,这取决于导师聊天的水平,不是每个人都能在日常谈话中给学生以启发的。

十五年前那篇怀念文章,除了描述王先生的教学风格,还表达了深深的惋惜与后悔,那就是,没能留下先生谈话的录音:

1989年春节在王瑶先生家

先生晚年写文章不多,而且好多绝对精彩的议论也未必都适宜于写成文章。我一边庆幸自己有"耳福",一边叹惜受益者太少。好几次想作点笔记或者录音,又嫌破坏情绪,无法尽兴而谈。今年初,我和师兄钱理群商量好,拟了好些题目,想有意识地引先生长谈,录下先生的妙语和笑声,给自己也给后学留点记忆,我相信那绝不比先生传世的著作逊色。只可惜突然的变故,使得这一切都成了泡影。

十五年后,再次听到先生的声音,很是亲切。同时,也更加深了我的负疚之感。学术在发展,可先生谈话中透露出来的睿智,依然让我吃惊——不是具体的学术观点,而是对于社会、对于政治、对于人生的洞察能力。

常听人言："听君一席话，胜读十年书。"年轻时认为，这是客套话，当不得真。随着年龄的增长，逐渐明白了，这世界上确有点石成金的妙诀，也确有豁然开朗的机遇。当然，这取决于说者有心，听者也有意。以我粗浅的体会，学问可以积累，智慧却不见得。能够把学问与智慧融为一体，而且落实在日常谈话中，这很不容易。要说善为人师，这才是最佳状态。我曾提及，王先生令人叹为观止的"学术聊天"，与其喜欢《世说新语》、擅长品鉴人物有关；事后想想，似乎还应该添上阅历和修养。

带学生一如写文章，太紧太松不行，太涩太滑也不行，拿捏得恰到好处，需要火候，更需要历练。说起来，我是幸运的。因为，朋友们告诉我，"七十而从心所欲，不逾矩"，我所见到的，是先生的最佳状态。随着"一刀切"退休制度的实行，大学校园里的面孔，明显年轻化。这固然是好事。可不同学科对于知识、对于学养、对于精神，完全可以有不同的想象。谈论幽雅深邃的文学史学哲学，失去了老教授的经验与智慧，在我看来，是个很大的遗憾。

唯一的补救办法，就是尽可能多听、多看类似的录音录像。可谁来制作呢？

（初刊2005年1月5日《中华读书报》）

"学者百年"与"百年学者" *

　　北京大学中文系教授、著名文学史家王瑶先生1914年5月7日出生于山西省平遥县道备村，若健在，今年刚好满百岁。很可惜，王先生1989年冬外出参加学术会议，12月13日病逝于上海华东医院，至今已四分之一个世纪。

　　在学术史上，毫无疑问，书比人长寿。随着时间的流逝，作者的身影越来越模糊，而好书的魅力，则很可能穿越时空，被后人永远记忆。日后的读者，与作者本人没有任何直接联系，可以更真切，也更超越地看待这些著作。因此，人走得越远，书的大致轮廓以及学术价值，将呈现得越清晰。

　　王瑶先生去世，众弟子与友人同心合力，先后刊行了七卷本的《王瑶文集》（北岳文艺出版社，1995）和八卷本的《王瑶全集》（河北教育出版社，2000），将王先生存世的学术著作、散文随笔、来往书信，乃至历次政治运动中的检讨等，基本上全部收入。此外，还先后刊行若干王先生生前编定或主持的著作，如《润华集》《中国文学纵横论》《中国现代文学史论集》《中国文学研究现代化进程》等。

---

* 此乃作者2014年5月7日在北京大学召开的"精神的魅力——王瑶与二十世纪中国学术"研讨会上的开场白。

2014年5月7日在北大主持"精神的魅力——王瑶与二十世纪中国学术"研讨会

这回纪念王瑶先生百年诞辰，除了筹备学术会议、发表专业论文，再就是出版以下三书：第一，选择最能代表王瑶先生的眼光、学养、才情与学术个性的《中古文学史论》，请天津师范大学高恒文教授与我合作，重新校订，交北京大学出版社制作精美的典藏版，希望能诱发公众阅读、对话、收藏的热情；第二，孙玉石、钱理群编《阅读王瑶》，同样由北京大学出版社刊行，此书精选二十五年来有关王瑶先生的回忆文章与专题论文，兼及其"为人但有真性情"与"治学犹能通古今"；第三，温儒敏、陈平原编《王瑶先生百年诞辰纪念论文集》收录了弟子、助手与北大中文系现代文学教研室教师的论文，以呈现王瑶先生指导学生及影响后人的学术薪传，这是三书中规模最大、制作难度最高的，由北京三联书店承担。三书的编辑十分尽职，紧赶慢赶，终于抢在纪念会前出版，送到与会代表手中。另有《中国现代文学研究丛刊》今年第三期发表高恒文、钱理群、解志熙等的论文，今天的《北京青年报》刊出钱理群、赵园、陈平原的随笔及专访,《中华读书报》和《新京报》发表温儒敏、陈平原的短文,这一期《书城》上有吴福辉的怀念文章,此外,《文学评论》《北京大学学报》《现代中文学刊》等学术刊物,也正积极组织专题文章。对于上述报刊及出版社,王瑶先生家属及弟子们感激不尽。

2000年河北教育出版社刊行《阅读王瑶》,其《编后记》中有这么一句话:"时间的流逝并没有将先生的足迹淹没,'王瑶的意义'已经成为现代思想、文化、学术史上的一个课题,引发了后来者的不断追念、思考与论说。"当初编书的设想是"帮助年轻的朋友了解王瑶的'人'与'学术',走近他的世界",这回的《阅读王瑶》也不例外,收入韦君宜、夏中义、陈徒手等人文章,目的是从"百年中国读书人"的角度,来思考作为个案的王瑶的意义。

随着时间的推移,我们之谈论王瑶先生,怀念的色彩越来越淡,思考及反省的意味越来越浓。无论看人还是看事,站得远有站得远的好处,就像唐人王维《山水论》说的,"远人无目,远树无枝",不再拘泥于细节,要的是"大势",借此判断是否"特立独行"或"气韵生动"。因此,相对忽略某书某文的得与失,更加关注其跌宕起伏、五彩斑斓的一生,理解他的得意与张扬,也明白他的尴尬与失落。

只是这么一来,标尺必定越定越高,评价也将日渐严苛。而我以为,这样谈论王瑶先生,符合他作为清醒的学者的立场。记得在编写《中国文学研究现代化进程》时,王先生再三强调,我们是在做历史研究,不是写表扬信,也不是撰墓志铭。那本书的作者大都是研究对象的徒子徒孙,很难避免"为尊者讳"的积习,因此王先生特别警惕这一点。可惜的是,王先生过早去世,没能耳提面命,故最终成书时,评价尺度还是偏宽。其实,几乎所有近现代中国学术史方面的著述,都有这个问题——尤以弟子或友人所撰者为甚。

　　王先生去世已经二十五年了,作为友人、弟子或后学,我们依旧怀念他,但落笔为文,基本上已经将其作为历史人物来看待、辨析与阐释。对于文人学者来说,去世二十年是个关键,或从此销声匿迹,不再被人提及;或闯过了这一关,日后不断被记忆。因为,当初那些直接接触你的人已逐渐老去,不太可能再为你呼风唤雨;而年轻一辈只能通过书本或档案来了解,很难再有刻骨铭心的感受。这学期我在北大讲"中国现代文学学科史",学生们听了很激动,说没想到师长们的学问是这么做的。可我很清醒,感动是一时的,有些细微的感觉无法传递,更不要说承继了。在这个意义上,我们今天在这里谈王瑶先生,大概是最后一次混合着情感、学识与志向的公开的追怀了。

　　毫无疑问,今天的大会,是此次纪念活动的重头戏,这么多师友及后学赶来,缅怀那已经远去了的老师,或老师的老师的老师,这让人感慨万端。最近这些年,我参加了好多学者的百年诞辰纪念活动,感动之余,常常想,为什么是"学者百年",而不是"百年学者"呢?真希望我们能将此类纪念活动与百年中国学术史、思想史、教育史的思考结合起来,而不仅仅是表彰与怀念,更包括直面危机与教训,或者发潜德之幽光,由此获得前进的方向感与原动力。

(初刊2014年5月7日《新京报》及《映像》2014年第6期)

行过未名湖边

临近岁末,京城里终于下了场期盼已久的大雪。大白天,雪花纷纷扬扬,漫山填谷,既满足了公众观赏雪景的欲望,又给"瑞雪兆丰年"之类祝福提供了足够的谈资。行过未名湖边,看着冰面上嬉戏的少男少女,猛然间浮上心头的,竟是艾青的名诗《雪落在中国的土地

2005年2月北大未名湖

上》。明知眼前的欢愉景象，与诗人当年的郁闷与感伤风马牛不相及，可还是念念不忘。就像今人仍在吟唱田汉作词的《义勇军进行曲》一样，半个多世纪前诗人艾青的感叹——"中国的路／是如此的崎岖／是如此的泥泞呀"，依旧撼人心魄。更何况，我眼前的心境，确实也正被"寒冷"所"封锁"。

刚刚接到通知，要我在新年晚会上，代表北大"十佳教师"发言。除了几成套语的"获奖感言"，我更想表达的，是对于过去一年中不幸谢世的诸位师友之依依不舍。明知老成凋谢是自然规律，谁也阻挡不了；可一个小小的中文系，一年中，竟先后有六位教授仙逝，着实让人伤感不已。

其实，我与这六位先生，都只是同事的关系，说不上深交或神交，故不敢谬托知己。即便如此，也觉得有责任写点东西，为了那曾经有过的"惊鸿一瞥"——正因为交往不多，留在脑海里的，每每是那印象极为深刻的"一瞥"。

林庚先生（1910—2006）燕南园62号的家，我去过多次，或请益学问，或陪客造访；但私心以为，并非入门弟子，以林先生闲云野鹤般的性格，实在不宜过多打扰。作为现代中国有数的著名诗人，林先生治中国文学史，最擅长的，当属古代诗论（如"布衣感""少年精神""盛唐气象"等）；但以诗人的眼光阅读、品鉴小说，也会有出乎想象的精彩表现。有感于林先生的《西游记漫话》不太被学界关注，我越俎代庖，撰书评《童心与诗心》，刊于1998年8月29日《文汇读书周报》，称说："林著之解说《西游记》，选择了儿童的视角，以'童话性'作为立说的根基，有学理上的考虑，但更与作者的个人兴致相关联。极度的好奇心、无边的想象力，以及对于自由自在无拘无束生活方式的向往，是童心，也是诗心，更属于保持童心的诗心。"据说先生对这则小文颇为欣赏，故清华大学出版社版《西游记漫话》也将此文作为"导读"。虽然学术兴趣不尽相同，可我极为赞赏林先生的诗与人合一，文与学合一。将一生作为一首诗来苦心经营，希望经得起时人及后人的再三品读，这其实很不容易。

我本科、硕士阶段的学业，是在中山大学完成的；进北大后，专攻"中国现代文学"，因而，对林焘先生（1921—2006）的学问很茫然。只知道林焘先生重建北大语音实验室，把上世纪二十年代刘半农先生的语音实验传统发扬光大，了不起；还有就是他开设的"北京话调查与研究"，是当时全国最有影响的精品课程之一。我对先生的了解，是在专业以外——丰神俊朗，潇洒飘逸，喜美食，善昆曲，会吹箫。记得历史学家、当年清华外语系学生赵俪生提到，看中文系教授俞平伯在迎新晚会上唱昆剧，"心里总不是个味"（《篱槿堂自叙》第36页，上海古籍出版社，1999）。其实，老一辈学者之喜欢京昆，除专业研究外，更包含优雅的生活趣味。我不觉得此举有损教授形象，反而充满了敬意。林先生曾借为李方桂先生《中国音韵学研究》重印本写序，追忆抗战中他如何带上这部大书，加上一套昆曲曲谱和一支笛子，辗转到成都复学。"（李）先生有时兴致好，学习完了就请出师母徐樱，三人一起吹起笛子唱两段昆曲。跟从先生学习的三年，那种温馨和谐的学习气氛一直深深感染着我，使我终生受益无穷。"此等读书场面，今日只能作为可望而不可即的"文人逸事"来讲述。

对于徐通锵先生（1931—2006）的学问，我同样完全外行。他的主要著作《语言学纲要》《历史语言学》《语言论——语义型语言的结构原理和研究方法》《基础语言学教程》等，我连说好话的资格都没有。只是在获赠《徐通锵自选集》后，曾装模作样地拜读过若干文章。不过，这种专业上的隔膜，并不妨碍我们之间的交往。除了平日见面打招呼，主要是在中文系学术委员会上聚首。同是好学者，因学科相差甚远，专业趣味迥异，也都容易出现"傲慢与偏见"。遇到推荐奖励、审查论文、评定职称时，不同教研室之间，自然会有一些争执。这个时候，需要有人超越部门／专业利益，作持平之论。很快地，我就发现，并非行政领导的徐先生，其学术判断——包括对本专业以及外专业——平正通达，完全值得信任。以后，我认定，凡是语言学方面的，我听徐先生的。一直到徐先生退休，我的"盲目跟进"，从没出过纰漏。而且，隐隐中，徐先生似乎也是将我作为理解文学专业判断的"标尺"。我们之间，从没事先商量过，可一开口，基本上都是"同调"。

早就听说，褚斌杰先生（1933—2006）是中文系的才子，少年得志，却历经坎坷；等到我进北大，褚先生已是满腹经纶的"蔼蔼长者"了。因妻子夏晓虹曾修过褚先生的课，八十年代初还曾以学术实习的名义，追随其游走江南，故我见褚先生时颇感亲切，全然忘了彼此的辈分。更何况，每回中文系教师新年联欢，他总是百唱不厌山东民歌《拉地瓜》，博得满堂掌声的同时，也拉近了和我们这些后生小子的距离。对于褚先生的主业——先秦两汉文学研究，我极少涉猎；说得上"认真拜读"的，是北大版《中国古代文体概论》。先生惠赠的那本，被人家借走，弄丢了；我只好赶紧补买一册，放在自家书橱里，以便不时翻阅。我坚信，那是一本好书，能传得下去。我跟褚先生比较确凿的"学术联系"，是几年前主持"二十世纪中国学术文存"，约请先生编《屈原研究》（湖北教育出版社，2003）。那套书"兼及'史家眼光'与'选本文化'，要求编纂者将巨大的信息量、准确的历史描述，以及特立独行的学术判断，三者有机地融合在一起"（参见该丛书《总序》），褚先生完成得相当出色。记得那段时间，我们都住在西三旗，出门买菜或晚上散步时，时常能碰面。就站在路边，先生侃侃而谈，不时爆发出爽朗的笑声，我只管点头、拊掌，此情此景，至今难以忘怀。

大概是学科方面的缘故，今年北大中文系去世的六位先生中，汪景寿先生（1933—2006）是知名度最低的。但若进入正日渐红火的曲艺界，那就是另一番景象了。在那个行当里，汪先生可谓"大名鼎鼎"。1980年，汪先生与侯宝林、薛宝琨合撰《曲艺概论》，对于这个学科的发展，起了至关重要的作用。更值得一提的是，汪先生利用他在曲艺界极好的人脉，把诸多著名艺人请到北大课堂上，让学生现场观摩，了解什么叫评书，什么叫相声，什么叫京韵大鼓，什么叫苏州评弹，还有数来宝、二人转、山东快板等。这样精彩的课堂教学，自汪先生退休后，便难以为继了。说起来，我还是中国俗文学学会的会长，可我接手时，汪先生已经退休，故没有多少请教的机会。不过，同在中文系工作，还是记得了一个段子。新学期开学，汪先生开门见山："兄弟我曾在公安局干过，熟人很多，谁敢在课堂上捣乱，请小心点。"学生们先是一愣，后才慢慢回过神来——老师之所以像跑江湖、说单口相声的，就因为这是"民间文学"课。

由于政府的大力表彰，孟二冬先生（1957—2006）的事迹，现正广为传播。我与二冬兄算不上熟悉，但对其学术状态略为了解。在我印象中，这是个安静沉稳、脚踏实地的读书人，不靠天赋才华，而是以勤恳耕耘取胜。这点，读他的《中唐诗歌之开拓与新变》及《〈登科记考〉补正》，可以看得很清楚。天纵之才毕竟很少，能用心、肯吃苦、沉潜把玩、含英咀华，就是好学者。从一个专科毕业生起步，三进北大，最后做出如此成绩，实在不容易，这需要某种对于学问的痴迷。我欣赏他生病后的乐观与执着，更敬佩他出名后的平实与澹定。不说空话、大话、废话，始终保持书生本色，这点，很让人感动。

徘徊在未名湖边，忆及北大百年校庆期间，我曾写过一则短文，提及"没有长须飘拂的冯友兰，没有美学散步的宗白华，没有妙语连珠的吴组缃，没有口衔烟斗旁若无人的王瑶，未名湖肯定会显得寂寞多了"（《即将消逝的风景》）。也许，这个感慨，会永远存在下去，而且将日渐加深、加重。

雪仍在下，眼前的景色，变得模糊起来，曾走过未名湖边的诸多师友，正渐行渐远，进入遥不可及的历史深处。忽然间，记起了鲁迅的《野草·雪》："在无边的旷野上，在凛冽的天宇下，闪闪地旋转升腾着的是雨的精魂……是的，那是孤独的雪，是死掉的雨，是雨的精魂。"

岁末初稿，年初修订于京西圆明园花园
（初刊2007年1月31日《中华读书报》）

传道授业的责任与魅力 *

2006那一年,北大中文系六位教授先后谢世,我很伤感。年底,在一个大雪纷飞的日子,我撰写了《行过未名湖边》。此文初刊《中华读书报》(2007年1月31日),后多有转载,流传颇广。文中提及林焘先生和徐通锵先生,但着墨不多,不是篇幅限制,而是我对他们的学问所知甚少,不好妄谈。很荣幸,此文被节录收入《求索者——徐通锵先生纪念文集》(商务印书馆,2008)。拿到样书,开始认真补课,说实话,有两篇文章对我触动很大。鲁国尧的《他"思想过"·"徐通锵难题"》(第35—47页),提及徐先生2005年在杭州会议上的讲稿《汉语特点的研究和语言理论建设》,比较中美两国现代语言学的创建和发展,起点相近而结果迥异,希望国人走出"外国的理论在那儿翻新,咱们也就跟着转"的怪圈。我真没想到,徐先生有如此开阔的国际视野和崇高的学术志向。而且,正是基于此理念,徐先生脚踏实地,走自己的路,创立了"字本位"理论。另一篇是潘文国的《徐通锵的历史地位》(第51—57页),称徐为"世界级语言学大师"。所谓"世界级语言学大师",除了在中国学界超越前贤,更必须对人类整体的语言研

---

* 此乃作者在北大中文系"博雅清谈"之二"科学的精神,人格的魅力——王力、朱德熙、林焘、徐通锵四位先生纪念文集恳谈会"上的发言稿。

究作出独特的、创造性的贡献。徐先生是否达到如此境界，我不懂，没有发言权。我想说的是，中国学界不断有人呼吁"原创性贡献""世界级大师"，可真的有大师出现，我们能及时辨认、崇敬且给予表彰吗？当年鲁迅曾讥笑留学生漫天塞地以来，《儒林外史》因不合西方的"文学概论"，好像就显得不永久，也不伟大了。鲁迅不无愤慨地称："伟大也要有人懂。"（《且介亭杂文二集·叶紫作〈丰收〉序》）大家都是同事，抬头不见低头见，若真的有人脱颖而出，取得令世界瞩目的学术成果，我们如何面对？

比起多有接触的徐通锵先生（1931—2006），林焘先生（1921—2006）对我来说更为遥远，只是路遇时打个招呼，表示一下敬意。因此，《行过未名湖边》之谈论林先生，行文拘谨，与林先生之丰神俊朗很不相配。拜读商务印书馆 2007 年 10 月刊行的《燕园远去的笛声——林焘先生纪念文集》，有几篇文章我很喜欢，如丁邦新的《追忆与林焘先生的过从》、王义遒的《回来呀，语言学家！》、孙玉石的《依稀远去的笛声》、王洪君的《怀念林先生》以及刘一之的《怀念林焘先生》，都是声情并茂，比我笨拙的笔墨好多了。不过，这本纪念集，我最感兴趣的还是林先生的《浮生散忆》（第 466—503 页）。文中提及，"七七事变"后，林先生和无数北平民众一样，交织着悲愤、耻辱与无奈；好不容易考入美国人办的燕京大学，得以继续学业。俞平伯先生告诉他，这样的政治环境不适合学文学，建议选择语言文字专业；而高名凯教授畅谈欧洲语言学兴起以及欧洲汉学家运用现代语言学方法研究汉语取得巨大成就，更是决定了林先生的终身志业。而太平洋战争爆发，日军关闭了燕大，林焘夫妇告别双亲，历尽艰辛，辗转两个多月，到达成都的燕京大学复学。这段"惊心动魄"的经历，实在太精彩了，已进入我讨论抗战中中国大学命运的专业论文。

朱德熙先生（1920—1992）的学问我完全不懂，但我手头有他书赠的诗笺："士穷不失义，达不离道。穷则独善其身，达则兼善天下。书孟子语以应平原同志嘱。"程道德主编《二十世纪北京大学著名学者手迹》（北京图书馆出版社，2003），一时找不到朱先生的墨宝，用的还是我这一幅。记得是1988年春天，我买了一盒诗笺，请王瑶先生等题词。王先生嫌我的纸不够好，另写了一幅。同时提醒我，朱先生字好，应该请他写。我说我跟朱先生不熟，王先生于是自告奋勇，替我求来了这幅字。读郭锐《穷则独善其身，达则兼善天下——怀朱德熙先生》（见《朱德熙先生纪念文集》第301—304页，语文出版社，1993），才知道同年夏天，朱先生为八四级汉语专业毕业班留言，也写了这句话。为后生小子题词，不见得有什么深刻的用意；可在随后发生的政治风波中，朱先生的表现，足证孟子的"穷""达"观对其影响极深。我很庆幸，这幅小小的诗笺，竟然很好地展露了朱先生的襟怀。

关于朱先生，我更想谈的是师母何孔敬的文章。《长相思——朱德熙其人》（中华书局，2007）一书，包括"儿时少年""昆明七载""上海省亲""清华六

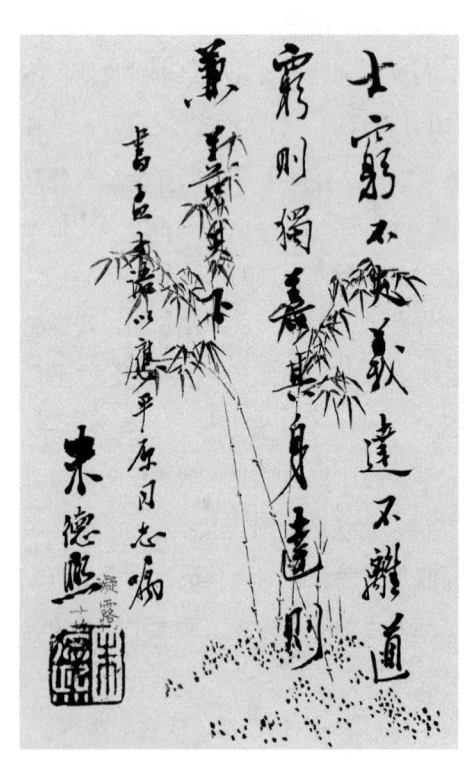

1988年朱德熙先生题赠

年""保加利亚""北大风雨""待人接物""琐事拾遗""亲属师友""访美客居""西欧之行""美国晚年""亲友追思"等十三章,收短文157则。据作者《前言》,此书是在汪曾祺的鼓励下,花了十几年的工夫,断断续续写成的。我的读后感是:人很棒,文章也精彩。像《我送德熙到陆家营》《一束蔷薇花》《结婚》这三则的"好",可谓有目共睹——情深,不造作,叙述极为传神。至于《李荣拎来只大肥鸭》《中文系的数学测验》以及《两个馕》,此等短小的笔记,可入新"世说"。作者自谦文化水平不高,只是普通的家庭妇女,幸有朱先生不时点拨(参见《德熙不是落后分子》《德熙关心我的阅读》两节)。可在我看来,作者文字简洁,恰到好处,那篇《汪曾祺二三事》,甚至有点像汪曾祺的笔调和趣味。

此书附录《长相思》一文,原有副题"怀念德熙",初刊《朱德熙先生纪念文集》(第49—59页),此前早就拜读过,对"从初恋到新婚"一节拍案叫绝。写婚礼归来那一段,收入《长相思——朱德熙其人》时略有改动:

> 上了楼,把唐(兰)先生写的字挂上,字是用金文字体写在朱红蜡笺上的,写的是《诗经》开头的四句:
> 关关雎鸠,在河之洲。
> 窈窕淑女,君子好逑。
> 德熙是君子,我是淑女!
> 我很幸福。(第313页)

如此笔墨,实在是妙不可言。作者长期在家相夫教子,没有参加那么多政治运动,很少经历同时代人那些不堪回首的"洗澡",因而也不太受社会上流行语言(或曰"套话")的影响。一旦拿起笔来,追忆自己与朱先生并肩走过的风雨历程，比那些扭扭捏捏的二流作家好得多。

何孔敬《长相思——怀念德熙》一文，还收入《南大语言学》第二编（商务印书馆，2005年12月），跟王力先生夫人夏蔚霞的《忆了一》、李方桂先生夫人徐樱的《方桂与我五十五年》（节选）、蒋礼鸿先生夫人盛静霞的《含泪写金婚》、俞敏先生夫人杨藻清的《俞敏先生，我的心里仍然充满了你》等，合为一辑，题为"'惠'文七篇"（题因《古列女传·柳下惠妻》而起，参见《编后言》）。这些语言学家夫人所撰的怀念夫君文章，几乎是字字珠玑，尤其是写婚恋的部分，绝对是美文。不同于常被史家赞赏的、与男人站在同一起跑线的职业妇女，这是另一类的"新女性"——兼具东西美德，有很好的文化修养，但自觉地躲在大师身后；因无意（也无须）抛头露面参与社会上的激烈竞争，保持了良好的生活感觉与情趣，晚年为文，琐琐细细，很是动人。这方面代表性的例子，还有周有光先生的夫人张允和（1909—2002），这位活了九十三岁的"家庭妇女"，晚年因《最后的闺秀》（三联书店，1999）、《张家旧事》（张允和口述、叶稚珊编写，山东画报出版社，1999）而"暴得大名"；至于去世后刊行的《昆曲日记》（语文出版社，2004）以及金安平著《合肥四姐妹》（凌云岚、杨早译，三联书店，2007），凸显其从容优雅的生活态度，更是让忙得四脚朝天的现代人歆羡不已。

关于王力先生（1900—1986），我只读过他的《古代汉语》《诗词格律》《汉语诗律学》《汉语史稿》以及《中国语言学史》等，对其学问的博大精深，实在不敢赞一词。可我关注他留法期间翻译出版的二十余种法国小说、剧本，以及抗战期间为了"赚稿费"而写的大量小品文。记得也是1988年春天，我和钱理群、黄子平应人民文学出版社之邀，开始选编"漫说文化"丛书。这项工作的宗旨是："选择一批有文化意味而又妙趣横生的散文分专题汇编成册，一方面是让读者体会到

'文化'不仅凝聚在高文典册上，而且渗透在日常生活中，落实为你所熟悉的一种情感，一种心态，一种习俗，一种生活方式；另一方面则是希望借此改变世人对散文的偏见。让读者自己品味这些很少'写景'也不怎么'抒情'的'闲话'，远比给出一个我们认为准确的'散文'定义更有价值。"（参见陈平原《漫说"漫说文化"》，1992）这套小书共十册，我负责其中的《闲情乐事》《生生死死》等五种。坦白交代，中国社会科学出版社重新刊行《龙虫并雕斋琐语》（1982），为我进入王力先生抗战期间的"小品世界"，提供了绝大的方便。经由一代学者的共同努力，今日流行的中国现代文学史教材，论及抗战中的散文写作，大都会提及王力先生。如《中国现代文学三十年（修订本）》（钱理群等著，北京大学出版社，2008）谈及抗战中"小品散文的多样风致"，有这么一段："还有一学者型散文家王了一（王力）写了一本《龙虫并雕斋琐语》，批评时政及社会风俗，能做到学问、趣味上的两重统制，琐事琐议，设喻巧妙。作者有很深的中外文化上的修养，语言学家驾驭语言，朴雅的风格自备一格。"（第470页）作为语言学家，王力之"不务正业"，闯进肃穆的文学殿堂，有不得已的因素，早年在清华，甚至因此而耽误了职称晋升（参见夏蔚霞《忆了一》，载《王力先生纪念论文集》第1—14页，商务印书馆，1990）；可时过境迁，却也成了"美谈"。

我1984年秋方才走进北大，与王力先生没有直接接触，偶尔在校园里遇见，连打个招呼都轮不上。可我自己觉得，我离王先生很近。原因是，我在中山大学念硕士时的导师吴宏聪先生，1938年考进西南联大中国文学系，1942年毕业后留校任教；1946年联大结束，随王力先生转往中山大学。我从吴先生处，听了无数王先生伉俪的故事，也充满景仰之心，但从未想过要去拜访，只是默默地祝福。读吴宏聪先生发表在《王力先生百年诞辰纪念文集》（语文出版社，2000）的《怀念王力先生》，以及收入《大师后面的伟大女性——纪念王力夫人夏蔚霞女士》(商务印书馆，2005)中的《嘉言懿行，遗泽留芳——缅怀王师母夏蔚霞》，可以明白他们之间非同寻常的师生情谊。蒋绍愚先生在《燕南园60号：永久的回忆》(《大师后面的伟大女性》第136—139页)中，称师母感叹"做一个名人的妻子不容易"——不仅要承担家务、照顾子女，"更重要的是在为人处世方面要和先生一样，成为学生的楷模"。正因为王师母做到了这一点，才会有那么多弟子追怀不已。顺便说一句，为并非名家、长期站在"大师后面"的师母出纪念文集，这在中国学界可算是创例。

对于语言学家王力、朱德熙、林焘、徐通锵四位先生，我没有能力辨析其学术上的功过得失。我关心的是作为个体的人，一个我曾有幸目睹、接触乃至交往的北大教授，如何逐渐走向历史。这里特意点出"教授"二字，是想强调作为教师的"职业精神"。李荣先生称："德熙教了一辈子书。教书假如也算是一匠，他就是首屈一指的能工巧匠，好比造赵州桥的隋匠李春。"(《朱德熙先生纪念文集》第34页)比起学问如何高深，著述怎么宏富，我更看重一个教授对于学生的深刻影响。读《朱德熙先生纪念文集》中裘锡圭先生、陆俭明先生的追怀(第255—259页、第260—264页)，还有其他纪念文集中诸多情深意切的好文章，你能深刻体会到，传道授业的责任与魅力，是其他职业所无法比拟的。

我当然明白，"纪念文集"作为一种著述形式，只能"拣好听的说"。但如果并非编撰"学术史"，而是着眼于"薪火相传"，此等兼及学问与人生、略有溢美但饱含深情的文章，是引领我们进入某一学术传统的最佳途径。

(初刊2008年11月26日《中华读书报》)

语言学家的文学事业

前不久，北京大学召开"高名凯学术思想研讨会——纪念高名凯先生100周年诞辰"。因职务关系，我代表北大中文系致辞。谈论高名凯先生（1911—1965）的学术成就，那天在座的任何一位，都比我在行。虽然早就读过徐通锵的《高名凯和他的语言理论研究》（《燕京学报》新八期，北京大学出版社，2000），说实话，一知半解，只知道高先生的四部主要著作《汉语语法论》《语法理论》《普通语言学》和《语言论》，"反映了一位中国语言学家为建立中国理论语言学而历经的奠基性艰苦历程"。专业上如此隔阂，一定要我说，只能抄书，可这又非我所愿。于是，掉转话题，谈论起文学研究者眼中的高名凯、高先生来。

我读过一些高先生的书，可都不是他的代表作。在中山大学念本科时，语言学课程使用的教材，是高名凯、石安石主编的《语言学概论》（中华书局，1979）；进入博士课程后，因研究清末民初思想文化变迁，经常翻阅刘正埮、高名凯合编的《汉语外来词词典》（上海辞书出版社，1984）。比起1958年高、刘所撰《现代汉语外来词研究》（文字改革出版社），这"词典"更实用，也更耐读。可惜的是，上世纪八十年代，很多人不识货，此书堆在旧书店里大降价。我先后买了十多册，分送朋友及学生。二十年后，风水轮流转，学界对外来词的输入、流播及变迁感兴趣，此书加上日后刊行的岑麒祥编《汉语外来语词典》（商务印书馆，1990）、香港中国语文学会编《近现代汉语新词词源词典》（汉语大辞典出版社，2001）等，发挥了很好的作用。

我对高名凯先生的了解，还得益于北大中文系另一位语言学家林焘先生。在《浮生散忆》中，林先生谈及抗战中他在燕京大学聆听高先生的高论："对我影响更大的是在镜春园高名凯先生家里的一次谈话，那时高先生刚刚从法国归来，风华正茂，在他的书房里和我畅谈欧洲语言学兴起和欧洲汉学家用现代语言学方法研究汉语取得巨大成就的情况，特别提到他的老师法国的马伯乐，还有瑞典的高本汉，他们都对汉语研究作出了突出的贡献。高先生深有感慨地说，这本来应该是由我们自己来做的事，而且可以比他们做得更好，因为汉语是我们的母语，比他们熟悉得多，我们所缺乏的只是现代的方法，我们应该有志气超过他们。"（《燕园远去的笛声——林焘先生纪念文集》第475页，商务印书馆，2007）这次谈话，决定了林焘日后的学术方向。作为后学，我感叹不已的是，在那么严酷的现实环境中，高先生依旧保持远大的学术理想，这也可见那代学人的志气与豪气。

其实，我更感兴趣的是高名凯的"文学事业"。作为专业造诣很深的语言学家，高先生翻译罗素的《哲学大纲》、索绪尔的《普通语言学教程》，都在情理之中；让我惊讶的是，他还是著名的巴尔扎克小说翻译家。二十种译作，集中刊行于1946—1954年间，这让我很好奇，是什么原因，促使他拿起译笔？对于留法博士高先生来说，译巴尔扎克小说，是为了学术研究、为了个人兴趣、为了社会责任，还是为了赚取稿费？从金钱角度谈翻译，似乎很俗气，其实不然。近现代文化史上，为获得留学经费或支持日常生活而译书，是很普遍的现象。只不过译着译着，译出了兴趣，译出了经验，也译出了名声。王力（了一）先生留学巴黎期间，翻译许多法国文学名著（左拉、莫里哀、乔治·桑、纪德等），很大程度是为了解决生活困难。当然，也有像赵元任先生那样，衣食无忧，主要是为文学趣味与语言实验，而翻译《阿丽思漫游奇境记》（商务印书馆，1922）的。

在《汉语语法论》（开明书店，1948）的自序中，高名凯提及太平洋战争爆发，他任教的燕京大学被日军查封，只好迁居北平城里，担任中法汉学研究所研究员："我每日到所和甘茂德子爵（Vicomte de Kermedec）共同研究中国文字，翻译中国小文，六小时的疲惫工作之后，白天的剩余时间又得花费在生存的挣扎上。"后面这句话有点蹊跷，什么是"花费在生存的挣扎上"呢？读高名凯《〈杜尔的教士〉译序》，方才明白，这指的是翻译巴尔扎克小说。那年头，物价高涨，薪酬无多，"几乎没有一天不在经济的压迫之下"，于是，应朋友之邀，高名凯开始为上海的书店译巴尔扎克小说。每日到所工作六小时之后，"回家时还能抽出时间来翻译，平均每日译四五千字"。这撰于1946年9月20日的译序，结尾处专门提及："我译巴尔扎克小说集时，得吾妻陈幼兰女士的帮助甚多。她给我解决了许多疑难的问题，甚至于替我翻译了好几段。"这可不是客套话，高太太陈幼兰女士，婚前乃法国里昂大学图书馆馆长助理，曾获里昂大学艺术史硕士学位，除图书管理，还喜欢文学与艺术。在抗战的漫漫长夜中，身处沦陷区北平，夫妇俩翻译、讨论、品味巴尔扎克的"人间喜剧"，也算是难得的欢愉时光，而不全然是苦役。这才能解释，为何抗战胜利燕大复校，高名凯还要在忙碌的工作之余，继续翻译巴尔扎克小说。《〈杜尔的教士〉译序》中有这么一句话，可视为答案："愈读巴尔扎克的书愈觉得他的伟大，愈觉得这工作之有意义。"（参见《杜尔的教士》，海燕书店，1946）

当初不以为意，主要是考虑养家糊口；没想到，竟逐渐译出了兴致，知道"这工作之有意义"。今日谈论译介巴尔扎克的贡献，学界都会提及高名凯的名字。虽然，1915年就有林纾等译《哀吹录》刊行，中国人之集中翻译巴尔扎克的中长篇小说，却是在1940年代。"就当时和后来的影响来说，最突出的是穆木天、高名凯、傅雷三家。"三家之中，穆、傅二家以文学性见长；而高作为语言学家，自然更倾向于直译。在研究者看来，三家各具特色，"均是文学史上的著名译作"（参见李宪瑜《二十世纪中国翻译文学史·三四十年代·英法美卷》第94、84页，百花文艺出版社，2009）。

今日中国学界，很难再有顶尖的语言学家，愿意且能够像当年的赵元任、王了一、高名凯那样，同时为外国文学翻译事业作出突出贡献。有时想想，这也是我们这代人的遗憾——有专业，但很难超越专业、另辟蹊径。老一辈学者术业有专攻，同时又很有生活情趣，如高名凯之喜欢京剧、字画、音乐、文学等。正因为本就有此爱好，才可能"无心插柳柳成荫"，成就另一番事业。

2011年4月19日于京西圆明园花园
（初刊2011年4月27日《中华读书报》）

那位特会讲古的严老师走了

这里所说的"讲古",不限于用闽南语说书,而是扩展到一切对于古人及往事的生动叙述。具体到严绍璗先生(1940年9月—2022年8月),那就是绘声绘色地讲述学界往事以及自家见闻。相对于他在比较文学和海外中国学方面的巨大贡献,这当然只是"小道"。专业贡献须由专家来评述,那样才够分量,我虽与他长期在北大中文系共事,也偶尔参加其组织的学术活动,但仅属比较文学研究的"友军",故只能"不贤识小"。

最后一次见到严老师,是去年6月9日午后。乘着疫情稍为缓和,泰康燕园短暂开放,我们去拜访王得后、赵园夫妇以及钱理群师兄,从餐厅下楼,偶遇严老师,赶紧趋前致候。聊了好几句,可惜不得要领。此前老钱已告知,严老师精神状态不好,常常出现幻觉,老说有人要谋害他。眼看着平日很喜欢说话,语速极快,提及自家病情也都笑声朗朗的严老师,变得沉默多了,我心里很难受,但绝对想象不到,这竟成为永别。

前天下午接中文系告知,严绍璗先生中午十二时许不幸去世,我当即在朋友圈转了一篇他为北大110年校庆所撰文,怀念那个伟大的学术传统,也怀念作为这个传统重要一环的严先生!这篇题为《我的老师们》收入《严绍璗文集》(北京大学出版社,2021)卷五"读书序录",

同书还有《我的生命的驿站》。这两篇回忆文章都很能显示严老师的叙事能力。相识多年，好些事情听他讲过不止一遍，可每回聆听，都觉得别有风致；等到他落笔成文，更是显得婀娜多姿。可惜，我们能读到的严老师此类兼及学识与趣味的自述文字，实在不多。

2007年3月，国家汉办与中国人民大学合作，主办第一届世界汉学大会，其中有"汉学家与汉学史专题"，北大方面，严老师自然是不二人选，我则属于滥竽充数。关于这次会议，媒体报道很多，质量最好的当属《南方周末》（2007年4月5日）。除了《"读〈左传〉不如读〈红旗〉？"——专访罗多弼》《"如果美国人懂一点唐诗……"——专访宇文所安》《与日本神话发生中国关系——严绍璗访谈》，还有我的专题文章《视野·心态·精神——如何与汉学家对话》。大概是严老师的讲述太精彩了，专业访谈之外，同日报纸又配了一篇严绍璗口述、石岩、张丽红记录的《严绍璗治学记》。那是我第二次听他讲述"鲤鱼洲上读日文版毛选"。

第一次乃2007年2月28日《中华读书报》刊出的《严绍璗：象牙塔里纯学人》（陈洁记录整理，此文日后收入张哲俊编《严绍璗学术研究——严绍璗先生七十华诞纪念集》，北京大学出版社，2010），那篇口述史更为生活化，也更能体现严老师说话的神情：

> 当时全国只有一种外文唱片《为人民服务》，用英文和日文朗诵。我买了来听，没什么目的，就是为了耳朵熟一点。1969年去江西五七干校，我带了日文版毛主席语录和毛泽东选集。我老婆说，别人会骂死你的，什么时候了还学日文。我说，日文毛选也是毛选，红皮书都一样的，都是毛主席说的话，没问题。就带去了。大家都这样，没什么好琢磨的，总要找点事做。一同的袁锡

圭带了本新华字典去,背得滚瓜烂熟,发现问题就标出来,后来他成为文字学家跟这个有关系。

这个段子太有名了,以至我日后多次转述,添油加醋,每回都能让听者如痴如醉。这里的"添油加醋"并无贬义,因时代变化,须有一番注解,否则年轻一辈根本进入不了那个规定情境。另外,我还钩稽严老师在不同时期如何讲述这同一个故事,其中精微之处,值得认真玩味。

2007年的严绍璗先生,正可谓意气风发。这一年,中华书局推出他编著的《日藏汉籍善本书录》,全三册,共著录日藏汉籍一万余条目,是世界上首部全面著录保存在日的中国古籍的大型工具书,对中、日文化研究各领域均有很高的参考价值。为了完成此巨著,二十多年间,作者往返日本三十余次,调查日本各藏书机构及私人收藏的中国上古至明末的图书,并做了仔细记录。关于这套大书,学界传闻已久,北大校方也极为重视。《我的老师们》中称,最后冲刺阶段,主管文科工作的副校长吴志攀叫他将研究所的工作移交给副所长,全力以赴做好此事。这我能证实,因在该书出版座谈会上,吴副校长再次陈述这一观点 —— 学校就该为大专家排忧解难,让他们集中精力做研究,这样才能出大成果。至于严老师本人,对此书出版极为得意,接受采访时称:"这本书就是我的墓志铭了。"(《严绍璗:象牙塔里纯学人》)

2008年1月30日《光明日报》上,刊发王庆环所撰专题报道《著名学者呼唤扎实学术风气》,称:"近日,在北京大学举行的严绍璗《日藏汉籍善本书录》学术座谈会上,任继愈、金开诚、汤一介等著名学者表示,当今学术界应提倡扎实的学术风气,学者做学问要有十年磨一剑的精品意识。"报道中还有这么一段：

> 著名学者、北大教授陈平原认为，学者只有从"笨功夫"做起，才能做出真学问。他说："严绍璗教授取得的成绩，让我们反思目前的学术体制。看看一二十年来的好的学术著作，都和以下几个因素关联：个人、长期经营、没有资助或极少资助。紧赶着出来的东西，没有太好的。反观我们的学术奖励机制，在理工、社会、人文三类学科中，最不适应这一机制的是人文学科。目前我们的学术奖励机制一般都是采取事先资助，为了得到资助，很多学者们不得不把大量的功夫花在申报项目和做项目计划上，没有项目也得想出项目来，是紧赶着做学问。但人文学科中有另外一种学者，他们不会事先有课题，是一步步按照兴趣做出来的，对这种比较低调、慢热型的学者，我们的奖励机制应该考虑在事后给予物质上的奖励，这样大家才有可能二十年磨一剑，否则的话，大家都会'短平快'。而北大这些年来还能做出一些事来，是因为针对人文学科的特点，北大采取了不是非常严格的学术评价机制。"

这当然是有感而发，希望借表彰严老师的大著，提倡独立研究，扭转中国学界过于急功近利的风气。事后，我应邀将此发言改写为《学界中谁还能"二十年磨一剑"》，刊2008年2月18日《人民日报》。虽说人微言轻，学者们的呼吁基本不起作用，但起码证明，我们未完全认同这个不合理的学术体制，也未彻底放弃理性的抗争。

说实话，面对这三大册《日藏汉籍善本书录》，我没有能力评判。我喜欢读的是严老师的《汉籍在日本的流布研究》（江苏古籍出版社，

2000）以及《日本藏汉籍珍本追踪纪实——严绍璗海外访书志》（上海古籍出版社，2005）——尤其是后者，讲述他三十余次登上日本列岛查访八十余处收储汉籍的藏书处的经过，除了介绍许多汉籍珍本，更讲述访书的艰难险阻。对于像我这样的门外汉，那些关于书籍、书人、书屋的"探秘"，读起来更为兴致盎然。当然，这与严老师会"讲古"有很大关系。

2009年3月，我一时兴起，给北大中文系同人写信，说有感于居住环境及文化氛围变化，想为即将消逝的筒子楼编一本书，问各位有无兴趣。对于1950—1990年代生活在中国大陆的读书人来说，"筒子楼"是一种典型的居住环境及生活方式。不仅北大是这样，那个年代过来的大学教师（以及公务员），绝大多数都有过类似的生活经历。我之所以格外珍惜这一历史记忆，不全是"怀旧"，也不是为了"励志"，而是相信个人的日常生活，受制于大时代的风云变幻；而居住方式本身，又在某种意义上影响了一代人的知识、情感与趣味。那种艰难环境下的苦中作乐、自强不息，还有邻里间的温馨与友情，后人很难体会与想象。信发出后，同人反应热烈，工作推进得分外顺利。这本北京大学出版社2010年6月初版、2018年5月重印的《筒子楼的故事》，出版后反响甚佳。

当初决意编此书，脑海里浮现的，一是郑洞天的电影《邻居》，一是金开诚的随笔《书斋的变迁》。1955年毕业留校任教、1992年起转任九三学社中央宣传部部长、副主席等的金开诚（1932—2008）学长，在1988年2月13日《光明日报》上发表了《书斋的变迁》。其中讲到二十世纪七十年代末，他终于在北大分到一间十平方米的房间："房中还有一张双人床，晚上睡三个人，白天便成为我的工作之处。无非是搬一张小板凳坐在床前，把被褥卷起半床，放上一块没有玻璃的玻璃板,就可以又看书又写字。藏书就在床下,往往一伸手就可以拿到床上来用;但有时也不免要打着手电钻到床底深处去找书、查书。我就把这戏称为'床上书斋'。在这个书斋上完成的工作倒也不少,备出了两门课,写出了两本书和几篇文章。"(参见我为该书撰写的代序《想我筒子楼的兄弟姐妹们》)

没想到严老师的《我的生命的驿站——20年北大筒子楼生活拾碎》,对于大致相同的生活场景,有更为惊心动魄的描述:

1978年起,我参加了建立不久的中国社科院"国外中国学研究室"的活动,受命编撰《日本的中国学家》。这一作业开市的资本是我在1974年访问日本时得到的二百余张名片,国内所存资料极端困乏,我最先利用的当然是北京图书馆(现在的国图)。早上6点半左右出发骑车到北海,下午5点关门回来,中午不得吃饭。问题是白天做的全是卡片,晚上需要铺开整理,三个二屉桌的面积很有限,便与儿子商量,他总是先睡觉,于是,我就让他把身体躺平了,我在他盖的毛毯或被子上平铺卡片。可怜的儿子很听话,躺在那儿,一动不动,还问:"这样可以吗?可以吗?"太太后来说,"一听到别人说你是'什么什么研究家',我就想流泪,儿子为你付出了多少代价! 到现在40岁了,我看他睡觉的姿势还是笔挺的!"这么说来,这个现在称为"工程"的作业,还真有点"血泪"的痕迹了。有时候小家伙一动弹,两三排卡片"呼"地滑到了地下。孩子有点紧张,会轻轻地说:"爸爸,爸爸,我不是有意的!"妈妈立即就说:"不要紧,不要紧,你翻个身吧!"我就把卡片捡起来再重新排过。一年半左右,这个101室中,在桌子和儿子身上平铺成的卡片终于完成了我国学术史上第一部"国际中国学"的工具书。此书收录在世"日本中国学家"1100余人，64万字（中国社会科学出版社1980年版，书号17190·004）。（陈平原主编《筒子楼的故事》第133—134页，北京大学出版社，2010）

如此窘迫的生存处境，很多北大教师都曾面临，只不过严老师会写文章，选择的细节很精彩，借助于与妻儿对话，让此情此景栩栩如生，单凭这一点，我相信此文能流传久远。

《筒子楼的故事》收文二十三篇，其中篇幅最长的，正是严老师这篇《我的生命的驿站——20年北大筒子楼生活拾碎》，总共二十三页，更重要的是加了好多注释，涉及时间、地点、人物等，一看就是精心准备，作为"著作"来经营的。其中一个长注提及江西鲤鱼洲，那是"文革"中北大教师的一段特殊记忆。

因许多老教师提及这段记忆，希望再接再厉，于是我又主编了自认为更有价值的《鲤鱼洲纪事》（北京大学出版社，2012年4月；修订本，2018年5月）。在前言《回首烟波浩渺处》中，我引述了严绍璗先生的一段话，在"附记"中又提及他"对全书风格可能出现重大偏差提出警示"。因而，书刚一出版，敏感的记者马上追问：严老师有何警示，为何他没提交文章？我的回答很诚实：严老师主要提醒"这本书不要写成田园诗"，要"以历史学家的眼光看待过去的事，而不只是感恩或抒情"。另外，"我跟严老师有很长时间的电话沟通，他说他打算自己写一本鲤鱼洲的专著"（参见许荻晔《"别忘记苦难，别转为歌颂"——对话北京大学中文系主任陈平原》，2012年4月5日《东方早报》）。最后这句话，记者的转述不准确，我说的是严老师正在写一本书，其中有关于鲤鱼洲的章节，故不便为我主编的书供稿。

事情过后，重读严老师的长信，我理解他的忧愤，敬重他的立场，也深知他为撰写回忆录所做的长期准备。那篇《我的生命的驿站》只是由于因缘际会，得以提前问世。与师友聊天、跟学生对话、接受媒体采访，不断谈论／锤炼／修正他的故事，其实都是在为那本很可能永远无法完成的回忆录做准备。某次聊天，我对他谈及的某人某事有所质疑，严老师很认真地说："我是有日记的。"说实话，学海本无涯，我们上下这几代人耽搁的时间以及面临的陷阱又实在太多，在漫长的学术史上，大概只能发挥承前启后的作用。认真记录下我们在这个风云变幻、跌宕起伏时代的阅历、观察与思考，或许更值得期待，也更有价值。

我知道严老师有这个写作计划，可惜的是，能言善辩、特会讲古的严老师，留存在五卷本文集里的"自述"实在太少了。不知是因晚年身体状况不好，还是某些客观条件的限制，反正严老师的回忆录最终没能在生前完成并出版，令人扼腕。当然，"千古文章未尽才"，这本来就是历史的常态。

2022年8月8日于京西圆明园花园

（初刊2022年8月17日《中华读书报》）

为何"严"上还要加"严"*

在《"薪火"何以能"相传"——"鲁迅人文讲座"开场白》(《中华读书报》2010年9月15日)中,我提及:"在适当的时候,采用大家都能接受的方式,表达后辈们对一个毕生从事教学研究、而今逐渐淡出舞台的学者的敬意,我认为是应该的。"另外,我还提及:"'薪火'必须'相传',传具体的专业知识,也传对于学问的执着与热情,以及那些'压在纸背的心情'。"等下严先生演讲,虽然题目是《我的学术自述》,估计还是会讲得很严肃;我这里先说一些很能体现学者"心情"的闲话与琐事,"权当得胜头回"。

严家炎先生的绰号是"严加严",也就是特讲原则,"严"上加"严"。记得洪子诚先生写过一篇短文,题目就叫《"严"上还要加"严"——严家炎先生印象》(《两忆集》,北京大学出版社,2009),其中提到,在江西"五七干校"劳动时,严先生负责检查稻田的排灌渠,如何一丝不苟:水渠的"渠帮"规定四十五度,坡度太大太小都得返工。洪文称:"看他从远处铲来湿土,修补坡度不够的部分,还用铁锹拍平,抹得光可鉴人,不由得又可气又好笑。水一来,还不是冲得稀里哗啦

---

* 此乃作者2010年11月26日在北大英杰交流中心举行的"鲁迅人文讲座"第三讲——严家炎教授《我的学术自述》之"开场白"。

的！"可这就是严先生，做事情不计成本，也不问效果，态度极为认真，非做成不可。

1984—1989年间，严先生担任中文系主任，每回开会，不管是全系大会，还是我们小说史课题组聚会，他都拿写着密密麻麻小字的纸片，在台上念讲稿，看着我们都觉得累。那时年少气盛，不喜欢严先生这么"较真"。多年后，我也当了系主任，这才知道其中滋味。大家都很忙，召集开会不容易，你不能利用系主任的权力，坐在台上有一搭没一搭地闲扯。鲁迅说过，无端地浪费他人的时间，无异于图财害命。为了尊重台下的老师们，现在我也学会了每回都准备讲稿。

1989年底，严先生主持的国家社科项目《二十世纪中国小说史》，终于在北京大学出版社推出第一卷。第二年初夏，我们在北大召开此专题的国际学术研讨会。那时，这样高规格的学术会议不多，大家都很当回事。筹备会议时，决定放映一部新出的国产电影——名字忘记了，也不知为什么非放映不可。可到了具体联系时，真是一波三折，碰到很多难以克服的障碍，我和钱理群都主张放弃。没想到严先生不准，他自己来交涉，最后还真做成了。我到现在也不明白，为什么非放那部电影不可。事后跟老钱聊天，说起这就是严先生的性格，说好做，就一定要做，而且非做好不可。

这回的演讲也是这样。最早是我说的，要是11月26日上午举办的话，我能参加，也争取发言。可在具体筹备时，发现这个时间段没有合适场所，而且几个活动凑在一起，怕效果不太好。换一个时间，我们能做得更完美。同事、弟子分别跟严先生商议，严先生都说：我看就不必改了。他们让我出面陈情，严先生说：也不是不能改；可第二天在未名湖边的陈守仁中心开"中文教育的过去、现在与未来"研讨会，他又冒出一句：不是说没有合适场所吗，我看这个地方就很好。

这是严先生的性格，想到做到，剑及履及，不太愿意转弯。几十年养成的习惯，我们必须尊重，于是决定，回到最初的设计。

为了说明严先生事无大小，都讲原则，告诉大家一件轶事；若有误，等下请严先生订正。去年秋天，在香港，金庸先生请刘再复和我吃饭，说起一件事：某年，因夫人卢晓蓉在香港工作，严先生也来港，租了房子，住下来写作。写什么？就写《金庸小说论稿》。有一天金庸请吃饭，说起来，才知道那房子正好是金庸的物业。严先生知道了，马上要求退租，免得瓜田李下，说不清楚。金庸很感慨，说你们北大教授有骨气。别人做金庸研究，跑来要求资助；你们却那么清高，刻意拉开距离。我想，这就是严先生——你说有点拘泥，是的；有些古板，也没错；可无论做什么事，都要求自己心安。

不久前，收到严先生赠送的他主编的《二十世纪中国文学史》，高等教育出版社2010年版。这书做了好多年，很辛苦，我们都知道。从早年与唐弢先生合作主编《中国现代文学史》，到今天同样是三卷本的《二十世纪中国文学史》，走过漫长的四五十年。说实话，对严先生花那么多精力主编教材，我是不太以为然的。因为，教材编写受各种主客观条件的限制，必须不断妥协，不太可能写得很有学术分量。但严先生说，就对一代学生的影响而言，个人专著无法跟教材比。他说得对，可不是每个人都有这种能耐。十年前，我也曾受北大出版社委托，主编《二十世纪中国文学史》，可很快就放弃了。因为，当主编需要协调内部各种矛盾，需要忍受外部各种误解，而且还得跟各种官方机构打交道，实在非我所长。这是严先生的特点，认准了，一直往前走，持之以恒，感天动地，总有实现的一天。

可也正是这种执着，使得另外一套大书落空。我说的是《二十世纪中国小说史》。那书第一卷1989年出版，第二卷到现在还没影子。

北大出版社原本对这套书寄予很大希望，因为，第一卷陈平原，第二卷严家炎，第三卷吴福辉，第四卷钱理群，第五卷洪子诚，第六卷黄子平，除了我刚出道，应该说都是一时之选。可最后出版社顶不住了，2005年，将已刊行16年的第一卷改题《中国现代小说的起点——清末民初小说研究》，单独重印。不过说好，什么时候第二三四五六卷出版，这书马上归队。严先生教了这么多年的"五四"新文学，也出版了《中国现代小说流派史》(1989)、《世纪足音——二十世纪中国小说论集》(1995)等著作，为什么这第二卷迟迟不能交稿？原因是，当初虽多次讨论，但第一卷是由着我的性子写，出版后严先生才发现，若按他自己的趣味及写作计划，这第二卷跟第一卷的风格差别未免很大了。改变自己的风格，不可能；不改，不合适；放弃，不愿意。只好这么拖着，说是想想办法；可这一想，就是二十年。本来很简单，各写各的，每卷作者自己负责，合起来，不就行了吗？可严先生说，不，作为一套书，要有"整体感"。这可就惨了，这六个人都是很有学术个性的，怎么可能捏在一起？于是，严先生不催，我们各干各的活去了。严先生自己呢，先是写《金庸小说论稿》(1999)，接下来《论鲁迅的复调小说》(2002)，再就是主编教育部邀约的教材。

现在，这些书全都完成了，我估计，认真且固执的严先生，很可能又要重提往事，召集我们开会了。好在我的任务早已完成，轮到老钱、老吴、洪老师以及子平兄紧张了。

（初刊2010年12月13日《文汇报》）

严谨之外，还有宽容

—— 我眼中的严家炎先生

一提严家炎先生的学术品格，很多人马上联想起他"严加严"的绰号。没错，"严谨"确实是严先生治学的重要特征。但在去年发表的《教材编写与严谨求实的一代 —— 关于〈中国现代小说流派史〉及其他》（初刊《文艺争鸣》2020年第10期，中国人民大学报刊复印资料《中国现代、当代文学研究》2021年第4期转载）中，我提及"严谨"是不少优秀的第二代学者的共性："作为学科的'中国现代文学'，真正成型是在新中国成立以后。第一代高举大旗，站稳脚跟；第二代忍辱负重，继往开来。若论治学风格，这第二代学者的特点是，严谨求实之中，不乏开拓进取，努力开枝散叶，往各个方向发展，如文学史、思潮流派、文体风格，还有学科史等。"也就是说，单表扬他们治学严谨还不够，还得更多地描述其如何开拓进取。现代中国文学史上很多今天已经成为常识的论断，其实是他们多年努力奋斗的结果。关于这点，读严先生早年的《知春集 —— 中国现代文学散论》（人民文学出版社，1980）、《求实集 —— 中国现代文学论集》（北京大学出版社，1983），感觉尤其明显。

比如严先生那篇初刊《中国现代文学研究丛刊》1980年第4期的《从历史实际出发，还事物本来面目》，对于当年我们这些刚刚起步的小青年来说，确实是振聋发聩。此文强调"从根本上改造我们的学风，坚持一切从历史实际出发"，固然是整个时代思潮的折射，但为萧军的罪名辩诬、重评丁玲的《在医院中》、批评"左联"的关门主义，以及由阐释郭沫若《匪徒颂》引发的注重原始材料，都是那个时候学界必须直面的难题。而谈及如何拓展现代文学研究的视野及疆域，比如批评各种中国现代文学史"只讲汉族，不讲少数民族""只讲新文学，不讲这个阶段同时存在着的旧体文学，也不讲鸳鸯蝴蝶派文学"，以及主张关注"抗战时期各民主根据地的文艺运动、'孤岛'文艺运动、沦陷区文学（包括伪满文学、台湾文学）等"，直到今天还有现实意义。

正因此，在上述论文中，我曾有如下评价："《求实集》开卷头三篇，《从历史实际出发，还事物本来面目》《现代文学的评价标准问题》《现代文学研究方法答问》，乃作者'中国现代文学史研究笔谈'之一二三，写于1979—1982年间，是这个学科拨乱反正期间的重要文献。"可惜的是，当我拿到《严家炎全集》（新星出版社，2021），迫不及待地想重温这些名文时，发现全都换了位置。前两篇收入第七卷《问学集》，第三篇收入第十卷《对话集》。而第二、第三卷虽然依旧使用《知春集》《求实集》的书名，其实已经面目全非。作者自我期待甚高，希望与时俱进，可新旧杂陈的结果，模糊了原先的历史面貌，效果并不好。以今天的眼光审视，这两部论文集确实有很多遗憾，可那代表了八十年代初中国现代文学界的水平与视野，其实不应该解散重编的。

正因为"知春"，才有可能"求实"；而"求实"的目的，是开拓进取，故必须兼及"严谨"与"创新"，也就是"坚持一切从历史实际出发"。这些特别"八十年代"的论述思路，其实很有学术史意义，值得保留与记取。十多年前，中国社科院文学研究所召开樊骏《中国现代文学论集》（人民文学出版社，2006）出版讨论会，我提及樊骏先生在学术上有"洁癖",具体表现就是在编选《中国现代文学论集》时,将大量写于上世纪八十年代前期的学科史、学科评论的文章剔除在外。而我认为,"那些曾收入《论中国现代文学研究》(上海文艺出版社,1991年)的早期文章其实更能反映学科发展的历史和问题脉络,具有不可替代的历史价值"(参见程凯《樊骏先生〈中国现代文学论集〉学术讨论会纪实》,《文学评论》2007年第1期)。其实,学术研究永无止境,我辈做得再好,也只是桥梁与界标。能在特定年代发挥作用,这就已经了不起了。《中国现代小说流派史》(人民文学出版社,1989)这样的名著固然值得称颂,而像樊骏的《论中国现代文学研究》以及严家炎的《知春集》《求实集》那样曾发挥很好作用但犹如昙花一现的著作,是历史转折关头的重要文献,同样值得我们追忆——尤其是从事学术史研究的,更是无法绕开。

这就说到我在"严家炎学术思想暨中国现当代文学学科建设研讨

2021年10月严家炎先生学术研讨会期间,与严家炎、谢冕两位先生合影

会"上的那句话:"严先生的贡献,远大于《严家炎全集》。"这里想说的,不是事功与文章的张力;表扬严老师作为第二代现代文学研究者中的"领军人物",曾出任北大中文系主任、国务院学位委员会中国语言文学学科评议组成员、中国现代文学研究会会长等,不是我的责任。我想说的是,单就学术贡献而言,如今的全集,无法容纳或体现他主编文学史教材的业绩。

1961年,年仅二十八岁的北大中文系教师严家炎,被抽调到周扬主持的全国文科教材办公室,参加《中国现代文学史》的编写。可以说,此举决定了他一生的学术方向。上世纪八九十年代曾长期使用的主流教材《中国现代文学史》,1979年人民文学出版社刊行上卷一、二册,署唐弢主编;1980年推出下册,署唐弢、严家炎主编。全书合印,统一署唐弢、严家炎主编。2002年,年近七旬的严家炎受教育部高教司委托,重披战袍,主持列入"十五"规划的国家级教材《二十世纪中国文学史》。历经八年奋斗,严家炎主编、十位学者通力合作的三卷本《二十世纪中国文学史》2010年终于由高等教育出版社正式推出。

将近十年前,我曾撰文,对于严先生花那么多精力主编教材表示不太以为然,因教材明显受制于一时代的意识形态,有某些难以逾越的陷阱。但严先生说,就对一代学生的影响而言,个人专著无法与教材比。他说得有道理,半个多世纪以来,北大中文系的社会影响力,与若干套由北大教授主编的教材有直接关系。但不是每个人都有主编教材的能耐,比如我就曾铩羽而归。当教材主编,需知识全面,视野开阔,论述稳妥,领导放心,群众接受,出新而不违规,推进而又有序,而且擅长协调各种内部矛盾,能跟各种官方机构打交道,这是一种特殊的本事,不是学问大就能做得好的。虽然人文学更多依赖个体智慧,没必要都搞成大兵团作战,但学界确实需要少数德高望重且公正无私的学术组织者。这也是我感叹《严家炎全集》未能全面体现严先生学术贡献的重要原因。

谈及严家炎的"严谨",即便不太熟悉的师友,也都能举出不少例子。严先生的这个特点我是承认的,但考虑到"律己"与"待人"有别,建议加上"宽容"二字,方才比较全面。我不是严先生的及门弟子,2013年北京大学出版社刊行《问学求实录——庆贺严家炎教授八十华诞论文集》(方锡德、高远东、李今、解志熙编),没有邀我参加。因我一开始跟着王瑶先生读博士,毕业后留在北大中文系任教,严先生对我这个晚辈兼同事,是比较客气的。或许正因此,我得以窥见他的另一面——虽居权威地位,但允许年轻一辈挑战,或探寻不太一样的学术道路。

有三件我切身经历的小事,很能显示严先生的气度。

上世纪八十年代后期,严先生主编《二十世纪中国小说史》,我负责第一卷,严先生第二卷,吴福辉第三卷,钱理群第四卷,洪子诚第五卷,黄子平第六卷,算是一时之选。我们开了好几次会议,协调写作思路以及第一卷大纲,但到具体写作时,严先生说,都是成熟的学者了,文责自负。那年我才三十五岁,北大年轻讲师,严老师放手让我按照自己的立场及趣味写作,写完没有审稿,直接送北大出版社。等到1989年12月拿到新书,才发现年轻气盛的我走得实在太远,跟他的学术思路及立场有较大的差异,以至衔接起来很麻烦——这也是第二卷以降一直出不来的原因。不过,无论私下还是公开场合,严先生都没有抱怨我的特立独行。在课题组内部讨论会上,谈及此书,严先生有褒有贬,"我觉得平原写的这卷小说史,学术水平很高。我读的时候很兴奋,有些地方超出我意料之外的好";"这本小说史力图把论的展开和史的叙述融合在一起,这是优点;可缺点是这么一来,基本的史实不大容易谈清楚"（参见《〈二十世纪中国小说史〉讨论纪要》，陈平原《中国现代小说的起点》第318—329页，北京大学出版社，2005）。我曾设想，如果不是严先生的放纵，让我自由发挥，这本书应该不是现在这个样子。

第二件事也很能体现严老师宽厚的另一面。记得是2010年前后，那时我当北大中文系主任，到了学术评奖的时候，号召教师们提交论文或著作。严先生送来他发表的一篇论文，我看了很为难。严老师的论文当然写得好，可其他老师提交的基本上都是专著，在名额有限的前提下，学术委员们投票，是不怎么看名教授的情面的，该怎样投就怎样投。听了我的顾虑，严老师马上说：没关系，把我的撤下来；我是怕没人提交，才响应系里号召，既然有那么多老师提交成果，当然是年轻老师先上。

第三件事，北大中文系老师大概都记得。严老师主编的《二十世纪中国文学史》出版后，在中国现代文学馆开了讨论会，很多年长的先生给予表扬。严老师于是大有信心，问我中文系能不能将其作为指定教材。我说北大中文系的传统是，主讲教师有权选教材，严老师一听就明白。我建议围绕此书，北大中文系近、现、当代文学专业的教师开一个讨论会。严先生很开心，说座谈会纪要可以交给《中国现代文学研究丛刊》刊发。

这事本来挺好的，没想到严先生用力过度，座谈会上花很多时间论证他关于现代文学起点的新见解。其他老师也被带了节奏，全都围绕这话题展开，扭都扭不过来。除了一位年长的老师，在座年轻老师基本上都反对严老师的意见。严老师喜欢争辩，越有反对意见，越激发他发言的热情。最后，座谈会记录稿整理出来，我一看，与原先的设想相差十万八千里。本意是表扬严老师的，最后变成了都在与严老师争辩。我了解年轻老师的学术立场,他们很尊敬严老师,但眼下这个话题,要他们调转船头,改批评为表扬,那是不可能的。我将记录稿发给大家,请各自修订,返回来的结果不出所料。我跟严先生商议,这样的座谈会记录稿刊发出来,对双方都不好,外面的人不了解,还误以为我们内部有很大矛盾。严先生迟疑了两个月,最后告诉我,不发了。

对这个结果,我很歉疚,跑去跟师兄钱理群说了。老钱很得意,说:这种事情,也只有在北大才能做得到。学生不担心得罪权威,老师苦恼的是无法说服学生,各自都坚持自己的学术立场,不为时势及权威所动,这或许正是北大人值得骄傲的地方。

2021年10月31日于京西圆明园花园

(初刊《中国现代文学研究丛刊》2022年第1期)

诗人气质的学者 *

同属王瑶先生的弟子，又都在北大中文系任教，按理说，我与孙玉石先生应该多有接触。可实际上，真正了解孙先生，一是1989年前后同样关心王瑶先生及其家属，二是1991年共同访问日本，三是有七八年间我们住得很近，聊天方便。至于他当中文系主任（1989—1994），工作上有些联系，那倒在其次。

几乎从《野草研究》（1982）起，孙先生的学术功力及个性就已表露无遗。紧接着，《中国初期象征派诗歌研究》（1983）、《中国现代诗歌艺术》（1992）、《中国现代主义诗潮史论》（1999），一本本厚重的专著陆续刊行，奠定了他在整个中国诗歌研究界无法撼动的地位。我相信，日后无论谁做新诗史研究，都绕不过孙先生的这些著述。而这种严谨求实、勤耕不辍的治学风格，一直延续下来，甚至因退休而更是集中精力，加快步伐。翻阅这十七卷文集，不难发现，退休后所撰占很大比重。

这些都是人所共见的，我要说的是著述背后的故事，因那更显示其治学态度。我指导的研究生经常上北大图书馆的旧报刊室，他们告

---

* 此乃作者2010年11月26日在北大英杰交流中心举办的《孙玉石文集》发布会暨学术研讨会上所做的"开场白"。

2010年11月《孙玉石文集》发布会上合影，左起赵园、黄子平、陈平原、孙玉石、张玫珊、王得后

诉我，现在还不时能见孙先生来查资料。我可知道，很多人功成名就后，就再也不上图书馆了。孙先生不一样，直到今天，写论文需要翻查资料时，还像傅斯年当年所说的，"上穷碧落下黄泉，动手动脚找东西"。有一段时间，张菊玲老师告诉我，孙老师睡得很晚，因为要从浙江大学图书馆下载"大学数字图书馆国际合作计划"中民国年间出版的诗集和诗论集，很花时间。以前可能"踏破铁鞋无觅处"，如今网上能见到，赶紧下载，怕以后就没有机会了。作为著名学者，七十多岁了，别人都在做收尾工作，他却还在积累资料，随时准备开疆辟土，可见其学术志向。

在《"文学"如何"教育"——关于"文学课堂"的追怀、重构与阐释》中，我谈到北大中文1955级文学专业学生如何看待当年撰写《中国文学史》及《新诗发展概况》，其中特别提及，大概是长期研究

《野草》的缘故,孙玉石先生采取一种"扪心自食"的姿态:

> 因此我常想,参加红皮《中国文学史》编写者,特别是一些主要关联者,包括我自己在内,至今有时还在夸耀地谈论、享用那时获得的"战斗里成长"的"成绩"和"荣誉",而却很少,甚至几乎没有更深层次的自赎和反思,很少有一种深深的内疚与忏悔,这是一个问题。

在谢冕、孙绍振、刘登翰、孙玉石、殷晋培、洪子诚等合撰的《回顾一次写作——〈新诗发展概况〉的前前后后》(北京大学出版社,2007年)中,有很精彩的对于那个年代的政治、文化以及文学氛围的描述,但最让我震撼的,是孙玉石先生严厉的自我批判。

孙先生研究新诗,可在我看来,他本身也是诗人,或者说,是很有诗人气质的学者。热爱新诗,这不用说,有那么多专业著述做证;同时,孙先生也写新诗,只是不太发表而已。去年四月下旬,我们在北大主办"五四与中国现当代文学"国际学术研讨会,其中包含一台题为"红楼回响——北大诗人的'五四'"的诗歌朗诵会,就在北大办公楼礼堂举行。这场诗歌朗诵会精选了"五四"以来与北大尤其是北大中文系息息相关的数十位诗人的作品,表演者都是中文系学生。晚会的高潮是孙先生作为特邀嘉宾,登台朗诵了他写于1993年的散文诗《山——一个自平原走近高山的对一种灵魂的礼赞》。那一瞬间,台下的学生拼命鼓掌,参加会议的代表惊讶不已,我则深深体会到一个老学者对于诗歌的无限深情。

我说孙先生骨子里是诗人,还包括他表达喜怒哀乐的方式。近年多次听他说起,早知如此,上大学时应该选择考古学或语言学,因为,那才是比较坚实的学问。我知道，他对眼下文学研究界的浮夸风气非常不满；但这么表达，则出乎我意料。与此相关，你能理解他对什么是"学问"，以及学问的境界何在，持有很严苛的标准。不仅自律，而且直截了当说出来。这种决绝的态度及立场，当然不为那些满足于"莺歌燕舞"的领导或学人所接纳。但在我看来，这正是孙先生可敬可爱之处，也是其诗人气质的体现。

真怕等一下孙先生上台，会很真诚地告诉大家：这十七卷文集也没什么，因为，考证不甚精密，立论也不够坚实……那样的话，坐在台下的北大出版社领导当场晕过去了。不过，万一他真这么说了，请记得我的话：诗人的话，不可不听，但不能全信。

（初刊2010年12月1日《新京报》，题目被擅自改动；经作者抗议，2010年12月3日《新京报》上发表更正并道歉）

课堂的魅力 *

去年,借百年系庆之机,北大中文系创立两个高端讲座,分别以曾任教于此的鲁迅、胡适命名。前者是单一演讲,每年六七讲或八九讲,邀请对象是大陆及台港澳的退休教授;后者是系列讲座,每年一次,邀请的是国外著名学者。两个讲座比翼齐飞,体现我们的学术理想及人文情怀。在《"薪火"何以能"相传"——"鲁迅人文讲座"开场白》(《中华读书报》2010年9月15日)中,我提及:目前中国的大学制度,对于退休教授很不公平。作为一个小小的系主任,我只能在力所能及的范围内,采取某种变通的方式,对那些为中国教育及学术作出贡献的退休教授,表达尊崇与敬意。谁都知道,各著名大学中文系的学术名声,很大程度是上一代甚至上几代人共同创造的,我们作为受惠者,应该有感恩之心。为了更好地表达我们对前辈学者的敬意,我向中坤集团提出经费申请,加上学校的配比基金,现在可以从容运作了。

去年的"胡适人文讲座",我们请的是美国哈佛大学宇文所安(Stephen Owen)教授,今年则请挪威奥斯陆大学何莫邪(Christoph

---

* 此乃作者2011年4月11日在北大"鲁迅人文讲座"第四讲"中国现代文学学科的过去和未来"上的发言。

Harbsmeier)教授。"鲁迅人文讲座"以北大比较文学与文化研究所创办人乐黛云教授打头，接下来有北京大学资深教授严家炎、前台湾大学教授曾永义等。很荣幸，今天我们请到的是中山大学教授、著名文学史家黄修己先生。

黄先生是北大中文系系友、前北大中文系教授。说来凑巧，二十四年前，我刚博士毕业，留在中文系任教，首次参加系里活动，竟然是欢送黄修己教授南下赴中山大学任教。我是从中大来北大念书的，记得欢送会上，黄教授还开玩笑说，这下子拉平了，中大给北大一个，北大也给中大一个。当然，不是因为我留校，黄教授才南下的，二者之间，纯属时间上的巧合。

1984年，我到北大念博士，那时中国的学位制度刚建立不久，大家没经验，博士生不用修课，就是师傅带徒弟。我每周一次，到王瑶先生家聊天，受他的熏陶——他抽烟斗，基本上不停顿。因此，中文系很多名教授——包括黄教授的课，我都没有听。事后想来，真是后悔莫及。因为，很多北大老学生告诉我：在中文系，黄教授以雄辩著称，课也讲得特别精彩。记得中央广播电视大学开讲中国现代文学，请的就是北大的黄教授。那时没有百家讲坛，否则，这是不二人选。

我说没正式听过黄先生讲课，很遗憾，这不是客套话；虽然通过读书，我也能了解黄教授的学问与思想，但这跟听课不一样。去年，我发表《"文学"如何"教育"——关于"文学课堂"的追忆、重构与阐释》(《中国文学学报》创刊号)，特别提及课堂的重要性。从学术史角度，探究现代中国大学里的"文学教育"，着眼点往往在"学科建构""课程设计"与"专业著述"，而很少牵涉师生共同建构起来的"文学课堂"。那是因为，文字寿于金石，声音随风飘逝，当初五彩缤纷的"课堂",早已永远消失在历史深处。后人论及某某教授,只谈"学问"大小,而不关心其"教学"好坏,这其实是偏颇的。对于学生来说,直接面对且日后追怀不已的,并非那些枯燥无味的"章程"或"课程表"(尽管这也很重要),而是曾生气勃勃地活跃在讲台上的教授们。可以这么说,虽然我在北大获博士学位,但我的"课堂记忆"基本上属于中山大学。念博士期间没修课,是个很大的遗憾。因为,留校任教后,不太好意思去听别的老师讲课——弄不好,人家以为是来监督或者挑刺的。

黄教授是北大中文系1955级文学专业学生,参加过红皮本《中国文学史》的写作,是主将之一。日后,对这段酸甜苦辣的青春日子,黄教授有很好的追怀与反省。黄教授的主要著作有《中国现代文学发展史》《中国新文学史编纂史》《赵树理评传》等,另外,主编《二十世纪中国文学史》,携同众弟子撰写百万言的《中国现代文学研究史》。

从《中国新文学史编纂史》到《中国现代文学研究史》,再到今天的讲题"中国现代文学学科的过去和未来",我相信,黄教授关于"现代文学"这一学科持之以恒、日益深邃的思考,对北大中文系师生将有很大的启示。

(初刊2011年4月21日《南方都市报》)

与当代中国诗歌同行 *

为北京大学新诗研究所"三巨头"出版文集,是中坤集团好几年前就定下来的战略。如此宏愿,随着12卷本《谢冕编年文集》的出版,终于圆满达成。作为后学,我更觉欣喜。

2010年1月19日,"当代文学与文学史暨《洪子诚学术作品集》研讨会"在北大举行,那时我不在京,无缘与会聆听高见。不过,事后拜读赵园、曹文轩等人据发言稿整理而成的文章,很是感动。

2010年11月26日举办的"《孙玉石文集》发布会暨学术研讨会"我参加了,并负责"开场白"。这篇题为《诗人气质的学者》的短文,刊出时被擅自改题,我表示抗议,《新京报》赶快更正并致歉。

今天的"诗意的人生和学术——《谢冕编年文集》出版发布暨学术座谈会",我能够代表北大中文系及北大中国诗歌研究院,向尊敬的谢冕教授致意,深感荣幸。

谢冕老师的书,从《北京书简》(1981)、《共和国的星光》(1983)、《中国现代诗人论》(1986)、《文学的绿色革命》(1988),一直到《一八九八:百年忧患》(1998)、《论二十世纪中国文学》(1998)、《回望

---

* 此乃作者2012年6月26日下午在北京大学英杰交流中心举办的"诗意的人生和学术——《谢冕编年文集》出版发布暨学术座谈会"上的发言。

2008年10月与乐黛云先生、谢冕先生在中文系组织的会议上

百年》（2009）等，我都多少阅读过，只是因为不做诗歌研究，此处还是少说为妙，以便藏拙。更何况，我看到了下面的座谈会发言题目，如孙玉石的《读谢冕诗学思想感言》、吴思敬的《中国当代诗坛：谢冕的意义》、任洪渊的《谈论谢冕，就是谈论一个诗歌年代，谈论一种诗歌选择》、黄子平的《通向"80后"的路》等，明显比我专业多了。

因此，退而求其次，我就说三句话：第一，好的学术著作，不仅仅是技术活，本身必定蕴含着作者的喜怒哀乐、爱恨情仇，乃作者精神世界及日常生活的某种投射——虽说有点夸张与变形。谢老师的书，很少掉书袋，立场鲜明、快意恩仇，一如其为人与处世。无聊不读书，有病才呻吟，故文章容或粗放，但虎虎有生气。第二，谢老师在北大教书，或许被作为"学院派"看待，我则认定其学术路径，更像是追求"铁肩担道义，妙手著文章"的"批评家"。可以这么说，上世纪八十年代以来，作为诗评家的谢冕先生的最大意义，不在其学养丰厚，而在其始终与当代中国诗歌同行。第三，有两种著述风格，同样值得钦佩：或觉世，或传世，二者努力方向不同，各有千秋。问题在于，好的"觉世之文"，照样可以传世。最好的例证，便是梁启超《饮冰室合集》至今仍被广泛阅读。两相比较，谢老师的立场及文风，与今日中国学界讲究精工细作略有不同，更接近八十年代学界风气——冲锋陷阵，开拓进取，虽不够缜密，但有精神。

和孙玉石老师、洪子诚老师一样，谢老师也是有明显"诗人气质的学者"。甚至可以说，谢老师的诗人气质更明显，盖过了其学者的风头。很欣赏洪老师为《谢冕编年文集》出版座谈会拟定的标题——"诗意的人生和学术"。这也是我的判断，可见"英雄所见略同"。

记得那个充满传奇色彩的美国陆军五星上将麦克阿瑟，1951年4月19日被解职后在国会大厦发表题为《老兵不死》的著名演讲："老兵不会死，只是悄然隐去。"诗人更是如此，永远保留着对世界的好奇、对语言的敏感，以及对一切美好的事物的赞叹及倾慕。前些天，有机会与谢老师一起赴伊斯坦布尔参加第四届亚洲诗歌节，相处一周，深刻领会了其"诗人"气质不但没有消减，反是"老而弥坚"，发挥得更加淋漓尽致。

面对着如此"诗意的人生和学术"，我辈后学，感慨万千：凝聚作者几十年心血的《谢冕编年文集》固然值得亲近，那个无论得意还是失意、课上还是课下、开会还是游览，一路走来欢歌笑语、阳光灿烂的老教授，更值得你我钦佩与赞叹。

2012年6月24日于京西圆明园花园
（初刊2012年7月6日《北京青年报》）

大器晚成与胸襟坦荡

—— 在《九十年沧桑》新书发布暨讨论会上的发言

今天下午同时有两个会，一是人民文学出版社七十周年纪念会，一是乐黛云先生新书发布暨讨论会，只能二选一。我毫不犹豫地选择了后者，理由是：我不是人文社的重要作者，可我是乐老师的重要学生。那边规格很高，多一个人少一个人无所谓，说不定还地方太小坐不下；这边是众多弟子及后学向乐老师致敬，有我发言的时间与空间。

虽然熟悉乐老师的经历及著述，第一时间拜读《九十年沧桑——我的文学道路》（中国大百科全书出版社，2021），还是很感动。考虑到乐老师"中国比较文学学科的拓荒者、奠基人"的称号广为人知，就从这里说起。

今天谈比较文学，只是众多学科分支之一，没什么了不起。实际上，无论国外还是国内，比较文学的高潮已经过去了。但在上世纪八十年代，我读书的那个时候，比较文学的影响力可以说是覆盖性的，人文学科各领域，多少都有比较文学的印记。不一定是某部著作或某个人物，而是比较文学的思路、方法及眼光，渗透到人文学科的各领域。

我自己研习的中国现代文学，在上世纪八十年代也曾有过高光时刻，聚集了大批优秀学者，深度介入思想解放大潮。为什么能有如此

2019年12月在中国
文化书院聚会上与
乐黛云先生合影

业绩，我做了如下推演：第一，鲁迅研究的立场及队伍。"文革"期间别的学问都不能做，只有鲁迅研究还能坚持。所以，八十年代中国重要的现代文学专家，大都是从研究鲁迅起步的。而且，研究者追摹鲁迅的气节与风骨，而不仅仅是资料考订或思想论述。第二，那一代学者大都经历过"上山下乡"，或者有丰富的社会阅历，回过头来研究中国现代文学，往往能洞幽烛微，穿透那些重重叠叠的历史迷雾。第三，跟比较文学的渗透和改造有直接关系——相对于其他学科，在东西方文化碰撞中成长起来的中国现代文学，天然地容易理解与接受比较文学的思路及方法。或许只是借鉴些二手的理论及资料，但心有灵犀，不无启迪，然后就是自由发挥了。比如我写过一篇登在《鲁迅研究》1984年第2期的文章，题为《鲁迅的〈故事新编〉与布莱希特的"史诗戏剧"》，当初反响很好，今天看来不可思议。因我大谈布莱希特，可一点德语都不懂，读的都是中译本。学术准备不足，可敢于大胆立论，且也不是一点道理都没有。那种眼界的开拓与思维的活跃，很大程度得益于比较文学著作的译介。

总结乐黛云先生的治学特点，不妨称之为"既开风气也为师"。开风气的人，往往没有时间与心境坐下来认真经营自己的著作。因为，开风气需要学术敏感，需要开拓精神，需要学术组织，需要登高一呼，这样一来，大量的社会活动会挤占著书立说的时间。所以，"但开风气不为师"，那是常态。乐老师不满意于只是引领风气，而是认定"最重要的是要拿出实绩"（《九十年沧桑》第195页，下同）。这个"实绩"，包含学科建设、人才培养，也包括个人著述，比如早期的《比较文学与中国现代文学》（北京大学出版社，1987）、《比较文学原理》（湖南文艺出版社，1988）等。比较文学学科之所以能在八十年代崛起，硬是在石头缝里扎根生长，迅速改变了学界的偏见，与乐老师这种左右开弓——学术组织与个人著述并重——的策略，有很大关系。

我曾经说过，乐老师属于大器晚成。这么说，大家或许印象不深，如果我换一种说法——掰着指头算，乐老师学问上轨道，是五十岁以后，大家会很震惊。回看二十世纪中国学者，每代人都不容易。或者因频繁的战争烽火，或者因不断的政治运动，我的老师及老师的老师辈，很少有二十年平静读书的机会。表面上乐老师起步很早，1950年赴布拉格出席世界学生代表大会，自然是备受政府关爱；北大毕业留校任教，更是意气风发。可1957年一个大浪过来，"我成了'极右派'"（第62页）。接受劳动改造的屈辱与艰辛，性格坚强的乐老师是挺过来了。可学问上的耽搁，谁也补偿不了。直到《北京大学学报》1980年第3期刊出《尼采与中国现代文学》，我以为乐老师在学术上才真正站立起来。而那一年，乐老师五十岁。好在此后四十年，乐老师抓住众多转瞬即逝的机遇，将自己的聪明才智发挥到了极致。

今天的孩子们普遍信奉"出名要早"，都二三十岁了，还没名满天下，于是很沮丧，说是"太慢了""太晚了"。其实不该这样的。看乐老师履历，五十岁才真正上路，而后一路狂奔，几乎没有停下来喘气或歇脚的念头。出道很晚，那是时代的缘故，个人做不了主；可一旦有了机会，就狠狠地抓住，而且再也不肯撒手。这是乐老师最让人敬佩的地方。从五十岁到九十岁，由"现代文学"而"比较文学"而"跨文化研究"，乐老师一路走来，步步莲花，每个涉足的领域都留下深深的印记。有的人起了个大早，可最后只能赶个晚集；乐老师则是反其道而行之，直到近几年，仍有很好的成果问世，这实在是个奇迹。大致了解现代中国学术的坎坷历程，再来拜读《乐黛云学术年表》(第318—331页)，我辈后学很难不惊讶与感叹。

谈乐老师的功绩，还必须提及中国文化书院。有人将八十年代文化热的中坚，描述为国学（中国文化书院）、科学（《走向未来》丛书编委会）与人文（"文化：中国与世界"编委会）三大山头。我属于强调引入西学的"文化：中国与世界"编委会，但我对注重传统的中国文化书院充满敬意。这个由著名学者冯友兰、张岱年、朱伯崑和汤一介发起，联合北京大学、中国社会科学院及海外数十位著名教授创建的学术团体，1984年10月成立于北京。当初年少气盛，觉得中国文化书院不怎么样，因为他们主要靠老先生，且以整理及传播为主业，学术上原创性不足。但实际上，九十年代以后传统文化的复兴，中国文化书院是起很大作用的（参见陈平原《遥望八十年代——一个人文学者的观察与思考》，《文艺争鸣》2018年第12期）。另外，八十年代活跃的众多民间学术团体全都烟消云散了，唯独中国文化书院还在坚持活动。单凭这一点，都值得你我敬佩。这当然不只是汤先生、乐先生个人的功劳，今天在座的王守常、陈越光等也做出了很大贡献。

乐先生的主业是比较文学，本该崇洋；因为汤一介先生的关系，她积极参与中国文化书院活动。表面看是人际关系，实则大有深意。

作为"首批参加这一组织的积极成员",乐老师最初确实属于配角;但要说中国文化书院的宗旨是在"全球意识的观照下"重新认识中国文化(第174页),缺了乐老师还真不行。在八十年代的文化语境中,一般认为,中国文化书院偏于守旧;但有了乐黛云,此学术团体的多元化得到很好的呈现。更何况,1989年4月,乐老师在中国文化书院等主办的"五四运动和中国知识分子问题"国际学术讨论会上,发表了《重估〈学衡〉——兼论现代保守主义》,将知识分子研究、比较文学训练与中国文化书院宗旨很好结合起来,且从此确立了自家的跨文化研究视野(第181、252页)。可以这么说,在八九十年代之交,连续撰写三篇有关《学衡》的论文,在乐老师,不仅仅是配合书院工作,更是自身学术转型的需要。增加历史感,开拓新领域,从比较文学转向跨文化研究,这是关键的一步。

详细描述乐老师的学术贡献,自有及门弟子或同行专家。我更想谈谈她的回忆录写作。理论上,谁都能写自传或回忆录,但实际上,这一文体非常"势利",或者说不平等——成功与否,与写作技巧相关,但更重要的是生活阅历。单就自传而言,阅历决定视野,情节决定高度。若生活平淡,无论你如何努力,写出回忆录来,都是很难吸引读者的。乐老师是有故事的人,这是第一要素;故事之外,还得有才情,否则再精彩的故事也讲不好。其实,最难的还不是这些,而是坦荡的心境——愿意且能够真诚地表述你的得失成败,这样读者才能与你共享喜怒哀乐。

这里牵涉个人气质,也与时代氛围有关。八十年代的政治空气以及伯克利的文化环境,催生出英文传记 *To the Storm* 这样的好书(加州大学出版社,1987)。就像乐老师自己总结的:"由于我确实毫无讳饰地真诚袒露了我的心,这本书得到了很多人的同情。"(第158页)眼下这部《九十年沧桑》，体例上介于自传与回忆录之间，精神上则承继那部已译成德文、日文的英文传记。时代不同了，但乐老师的精神状态及基本立场没有改变，此书虽由众多散文随笔集合而成，好多坚硬的内核依然存在。

用个人生平或家族史来折射近现代中国的历史变迁，这个框架是容易搭建的，但要真正写好很难。除了本人故事足够精彩，还得有坦荡的胸襟，以及自我反省的能力。大凡写回忆录者，最容易掉进去的陷阱是过分自恋。回首往事，尽可能拣好听的说，这是人之常情。明知真话不一定正确，也不一定就是真相，但必须尽可能忠实于自己的记忆，拒绝夸饰乃至故意编造。另外，还得敢于直面自身的缺失；若是能像鲁迅那样，实现某种程度上的"抉心自食"，那是最理想的。《九十年沧桑》中的乐老师，能够冷静地面对自己的一生，有时甚至还会自我调侃，如"我觉得汤老先生对我这个'极左媳妇'还是有感情的"（第77页）。类似这样自嘲的语言，在这书里多次出现。

作为一本回忆录，《九十年沧桑》很好读，一般人都会觉得这书做得不错。但因我对乐老师太熟悉了，她的书我基本上都看过，故略有一点不满足。严格说来，此书不算新书，而是根据她的英文自传与汤一介先生合撰的《同行在未名湖畔的两只小鸟》（太白文艺出版社，2005），以及随笔集《四院·沙滩·未名湖：60年北大生涯》（北京大学出版社，2008）等，重新剪辑而成。可不可以这么做？当然可以，而且确实需要。不要说一般读者，即便同行专家，也不见得对乐老师整个生命历程有整体性的把握。若能一编在手，乐老师的音容笑貌、思想历程以及学术贡献一目了然，那是再好不过的了。既然因年迈无力经营完整的自传或口述史，借用众多散文随笔剪辑而成，是个讨巧的办法。

如果说有什么缺憾，在我看来，主要是编者没在各章节下面加注，说明材料的来源及出处。若加注，可回避各章节不连贯、不平衡的诘难。比如为什么《1948年的北大中文系》这么写，那本来就是为了追怀解放初期因各种原因离开北大的沈从文、废名、唐兰三位先生，故没必要牵涉其他人，你不能追问难道1948年北大中文系就是这个样子吗？另外，不同时期撰写的文章，语境、内涵及意义是不一样的，时过境迁，有的说法不见得很妥当。没必要刻意修改或掩饰，加个注就解决问题了。看得出来，编者做这书非常用心，且得到了乐老师的高度赞许。我的建议是，此书重版时，附一个各章节资料来源的说明，供有兴趣的朋友追根溯源。说不定还有读者更上一层楼，通过对照阅读，品鉴你摘编是否合适，组合有无道理，或者还有哪些潜藏的富矿值得进一步开采。

最后，还想说说我与乐老师的具体交往。我不属于乐黛云先生的"嫡系部队"，只是因乐老师早年曾随我的博士导师王瑶先生读书，故对我另眼相看。1984年我到北大念博士，那时乐老师已经竖起了比较文学研究大旗，明知我不是那块料，还是将我收入麾下。理由是：凡学中国现代文学的，都有从事比较文学研究的潜质。1990年，乐老师主持了首届全国比较文学优秀著作奖，我的《在东西方文化碰撞中》（浙江文艺出版社，1987）有幸入围，且获得了一等奖。不过坦白交代，本来得的是二等奖。考虑到获一等奖的都是名满天下的大学者，获不获奖对他们无所谓，乐老师灵机一动，将一等奖变成了特等奖，我们也就顺理成章地升级了。善解人意的乐老师说，这么处理对年轻人有好处，他们需要填表。

去年八月，我在北大出版社刊行《现代中国的述学文体》，那是我的"学术史三部曲"的收官之作。其中第一章《现代中国的述学文体——以"引经据典"为中心》，是根据我在"多元之美"比较文学国际学术研讨会（北京，2001年4月8—10日）上的发言稿整理而成的，初刊《文学评论》2001年第4期，又见《2001中国年度文论选》（漓江出版社，2002）、乐黛云与孟华编《多元之美》（北京大学出版社，2009）等。当初北大比较文学所副所长孟华教授受乐老师之命，坚邀我与会。我因长期不做比较文学而胆怯，孟华的游说很精彩：正因知道你不一样，才坚持邀你参加，要不怎么叫"多元之美"？这巨大压力下的思考与表达，害得我辗转反侧，没想到竟催生出对我来说如此重要的成果。

我担北大中文系主任期间（2008—2012），曾组织编写若干书籍，其中最值得骄傲的，莫过于《鲤鱼洲纪事》（北京大学出版社，2012）。鲤鱼洲位于江西鄱阳湖畔，从1969年到1971年，这一血吸虫病疫区成为北大、清华两所高校的"五七干校"所在地。书出版后，我这样回答记者提问："在官方记述之外，我们希望用各种各样的办法为不同时代的北大师生生活留下记录，在还没有盖棺论定的历史结论的时候，立此存照，留点资料。如果我们不做这个事情，它将很快过去，写文章的老师都已经退休了，在岗的教师对此没有了解。那段历史现在不谈，再不去回首烟波浩渺处，它就将沉入历史湖底。我们在做的是打捞记忆的事。"（参见许荻晔《"别忘记苦难，别转为歌颂"——对话北京大学中文系主任陈平原》，2012年4月5日《东方早报》）此书的编写及出版难度不小，能做成此事，我很欣慰。而最早启发我思路的，是乐老师的《北大鲤鱼洲分校：空前绝后的草棚大学》（《博览群书》2008年第4期）。2010年6月，我给中文系老师们发信，说明编写此书的目标及宗旨（还有禁忌），同时附上此前已刊的乐黛云、洪子诚、周先慎三文，供大家参阅。

一次评奖、一篇论文，还有一部书稿，这些都是看得见摸得着的提携与指引。其实，更重要的是那些如盐入水、有味而无形的言传身教。未名湖边，乐黛云先生勤勉耕耘、不断进取的身影，给我辈后学树立了绝好的精神标杆。

2021年4月5日于京西圆明园花园

（初刊2021年4月14日《中华读书报》）

老钱及其《安顺城记》

一

我的师兄钱理群教授又出新书了。不过，这回的新书不是独自撰写，而是联合主编。即便如此，《安顺城记》（贵州人民出版社，2020）在老钱心目中也是分量很重、很重，以至多次提及，都说这是他晚年最大的项目，也是心愿所在。

出书就出书，为何强调"又"呢？那是因为，最近二十年，老钱的学术写作及出版呈井喷状态。每次朋友聚会，他都会掏出几本新书相赠，且笑嘻嘻地说：送不送在我，看不看随你。确实，常有朋友半开玩笑说：大家都很忙，老钱写书，我们读书，最后读书的赶不上写书的进度。

前北大校长曾不耻下问，征询我的意见：你们文科教授真的六十岁以后还能出成果？我回答三个字："正当时。"因为，此前或知识积累不够，或日常工作太忙，还有家累什么的，没能彻底放开。六十岁前后，各种状态调整到位，真正有才华且愿意献身学术的文科教授，终于开始发力了，而后便"一发不可收拾"。最典型的，莫过于我的师兄钱理群教授。

2002年，满六十三周岁的钱理群教授，"循例"退出北大课堂。当

1990年1月6日在老钱家，左起钱理群、陈平原、黄子平

2021年6月泰康燕园合影，左起赵园、钱理群、陈平原、王得后、夏晓虹

初他的表态是：这是一段生命的结束，又是新的生命的开始。大家也就听听而已，知道他还会继续写作，但谁也没想到，失去北大舞台的老钱走入更为广阔的世界，左冲右突，越战越勇，将自家智慧与才华发挥到了极致。

此前虽也强调独立的姿态与批判的声音，追求"学者兼精神界战士"的人生道路，但多少受制于学院的舞台及视野。退休以后，老钱百无禁忌，自由挥洒，"逐渐走出现代文学研究专业，开始了现当代中国政治、思想史和知识分子精神史的研究，以及地方文化研究，并更深入、自觉地参与民间思想运动"（参见钱理群《八十自述》，《名作欣赏》2020年第3期别册《脚踏大地，仰望星空——钱理群画传》）。就说出书吧，老钱至今撰写了大小书籍九十余种（含若干未刊），其中完成于退休前的仅26种（那也是"大珠小珠落玉盘"）。换句话说，到目前为止，老钱退休二十年，其工作业绩已远远超越在岗时。

老钱有点特殊，不是每个退休的文科教授都能像他那样超水平发挥。除了社会责任与个人才华，还必须提及，老钱始终有一种紧迫感。第一次听他这么感叹，是1991年，那年他因病动手术，一开始怀疑是癌症，老钱很紧张，"病后就有了先前没有过的'要赶紧做'的念头"，于是赶写出《大小舞台之间——曹禺戏剧新论》（浙江文艺出版社，1994）和《丰富的痛苦——堂吉诃德和哈姆雷特的东移》（时代文艺出版社，1993）。老钱自称此次病痛促使其奋发，加快步伐，于是"迎来了自我学术、思想、生命创造的一个新的高潮"（钱理群《八十自述》）。

这"要赶紧做"的理念，涉及老钱治学的一大特点，即先立其大，确定目标后，再根据自身情况调整策略。我曾戏称其为："有条件要上，没有条件创造条件也要上。"这当然是引用铁人王进喜的名言，可历史上很多奇迹，都是这么创造出来的。老钱要做"堂吉诃德和哈姆雷特的东移",依常规看,不太可行,因他不懂外语,涉及这两个形象／主题／理念"自西徂东"的过程描述,只能借用其他研究者的成果。可老钱的学术感觉很好,且擅长趋避,"过程"一带而过,重点落在中国知识分子精神史的探究,故此书提出了若干思想命题,"是我的学术中思想含量最大的一部著作"(钱理群《八十自述》)。与此相类似的,是他的毛泽东思想研究。当初我以为条件不成熟,因很多重要档案你看不到,只读公开出版的书籍,犹如雾里看花。但老钱笔锋一转,论述主题变成了"我和毛泽东",最终写成了自我清理与历史建构并重的《毛泽东时代和后毛泽东时代:另一种历史书写》(联经出版,2012;此书有日文译本及韩文译本)。这种大处着眼,不过分拘泥于史料及规范的研究与写作,是受过良好学术训练的学院派所不敢想象,也难以企及的。借用老钱的话,这是一种"有缺憾的价值"。不是"每下一义,泰山不移",而是灵光一闪,发人深思——老钱在学术史上的贡献,主要不是"完成",而是"提出"。后来的研究者,可以通过追寻其思路,辨认其缝隙,克服其缺憾,而使论题获得大力推进与展开。

想大问题,出大思路,写大文章,这是老钱的特长,也是老钱对读者的期待与召唤。读老钱的书,不要过分计较局部的得失。涉及某些专业问题,即便像我这样才疏学浅的,也都能看出师兄的毛病;落到专门家手中,更是很容易横挑鼻子竖挑眼。单就具体论述而言,老钱每本书都不是特别完美,或者说并非"无懈可击";可每本书都有新意,看得出作者一直在努力搏击进取。这与老钱的文化立场有关:拒绝成为纯粹的学院派,追求"学者与精神界战士"的结合。这使得他的很多论述,更像思想文化评论,而不是专深的学术著作,你只有读出老钱所有著述背后蕴含着的"当代中国思想进路及社会问题",方能理解其真正的好处。这位学者的大部分著述,都不局限于书斋,而是连接窗外的风声雨声。也正因为有社会实践垫底,有思想道德引领,老钱的批判立场以及不断进击的姿态,才能博得众多掌声。说到底,这是孕育于大转型时代、记录着风云变幻、投射了个人情感、有可能指向未来的思考与写作。

二

老钱思维特别活跃,每天都有新见解,好主意更是层出不穷,只是不见得都能落实。这种性格,特别适合于当导师。老钱刊行第一本随笔集,是我帮助命名的,就叫《人之患》(浙江人民出版社,1993),背后略有自嘲的意味。不过老钱把它说开去,变成了重要的人生感悟。要成为导师,必须有个人魅力,才能吸引众多追随者——不一定是及门弟子,也不必执弟子礼,反正都愿意跟着老钱干活。老钱的名言:坏人已经联合起来了,好人本就不多,更要联合起来做事。老钱属于"春江水暖鸭先知",擅长表达自己的超前思考,也喜欢挥手指方向,好多精彩的论述犹如行动口号,这与他早年热衷阅读毛泽东著作以及在贵州的民间思想群落中的领袖地位有关。至于做得到做不到,那是另一回事,起码体现了某种理想情怀与实践方向。

每当老钱慷慨激昂、十分高调地谈论自己如何"做小事情"时,我就暗自发笑。不过,这个笑,没有任何恶意。我承认,倘若过于洁癖,那是做不成任何事的。老钱之所以能做成很多事,比如主编《新语文读本》、策划若干丛书、长期和众多青年交朋友,参与乡村建设运动等,都与他善于提倡、指导与协调有关——若什么事情都亲力亲为,能做到的就必定很有限。老钱没有任何官位,单靠个人魅力,做成了很多事(包括这回参与主编《安顺城记》),这种民间思想及论述的魅力，近乎奇迹，以后很难再有了。十年前，我写过一篇《人文学之"三十年河东"》(《读书》2012年2期)，其中有这么一段："以最近三十年的中国学界为例，八十年代民间学术唱主角，政府不太介入；九十年代各做各的，车走车路，马走马道；进入新世纪，政府加大了对学界的管控及支持力度，民间学术全线溃散。随着教育行政化、学术数字化，整个评价体系基本上被政府垄断。我的判断是，下一个三十年，还会有博学深思、特立独行的人文学者，但其生存处境将相当艰难。你可以'只讲耕耘不问收获'——即不追随潮流、不寻求获奖、不申报课题、不谋求晋升，全凭个人兴趣读书写作，但这只能算是'自我放逐'，其结果必定是迅速淡出公众视野。"

老钱以鲁迅研究起家，日常生活中，也颇有追摹鲁迅的意味。关注当代中国，介入社会现实，强化批评力度，追求精神境界，这些都是。但老钱有个特点，特别喜欢"三"这个数字，读钱理群《学术纪事(1981—2019)》：2005年完成了"我退休后的三大学术著作"，2007年"我写了三大本教育论著"，2008年"我做了三大演讲"(参见《脚踏大地，仰望星空——钱理群画传》第12页)。《八十自述》结尾处，总结了"三大人生经验"，连带检讨自家的三个缺憾。到了出版书籍，更是众多三部曲——在广为人知的"鲁迅研究三部曲"(《心灵的探寻》《与鲁迅相遇》《鲁迅远行以后》)、"周作人研究三部曲"(《周作人传》《周作人论》《读周作人》)、"当代知识分子精神史三部曲"(《1948：天地玄黄》《1949—1976：岁月沧桑》《1977—2005：绝地守望》)外，还有"当代民间思想史研究三部曲""当代政治思想史研究三部曲"等。老钱的自我定位，首先是"文学史家"，这就要求其在中国现代文学史写作上形成独立的文学史观、方法论与叙述方式，于是，在大获全胜的《中国现代文学三十年》和《中国现代文学编年史——以文学广告为中心》之外，老钱正全力以赴独立撰写《钱理群新编现代文学史》，以便形成"文学史三部曲"。

老钱的文章及著述，不是每个人都喜欢，这里有立场问题，也有文风问题。老钱写作很快，每天三五千字，那是很稀松平常的。只要想好了大思路与写作框架，提笔就来，长江黄河，浩浩荡荡，以大视野及风神气象取胜，不计较细枝末节。不是说材料或细节不重要，而是正在兴头上，顾不及那么多，先写下来再说，日后自有专家帮助打扫战场。

作为一个典型的理想主义者，老钱平时说话或写文章，喜欢用大词，且论述时不怎么自我克制，擅长总结与提升，有时不免疏于论证。其论述风格，较多地保留了八十年代特色，年轻一代不见得愿意接受并欣赏。但老钱不管这些，依旧沉浸在自家的思考与写作激情中，每天笔耕不辍。我等常人，写作时容易犯困；老钱则反过来，不写就困，很容易睡着。年方八二的老钱，平日思如泉涌，每天兴致勃勃，没有变法不变法的问题，一直往前走，直到有一天写不动，那就真的"完了"。

读钱理群《学术纪事（1981—2019）》，2013年已宣称："本年，在写作上是我的'收官之年'，即将原先铺得过宽的写作范围做最后的扫尾工作。"那是因为，由于身体等原因，老钱必须转移阵地。2015年7月10日搬进泰康之家（燕园）养老院，此消息一经友人公布，还曾引起轰动，许多人不解，以为老钱"穷途末路"了，殊不知他是为了集中精力写作。自称晚年生活要好好调整，多多休息，"在生命的不息燃烧与超脱之间寻求某种平衡"，可你听听他的自述："在养老院的四年多的时间里，就完成了三部重要著作"（《脚踏大地，仰望星空——钱理群画传》第15页）。先不说这三部大书的厚重与广博，单是

"约二百五十万字"就足以把人吓倒——每年撰写五十多万字的学术作品,这哪里是养老院,分明是写作营!

老钱说《安顺城记》是他晚年最想做的大事,好像是收尾工程的意思。其实,老钱的话不能太当真,每回听他兴致勃勃地谈论新的想法,鼓励他写出来,只见他神秘地眨眨眼,说已经快写完了。至于能不能出版以及何时出版,不在老钱考虑范围内,写作的目的,是让后人了解这个时代一个读书人思考的高度与广度。

三

既然老钱那么喜欢三部曲,这回《安顺城记》也不会是孤军奋战,我替他总结:加上此前合作主编《贵州读本》(贵州教育出版社,2003),以及独立撰写《漂泊的家园》(三联书店,2016),乃老钱的"地方文化研究三部曲"。

"地方文化研究"并非老钱的主攻方向,但贵州是他除北大之外的另一个精神家园。老钱多次说过,不了解他与贵州／安顺的关系,就无法真正理解他的学术与人生。谈论贵州、研究安顺,是内在于他的人生和学问之中的。这事肯定要做,至于什么时候做,以及做成什么样子,那是机缘凑合的问题。看得见的是十八年的生命记忆,以及众多新老朋友的精诚合作;压在纸背的,则是多年从事现代文学、当代中国政治、知识分子精神史以及民间思想运动研究的思考。

比起很多更有文化、更多人才、更为富裕的省份来,贵州有老钱这样的"志愿者",实在是十分幸运的。这位退休教授,自带干粮,千里奔袭,集合很多同道,做成了《安顺城记》,其经验其实很难复制。我不想过分夸大老钱在地方文化研究方面的能力及贡献,我只是说他起到了"发动机"那样的主导作用。我们相约关注地方文化（这里有更为广阔的学术思考，不仅仅是"因为我对这土地爱得深沉"），他编《贵州读本》，我编《潮汕文化读本》（与林伦伦、黄挺合作主编，广东教育出版社，2017），应该说效果都不错。可他主导《安顺城记》一路顺风，我的《潮州城记》则偃旗息鼓。除了传统意义上的"潮州"已不存在，分割成了汕头、潮州、揭阳三个地级市，竞争多而合作难；还有一点，我没有老钱多年深耕贵州所形成的深厚的经验与人脉。

老钱特别擅长自我总结，这既是史家立场的体现，也与其诸多开风气之先的努力在国内学界没有得到充分肯定有关（老钱至今未在国内获得过任何重要的学术奖项）。因此，老钱著作（尤其是主编的书）的序言特别值得玩味。《贵州读本》的前言题为《认识我们脚下的土地》，文末是："这件事需要持之以恒地长期坚持下去，需要有更多的人一起来做。现在只是一个开始。"《安顺城记》的序言则是《集众人之手，书一家之言》，将此书的特点及突破，包括"贵州本地人用自己的语言，真实而真诚地描写我们自己"的历史使命，"仿《史记》体例写一部《安顺城记》的创意和设想"，以及"构建地方文化知识谱系"的努力，还有全书编写的十个方面的理念与要求，交代得清清楚楚。而我最感兴趣的是，主编及总纂是如何汇聚68位从三〇后到八〇后的撰稿人，让"六个年龄段的作者通力合作，并且各得其所"，最终达成"立一家之言"的目标。老实说，这个操作难度之大，一点不亚于艰深的个人著述。

若想了解为什么选择这么一种操作策略，建议阅读收入三联版《漂泊的家园》中的《好人联合起来做一件好事》（第323—332页），那是老钱2012年12月在《安顺城记》预备会议上的讲话，谈论"编写《安顺城记》的理念、方法和史观"，还有好多具体措施，涉及"民间修史"

的方方面面。将此文与日后正式刊行的七卷大书相对读，不难明白老钱这位"规划师"所起的巨大作用。

最后，请允许我引一段老钱的自述："《安顺城记》的确贯穿着我们的历史观。其一，这是一部以安顺这块土地，土地上的文化，土地上的人为中心的小城历史；其二，突出安顺多民族聚居的特点，突出'多民族共创历史'的史观；其三，强调'乡贤与乡民共创历史'，既突出乡贤世家的历史贡献，也为平民世家立传；其四，融文学、社会学、民俗学、文化人类学、历史、哲学为一炉的'大散文'笔调书写历史，这是对历史叙述的基本要求。"(《从土地里长出来的历史中寻求永恒》，2021年4月9日《北京青年报》)如此精彩的自我概括，我已经不能赞一辞。

2021年4月21日于京西圆明园花园
（初刊2021年4月24日《上海书评》）

百战归来仍战士

—— 读温儒敏《为精神界之战士者安在》有感

那天在北大举办的"中国现代文学研究与教学的现状及前瞻——温儒敏《为精神界之战士者安在》研读会"上，老温一头一尾的发言很动感情；作为老同学，我同样心有戚戚焉。开篇从1978年进北大师从王瑶先生讲起，称自己出版此书，除了自我总结，再就是模仿鲁迅的《坟》：一面是埋藏，一面是留恋。结尾则是致谢，且表明自己心里很明白，朋友们的诸多表扬，哪些属于场面话，哪些说到了要害处。

王瑶先生"文革"后培养的研究生，可谓人才济济，而留在北大的，就是老钱、老温和我。那天老同学（温儒敏和钱理群是硕士同学，与我则是博士同学）相聚，隔了个新冠疫情，自是格外亲切。新书座谈会嘛，自然以表扬为主，但老钱好多话说开去了，谈及自己的研究计划；我则略为跑题，一半谈新书，一半赞赏老温的学术组织能力。外人不太了解，或误以为我这么说是虚与委蛇。其实不对，我那天论文兼衡人，有两个标杆，一是王门弟子所能达到的境界，一是现代中国学术史。当时我说，王先生弟子中，有人专精学问，有人喜欢教书，有人擅长行政，老温则是兼及教学、科研与行政。这个评价其实很不一般。

《为精神界之战士者安在》（人民文学出版社，2021）收文五十七篇，

2021年10月严家炎先生学术研讨会期间合影，左起钱理群、陈平原、温儒敏、谢冕

仅限老温现代文学方面的单篇文章，不选专著，也不包括语文教育方面的论述。在《题记》中，老温称："四十年来，我出版了二十多种书，发表二百多篇文章。说实在的，自己感觉学术上比较殷实、真正'拿得出手'的不多。现在要出个自选集，并没有什么高大上的理由，也就是做一番回顾与检讨——让后来者看看一个读书人生活的一些陈迹，还有几十年文学研究界的某些斑驳光影。"如此低调的自我陈述，迥异于当下满天飞的"填补空白"。这么说，并非故作谦虚，记得民间文学研究大家钟敬文晚年有一妙语："我从十二三岁起就写点小文章，今年快百岁了，写了一辈子，还没写这么多，严格的论文有三五篇就不错了。"（钟敬文：《知识分子是"中流砥柱"》，2001年5月23日《中华读书报》）学术发展日新月异，江山代有才人出，能在学术史上站住脚的，确实少而又少。

老温新书第一辑"鲁迅研究"，收文十三篇，应该说是重头戏；但要说新时期鲁迅研究的代表性人物，轮不到他（即便算上他刚完成，将由人民文学出版社推出的《鲁迅精选两卷集》和《鲁迅作品精选及讲析》）。应该关注的，其实是另一个角度，即如何将比较文学视野及方法引入现代文学研究。作为"文革"后第一届研究生，老温在北大读书时的导师是王瑶，副导师为严家炎、乐黛云。这就很容易理解，为何老温最初入手处是比较文学研究——1981年参与筹备北京大学比较文学研究会，上世纪八十年代出版过三部主编或合编的比较文学论集。因此，老温更值得关注的文章应该是《鲁迅前期美学思想与厨川白村》(1981)、《外国文学对鲁迅〈狂人日记〉的影响》(1982)，以及《欧洲现实主义传入与"五四"时期的现实主义文学》(1986)。这三篇论文既体现老温那时候的学术水平，也可看出八十年代中国比较文学的思路与眼光。

第三辑中的《新文学现实主义总体特征论纲》(1988)很不错，但那是博士论文《新文学现实主义的流变》(北京大学出版社，1988)的微缩版。后者是国内第一部认真辨析现实主义思潮史的著作，当初影响颇大，开风气之先，启发了日后不少关于思潮流派的论述。另外，此书获中国比较文学学会颁发的首届全国比较文学优秀著作一等奖（1990）。因拙著《在东西方文化碰撞中》也有幸厕身其中，我曾撰文透底："不过坦白交代，本来得的是二等奖。考虑到获一等奖的都是名满天下的大学者，获不获奖对他们无所谓，乐老师灵机一动，将一等奖变成了特等奖，我们也就顺理成章地升级了。善解人意的乐老师说，这么处理对年轻人有好处，他们需要填表。"（《大器晚成与胸襟坦荡——在〈九十年沧桑〉新书发布暨讨论会上的发言》，2021年4月14日《中华读书报》）

第四辑"学科史研究"很能体现老温治学的特点，学术敏感与社会责任并重。若《思想史取代文学史？》(2001)以及《文学研究中的"汉学心态"》(2007)，都是针砭时弊，对症下药，这与作者长期处学术领导地位有关。既然是学会领导，就有责任这么说，不管年轻一辈买不买账。这组文章中，获王瑶学术奖的《现代文学研究的"边界"及"价值尺度"问题》(2010)最有深度，尤其是如何"找回现代文学研究的'魂'"这个提法，我深表认同："首先就是怎样做到既回归学术，又不脱离现实关怀，积极回应社会的需求，参与当代文化建设。"（第579页）针对新生代的"项目化生存"，老温谈及"在现代文学研究越来越'学院化'的大趋势下，如何弥补过分'学院化'所造成的弊端，找回学术研究与社会责任、研究工作与生活世界的有机联系"（第596页）。此前此后，我有两段话，可与师兄的上述观点相呼应："'五四'之于我辈，既是历史，也是现实；既是学术，更是精神。"（《触摸历史与进入五四》第3页，北京大学出版社，2005）——这里的"五四"，置换成"现代文学"，同样适应。"随着中国学界专业化程度日益提升，今天的博士教授，都有很好的学术训练，但在专业研究之外，有没有回应各种社会难题的愿望与能力，则值得怀疑。原本就与现实政治与日常生活紧密相连的中国现代文学专业，若失去这种介入现实的愿望与能力，其功用与魅力将大为减少。"（《"中国现代文学"的意义及可能性》，2018年12月18日《北京青年报》）

第三辑中的《王国维文学批评的现代性》，当初刊《中国社会科学》1992年第3期，反响很不错。此文即老温代表作《中国现代文学批评史》(北京大学出版社，1993)的第一章。该书的写作缘于作者1988年在北大开设的专题课，出版后评价甚高，1998年获教育部颁发的第二届全国高校人文社会科学研究优秀著作奖二等奖。作者本人对此书颇为满意，称"这本书的确下了'笨功夫'"，也提出一些新的看法，至今仍然是现代批评史研究中引用率最高的一本"(《说说我的研究著作》,《名作欣赏》2019年第3期别册《守正创新——温儒敏画传》第18页)。

那天座谈会上,老温自述平生,有科研著述,有学术组织,但最得意的还是自家的教学工作——其实,他的很多科研成果也是从教学生发出来的,包括主编多部大学及中小学教材,也都是着眼于教学需要。老温自称是个好老师,这定位很让我感动。因为当下中国高校,强调看得见摸得着的科研成果,而教学凭的是良心。老师教得好不好,用不用心,除了天知地知,再就是你自己以及所教学生知道。王瑶先生送学生出校门,总会叮嘱:在大学教书,站稳讲台是第一位。别的不敢说,留在北大任教的这三位,都以教学认真著称。老钱和我都曾被评为某年度的"北大十佳教师",老温更是获教育部颁发的"全国高校教学名师奖"(2008年),其获奖感言是:"我觉得教学是值得用整个人生投入的事业,是我所痴迷的乐事,是一份完美的精神追求。"虽说颁奖级别不同,可要说教学的投入以及深受学生爱戴,排在第一位的是老钱,其次才是老温,我叨陪末座。老钱没有成为"教学名师",那是另一个问题,虽然遗憾,但不意外。因为谁都明白,获奖与否,以及获什么奖,有很大的偶然性。但作为老同学、老同事,我敢担保老温的获奖实至名归。

研究生毕业四十年,老温一路走来不容易,但总的来说,比老钱和我都顺利多了。两年北大出版社总编(1997年7月—1999年6月),九年北京大学中文系主任(1999—2008),八年中国现代文学研究会会长(2006—2014),行政级别虽不高,但在学界很重要。居其位的,有人营私舞弊,有人尸位素餐,老温则是真干事,在每个位置上都做出了成绩,这点不能不令人感佩。比如北大出版社总编任上,促成《全宋诗》的出版以及《十三经注疏》整理本的刊行,很见其眼光与执行力。

刚当上北大中文系主任，便提出"守正创新"的办学思路——这口号日后逐渐扩散，被学校以及更高一级领导接纳。

北大中文系主任不算官（一定要算，也就处级），但动见观瞻，是能影响学界风气的。2001年校方决定将中文、历史、哲学、考古等系合并，成立大的文学院或人文学院，中文系教授激烈反对，历史、哲学两系也不以为然。作为系主任，既要贯彻上级指示，又要反映下面民情，你看老温如何冷静处理。先是在友谊宾馆某会议室召开全系教授座谈会，让大家畅所欲言；后向校方全面呈报，而且特别强调最激烈的意见——若校长一定要合并，我们执行；但他一下台，我们马上恢复原状。校长一听，这事情不好办，危机于是化解。直到今天，北大中文系仍是全国为数不多的几个特立独行的系。2008年我接手中文系主任，有人重提此话题，新校长很知趣，说你们要是不觉得当系主任委屈，那就不用改了。反正校内管理，院系一视同仁。在整个抗争过程中，我观察这位师兄，上下协调，软中带硬，还是很有本事的。

有一段时期，风气对师兄老钱很不利。职务在身的老温，深知学校的立场以及老钱的脾气，不时需要协调朝野公私诸多矛盾，居然处理得很妥帖，既没有疏远老同学，也未让上级不高兴。记得有一年，老钱等五月底跑到西北游览，沿途顺便讲学。因时间敏感，担心出事，老温受人之托，给我打电话，让我向老钱转达关切。其实老钱粗中有细，不用提醒，他也会注意演讲时机的。

老温很希望我接中文系的班，但学校一级不无阻力，主要是担心我思想太活跃，把握不住。事后才知道，老温为此事多方解说，帮我纾解困境。让他没想到的是，我对行政工作不感兴趣；最后还是在他以及常务副校长吴志攀的再三劝说下，才勉强上任的。四年任期，还算用心用力，未见明显缺失；可只做了一届，时间一到，马上辞职。

在《花开叶落中文系》(三联书店，2013)的序言中，我提及："我当然明白，'在其位'就得努力'谋其事'；可在具体操作时，常有力不从心的感觉。最主要的，并非时间紧迫耽误写作，也不是人事纠纷尔虞我诈，而是自家的学术理念与当下的学术制度不吻合，时有言不由衷的痛苦。这厢刚撰文批评，那边又开会提倡，左手右手互相掐架，实在做不到'理直气壮'。既怕自家的特立独行影响北大中文系的整体形象及利益诉求，又不能全心全意贯彻学校及教育部的指令，如此左右支绌，着实有点心力交瘁。"这个时候，我才理解老温当系主任的不容易。

私下跟老钱、赵园议论，老温的这种办事能力，大概缘于他大学毕业后在广东韶关地委办公室当了八年秘书，既了解基层实际，也懂得官场运作，因此不仅能出好主意，且有很强的执行力，这跟只会教书的老钱、赵园和我阅历及经验不同。别看老温温文尔雅，其实很有主见，讲策略，能落实。下面这段话，不仅针对中学语文教学，更是老温为人处世的基本立场："光是批评抱怨不行，还是要了解社会，多做建设性工作。"（温儒敏：《为语文教育改革"敲边鼓"》，2013年1月6日《羊城晚报》)提倡"建设性工作"没有错，但批评"痛快文章"，有时难免伤及无辜，且给人守旧或平庸的错觉。

但要想办成事，老温还是比老钱和我更有经验。我曾提及，北大版《中国现代文学三十年》之所以畅销多年，除了三人配合默契（我称其为"绝配"，三人各有所长，且关系甚好，后记中说明每人负责撰写的章节，但全书浑然一体），更与老温的运作能力有很大关系。2003年，老温独力创办了虚体性质的北京大学语文教育研究所，赤手空拳打天下，一开始受到很多质疑，系里有人认为他不务正业，有人讥讽其谋求私利，更有以小人之心度君子之腹者，认定其才华枯竭，只能转而关注中小学语文。老温不管这些，一步一个脚印，竟走出一条新路来。先是2002年与人民教育出版社合作，编写高中语文教材，袁行霈主编，温儒敏与人教社顾之川任执行主编。北大中文系教授（包括我自己）的强大阵容，加上人教社长期编写教材的丰富经验，这套语文教材（包括选修课读本）做起来顺风顺水。2012年起，老温又受教育部委托，担任部编本中小学语文教科书总主编。大家都注意到此举的影响力，将其作为老温的名山事业，只有老钱和我替他捏一把汗——因为，这活不好干。

想象这活要是落到老钱和我头上，肯定做不好；但老温行，虽说也会不时诉诉苦，但"终于熬过来了"，当然也就"很有成就感"（参见舒心《温儒敏：办教育要"守正创新"》，2017年10月18日《光明日报》）。编中小学教材，这事当然很重要，不管有多少缺憾，能顺利通过评审，老温总算实现了多年的梦想。没编过教材的人，很难体会其中需要协调的各方利益，以及必须时刻警惕的地雷与困境。这不是发挥个人才华的地方，更需要的是大局观以及协调能力。

这些年老温主持部编语文教材，得到很多掌声，也收获了不少砖头。据说每隔三个月，网上就会出现一批骂温儒敏的文章。但老温并不惧怕，甚至越战越勇，其谈论中小学语文教育的论著，影响力大大超过了其主业中国现代文学研究。前年出版的《温儒敏语文讲习录》（浙江人民出版社，2019年8月第一版，11月第三次印刷），是从此前刊行的三集《温儒敏论语文教育》中选文，加上若干新作。腰封上写着"中小学语文教科书（部编本）总主编、北京大学语文教育研究所创所所长温儒敏教授，关于语文教育的思考与探讨"，闭着眼睛，我都知道这书会很畅销。

相对而言，人文社推出的这册现代文学研究自选集，不可能走红。我只是想提醒热爱温著的读者，老温如此谈论语文教育，是有其文化立场与学术根基的。老钱和我都为老温的书名拍案叫绝——以鲁迅《摩罗诗力说》结尾的这句话作为书名,很能体现老温的精神境界。那天座谈会上,老温很得意,说他如何跟出版社周旋,非要这书名不可,不管读者懂不懂,接不接受。请看老温的自述:"40多年前,我还是研究生,在北大图书馆二层阅览室展读此文,颇为'精神界之战士'而感奋,相信能以文艺之魔力,促'立人'之宏愿。40多年过去,要给自选集起名,不假思索又用上了'精神界之战士者安在'。这是怀旧,还是因为虽时过境迁、而鲁迅当年体察过的那种精神荒芜依然? 恐怕两者均有。"(参见舒晋瑜《"鲁迅带给我们对于自身文化的真切体验"》,2021年3月24日《中华读书报》)。这既是晚清及"五四"的思想氛围,也是八十年代的精神气质,某种意义上,我们共享这一传统,故老钱才会抓住这个书名大加发挥。

这个时代,还需要"精神界之战士"吗? 或者说,当下中国学人,还愿意以"精神界之战士"为榜样或自诩吗? 老温没当过大官,可好歹长期处于领导岗位,多年摸爬滚打下来,还依然如此迷恋鲁迅,这很难得。所以,我才会以"百战归来仍战士"作此文题目。

2021年4月12日于京西圆明园花园
(初刊2021年4月16日《新华每日电讯·草地》)

"五能教授"夏晓虹 *

我说过,为自己妻子的著作写序很不容易,切忌乱戴高帽,讲话要得体。生日致辞也一样,不能太肉麻,要有趣味且能节制。经过一番认真思考,我终于总结出夏老师五大优长,或者说五种特殊的才能。

请听我逐一道来。

第一,能幼能长——中国人常见的毛病是,小时候少年老成,长大后又为老不尊。夏老师的最大特点是顺应生命的律动,早年不扮老,如今不装嫩,近年更扳着手指头计算何时退休。就像春夏秋冬,乃至传统的二十四节气,随时随地都有值得欣赏的美景与美食,就看你会不会体味。

唯一的一次很不高兴,是从学校回家,路上出租车司机问她:大姐,"反右"的时候你是不是就在北大教书? 我赶紧安慰:那人的历史感或数学有问题,别理他。

第二,能吃能睡——刚结婚时回潮州,我奶奶要她多吃肉,说是长胖点好看,显得福气。饭桌上,妈妈不断给她夹菜;爸爸也说,写文章很辛苦,要注意营养。弄得她啼笑皆非。其实,她很能吃,从不忌口,只因吸收能力差,吃多少也长不胖。没想到风水轮流转,如

---

* 此乃作者2013年6月21日在北京香山蒙养园夏老师生日会上的致辞。

今这弱点倒成了很大的优点。吃饭时从不考虑卡路里，不仅大口吃肉，还大碗喝酒，朋友夸她命真好。

夏老师从不熬夜，一般都是十二点以前睡觉。而且，从来不吃安眠药——除非倒时差，需要吃点褪黑素。这对于经常"用脑"的读书人来说，实在难得。我总结经验：第一，性格平和，很少翻江倒海、风云激荡；第二，自知身体不强健，本钱少，不敢乱花；第三，认定学问乃持之以恒而不是瞬间灿烂；第四，能做多少算多少，从不制订伟大的五年或十年计划。

第三，能游能玩——夏老师很早就体现出在旅游方面的天赋，但有个毛病，常将旅游与集邮混为一谈。早年买中国地图，走一个地方画个圈，表示到过了。对日本很有好感，因人家都是"三景"，不像我们动辄八景、十景的。只要见过了一景，就整天琢磨着如何全部走遍。在国内旅游，每到一地，必参观全国重点文物保护单位。可现在碰到很大的麻烦：1961年公布第一批全国重点文保，到上世纪末，总共四批，合起来800左右，慢慢走，是可以走遍的。进入新世纪，一切都"通货膨胀"了：2001年第五批518处，2006年第六批1080处，今年是第七批，居然增加到了1943处。看到那通告，夏老师很伤心，我则大大地松了一口气：虱子多了不痒，反正看不完，这下子可以泰然处之了。

为《晚清女性与近代中国》撰写"后记"，夏老师念念不忘哪篇文章是为哪个会议写的，因其牵涉某次旅游活动。我开玩笑说，同样是写论文，有人为了赚稿费，有人为了评职称，有人为了促进世界和平，夏老师却是为了配合自家的旅游计划。

夏老师还有一个本事，平日里身体不太好，不时出点小状况，比如腿抽筋什么的；但外出旅游时，从没有过大的瑕疵，更不要说危险

2001年2月陈平原、夏晓虹在日本北海道

了。唯一的毛病是方向感特差,不辨东西南北。我告诉她:当你觉得应该往东时,请你径直往西,这就对了。因她从来不会把东搞成南或北。

第四,能大能小——必须进入学问状态,否则对不起这教授的头衔。夏老师论文给人最深的印象是小处入手,抓住特定对象左盘右带,步步为营,细针密缝,像写侦探小说一样。可还有一点常被人忽略,那就是大处着眼。她的眼光不限于考据,为何从此入手、从彼收山,大都有她的理论预设与学术追求。有人不懂,见面就夸她史料用得多。你会发现她不喜欢卖弄时尚术语,也不怎么引证新潮著作,但常能站在自家立场,与各种新潮学术对话。"小"是对象,"大"是眼光,二者必须兼得,才能做好学问。

第五,能上能下——这话如果作为"官场口号",那绝对是假的,真有官员从部级降为厅级或处级,不跳楼那才怪呢。夏老师不一样,她真的做到了既能上也能下，具体表现是"上得了厅堂，下得了厨房"。刚结婚时，很得意地告诉我：她能做两个菜，一个鱼香肉丝，还有一个麻婆豆腐。我一听就晕了，两个都是辣的，而我偏偏不吃辣。经过近三十年不断的学习与改进，尤其是在我的赞美鼓励下，夏老师厨艺进步神速，现在她做的饭菜，比一般餐馆好吃多了。

遗憾的是，因早年我曾下厨宴客，有好心的食客在文章中提及，以致很多人感叹：陈老师整天在家里为夏老师做饭，业余时间还能写这么多文章，很不容易！这真是天大的误会。我抓住一切时机，为夏老师"鸣冤叫屈"——现在家里做饭，她是大厨，我已退为助手，或曰场外指导。

据妈妈称，夏老师小时有点骄傲，大概是嫌课程太简单，上课时老有小动作，以致没能评上"三好学生"。如今长大了，这小毛病可以忽略不计，考虑到她有五种特殊技能，简称"五能"（不是"无能"，是"五能"，第三声），我希望有关部门授予她"五能教授"的光荣称号，以弥补她少年时期得奖甚少的巨大缺憾。

（初刊2018年1月20日《北京青年报》）

"专任教授"的骄傲

——写在"北大十佳教师"颁奖典礼上

三十六年前,夏秋之际,粤东山村一间破旧的教室里,走进一个十六岁的插队知青。作为民办教师,那是他的第一堂课。山村孩子没上过幼儿园,头一回被拘在教室里,坐那么长时间,很不适应。不一会儿,有人举手:"老师,我要尿尿。"你刚给他解释,上课的时候不要随便走动;那边又有人哭起来了,问为什么,说是尿裤子了。本以为初入道,从一年级教起比较保险,没想到当"孩子王"还真不容易。可抱怨归抱怨,这个知青,却从此与"教师"这一职业结下了不解之缘。"文革"结束,高考制度恢复,这知青走出大山,念完了大学,再念研究院,最后落户在未名湖畔。有了早年教书的经验,深知上课时不能让听众有急于上厕所的感觉,二十几年来,这位从小学一年级教到大学博士班的教师,认真面对每一堂课。大概是天道酬勤吧,这位昔日的知青,居然被评为今年的北大十佳教师,真让人感慨不已。

在这种场合说话,谁都会说获得十佳教师多么光荣;我自然也不例外。不过,你要是知道这教师是从山村小学起步的,你就能体会他此刻的心情。今年一年,我总共获得了国家、教育部、北京市、专业学会以及北京大学颁发的六个奖;其中,最让我牵挂的,是这级别最低的"北大十佳教师"。因为,其他的奖都是肯定我的专业研究,只有这个是表彰我的教书育人。课讲得好不好,这在业绩表上远不及科研成果显眼;但作为大学教师,我更看重这"传道授业解惑"。

这些年来,除了专业研究,我还关注大学教育问题。其中,最让我感到痛心的是,教师这一职业的"荣誉感"正在急遽滑落。几年前,曾应邀在北大迎新会上演讲,会上,有新生突然发问:老师,看你挺聪明的,难道没有更高的追求,就甘心当一辈子教师?当时我急了,慷慨陈词,博得一阵阵掌声。事后,那新生跟我解释,说父母都是教书的,对他考上北大中文系不太满意,担心他毕业后只能教书。是的,在很多人眼中,像我这么个年纪,即便没混上省长市长,也得弄个校长院长当当。不久前,在一个大型国际会议上,主持人悄声问我,你有没有更好听一点的头衔? 我说没有,就是北大中文系教授。直到今天,眼看许多"成功人士"的名片上,印满各种虚虚实实的头衔,一面不够来两面,还有折叠式的;像我这样干干净净,只写教职的,不太多。对此,我一点也不感觉难堪,甚至还不无得意,说这才叫"专任教授"。

能为自己的职业感到骄傲,这是前世修来的福气。在我看来,当一名教师,尤其是当一名北大的教师,是很幸福的事情。说这话,不是为了应景,我在很多场合都提到,给北大学生讲课,有一种满足感。你还在备课的时候,就已经能预感到学生会在哪些地方点头,哪些地方赞叹,哪些地方发笑,哪些地方质疑。这种台上台下,单凭眼神就能相互沟通的默契,到目前为止,我只有在北大课堂上,才能最大限度地实现。在国内外其他大学讲课,也会有渐入佳境的时候;但在北大课堂上,这种心有灵犀一点通的感觉,则是家常便饭。

所以，面对各种诱惑时，之所以有那么多教师毫不犹豫地选择北大，主要不是因为金钱，也不是因为名分，而是因为学生。每当你走上讲台，面对那么多纯洁的、热诚的、渴望知识的眼睛，你就知道自己该怎么做。

我的祖父教过私塾，我的父母是中专语文教师，而我和我的妻子现在都在北大中文系教书，这种"一脉相承"，使得我对教师这个职业有很深的感情。教书光荣，但教好书不容易。除了个人的天赋、才学以及后天的努力，学术环境无疑是至关重要的。我从不敢说"是金子就会发光"之类的大话。古今中外，"怀才不遇"的，那才是常态；像我这样，就那么一点点才华，能得到较好的发挥，得益于北大相对宽松自由的学术环境，更得益于我所在的小集体——北大中文系。留校教书二十几年，经历诸多风雨，全靠诸位前辈遮挡，我才得以从容读书。只是随着时光流逝，他们中的绝大多数人已退出讲堂。我至今仍清晰地记得，林庚先生上最后一课时，学生们如痴如醉，久久不愿散去；钱理群教授最后一次在北大讲鲁迅，多少听众热泪盈眶。现在，他们或者退而不休，回到安宁的书斋，从事自己喜欢的专业著述；或者已经谢世，隐入历史的深处。作为仍然活跃在讲台上的教师，我衷心感谢他们曾经给予的提携与鼓励。

说到这，不禁悲喜交集。喜的是此次获奖，说明我没有太辜负他们的期望；悲的是老成凋谢，天丧斯文，今年一年，我们北大中文系竟然有六位教授不幸仙逝。除了刚才提及的九十七岁的诗人、文学史家林庚先生，还有语言学家林焘先生、徐通锵先生，文学史家褚斌杰先生，民间文学专家汪景寿先生；更让人悲伤的是，年仅四十九岁的孟二冬教授也都离我们而去。孟教授教书育人的事迹广为传诵，其他几位先生，同样值得我们永远铭记。

辞旧迎新之际，本该多说吉祥话；可我还是认定，此时此刻，更应对过去一年中不幸去世的诸多长辈、同道表达惋惜、敬爱以及依依不舍之情。

2006年12月31日午夜，于北大百年纪念讲堂

（初刊2007年1月16日《人民日报》）

辑二

中文情怀

"最好"的感觉

对于北大人的"豪气",我早有耳闻。不管走到哪儿,开口闭口"我们北大"如何如何,着实让人受不了。真想仿照鲁迅笔下的狂人,追问一句:"北大如此,便对么?"待到自家也走进燕园,成为北大中文系首届博士研究生,不免特别警惕轻狂之气。

可是,有件小事,一下子改变了我对"我们北大"的看法。

记得很清楚,那是1984年9月的一个下午,暑气未消,文史楼三楼的教室里热气腾腾,坐满新入学的研究生及指导教师。因为年龄和阅历,我不太容易被各式"豪言壮语"所打动。既不相信"长江后浪推前浪,世上新人胜旧人"的鼓励,也不需要"书中自有黄金屋,书中自有颜如玉"的劝学,自认此类老掉牙的"入学教育"与我无关。故耳朵里声音进进出出,眼睛却没离开手中的闲书。

猛然间一声断喝,手里的书险些落地。原来轮到一位研究语言学的教授上台演讲了。只见其目光炯炯,声如洪钟,除非听力有问题,否则根本无法打盹或思想开小差。教授很会演讲,一上来就设问:你说全世界研究汉语言文学哪里最好? 不容听众反应,教授自己作答:当然是我们北大! 接下来关于何以如此立说的论述,我没听仔细,因只顾观察周围听众的表情,以及整理自家的思绪。

不用说,"我们北大"四字一出,研究生们不约而同地挺直了腰杆,会场里静穆了好一阵。连我这么挑剔的听众，也都被深深感染，更不要说学弟学妹们。台上台下，心心相印，那种执着的神态、诚恳的目光，以及本只属于年轻人的青春激情，实在让人感动。一瞬间，我甚至怀疑自己以往所受的"谦虚谨慎""夹起尾巴做人"之类的教诲，是否过于世故。

世人多倾向于"关起门来吹牛皮，走出门去装孙子"；即便需要自我表彰，顶多也只说到莫名其妙的"最好之一"。而北大人竟毫不掩饰地将"第一"挂在嘴上，面对这种学术上的极端自信，我的第一感觉，就像读太白诗、东坡文一样，真想大呼："痛快！痛快！"

走出教室时，自己似乎也长高了三五公分——虽然明知"感觉"并不完全等同于"事实"。

2000年2月27日于西三旗

（初刊《北京大学校刊》2000年3月31日、《美文》2001年第3期）

北大人的精气神儿

在过去的几年间,我编撰并出版了三种有关北大的书籍(《北大旧事》《老北大的故事》和《北大精神及其他》),因而被热心的读者想当然地目为"校史专家"。对此,我从来都是敬谢不敏。原因是,我之谈论北大,纯属"业余爱好"。大概是出于对日渐强大且无所不在的"专业化倾向"所带来的弊病心存疑虑,我更愿意像五四新文化人那样,持"爱美"(amateur)的心态发言与著述。不想将自己的思路与职责定位为"宣传北大",而是既引以为傲,又保留自我反省乃至批评的权利与义务。当然,也不无将北大作为思考当下中国教育及思想文化状态切入点的意味。若如是,与因职责所在只能"扬长避短"的校史专家,不可同日而语。话一出口,马上意识到,这种既喜欢谈论"老北大的故事",又保持一定距离,以便于反省与质疑,其实正是北大人的共同特征。

在我就学或访问过的众多国内外大学中,对母校有强烈认同感的,比比皆是;但像北大师生那样,喜欢借谈论校史上的奇人逸事寄托情怀的,却不多见。北大最值得骄傲的,并非那些看得见摸得着、可用数字或图像表达出来的图书仪器、校园风光、获奖项目、著名学者等,而是流传在口耳间、充溢在空气中、落实在行动上的"北大精神"。至于什么是"北大精神",历来众说纷纭,最表面的一点是,北大人推崇个性与气质,在专业成就之外,颇有刻意追求"特立独行"的倾向。这既是其优势所在，也留下不小的隐患——起码容易给人"不合群"的印象。

面对众多有关北大人"眼高手低"的讥评，我从不申辩，因这大致符合事实，但又不便"有则改之"。"心高气傲"与"志向远大"，其实很难截然分清。锉钝了北大人的锋芒，你还能指望其"铁肩担道义"？抑制了北大人的狂放，又哪来科学研究中不时突发的奇思妙想？任何一所正规的大学，都需要严格的规章制度与稳定的教学秩序；但不是每所大学都能像北大一样，容许甚至欣赏才华横溢因而可能桀骜不驯的学生。谁都知道，无规矩不成方圆；可一旦有了规矩，必定对个人志趣与才情造成某种压抑。如何在规矩与个性间保持某种"必要的张力"，让处于成长期的大学生既感觉如鱼得水，又不至于误入歧途，对于教育家来说，是个极为棘手的难题。在我看来，理想的大学应该是为中才设立规则，为天才预留空间。不因追求管理方便而"一刀切"，也不因标准化教学而"取长补短"，让不同性格与才情的学生都能得到充分的表现，需要名师之襟怀坦荡，更需要作为整体精神氛围的"兼容并包"。这种山高水长任其发展的境界，在我有限的视野里，北大庶几近之。

北大百年校庆时，我说过一句颇有影响的"大话"——北大目前不是，而且短期内也不可能成为世界一流大学；但北大在人类文明史上所发挥的作用，却又是不少世界一流大学所难以比拟的。这是因为，北大伴随着一个东方古国的崛起而崛起，深深地介入并在某种程度上影响着这一历史进程。对于以培养人才为主要职责的大学来说，在思想文化乃至政治领域里如此大显身手，其实是可遇而不可求。因此而形成的"以天下为己任"的北大传统，以及显得有些"不切实际"的远大志向，在我看来，不应该随着时间流逝而完全失落。

我是博士生阶段方才进入燕园的，初次听到北大人常挂在嘴边的

"我们北大"如何如何，感觉很不舒服。久而久之，我逐渐体会出朝气蓬勃的学弟学妹们说这句话时，更多的是一种继往开来的抱负，而非居高临下的排他。我甚至变得喜欢起北大学生这种"不知天高地厚"的傲气来。试想想，天底下还有什么地方，比大学校园与青春年华更适合于写诗与做梦？而没有了梦想与诗，这世界将是何等乏味！

认同灵动变幻的"北大精神"，但不迷信现实生活中具体的权威，这是北大人有信仰而又多怀疑的原因。北大百年庆典时，曾有不少记者希望我用一句话来概括"北大精神"。面对此类热切的追问，我从来都是答非所问，转而介绍起"北大精神"是如何被一代代北大人所建构起来的。不承认北大精神可以"一言以蔽之"，其实蕴含着一种古老的思路：大象无形。而且，北大必须自我革新，北大传统不应凝固不变，北大精神更有赖于一代代北大人的呵护、承传与发展。也正是这一点，使得我认同乃至赞许年轻学子谈论"我们北大"时得意的神情——那与其说是夸耀，不如说是承担。

比起波光潋滟的未名湖、古朴庄严的博雅塔，以及近年崛起的百年纪念讲堂和理科楼群等有形景观，我更看好北大人的自尊与自信。踏进燕园，你很容易为这种有历史感因而显得深沉、有现实关怀因而显得生动的"少年气象"所感动。更为难得的是，这种"少年气象"，既属于稚气未脱的本科生，也属于白发苍苍的老教授。生活在如此气韵生动的校园文化中，你不会因此而摆脱人生的众多困惑，却很可能平添一股肉搏这虚空与烦恼的精气神儿——这正是北大真正诱惑人的地方。

2001年4月15日于京北西三旗

（初刊2001年5月16日《中华读书报》）

老北大的书缘

　　好久没逛旧书店。工作忙，那只是借口，真正的原因是，让你怦然心动而又买得起的旧书已经越来越少。何况，书籍的迅速扩张，正严重侵占着自家的生存空间，不能不有所节制。

　　友人拿出晚清北京刊行的《爱国白话报》，说是在报国寺淘的，价钱也还可以接受。报国寺也叫慈仁寺，明末清初因设书市，在京城文人圈中颇有名气，至今留下众多流连觞咏之作。而且，该寺西院乃修建于道光二十三年（1843）的顾炎武祠。如此不绝如缕的"香火"，时有好书出现，一点都不奇怪。念及此，当即放下手头的工作，赶集去。

　　已经是下午两点，盛夏如火的骄阳下，气温绝对在35摄氏度以上。练摊的大都散去，小亭里又都是我不感兴趣的真假古玩。西侧一溜厢房，明显像样多了，屋里装了空调，还有斋、屋、亭、室等雅号，俨然专营店的架势。如此明确分工，倒省去我逐家翻检的工夫。

　　大概是书源有限，难以为继，加上生意不错，老板们的眼界日高。稍微看得上眼的，都被漫天要价，弄得我都不好意思就地还钱。也难怪，人家是当古玩卖，我则希望作为研究资料来收集，整个拧。就拿晚清报纸或民国年间出版的《良友画报》来说，老板说，只需要那么几页，装在镜框里，挂在墙上当装饰品，已很有档次。一看我打听总共有几册，哪里还能配齐，就知道纯属"外行"。

转身正想离去，忽见角落里有一册《国立北京大学历届校友录》。那书我太熟悉了，前些年研究老北大的历史，常常在图书馆翻阅。那是1948年北大为纪念校庆五十周年而编纂的，记录当时能找到的每一位曾在北大工作过的教职员的姓名、籍贯、职别、现状以及通讯地址，对研究者很有用。"校友录"编印时，正值解放军围城的关键时刻；而校庆前两天，校长胡适又乘蒋介石派来的专机离去，因此，整个纪念活动虎头蛇尾，此书的流通也相当有限。

这回学乖了，装作看不懂的样子，嘟囔着："没图也没文，尽是名字。"老板凑过来，很懂行的样子："这书可是难得一见。没准哪个'北大迷'看上，多贵也会买的。"说得也是，这年头，讲究的是供需，而不是品位或价值。真怕老板看出我的心思，搁下来，再转转，临出门时才抄起这册书，问："多少钱？""60块。"60就60，一手交钱一手交货，双方脸上都荡漾着友好的笑容。在老板是销出了一册"不忍卒读"的花名册，在我则是借助这册不入方家眼的小书，再次亲手触摸老北大的历史。虽然编撰过三种有关北大历史及精神的著述，可这还是我收藏的第一件有关老北大的"准文物"。

忽想起前两天曾撰文，辨正《古城返照记》的作者徐凌霄乃世家子弟，而非生活在社会底层的市井之徒。记得徐曾在北大工作过，只是当时没有过硬的资料，不敢乱说。车上随手翻阅，竟然手到擒来，第70页上有如下记载：徐凌霄，籍贯江苏宜兴，北大文科研究所讲师，住宣外校场头条8号。

一进门，兴冲冲地向妻子炫耀，说这书如何如何有意思，而且可补正我前天所撰之文。妻子递过一纸《北京日报》,不无调侃地说:"祝贺你,文章刊出来了。"

2002年8月7日于京北西三旗

(初刊《品位》2002年9月号)

想我筒子楼的兄弟姐妹们

这是一本饭桌上聊出来的"闲书"。

去年3月,北京大学出版社高秀芹博士来谈书稿,听我讲述当年借住女教师宿舍的尴尬,竟拍案叫绝,说类似的"筒子楼的故事",许多北大教师讲过。那是一段即将被尘封的历史,高博士建议我略做清理,为自己,也为后人,编一本好玩的书。当时颇为犹豫,因为,此类"苦中作乐",自己珍惜,旁人未见得能理解,更不要说欣赏了。

几天后,同事聚会时,我谈起此事,竟大获赞赏。于是,乘兴发了个短信,试探一下可能性。说清楚,这不是北大中文系的"集体项目",纯属业余爱好,很不学术,但有趣。作为过来人,我们怀念那些属于自己的青春岁月与校园记忆。再说,整天跑立项、查资料、写论文,挺累人的,放松放松,也不错。4月1日发信,说好若有二十位老师响应,我就开始操作;若应者寥寥,则作罢。一周时间,来信来电表示愿意加盟的,超过了二十位。这让我很是得意,开始底气十足地推敲起出版合同来。

接下来的催稿活儿,可就不太好玩了。约稿信上称:"文体包括散文、随笔、日记、书信、诗歌、小说等,唯一不收的是学术论文;全书规模视参与人数多少而定;文章篇幅不限,可自由发挥。不求文字优美,但请不要恶意攻击昔日邻居,以免引起'法律纠纷'。利用暑

《筒子楼的故事》,北京大学出版社,2010年

《筒子楼的故事(修订本)》,北京大学出版社,2018年

假写作,10月交稿,明年春天由北大出版社刊行。"说实话,大家都很忙,此计划可能推迟,从一开始我就有心理准备。平日里,不断转发同事文章,利用这一方式,温和地提醒:有此一事在等着你。到了暑假或寒假前,再稍为督促一下:"暑假将至,本该放松放松;苦热之中,竟然还邀人撰稿,真是罪过。好在此类'豆棚闲话',尽可随意挥洒。""平日里,大家忙于传道授业解惑,放寒假了,想必可稍微放松,写点'无关评鉴'的文字了。这些蕴含真性情的随意挥洒,十年二十年后,说不定比高头讲章更让你我怦然心动。"这都是真心话。此类闲文,老师们可写可不写;即便写了,也不会有多大的社会影响。

当初决意编此书,脑海里浮现的,一是郑洞天导演的电影《邻居》，一是金开诚先生的随笔《书斋的变迁》。1981年青年电影制片厂拍摄、第二年获第二届金鸡奖的《邻居》，讲的是那个时代知识分子典型的生活形态——筒子楼里，两两相对，排列着几十个狭小的房间；邻居们大都属于同一个单位，共用一个水房和厕所；过道里堆满杂物，只留下一人通过的空间；开饭时，满楼道飘散着东西南北各种风味……环境如此艰难，邻里间却温情脉脉。今日习以为常的"走后门"（房管科吴科长偷偷把一间小屋分给了省委董部长的侄子），当初竟义愤填膺。这就是八十年代的精神氛围，大家对公平、正义等有很高的期待。也正因此，才有了电影里那"光明的尾巴"：市委决定停建高级住宅，着重解决群众的住房问题。一半是自嘲，一半是期望，八十年代的读书人，大都记得《列宁在十月》中的豪言壮语："面包会有的，牛奶会有的，一切都会有的。"

1955年毕业留校任教，1992年起转任九三学社中央宣传部部长、副主席等的金开诚（1932—2008）学长，在1988年2月13日《光明日报》上发表了《书斋的变迁》。此短文流传甚广，后收入他的《燕园岁月》（北京大学出版社，1998），其中有这么一段："我虽然一直在北京大学从事教学工作，但因长期住在集体宿舍，所以谈不上有什么书斋。1978年爱人带了孩子调到北京，结束了18年的两地分居，这时才有了一间10平方米的房间。房中有两张书桌，一张给孩子用，以便她好好学习。半张给爱人备课写文章，另外半张亦归她，用来准备一日三餐。房中还有一张双人床，晚上睡三个人，白天便成为我的工作之处。无非是搬一张小板凳坐在床前，把被褥卷起半床，放上一块没有玻璃的玻璃板，就可以又看书又写字。藏书就在床下，往往一伸手就可以拿到床上来用；但有时也不免要打着手电钻到床底深处去找书、查书。我就把这戏称为'床上书斋'。在这个书斋上完成的工作倒也不少，备出了两门课,写出了两本书和几篇文章。"据说,老友沈玉成来访,看到此情此景,戏称将来为金先生写传时,一定要带上这一笔。

如今,金、沈两位先生均已归道山,轮到我来编书,猛然间想起二十年前读过的文章,翻检出来,摘抄一段,以展示一代人的生存状态与精神境界。阅读此文,后人很可能感叹嘘唏。可金文的主旨不是抱怨,而是借十年间自己如何从没有书斋到有"床上书斋"到"桌面书斋"再到"小康书斋",说明整个中国社会的发展变化。八十年代的乐观主义情绪,还有那一代知识人的大局观,作为后来者,你不一定认同,但千万别轻易嘲笑。

出版社要求申报选题,我脱口而出:"想我筒子楼的兄弟姐妹们"。不用说,那是套用台湾女作家朱天心的小说《想我眷村的兄弟们》。如此"信口开河",日后再三斟酌,觉得不妥。原因有三:一怕拾人牙慧,二担心限制老师们的思路,三不希望此书过于文学化。但有一点,我认定:就像台湾的"眷村",大陆的"筒子楼",既是一种建筑形式,也是一种生活方式,更是一种时代倒影、文化品位、精神境界。

原本想画个图,略为介绍书中提及的各楼之"前世今生",后来发现段宝林、温儒敏等文已有所交代;再说,对于校外读者来说,让那么多北大教授魂牵梦绕的19楼在什么地方,其实不重要。每所大学都有自己的筒子楼,也都发生过无数动人心魄的故事。只是因时过境迁,当事人"怀旧"时,一般不会持控诉态度,而更多是以一种自我调侃的方式,讲述在过去那些苦涩的日子里,人性如何闪光、友情怎样珍贵。不粉饰,不夸耀,不隐瞒,不懊悔,如实道来,这样,琐琐碎碎的,反而动人。

关于此书的编辑工作,我有五点技术性说明:第一,学校不断调整布局,同一座19楼,一会儿住的是男教工,一会儿又变成了女教工宿舍，端看你何时入住；第二，文章有时29楼，有时29斋，其实是同一个东西，"文革"前叫"斋"，"文革"中改为"楼"；第三，未名湖边的德、才、均、备、体、健、全七个"斋"，乃原燕京大学建筑，不按数字排列；第四，为了叙事完整或文气贯通，集中文章，有的溢出了题目，兼及学生时代或搬进单元房后的，编者也不做裁撤；第五，文章排列顺序，不叙年齿，依据的是正式入住筒子楼的时间。

随着校园改造工程的推进，这些饱经沧桑的旧楼，说不定哪一天就会被拆掉。乘着大家记忆犹新，在筒子楼隐入历史之前，为我们的左邻右舍，为那个时代的喜怒哀乐，留一侧影，我以为是值得的。

对于昔日筒子楼的生活，说好说坏，都不得要领。你想很辩证地来个三七开、四六开、五五开，也不是什么好主意。那是一代或几代人的生命记忆，而且，还连着某一特定时期的政治史或学术史。我的想法是：先别褒贬，也不发太多的议论，"立此存照"，供后人评说。

本书的征稿工作，得到了北大中文系周燕女士的大力协助，特此致谢。

谨以此书献给北大中文系百年华诞。

2010年2月27日于京西圆明园花园

（此文乃《〈筒子楼的故事〉代序》，初刊《书城》2010年第5期，收入陈平原编《筒子楼的故事》，北京大学出版社，2010年）

"非典型"的筒子楼故事

年轻时自恃记性好,不屑于记笔记什么的。总以为需要时脑袋一拍,各种信息就会自动跑出来。等到进入"怀旧"的年纪,突然发现,那记性全都靠不住。连什么时候住哪一幢楼,居然与妻子说法不一,还得东打听、西询问,最后才能确定下来。不过,话说回来,我的"校园记忆"之所以如此"不确定",与当初之习惯于"打游击"大有关系。从1985年初夏到1990年仲秋,五年多时间,我辗转于北大校园内外多座筒子楼。

记得结婚时,我是博士生,住29楼学生宿舍;夏晓虹已是教师,在19楼有半间房。那年头没有"裸婚"一说,我们也不是请不起客,只是觉得没必要兴师动众,不就是两人合伙过日子吗?来日方长,不争这一朝一夕。双方父母都通达,说节约好,不办什么婚宴了。于是乎,一切繁文缛节都省了。倒是张玫珊出了个主意,乘周末夏晓虹的同屋回家,就在宿舍里聚会。这样,1985年6月的某个周末,19楼二楼直对着楼梯口的"夏家",迎来了王得后、赵园夫妇、黄子平、张玫珊夫妇,还有钱理群、吴福辉、王富仁等,加上我们俩,总共九人。两张书桌相接,就成了宴客的场所。看着张玫珊像变戏法一样,从携来的袋子里掏出各种食品,大家莫不欢欣鼓舞。都是熟人,吃喝不要紧,主要是聊聊天。那阵子,我正和钱理群、黄子平合作鼓捣"二十

2022年4月的原北大教工宿舍19楼

世纪中国文学"这命题,"婚宴"几乎变成了学术研讨会。也不能说不把"新婚"当回事,暑假里,跑到大西北去"学术考察"——从西安到兰州到敦煌,这还算是会议的规定路线;至于西宁访亲、吐鲁番游览以及呼和浩特观光,那可都是自选动作。当年还不时兴"蜜月旅行",我们也没打这个旗号。

还是先说说婚后那些"打游击"的日子吧。1985年9月,中文系同事张鸣受教育部委派,去西藏大学支教一学期。恰好此时,学校分给他一间小屋,就在27楼三楼。反正他妻子在城里工作,那边另有宿舍,我们就代为"笑纳"了。记得27楼的二楼归学校财务处管,白天前来买饭票的师生络绎不绝;到了晚上,静悄悄的,只听见老鼠来回奔跑,玩得很欢,根本不把我们放在眼里。之所以老鼠当家,只因楼内多半为办公室，偶有几间改作宿舍，主人也只在白天出现，读书兼午休，很少在此过夜。这样也好，关上门，静心读书，总比分住集体宿舍好多了。

好日子过得真快，1986年1月中旬，张鸣就该回来了。眼看着又得劳燕分飞，没想到柳暗花明，好事全让我们撞上了。黄子平的妻子张玫珊是阿根廷华侨，当时在西语系西班牙语专业做外国教师，属于特殊照顾对象，北大为此在蔚秀园给他们配了一套两居室。刚搬好家，又因为张玫珊在布宜诺斯艾利斯生孩子，学校批给黄子平半年探亲假。子平高兴，我们更高兴——从张家新居出来，直接搬进了"黄府"。

明知是鸠占鹊巢，不可能长久，去时行李一单车，回来也是一单车。1986年的9月，子平、玫珊携子归来，我们结束了半年的幸福生活，又各自回到了熙熙攘攘的集体宿舍。

不过，好运气再度光临。四个月后，心理学系年轻教师、夏晓虹的好友钱铭怡被学校选派到荷兰访学一年，将她基本上一人独占的宿舍借给我们住。那房间在19楼一楼的西北角，冬天室内很冷，但能二人单独相处，我们已经很满足。其实，夏晓虹的宿舍就在二楼，不过有同屋，不好打扰。

如此"同居"，合情但不合法。原因是，按照规定，钱铭怡只有半间屋子的使用权，另外半间属于家住城里的王姓教师。冬去春来，那位合法住户跑来敲门了，首先声明主权，再就是告知：她偶尔也会来午休。接下来的日子，忐忑不安，老怕被人嘲笑。不过，印象中，那位合法房主也就来过一两次。不用说，她一敲门，我马上逃跑。

五六月间，估计是房主告了状，一位提着大串钥匙的中年女子，自称是房管处的出现了，先是盘问学什么专业、家里有几口人、在此住了多长时间、有无"不轨行为"等，再就是一通声色俱厉的训斥。我们越是辩解，对方越是来劲，声调也提得更高，引来好些围观者。临走前，女房管扔下这么一句："还博士呢，连这点规矩都不懂！"学校那时确实房源紧张，但也不是毫无办法，关键看你会不会动脑筋。我们太迂，只好挨骂。

好在不久后，即将成为北大教师的我，在一次学校领导征求意见的会上，表演了算术才能：学校即将给我半间房，妻子在北大教书，也是半间房。两个半间合起来，不就是一整间，为何还让我们在北大校园里"两地分居"？领导一听有理，当即下令房管处，凡属我们这种情况的，一律调在同一幢楼。于是，大约1987年暑假起，我终于可以大摇大摆地进出19楼了。

有房子是好事，可寄居女教工宿舍，毕竟多有不便。学校分给我们的小屋在一楼，水房隔壁。一面墙是潮的，与床铺之间必须留出缝隙，这在只有10平方米的空间里已经是很大的浪费。白天也就罢了，半夜时分，耳边哗啦啦地响，实在有点烦人。即便没有水声，也有歌声，而且是不太美妙的歌声。虽说宿舍里难得安静一会，但能舒舒服服地靠在床上读书，这已经是很大的改善。晓虹还好，晚餐时可"大吃大喝"，我则必须节制。不是为了减肥，而是半夜里跑到对面21楼去"方便"，实在不方便。

还记得她住二楼时，因为有同屋，我不好意思擅自串门，站在楼下门口喊一声"xiǎo hóng"，竟然有好几扇窗户打开。日后才知道，北大校园里，若不带姓，叫"xiǎo hóng"的多着呢。写起来迥异，念出声却是一样。我原先的合法床位在29楼，同屋阎步克，他的妻子也叫小红。因此，聊天时，必须说"你们家小红""我们家晓虹"，以作区别。这下可好了，搬到了一楼，而且靠近大门口，用力咳一声，就知道是谁来了。

那时钱理群住21楼，二楼那间属于他的小屋，经常高朋满座。我也常去串门，因为每天都得上厕所。一看屋里没有外人，他也不在写作状态，就坐下来随便聊几句。老钱写过《我的那间小屋》，提及"同屋"如何熬不住，只好远走高飞，而他自己坚持下来，是付出了很大代价的。对于那些夸耀中国知识分子"物美价廉"的言论，老钱很反感。记得王得后兄来北大，考察过老钱和我们的宿舍，特别感慨，直说惭愧，因为那时他刚好搬进一套三居室的公寓。老钱马上纠正：该感到"惭愧"的是有关当局，而不是你我。

转眼间到了1988年春夏，学校通知，我们可以搬到畅春园55楼去。那是刚盖起来不久的简易楼房，绿色铁皮墙，下雨时很有韵律感。房间比较大，有十六平方米，虽然还是一楼，但朝南，阳光洒在床上，很怡人。同样是公共厕所，但几家合用一间用宿舍改造而成的厨房，比起先前在楼道里用煤油炉煮面，生活质量大有提升。记得搬家时，找学校后勤处借了辆三轮车，三四趟就解决了。

这可是属于自己的房子，得好好布置。先是跑到未名湖边的木工厂（那地方，现正建文科楼群），请工人师傅做最实用的床。北大的木工师傅真是见多识广，三两句话，一下子就明白了我们的心思。做成的双人床，上面是可以掀开的铺板，下面分三段，床头部位是可以两边打开的小门，中间是双开的抽屉，后面是从床尾开门的两个小柜，什么东西都可以收放其中。这张床放在整个房间的中心位置，据说很有"家"的感觉。西面床边，放了四只迷你式沙发（沙发坐垫可打开，里面放东西）；东面卡着位置，放了四个书橱和一个衣柜，再塞进一台电视。床与书柜之间，正好铺一条窄长的花地毯。南边靠近窗户，一横一竖放了两张书桌，从此可以互不干扰地写作。"工作区"地上铺了棕色地毯，所以，进入室内，经过兼用来吃饭与会客的"沙发区",就可以脱了鞋子,自由行坐。整个房间布置合理、紧凑。记得好几位同龄人来访,赞叹不已,说你们的家真温馨、舒服。

就在这仅仅十六平方米的小家,我们接待了很多客人。有不少师长,但更多的是朋辈。记得是1990年初春,鸡鸣不已,一时心血来潮,组织了一个读书会,葛兆光、阎步克、张鸣、杨煦生、张京媛、冯统一、王毅等,都曾光临寒舍,就某本书或某个话题(记得有"三礼"、《朱子语类》等)高谈阔论。不过,这读书会只坚持了半年多,就因为搬家等停止了。有趣的是,那么狭小的空间,主人居然经常"留饭"。大概是因为在校园里居住,每天吃饭堂;好不容易有了自己的家,很想露一手。

当然,还有一个技术性因素——此前用煤油炉做饭,实在不方便;而1989年3月,中文系同事葛晓音搬到已经通了煤气的公寓楼,将那宝贝煤气罐(可惜没有本儿)借给了我们。那时候,除了煤气罐紧俏,加气还需特殊的本子。穷则思变,有了罐,再想办法借人家的本儿。如此拆东墙、补西墙,竟然也坚持到了我们搬往公寓楼。用煤气炉炒菜,感觉真是好极了。也是这个因素,促使我多在朋友面前表演"厨艺"。以至当年的"食客",日后写文章,竟吹捧我如何如何会做菜,尤其是那香喷喷的鱼粥……于是不时有朋友询问:你们家到底谁做饭,弄得夏晓虹很不开心。

那时55楼外,还是一片田园风光,我们曾在田里挖荠菜,包饺子。窗外围墙边,也由邻居帮忙种了些爬山虎,夏天一片绿荫,秋天满目斑斓,煞是好看。来访的客人,啧啧称奇之余,还要求移植。

1990年9月,终于,我们迁往畅春园51楼最东边一门的顶楼。那是一间半的宿舍,可以落户口,算是真正的家了。自此,结束了五年多的筒子楼生活。

  比起同龄人，我算是幸运的。一是有朋友接济，不时天上掉馅饼；二是岳父岳母家住东直门外，周末或过节时，常回去转转；三是没有孩子，负担轻多了。也正因此，我那以19楼和55楼为中心的"筒子楼的故事"，不够惊心动魄。当年浑浑噩噩，埋头读书，没想那么多；或者说，因为没有别的选择，也就安之若素。而一眨眼，就这么过来了。

2010年2月26日于京西圆明园花园
（初刊2010年7月9日《文汇读书周报》，
收入陈平原编《筒子楼的故事》，北京大学出版社，2010年）

《筒子楼的故事》再版后记

从编《北大旧事》(三联书店，1998)、写《老北大的故事》(江苏文艺出版社，1998)起，我就有意识地关注自己就职的这所大学。但有一点，拒绝成为专门评功摆好的"校史专家"，希望保持特立独行姿态，在现代中国教育史、学术史、思想史、文化史乃至政治史的夹缝中，反省这所大学一百多年波澜壮阔的历程。可具体操作时，碰到一个难以克服的巨大障碍，那就是，无法查阅新中国成立后的人事档案，尤其有关"反右""文革"等政治运动部分。只从教授名单、学生成绩、课程设置、科研成果来谈大学，那没有多大意思。短期内，这个状态不会改变。这就使得我萌生从民间立场打捞"历史记忆"的愿望——能深入阐释最好，实在不行，起码也是"立此存照"。之所以旁枝逸出，在从事学术研究之余，组织编写《筒子楼的故事》(北京大学出版社，2010)和《鲤鱼洲纪事》(北京大学出版社，2012)，背后的情怀在此。

《筒子楼的故事》出版后，中文系曾邀若干作者举行座谈会，见诸媒体的有《北大老教授回忆筒子楼岁月》(田志凌，2010年6月20日《南方都市报》)，以及《不夸耀，不隐瞒，不懊悔，只是如实道来——北大学者"博雅清谈"筒子楼岁月》(陈菁霞，2010年6月23日《中华读书报》)。此书校内校外、领导群众均叫好，因没有任何"副作用"。有心人则从字里行间，读出若干微言大义，若《北大筒子楼：五十年的共同记忆、一代学人的命运变迁》（李昶伟，2010年8月1日《南方都市报》）便是成功的一例。

当初为便于记者了解此书的产生过程及前因后果，我专门撰写了以下"背景"文字——

  对于1950—1990年代生活在中国大陆的读书人来说，"筒子楼"是一种典型的居住环境及生活方式。不仅北大是这样，那个年代过来的大学教师（以及公务员），绝大多数都有类似的生活经历。只不过中国人更习惯于"向前看"，相信未来必定更美好，不屑于谈论那些"陈芝麻烂谷子"。我之所以格外珍惜这一历史记忆，不全是"怀旧"，也不是为了"励志"，而是相信个人的日常生活，受制于大时代的风云变幻；而居住方式本身，又在某种意义上影响了一代人的知识、情感与趣味。那种艰难环境下的苦中作乐、自强不息，还有邻里间的温馨与友情，后人很难体会与想象。

  今天大学里的同事，不管你住"豪宅"还是"蜗居"，相互间很少生活上的联系，更不要说学术及精神上无时不在的交流。我和钱理群、黄子平商谈"20世纪中国文学"，主要是在老钱那间"筒子楼"的宿舍中完成的。那时住得很近，就在隔壁楼，端起饭碗就过去，一聊就聊大半天。像今天住得这么分散，见面聊天，要事先打电话约定，再也不可能那样无拘无束了。当然，不全是住宿的问题，还有整个时代的精神氛围。如果说上一代学人因"政治运动"等，相互间走得太近，缺乏个人隐私与独立的生活空间，闹了不少矛盾；那么，今天的问题是倒过来，离得太远，同事间相互不了解，连在一起聊天说闲话的机会都很少。我在北大中文系定期组织"博雅清谈"，就是想改变这一现状。

所有的回忆，都是有选择性的。即便你很真诚，说的都是真话，还是有所隐瞒；因为，还有同样真实甚至更为重要的话题，被你有意无意中遗忘了。或者，因现实环境的限制，无法准确地表达出来的。最明显的是，这本书对于筒子楼温馨的一面谈得比较多，残酷的一面谈得少；当初的怨恨与诅咒，随着时间流逝，渐渐隐去。我不希望让读者误认为，那是一种理想的校园生活；更不希望变成今日的大学校长拒绝帮助青年教师解决居住问题的借口。至于集中文章不太牵涉那一时期严酷的政治生活，有编辑出版方面的策略考虑。

此书乃"献给北大中文系百年华诞"，作为编者，我当然明白将筒子楼的生命记忆与一时期的政治史和学术史勾连，将有很好的发展前景。但这毕竟不是个人著述，只能取最大公约数；另外，还得考虑现实条件的限制。实际上，即便一个小小的北大中文系，要写"信史"也都很难，明摆着有很多坎你是过不去的。与其临渊羡鱼，还不如退而结网，在力所能及的范围内，借勾勒若干精彩的生活断片，呈现特定环境中的个体记忆与历史想象。几年前北大出版社曾刊行《开花或不开花的年代——北京大学中文系55级纪事》，今年初新华出版社推出了《文学七七级的北大岁月》，再加上这本《筒子楼的故事》，以及即将由北大出版社刊行的"北大中文百年纪念文集"六种（《我们的师长》《我们的学友》《我们的青春》《我们的五院》《我们的园地》《我们的诗文》），所有这些书籍，编写者不同，但都是希望化整为零，兼及文史，以轻松的姿态谈论相当严肃的话题。能走到哪一步，很难说，但毕竟还是在努力。

以上这四段文字,《花开叶落中文系》(北京:三联书店,2013年)收入《筒子楼的故事》的代序《想我筒子楼的兄弟姐妹们》时,曾作为"附记"刊出。这回北大出版社重印《筒子楼的故事》,此等戏台里喝彩,终于有机会得附骥尾了。

2017年4月17日于京西圆明园花园

(初刊《筒子楼的故事(修订本)》,北京大学出版社,2018年5月)

"讲座"为何是"胡适"

在大学里设立高规格的学术讲座,既对讲者表示敬意,也给听众一番惊喜,在我,这念头由来已久。最初的灵感,竟来自一册小书。三十年前,在广州中山大学念书,很喜欢花城出版社刚刚"内部发行"的《小说面面观》(1981)。英国著名小说家、批评家福斯特的这本书,是我进入"小说研究"最初的向导。那时书少,读得仔细,"导论"里有一段话,引起我的兴趣:"这个讲座与'三一学院'的教授威廉·乔治·克拉克有关,没有他,我们今天就无缘相聚于此,为小说作面面之观。……根据他的遗嘱,剑桥大学每年为他举办一个讲座,讨论'乔叟以来某一时期或数时期的英国文学'。这就是我们今天得以聚集于此的原因。"此后,阅读各种译作,有个小小的"发现"——专门家撰写视野宏阔的"小书",往往是应某荣誉讲座而作。

1991年初春,我得到一个机会,在香港中文大学做四个月研究。没有具体任务,除了读书,就是逛各种新旧书店。带回来的港版书中,包括若干种中文大学出版社刊行的"钱宾四先生学术文化讲座",如狄百瑞的《中国的自由传统》、杨联陞的《中国文化中报、保、包之意义》等。这个由"新亚学术基金"支持的系列讲座,每年邀请国际著名学者来校,作系统性演讲,为期二周至一个月。1978年首次开讲,请的是新亚书院创办人钱穆;至今出场的21名学者,都是大名鼎鼎:英国的李约瑟、日本的小川环树、美国的狄百瑞、中国的朱光潜等。依我浅见，好大学都该设立类似的讲座。与厚重的专业著作不同，此类讲座或占据学术前沿，近乎"思想的草稿"；或关乎社会人生，探究"根本的问题"。因采用公开演讲的方式，必须考虑听众的趣味及接受能力，往往宗旨明确、深入浅出，超越了今日大学校园里壁垒森严的学科边界。

又过了十五年，我任教的北京大学终于挤出经费，允许各院系外请教授，开设一学分的课程（八讲）。经我手完成的，就有哈佛大学东亚系讲座教授王德威的"抒情传统与中国现代性"、香港浸会大学中文系黄子平教授的"文化研究：鲁迅作为方法"、法国东方语言文化学院中文系主任何碧玉（Isabelle Rabut）教授的"城市文学与异国想象——比较文学视野里的汉学研究"，以及波士顿大学东亚系叶凯蒂教授的"近现代娱乐文化的兴起与社会变革"。此类课程虽好，但有个缺陷，受现有学科限制，无法放开讲，且经费不太充足，常常捉襟见肘。

很长时间里，北大办学经费拮据，只能凭教授的个人能力，东拼西凑，弄出些不太连续的"系列讲座"来。在我熟悉的人文领域里，乐黛云先生最为擅长此道，其创办比较文学讲座，几乎像变戏法一样"无中生有"。小而美的"北大学术演讲"丛书（乐黛云、张文定主编，北京大学出版社），前十几种都属此讲座，而后几种来自"汤用彤学术讲座"，也与其不无关联。由"系列讲座"而"演讲丛书"，乐先生等做得风风火火，嘉惠诸多北大学子及读书人。只是因没有固定经费，很难持之以恒。

出任中文系主任后，很想追摹先进，以尽可能优厚的待遇，邀请国际上杰出的学者到北大来，以系列讲座的形式，传授其人文理想及学术成果。如此理念，学人大都赞赏；但实行起来，非有特殊经费支持不可。于是，利用百年系庆的机遇，我请系友黄怒波（中坤集团董事长）捐资，创立了此"胡适人文讲座"。

说到这里，马上会被追问："讲座"为何是"胡适"。先退一步想，还有什么更合适的？叫"孔子论坛""屈原讲座"或"莎士比亚大讲堂"，都有拉大旗当虎皮的嫌疑。命名的原则是：必须与北大中文系百年风云有关联，且能凸显自家学术传统与精神风貌。对于北大中文系来说，新文化运动是我们迅速崛起的关键，其中蔡元培居功厥伟。那为何不选蔡校长？原因是，1996年9月，北大中文系设立了"子民学术论坛"，定期邀请校内外专家学者，为研究生开设讲座；此论坛全靠中文系日常经费支持，不太宽裕，但仍在继续。至于在北大中文系讲授"中国小说史"课程六年之久的著名文学家、思想家鲁迅，本来是很合适的人选，可惜被人捷足先登了。2006年6月，香港叶谋遵先生捐资在北大设立"叶氏鲁迅社会科学讲座教授基金"，涉及的领域是经济、新闻、国际关系、教育、法律等。接下来，胡适怎么样？尽管各家政治及学术立场不同，对胡适在新文化运动中的贡献，还是有共识的。再说，胡适1930年代出任北大文学院院长兼中文系主任，抗战胜利后曾任北大校长，在职期间做了不少好事，还是值得纪念的。就这样，我的提案获得了通过。

硬要说以"胡适"命名此讲座乃别有幽怀，也并非毫无道理。作为北大人，我对适之先生有一种歉疚感。翻阅上世纪五十年代三联书店出版的八辑《胡适思想批判》，不难明白当年的批胡，重头戏多由北大人主唱。正因为胡适的根基在北大，在当局看来，批胡能否成功，很大程度取决于北大人是否愿意划清界限。可想而知，与胡适有过交往的学者，其承受压力之大。今日力倡思想独立、精神自由者，必须设身处地，方不致持论过苛。1998年，北大借百年庆典之机，重提"老校长胡适",这已经跨出了一大步——此前,我们只肯定其在新文化运动中的贡献。有感于此,我为北大出版社适时推出的十二册《胡适文集》撰文,称:"谈论二十世纪中国的思想文化建设,胡适是无论如何也绕不过去的。在政治/思想/学术/文化等诸方面,适之先生都曾发挥巨大作用。但尤为难得的是,其始终保持'建设者'的姿态。与充满激情的'革命'相比,强调'建设',自是显得'黯然失色'。适之先生利弊参半的'平实',既受制于性格、学识、才情,但也与这一'建设者'的自我定位不无关系。可建设者的力求'平实',不等于墨守成规、维持现状,更不等于没有自己独立的政治理念。读北大版的《胡适文集》,更证实了我的这一感觉。"(《建设者的姿态——读北大版〈胡适文集〉有感》,1999年3月10日《中华读书报》)

2003年秋天,安徽教育出版社完成了《胡适全集》的出版工作,我力主将新闻发布会定在北大英杰交流中心的阳光大厅。为此,我专门给许智宏校长打报告,称:"曾任北京大学校长的胡适博士(1891—1962),乃近百年中国学术史、思想史、文学史乃至政治史上举足轻重的人物。正因其对于历史进程的影响极大,褒贬毁誉集于一身。改革开放以后,中国学界开始重新认识胡适。二十年间,整理出版了许多胡适的选集或文集,给研究者以及广大读者提供了很大的方便。考虑到胡适著述甚多,收集不易,从1992年起,安徽教育出版社集合全国诸多学者,历时十年,终于完成了包括中英文论著、创作、日记、书信、译文以及未刊稿在内的约二千万字的《胡适全集》。这套四十四卷的《胡适全集》的出版,既是对于先贤的最好纪念,也给学界之了解二十世纪中国,提供了相当丰富的史料。考虑到胡适在中国现代史上的重要地位以及与北京大学的特殊因缘,北大二十世纪中国文化研究中心和安徽教育出版社合作,将于2003年9月18日在燕园召开'《胡适全集》出版暨胡适学术思想研讨会'。"为什么不拉一杆更招风、更显眼的大旗,竟以小小的"北大二十世纪中国文化研究中心"牵头,是深怕给学校惹麻烦。不过,事后有关领导告诉我:这点小计谋根本没用,若是出了问题,北大还是脱不掉干系的。据说学校领导专门为此开会,并当机立断,不仅同意开会,还委托许校长出席。那个会上,无论是北大的许智宏校长、季羡林教授,还是职务在身的全国人大常委会副委员长许嘉璐、全国政协副主席王选、新闻出版总署副署长柳斌杰等,都做了十分精彩的发言。台湾"中央研究院"诸多学者参加,深受感动,还以大陆学界"为胡适'平反'"为题大做文章。可这边的主流媒体,基本上保持沉默。我检索了一下,相关报道仅在《高校社科信息》《中国图书商报》及《安徽日报》上出现。

不鼓励,也不压制,这就行了。由于众多学人的长年努力,胡适早已恢复名誉,北大上下不再对其心存芥蒂。中文系设立"胡适人文讲座",并未遇到任何障碍。因此,当媒体询问此举有何"内幕"时,我感谢他们"拔刀相助"的好意,但拒绝"过度阐释"。我更愿意大家关注此讲座本身——什么宗旨、如何推进、能否邀请到国际一流学者、演讲者有无尽心尽力、学生们是否获益等。以我的经验,此等事,轰轰烈烈"开头"并不难,难的是踏踏实实、一步一个脚印地往前走。上得厅堂,还要下得厨房;拿得起开山斧,还要捏得住绣花针。只有将"宏大叙事"与众多精妙的细节安排相结合,方才可能收获满堂掌声。对此,我只有外交词汇——"充满期待"。

2010年5月9日于京西圆明园花园
(初刊2010年5月19日《中华读书报》)

附:《我读胡适》

每个人接触胡适的途径和方法,既有大时代的影子,也与自家求学经历有关。我是七七级大学生,有幸目睹"思想解放"的整个过程,虽不是弄潮儿,毕竟躬逢其盛。我之接纳胡适,从一开始就不存在障碍。1981年2月,上海的华东师范大学出版社"内部发行"了《胡适哲学思想资料选》,其下册就是胡适英文口述、唐德刚编校译注的《胡适的自传》。这书刚出版,我就买了,那时我在广州的中山大学念书,大学还没毕业。第二年春天,我考上了中大研究生,随吴宏聪、陈则光、饶鸿竞先生学中国现代文学,撰写的第一篇专业论文是《论白话文运动》(1982年4月)。此文理论上得益于"有意味的形式",史料上则多受胡适自述的影响。

其实,谈论胡适,最容易入手的地方是新文化运动,一般来说,分歧不会太大。比起"思想史"或"学术史"上的胡适,谈论"文学史"上的胡适是比较保险的。1987年夏我博士毕业,开始追随王瑶先生,编撰日后由北京大学出版社刊行的《中国文学研究现代化进程》,我负责其中的鲁迅和胡适两章。摆出一副做学问的架势,到处搜集胡适的著作,最得意的是在中国书店花300元买到上海亚东图书馆的《胡适文存》一二三集共十二册,花400元抱回十册精装的《胡适之先生年谱长编初稿》(胡颂平编著,联经出版,1984)。以我当时的收入,这已经是"下血本"了。

想我起步的时候,对我有帮助的前辈著述,包括耿云志的《胡适研究论稿》(四川人民出版社,1985)、易竹贤的《胡适传》(湖北人民出版社,1987)、白吉庵的《胡适传》(湖南教育出版社,1987)等。

此外，还有两本书不能不提，一是华东师范大学图书馆编《胡适著译系年目录与分类索引》（上海人民出版社，1984），这书到现在还有用，都快被我翻烂了；一是余英时的《中国近代思想史上的胡适》（联经出版，1984），那原本是为《胡适之先生年谱长编初稿》撰写的长篇序言，同时独立发行。这册小书不仅对我个人，对上世纪九十年代中国大陆学界之谈论胡适，有深刻的影响。

我首次从学术史、思想史角度谈论胡适，是刊于《学人》第一辑（江苏文艺出版社，1991年11月）上的《在政治与学术之间——论胡适的学术取向》。单看文章题目与发表的集刊，就知道论者是"别有幽怀"。别人怎么样我不知道，我自己反省，如此理解与阐释胡适，与上世纪八九十年代中国政治情势与学术风气的转变有关。

2010年5月25日
（初刊2010年5月31日《南方都市报》）

"薪火"何以能"相传"*

中国人喜欢用"薪火相传"来比喻师生间借传授／学习，使得某种学问或技艺代代相传。这当然是个美好的愿望，但不见得一定能做到。君不见，世人常有"学术断档"或"青黄不接"之类的感叹。吊诡之处在于，一方面，任何"大师"都是独一无二，完全复制是不可能的；另一方面，某一专业领域的"学问"，又确实可以通过教学而得以延续，某种程度上甚至是"青出于蓝而胜于蓝"。因此，需要关注的，不是"薪火"能否"相传"，而是传什么，怎么传。

聘请尽可能多的好教授、设置完善的学科体系、开设丰富多彩的课程、建立详尽的规章制度等，这些属于大学的人事部、教学部、研究部、研究生院管，不必我辈操心。我关心的是，体制之外的"教授"，以及学问之外的"心情"。而这，对于正在努力"创建世界一流大学"的北大等中国著名大学来说，并非可有可无。

目前中国的大学制度，对于退休教授很不公平。我在北大中文系的内部会议上多次提及，随着各种奖励制度的建立，在岗老师的收入越来越高，机会也越来越多；而这种"实惠"，没有推及已经退休的教

---

* 此乃作者2010年9月10日在北大中文系"鲁迅人文讲座"系列演讲第一讲（乐黛云《文学：面对重构人类精神世界的重任》）上的"开场白"。

授。对于退休教授来说，身体强壮且创造力旺盛的时候，国家实行低薪制，普遍积蓄无多；如今到站下班，即便精力充沛，也无法像日本教授那样，到私立大学去"发挥余热"。著名教授没问题，或闭门著述，或四处演讲，依旧风光八面。但这不是普遍现象。国内很多大学的退休教授，尤其是人文学者，真的是"未尽其才"。

作为制度设计，不可能面面俱到；尤其是大转型时代，只能"老人老办法，新人新办法"。新人有新人的苦恼，老人有老人的困惑，谁都不容易。作为一个小小的系主任，我只能在力所能及的范围内，采取某种变通的方式，对那些为中国教育及学术作出贡献的退休教授，表达尊崇与敬意。谁都知道，各著名大学中文系的学术名声，很大程度是上一代甚至上几代人共同创造的，我们作为受惠者，应该有感恩之心。

我在国外参加过好几次著名教授的退休典礼，很庄重，也很温馨，同事及师生都很投入，热泪盈眶。也想在北大中文系推广，但行不通。退休教授们生活在燕园，依旧参与院系的各种活动，一旦举行典礼，当事人有"出局"的感觉。另外，中国人比较含蓄，有深情但不太愿意当面表露。外国人不一样，到了那个场合，毫不吝惜赞美之词，而且说得很得体。你可以说这只是一种"礼仪"，不如增加退休金或赠送礼品"实惠"。其实，仪式感很重要，每年的毕业典礼，能让老学生们记忆一辈子。在适当的时候，采用大家都能接受的方式，表达后辈们对一个毕生从事教学研究、而今逐渐淡出舞台的学者的敬意，我认为是应该的。

借祝寿之机，弟子出面组织，为先生出文集，办聚会，这当然很好。但作为教学研究单位，也有责任不失时机地表达我们的心意。而且，此类活动，不仅仅是为了先生，更是为了后学。正是基于这一理念,去年起,北大中文系尝试设立一专门向作出突出贡献的退休教授"致意"的讲座,听众以本科生为主。先后请本校的谢冕、蒋绍愚、孙钦善、陆俭明、孙玉石等教授,以及南京大学的周勋初教授,为大学生漫谈"学问与人生",效果极佳。为了更好地表达我们对前辈学者的敬意,我向中坤集团董事长黄怒波提出经费申请,加上学校的配比基金,现在可以从容运作了。以乐黛云教授的这次讲座为起点,我们正式打出"鲁迅人文讲座"的旗号:每年邀请若干位大陆及台港澳的学者,到北大来走走,接受我们的致意与请教。

在《"讲座"为何是"胡适"》中,我提及"在大学里设立高规格的学术讲座,既对讲者表示敬意,也给听众一番惊喜",那是真心话。所谓"薪火相传",传的不仅是"学问",更是志向、人格、趣味与精神。在学期间,能听到大学者的精彩演说,甚至参与座谈,那是很幸运的事。对于在校生来说,在岗教师的课容易选修;至于本校或外校的退休教授,则有赖于此类讲座,方能一睹风采。林庚先生最后一次登台,师友们都称"惊艳绝伦",我因事未能参加,后悔不迭。有些精彩的人与事,如惊鸿一瞥,你稍不留意,就再也没有机会见识了。

"薪火"必须"相传",传具体的专业知识,也传对于学问的执着与热情,以及那些"压在纸背的心情"。百年系庆之际,北大中文系设立两个高端讲座,分别以曾任教于此的鲁迅、胡适命名。前者是单一演讲,每年六七讲或八九讲,邀请对象是大陆及台港澳的退休教授;后者是系列讲座,每年一次,邀请的是国外著名学者。希望两个讲座比翼齐飞,体现我们的学术理想及人文情怀。

2010年9月6日于香港中文大学客舍
(初刊2010年9月15日《中华读书报》)

同代人的学问与心情 *

上海大学的王晓明教授曾将1985年5月6日至11日在北京万寿寺中国现代文学馆召开的"中国现代文学研究创新座谈会"和在会上提出的"20世纪中国文学"视为"重写文学史"的"序幕",理由是:"正是在那次会议上,我们第一次看清了打破文学史研究的既成格局的重要意义"(王晓明《主持人的话》,《上海文论》,1988年第6期)。我要说的是,钱理群、黄子平推举我这个当年的北大博士生作为代表,在那次大会上作关于"二十世纪中国文学"的论述,此举对于一个年轻人的意义。谁都知道,"三人谈"中,老钱是核心,可他愿意让年轻人上阵,这是八十年代特有的气象与风度。不仅现代文学研究如此,经济学、法学、电影、绘画、小说等,都是若干志同道合的年轻人聚集在一起,酝酿一场场日后影响深远的变革。进入九十年代以后,这样的故事,越来越罕见。不过,我还是相信"江山代有才人出",任何一次年轻人之间成功的聚会,都可能隐含着某种学术或思想上的突破。

每代人都有自己的"光荣与梦想",也都有自己自由翱翔的天空。没有与上一代或下一代的接触与交棒,就没有文明的承传;但话说回

---

* 此乃作者2010年10月25日上午在北京大学英杰交流中心举行的"众声喧哗的中国文学 —— 首届两岸三地博士生中文论坛"上的"开场白"。

2010年10月主持博士生论坛

来,"同代人"的感觉最重要。日后,各位走上学术岗位,会有频繁的对话,当然,也会有激烈的竞争。但这种"同学少年"的感觉非常独特,很可能使你们的友情延续一辈子。某种意义上,从同学身上学到的,一点不比从长辈(包括导师)那里学到的少。

什么是好大学(这里不说那让人头痛的"世界一流"),在我看来,不仅得有学贯东西的"好老师",还得有随时可以切磋辩难的"好同学";而好老师的责任之一,就是为好学生搭建"好舞台",让其酣畅淋漓地施展才华。给各位风华正茂的同学创造尽可能好的学术环境以及互相交流的平台,让你们及早登台表演,结识那些日后的同道与竞争对手,是各大学院系领导的职责。

在《师长们的故事》(2010年9月30日《南方都市报》)中,我曾引用清代学者戴震的名言:"大国手门下,不出大国手;二国手、三国手门下,教得出大国手。"这话很深刻,可做多种解读;最大的可能性是,弟子们被"大国手"强大的气场给镇住了,出不来。教师节刚过,我提醒各位:在尊师重道的同时,每代学人都得努力走出自己的路。不要太迷信自己的导师——即便他/她真的是"大国手"。从学生角度,诸位需要"转益多师";从导师角度,我们希望"易子而教"。再好的大学、再好的导师,也都有局限性。学会倾听不同声音,理解不同立场,从不同的角度观察、思考、论述问题,这很重要。今天的论坛,北大学生发表论文时,请中国人民大学孙郁教授评点;南大学生发表论文时,请新加坡国立大学容世诚教授评点;复旦学生发表论文时,请浙江大学吴秀明教授评点;台湾大学学生发表论文时,请南京大学徐兴无教授评点;香港中文大学学生发表论文,我来评点。这样的布置,正好呼应论坛的主旨:"众声喧哗的中国文学"。

邀请十九所性质接近、旗鼓相当的兄弟院校共襄盛举,举办"两岸三地博士生中文论坛",这样可以形成规模效应,对自己也是一种无形的压力。这个小联盟,除了原先的"重点大学中文系主任联席会议"成员,还邀请了台湾大学、政治大学、成功大学、香港中文大学。此举对于各大学在读研究生来说,无疑是一个"利好"消息。此前各大学也有类似的举措,但分别举行,交流范围小,劳动强度大,改为制度化的"轮番做东",相信可以事半功倍。我们已经商定,明年春天由南开大学主持,在天津举办;秋天由台湾大学、政治大学、成功大学主持,在台北与台南举办;后年春天由武汉大学做东,秋天由香港中文大学做东;大后年春天中国人民大学负责……随着第二届、第三届、第四五六七八届论坛的举办,这个学术网络日渐完善,同学们可以驰骋的空间将大为扩展。

为了今天各位的精彩表演,也为了日后中文教育发展的无限可能,我谨代表北京大学中文系,欢迎与会的各位同学,更感谢积极支持此事的各大学中文系主任及文学院长。

(初刊2010年11月3日《南方都市报》)

毕业典礼上的"赠言" *

在如此盛大、庄严且神圣的毕业典礼上发言，我很激动，也很兴奋。美中不足的是，我代表的是导师，而不是毕业生。这么说，不是"装嫩"，而是因为，这种场合，主角当然是英姿勃发的毕业生；平日里一脸严肃的导师们，今日全都和蔼得一塌糊涂，且心甘情愿充当"绿叶"。

每当这个时候，我既为毕业生祝福，也为自己抱屈——为什么我就没有这么风光的日子。二十多年前，我博士毕业时，学校没有举行任何仪式。只是口头通知，有空到未名湖边的研究生院来取毕业文凭。记得那天下午太阳很大、很毒，我取回证书，顺路买了个大西瓜，放在水房里冰着，晚上和妻子一起享用。第二天，我就收拾行装，到江南访书去了。时隔多年，与年轻的朋友聚会，听他们谈毕业典礼上如何激动，我头脑里一片空白，只有一个圆圆的西瓜在不断地滚啊滚……

人的一生中，有若干关键时刻，值得你我永远记忆。但"记忆"本身很奇妙，需要色彩、线条、声音、图像等的配合，才能充分呈现。在这个意义上，"仪式"非常重要，它将使我们的记忆"存盘"并永久

---

*　此乃作者2010年7月8日在北京大学研究生毕业典礼暨学位授予仪式上的讲话。

保留。像我这样没有典礼可以追忆的，当然也可借学生的光，穿上博士袍照照相。不过，这有点像老年人补拍婚纱照，不是很自然。或许，人生中有些东西，过去就过去了，永远也追不回来。正是有感于此，我觉得，诸位能站在这里，接受校长、导师、同学以及亲友的祝贺，实在是很幸福。

我知道，你们都是经过四年乃至十年的全力拼搏，才能走进这个会场的。多年的寒窗苦读，很不容易。不止一个男生告诉我，很想学古人"头悬梁，锥刺股"，可惜找不到锥子，北大学生宿舍也没有可悬辫子的梁，况且连辫子都没有了。而女生则抱怨，毕业论文真不好写，眼看就要垮下来，为了给自己压惊，拼命吃巧克力，以致提前发胖。这些笑谈，随着学业的完成，都成了过去。读书期间的酸甜苦辣、得失成败，连同未名湖的晨曦、燕南园的美食，以及诸多开花或不开花的爱情故事，如今都被收入行囊，即将随你浪迹天涯。

对于绝大部分同学来说，燕园生活已经结束，马上就要昂首上路了。我只想说三句话：

第一，总有一天你会明白生命的极限，但请记得鲁迅《野草》中的《过客》，既然你听见"那前面的声音叫我走"，不要太早地停下前进的脚步。第二，你不是孤身一人上路，你行囊里还装着一所百年名校的"光荣与梦想"，你身后还有无数师长以及学弟学妹们殷切的目光。第三，请牢记，成功时，母校向你祝贺；跌倒时，母校给你加油；若是遭遇挫折、屡败屡战，母校更是为你鼓掌，为你骄傲！

（初刊2010年7月22日《文汇报》，原题《赠言》）

回首烟波浩渺处

　　烟波浩渺的鄱阳湖，位于江西省北部，乃目前中国最大的淡水湖。面对此古称彭蠡、彭泽、彭湖的大湖，我首先想到的，不是唐代诗人王勃的"渔舟唱晚，响穷彭蠡之滨"(《滕王阁序》)，也不是宋代诗人苏轼的"山苍苍，水茫茫，大孤小孤江中央"(《李思训画〈长江绝岛图〉》)，而是让四千北大、清华教职工"梦牵魂绕"的鲤鱼洲[1]。

　　据北京大学《教育革命通讯》第3期报道："我校近两千名教职员工家属响应伟大领袖毛主席'要准备打仗'和'教育要革命'的伟大号召，沿着'五·七'指示的光辉道路，于(1969年)十月底奔赴教育革命第一线——江西北大试验农场。"[2] 从1969年7月10日先遣队23人赴江西南昌县鲤鱼洲筹建农场，到1971年8月16日"从江西分校返回的教职工357人于14日和16日分批到京"[3]，大约两年时间里，鲤鱼洲成了北大教职员的主要栖居地。

---

[1] 为撰此文，查阅网上资料，方才注意到，老北大人挂在嘴边的鲤鱼洲，原来也是江西生产建设兵团九团的所在地。1970年前后，数千上海及南昌的知青来到这里，默默奉献了自己的青春。这也隐约透露出，"五七干校"与"知青下乡"，二者确实是"难兄难弟"。

[2] 《简讯》，《教育革命通讯》第3期，1969年11月21日。

[3] 参见王学珍等主编《北京大学纪事》第681、708页，北京大学出版社，1998年。

因系汇集赣江、修水、鄱江、信江、抚河等水系经湖口注入长江，鄱阳湖水位升降幅度很大，"夏秋一水连天，冬春荒滩无边"，这就给特定年代迷信"人定胜天"的人们提供了舞台。于是，"五七战士"奉命在此荒滩上战天斗地，围湖造田。当年所造的"万亩良田"[①]，如今为了恢复自然生态环境，大都成为碧波荡漾的鄱阳湖区的一部分；这就好像历史，"主角"早已沉入"湖底"，你只能远远地眺望、沉思、驰想，再也无法重睹旧颜容了。

一、北大的"五七干校"

北京大学的官修"正史"，目前只有前半部[②]；至于后半部，只能参阅王学珍等主编的《北京大学纪事》——此书上下两册，北京大学出版社1998年发行内部版，2008年推出修订本。涉及"鲤鱼洲"故事时，或称"北京大学江西试验农场"，或称"北京大学江西分校"。编者是查过档案的，可即便如何，我还是认定，与其这么遮遮掩掩，还不如直截了当地承认：这就是北大的"五七干校"。因为，只有将此举放置在当初的"干校"潮中，才能理解众多蹊跷之处。实际上，当初下放鲤鱼洲的北大教师，平日里自称"五七战士"，而"农场"为解决子女入学而创办的学校，也叫"五七中学""五七小学"；更能说明问题的是，1970年5月9日《人民日报》刊发《知识分子改造的必由之

[①] 这当然只是"大概而言"。北大离开时移交给江西省国营南昌市鲤鱼洲第二农场的耕地是7415.14亩，再加上清华移交的，数量相当可观。其中很大一部分，日后"退耕还湖"，至于具体数目，没有统计。

[②] 萧超然等编著：《北京大学校史》，上海教育出版社，1981年；增订本，北京大学出版社，1988年。

路——记清华大学、北京大学广大革命知识分子坚持走毛主席指引的"五·七"道路》，开篇就是："去年，两个学校的革命师生员工，在驻校工人、解放军毛泽东思想宣传队的领导下，满怀革命豪情，到了江西鄱阳湖畔的鲤鱼洲，白手起家，艰苦创业，办起了教育革命的试验农场，在毛主席指引的'五·七'大道上，奋勇前进！"可见，离开了"文革"中"五七干校"的兴衰起伏，无法谈清楚北大、清华的鲤鱼洲。

故事的肇端，虽有1966年"五七指示"的伏笔[①]，但真正得以展开，却是在1968年下半年。各省革命委员会建立，从"走资派"手中夺权的任务已经完成，毛泽东于是希望通过知青下乡与干部下放[②]，逐步恢复秩序，稳定局面，实现自己的政治改革理念。具体说来，1968年10月5日《人民日报》头版发表《柳河"五七"干校为机关革命化提供了新的经验》，编者按称："毛主席最近指出：'广大干部下放劳动，这对干部是一种重新学习的极好机会，除老弱病残者外都应这样做。在职干部也应分批下放劳动。'毛主席的这个指示，对反修、防修，对搞好斗、批、改，有十分重大的意义。"此后，全国各地的党政机关、高等院校、文教科技战线等响应号召，纷纷在农村创建"五七干校"。如中

---

① 1966年5月7日毛泽东审阅军委总后勤部《关于进一步搞好部队副业生产的报告》后给林彪写信，讲到人民解放军应该是一个大学校，这个大学校，要学政治、学军事、学文化，又能从事军农副业生产；工人以工为主，也要兼学军事、政治、文化；农民以农为主，也要兼学军事、政治、文化；学生也是这样，以学为主，兼学别样，即不但学文，也要学工、学农、学军，也要批判资产阶级。

② 1968年12月22日《人民日报》头版以整版篇幅，转发了《甘肃日报》上的《我们也有两只手，不在城市里吃闲饭》，编者按中公布毛主席最新指示："知识青年到农村去，接受贫下中农的再教育，很有必要。要说服城里的干部和其他人，把自己初中、高中、大学毕业的子女，送到乡下去，来一个动员。各地农村的同志应当欢迎他们去。"从此，知识青年上山下乡运动如火如荼展开。

宣部的"五七干校"在宁夏贺兰县，中共中央党校的"五七干校"在河南西华县，全国政协机关的"五七干校"在湖北沙洋，外交部的"五七干校"在湖南茶陵，对外文化联络委员会的"五七干校"在河南明港，北京师范大学的"五七干校"在山西临汾，中国人民大学的"五七干校"在江西余江，中国科学院哲学社会科学部的"五七干校"在河南信阳罗山，文化部的"五七干校"在湖北咸宁向阳湖畔……最后两个干校特别有名，这与杨绛的散文集《干校六记》广受赞誉，以及臧克家的诗集《忆向阳》引起争议大有关系。

若没有当事人的追怀以及后人的记载，这些散布全国各地的"五七干校"早就被世人遗忘了。以北大为例，后人很难想象，被送到鲤鱼洲接受劳动改造的，竟然有66岁的心理学家周先庚（1903—1996）和语言学家岑麒祥（1903—1989），62岁的史学家邓广铭（1907—1998）和史学家商鸿逵（1907—1983），61岁的法学家芮沐（1908—2011），60岁的哲学家张岱年（1909—2004），59岁的逻辑学家王宪钧（1910—1993），58岁的历史地理学家侯仁之（1911—2013）等。事过多年，这些曾经的"五七战士"，或撰文，或口述，或借由友人的描写，呈现出鲤鱼洲的日常生活。

先看张岱年《曲折的道路》：

> 名单上有我，我就整理行装随着队伍乘火车前往江西。到鲤鱼洲之后，哲学系与历史系共组成第八连。住大草棚。初到鲤鱼洲，参加运石子、编草帘、插稻秧、修水坝等劳动。因年过六十，遂编入老年组，从事种菜劳动。同组还有王宪钧、周先庚、桑灿南、吴天敏、李长林等。鲤鱼洲土地是红土，有雨是泥，无雨如铜，泥地很滑，我经常摔跤，有一次滑倒，伤了左胫，痛了一百

天才好。八连常让老年人值夜班,夜间坐在草棚外守望。我经常值夜班,夜阑人静,万籁俱寂,一片宁静,颇饶静观之趣。仰望天空,星云皎然。①

接下来是侯仁之的口述:

特别艰苦啊!最苦的活儿让我干。我记得很清楚。就穿一个裤衩,拿块破布垫在肩上,背那个大水泥袋,压在身上。水泥一口袋很重啊!从湖里的船上背到岸上。河滩地,下来都是泥,扛着水泥袋走那个跳板,一颤一颤的,得特别当心。走一段路以后,还要爬四十四个台阶。……都是罚我。我那时已经快六十岁了,照常干。②

至于两位历史系教授,没有留下直接资料,好在有学生或子女的描述。请看张广达笔下的邓广铭:

就在这样一片土地上,北大数千教职工受命建立干校,走"五七道路"。干校实行军事编制,由军、工宣队领导。邓师和我被编入八连的后勤排,邓师放鸭子,我在蔬菜班种菜,师生情谊

---

① 张岱年:《曲折的道路》,牛汉、邓九平主编:《六月雪——记忆中的反右派运动》第484—485页,经济日报出版社,1998年。
② 引自陈光中《侯仁之》第196页,三联书店,2005年。与此相对应的,是《〈晚清集〉自序》(侯仁之《晚清集》,新世界出版社,2001)中的一段话:"'文革'甫来,即受冲击,肉体摧残,精神折磨,江西鲤鱼洲,挑砖、打柴、插秧、割稻……艰苦的生活使我的身心更加坚强。"

走向更深厚的一步。那时邓师已年过花甲,头戴草帽,脚穿胶鞋,挽着裤脚,手里拿着一根细长的竹竿,在暑气蒸人的田野上放鸭子,条件极其艰苦。像他这样的老教授在全干校也没有几个,可是邓师秉持素有的开朗乐观,能吃能睡,不改本色。[①]

商传、商全在《学者之路》中,是这样谈论父亲商鸿逵的:

> 1969年,父亲被送到江西鲤鱼洲北京大学的"五七"干校。史学家成了放牛翁。每当水牛吃草嬉戏时,父亲便坐下来,望着眼前茫茫的水乡田舍,有时写下几首记景抒情的古诗。这里虽然脱离了校园中那无休止的批判斗争,但也离开了书屋,离开了讲台,他感到自己的生命在这田野间消溶、耗逝。[②]

因需要充当大批判的"活靶子",侥幸留在京城的季羡林,在《牛棚杂忆》第十八章"半解放"中,也有一段谈及鲤鱼洲:

> 不知道是出于哪一级的决定,北大绝大多数的教职员工,在"支左"部队的率领下,到远离北京的江西鲤鱼洲去接受改造。此地天气炎热,血吸虫遍地皆是。这个部队的一个头子说,这叫做"热处理",是对知识分子的又一次迫害。我有自知之明,像我这样的"人"(?)当然在"热处理"之列。我做好了充分的精神和物

---

① 张广达《师恩难忘——缅怀邓师恭三先生》,《仰止集——纪念邓广铭先生》第204—205页,河北教育出版社,1999年。
② 商传、商全:《学者之路》,《商鸿逵教授逝世十周年纪念文集》第417页,北京大学出版社,1995年。

质准备，准备发配到鄱阳湖去。[1]

这段话除了提醒我们，当初之所以选择环境特别恶劣的鲤鱼洲，是有意对知识分子进行"热处理"；还有就是，1969年的北大师生，其实有好几种去向。

查王学珍等主编《北京大学纪事》，1969年10月20日的大会上，宣传队及校革委会宣布："师生员工分赴江西、陕西汉中和北京远郊区，走与工农兵相结合的大道，做'旧教育制度的批判者，新教育制度的探索者，社会主义社会的普通劳动者'。"具体如何分配，见当年《战备、教育革命情况》第八期的记载：去江西鲤鱼洲的2037人，全部是教职工及家属；去陕西汉中的1247人，其中教职员工440人，学生807人；去北京远郊区农村的3493人；留校人员1569人中，老弱病残416人，后勤及办事人员997人，在校筹建工厂76人，其他80人[2]。包含中文系在内的文科教员，大都去了鲤鱼洲，但也有因老弱病残或作为建设"无产阶级新北大"的基本力量而留下来的。

二、为何告别鲤鱼洲

既然是思想改造的"重镇"，全国各地的"五七干校"，生活条件大都窘困。但是，像北大、清华鲤鱼洲农场那么艰苦的，确实不多。比如，全国政协机关的"五七干校"虽然原先是劳改农场，但为了办干校，当局将劳改犯合并他处，腾出一块土地肥沃气候适宜的好地方；

---

[1] 季羡林：《牛棚杂忆》第194页，中共中央党校出版社，1998年。
[2] 参见王学珍等主编《北京大学纪事》第685—686页。

中共中央党校的"五七干校"所在地是离黄泛区农场场部不远的"大跃进"时办起来的"红专大学"旧校舍，有砖木结构的瓦顶房，还有礼堂篮球场等；临汾原本就有北京师范大学的分校，建在这里的"五七干校"自然是有房有田有菜园①。中宣部的"五七干校"设在宁夏贺兰县立岗镇外，原本也是劳改农场，条件却比鲤鱼洲好多了——龚育之在《干校探亲琐记》中提及妻子孙小礼被分到了鲤鱼洲："在江西鲤鱼洲办干校，可比我们在宁夏办干校艰苦多了。地点是鄱阳湖边的荒洲，住房要自己盖，几十人住一间草棚、两条长铺，十天才有半天休整，劳动强度大，双抢（抢种抢收）时尤甚。"②到底是偶然因素，还是有关部门对北大、清华教师格外关照，给予特殊待遇？作为过来人，严绍璗在接受《南方周末》记者采访时是这样说的：

> 最初，江西省推荐的干校地点在九江边上的一所农场，有关同志看过之后认为，农场守着九江，有鱼有虾，不利于知识分子改造。江西省又推荐了一个地方，在赣南的茶陵，也是个农场，半山腰，整天日雾气腾腾，交通不便。有关同志还是不满意，烟雾缭绕的，知识分子容易胡思乱想。最后，有人推荐了鲤鱼洲，这是鄱阳湖的一个围堰，方圆七十里没有村子。③

如此"刻意虐待知识分子"，只是口耳相传，未见诸专门文件或档案，

---

① 参见汪东林《在全国政协"五七干校"的岁月》、金春明《西华干校一千五百天》、何兹全《在临汾干校劳动》，载唐筱菊主编《在"五七干校"的日子》第235—248、195—210、185—194页，中共党史出版社，2007年。
② 龚育之：《干校探亲琐记》，唐筱菊主编《在"五七干校"的日子》第98页。
③ 严绍璗口述，石岩、张丽红记录：《严绍璗治学记》，《南方周末》2007年4月5日。

但从日后北大、清华的匆促撤离看,此说并非无稽之谈。因为,除了自然环境十分恶劣,此地更是出名的血吸虫病高发区。这不是事后才知道的,之所以被农民遗弃,就因为不适合于居住乃至耕作——围湖造田而成的滩涂,钉螺丛生,血吸虫横行。明知此中危险,奈何"军令如山",只好就此安营扎寨。众多博学多识的"臭老九",虽然也做了若干自我防护,但基本上无济于事。不到两年时间,危机全面爆发,最终促成了北大、清华的迅速撤离。

全国范围的"五七干校",在1971年"九一三林彪事件"发生后,陆续有所调整乃至关停。但极左思潮并没有得到真正抑制,"五七道路"依旧光芒万丈。1976年5月7日,在毛泽东发表"五七指示"十周年之际,邮电部还专门发行了一套纪念邮票,第一枚"认真读书",第二枚"生产劳动",第三枚"插队锻炼"。一直到1979年2月7日国务院发出《关于停办"五七"干校有关问题的通知》,"五七干校"才真正进入历史。相对来说,北大、清华的撤退是最早的。1971年8月6日,也就是说在林彪出逃之前,北大已开始布置撤离鲤鱼洲了。此后就是请示江西省委,要求运回自己生产的粮食25万斤,木材500立方,钢材80吨,以及与江西省国营南昌市鲤鱼洲第二农场签署《基建资产移交清单汇总书》等。所有移交工作完成,已经是第二年五月了;在这个意义上,说办场共34个月也没错[①]。只是对于绝大部分北大教师来说,鲤鱼洲生活只有两年。

与其他"五七干校"的转型不一样,北大、清华的撤退与林彪事件无关。那是什么原因呢? 很简单,一是大学招生,二是血吸虫病。民间有两个传说,很动人。第一种说法:有在鲤鱼洲劳动的北大教师给周恩来总理写信,请求把自己永久留下来,不要再轮换第二批教职工了,

---

[①] 参见王学珍等主编《北京大学纪事》第708、719页。

以免大家都成为血吸虫病的受害者；另一说则是北大清华汇报招生工作，称教师不够，一追问，主力都在鲤鱼洲。给我讲述此事的教授绘声绘色地说：周总理听到这个信息，突然无语，十几秒钟后，毫无商量地说："那不是中国最严重的血吸虫疫区吗！把他们全部叫回来！在北京招生！"到目前为止，没有找到周总理关于北大、清华撤离鲤鱼洲的具体指示，但《北京大学纪事》录存几则材料，还是很能说明问题的。

1971年6月10日，北大江西分校革委会提交《关于血吸虫防治情况的报告》，称："分校地处疫区，尽管积极防治，并不能从根本上消灭血吸虫病。"抽查358人，患上血吸虫病的150人，占已查人数的41.9%。另一个统计数字更可怕，清华、北大两校江西德安化肥厂《血吸虫普查情况汇报》称，北大教职工129人，查出有血吸虫病的115人，占89%。因此，7月20日，北大校党委会讨论决定，撤销江西鲤鱼洲北大试验农场。至于撤退，当初提出的理由是：教育革命深入发展，招收学生增多，人员紧张；路途遥远，花费物力财力太大；当地血吸虫情况原来调查研究不够[①]。

从鲤鱼洲撤退，等于取消了北大的"五七干校"，此举事关重大，肯定是得到了上级的指令或默许。否则，单靠北大校党委，没有这个魄力，也没有这等勇气。至于到底是谁下的命令，何人又在其中发挥了关键作用，在没有进一步资料披露之前，只好暂付阙如。

三、当事人如何追忆

艰苦的生活环境与繁重的体力劳动，这只是"五七干校"的"表"；

---

① 参见王学珍等主编《北京大学纪事》第705、707页。

至于"里",依旧是清理阶级队伍、挖出"五一六"分子、批判资产阶级等一系列政治运动。只不过随着时间推移,干校里的政治学习逐渐松弛,以致日后追忆起来,更多强调前一个侧面。钱锺书为杨绛的《干校六记》撰写"小引",特别强调这一点:

> 学部在干校的一个重要任务是搞运动,清查"五一六分子"。干校两年多的生活是在这个批判斗争的气氛中度过的;按照农活、造房、搬家等等需要,搞运动的节奏一会子加紧,一会子放松,但仿佛间歇虐,疾病始终缠住身体。①

以"批判斗争"为主线,各地"五七干校"几乎无一例外——起码主观上如此。因此,就像钱先生提醒的,讲"小点缀"时,不要忘了"大背景";这"大背景"就是十年"文革"的思想路线与政治氛围。

1966年5月16日,中共中央政治局扩大会议通过《五一六通知》。《通知》号召向党、政、军内的"资产阶级代表人物"猛烈开火。6月1日晚8点,中央人民广播电台根据毛主席的指示,全文播发了北大聂元梓等七人签名的大字报。北大内部呢?"从6月初开始,各系各单位揪斗干部、教师的行为逐步升级,戴高帽子、挂黑牌、推搡、揪头发、坐喷气式、毒打、往身上贴大字报等情况日益加剧。"接下来是北大革委会成立,各种批斗会如火如荼。1967年起,在江青"文攻武卫"口号的煽动下,燕园里大打派仗,硝烟弥漫。1968年5月16日,"校文革决定在校内民主楼后面的平房建立监改大院。'监改大院'(俗称

---

① 钱锺书:《〈干校六记〉小引》,杨绛:《干校六记》,中国社会科学出版社,1992年,第1页。

'牛棚')先后关押各级干部、知名学者及师生218名"。与"牛棚"同样让人触目惊心的,是不堪受辱者的"自杀"。1968年12月12日,"宣传队上报的《简报》称:'自清理阶级队伍以来,北大自杀了17人。'"①这17人中,应该有历史系副主任、三级教授汪籛、西语系二级教授俞大絪、中文系党总支书记程贤策、哲学系三级教授沈乃璋、中文系62级学生沈达力、生物系二级教授陈同度、物理系一级教授饶毓泰、数学力学系三级教授董铁宝等(按时间顺序排列),但不包括六天后(12月18日)服安眠药自杀的北大副校长、历史系主任、一级教授翦伯赞及其夫人。如果算上劳改中不准治病或喝污水中毒而死的历史系二级教授向达、西语系四级教授吴兴华,以及1975年上吊的图书馆系二级教授王重民,北大"文革"中惨死的人,远远不止这个数。

这就是北大鲤鱼洲农场的"前史"。对于备受凌辱的"牛鬼蛇神"来说,下放劳动或许是"避难所"——那里毕竟以体力活为主,监管相对放松。可是,"五七干校"里,大批判依旧如火如荼②。查《北京大学纪事》,1970年8月:"在江西试验农场召开第六次落实政策大会,共处理43人。其中被定为叛徒4人,特务9人,历史反革命分子11人,伪军、政、警、宪骨干分子4人,反动党、团骨干4人,现行反革命4人,地、富2人。另给5名右派分子摘帽。对上述43人的处理为:不以反革命分子论处、从宽处理者9人;从宽处理、不戴帽子、交群众监督以观后效者2人;从宽、不戴帽子者21人;按人民内部矛盾性质处理者4人;解除群众监督2人。"同年9月8日江西分校党委组织组统计:"农场现有教职员工1996人,其中,专政对象18人,从宽处理交

---

① 参见王学珍等主编《北京大学纪事》第645、671、676页。
② 参见《念念不忘阶级斗争,抓紧革命大批判》,《教育革命通讯》第4期,1969年11月28日;《简讯》,《内部通讯》第127期,1970年12月3日。

群众监督者7人,'历史不清正审查中的'114人,留校改造的学生18人,第六次落实政策受到处理的39人。"①虽说在不断"落实政策",不少人被"从宽处理"("从宽处理"也是"处理"),可"审查"依旧在继续,思想改造未有竟期。

即便不是批斗对象,置身其中,也是极为压抑。对于曾经生活在鲤鱼洲的北大教职工来说,那是一段痛苦的、难以磨灭的记忆。有意思的是,一旦撰文,当初的辛酸、悲苦与怨恨,大都点到为止;正面描写的,主要是温馨的友情。除了日常生活中同事间互相扶持的点点滴滴,很多文章提及了张雪森之死。1970年12月5日,中文系师生41人乘车到井冈山进行教育革命实践,在清华江西农场机务连附近大堤翻车,教师张雪森、学员王永干当场被压死,另有5人受伤。此事当初之所以引起很大震撼,除了"五七战士"间的友情,恐怕也包含了"兔死狐悲"的意味——很多人由此联想到自己的命运,以及那十分渺茫的前程。

与其他"五七干校"不一样的地方在于,北大人还在鲤鱼洲办学。1970年9月,418名新招收的工农兵学员进入鲤鱼洲的"北京大学江西分校"学习。这所空前绝后的"草棚大学",赓续的不是老北大的传统,而是"向'共大'(江西共产主义劳动大学)学习,走'抗大'(中国人民抗日军事政治大学)道路"②。这就难怪,1970年7月,北大江西分校提出一份(招生)专业介绍,其中,中文系的课程这样设计:"(1)毛泽东文艺思想,(2)毛主席诗词,(3)革命样板戏,(4)文艺创作,(5)文艺评论(训练在文艺战线兴无灭资斗争、批判封资修文艺和不停顿

---

① 参见王学珍等主编《北京大学纪事》第694—695页。
② 《向"共大"学习,走"抗大"道路》,《内部通讯》第105期,1970年9月27日。

地向资产阶级发动进攻的能力）。"好在学员们一半时间在田里劳动，没必要上那么多课（参见乐黛云、段宝林、陆俭明三文）。那是一个时代的错误，怨不得具体的老师或学生。看看《北京大学（1971—1975）五年规划纲要》，号称"要在五年内把北京大学建设成为一个世界上最先进、最革命的以文科为特点的社会主义综合大学"的北大，其办学方针竟然是："文科要以毛主席著作作为基本教材；外语教材要'七分政治三分文学'，适应国际阶级斗争需要；理科教材要不断总结我国工农兵的发明创造，批判吸收世界先进科学技术。"[1]本校尚且如此，鲤鱼洲的教员及学生更是无所适从。

对于后人来说，如何理解这一段荒谬的历史以及当事人的困惑与挣扎，完全可以有不听角度。我关注的是，北大的"五七战士"身处逆境，精神上却没有被彻底压垮，甚至颇能自娱自乐。周先慎、杨必胜、袁良骏等文谈及鲤鱼洲流行"天佑体"——"水田里干活时候的集体吟诗"，"这诗随口喊出，或一人喊一首，或有人先喊一句，其他人一人接着喊一句"，"说白了即是即兴诗，或曰顺口溜"。有过类似生活经历的人，很容易接受这种服务于劳动生产的"田头诗"[2]；也只有还原到当初的语境，才能理解当事人为何几十年后还"耿耿于怀"[3]。

真正为干校认真写诗、公开出版且引起争论的，是曾在湖北咸宁

---

[1] 参见王学珍等主编《北京大学纪事》第693—695页。
[2] 据周先慎《草棚大学纪事》："当时来得最快的是沈天佑同志，真可以称得上出口成章，他的诗不加修饰，不加锤炼，甚至也不讲究押韵，只要凑上四句，喊出热情和干劲就行。后来大家就把这种在劳动中产生的，不大讲究技巧，只重鼓舞作用的田头诗歌称作'天佑体'。"
[3] 这么多人追怀"天佑体"，称道其在鲤鱼洲如何风行，可我目前见到的，只有胡双宝文中引的这一首："七连有个胡双宝，光吃馒头不吃草。平整土地缺水牛，拉起耥子田里跑。"

文化部"五七干校"生活三年的臧克家。诗集《忆向阳》1978年3月由人民出版社推出，在序言中，臧克家自称："干校三年，千锤百炼。思想变了。精神旺了。身体壮了。"诗集出版不久，中共十一届三中全会召开，思想潮流为之一变。于是，有了姚雪垠致臧克家的"公开信"：

> 你的歌颂"五七"干校生活的几十首诗是在"四人帮"最猖狂的1975年写的。你不是从现实出发，而是出于揣摩所谓"中央精神"，精心推敲，将干校生活写成了"世外桃源""极乐世界"。从诗里边只看到了愉快的劳动，愉快的学习，却看不见路线斗争、思想斗争，看不见封建法西斯主义利用"五七"干校等形式对革命老干部和各种有专长的知识分子所进行的打击、迫害和摧残，也看不见革命老干部和各有专长的知识分子除劳动愉快外还有内心痛苦、惶惑、忧虑、愤慨、希望和等待。①

姚的批评不无道理，只是如此"上纲上线"，让老诗人臧克家实在受不了。于是，臧给周扬等写信，自我辩解的同时，揭发姚此前如何多次大赞《忆向阳》，如今风向一变，翻脸不认人②。

同样描摹干校生活，杨绛刊行于1981年的《干校六记》，却获得了文坛及民众的一致好评。此书收《下放记别》《凿井记劳》《学圃记闲》《"小趋"记情》《冒险记幸》《误传记妄》六篇，写的是干校的日常生活，文笔淡雅，语调平和，"怨而不怒、哀而不伤"。既不同于"文

---

① 姚雪垠：《关于〈忆向阳〉诗集的意见——给臧克家同志的一封信》，《上海文学》1979年1期。
② 关于此事的来龙去脉，参阅徐庆全《转型时期的标本：关于臧克家〈忆向阳〉诗作的争论》，《博览群书》2006年4期。

革"期间阿谀奉承的"遵命文学",也不同于以控诉为主调的"伤痕文学",有委婉的讽刺,有淡淡的忧伤,但更多的是洞察世态人情的超然。关键是,作者对于刚刚过去的"文革"以及干校生活"自有主张",故能写出自家以及夫婿的"真性情"。

即便如此,钱锺书在《〈干校六记〉小引》中,还是提出一个尖锐的问题:"我觉得她漏写了一篇,篇名不妨暂定为《运动记愧》。"在钱先生看来,饱受政治运动折磨的中国人,不能只是《记屈》或《记愤》,还有责任《记愧》:或惭愧自己是糊涂虫,或惭愧自己是懦怯鬼,或惭愧自己充当旗手、鼓手与打手。毫无疑问,最应该忏悔的是第三种人,可第三种人往往最沉得住气。季羡林在《牛棚杂忆》的《自序》中提及,之所以该书1992年写好,却要压到1998年才出版,就因为有"一个十分不切实际的期待"——期待那些当初以折磨人为乐的"造反派"忏悔,或把折磨人的心理状态写成文章。当然,无论是钱先生的呼吁,还是季先生的期待,最后都落了空。

反而是本无多大过失的普通人,还有饱经沧桑的受害者,在时过境迁后,还能冷静地思考这变幻莫测的历史进程、一代人的困惑与苦难,还有那"开花或不开花的年代"。就以这本《鲤鱼洲纪事》为例,在批评"五七"道路之荒诞,感叹历史大潮中个体选择之无奈的同时,也有对于自己所曾经扮演角色的反省。谢冕的《关于鲤鱼洲诗的信》,附录"一首当年'很有名的'、曾在全农场的大会上朗诵过的诗:《扁担谣》"。从这首今天看来"不忍卒读"的旧作中,作者引申出一个严肃的话题:

> 《扁担谣》中的那根扁担是真实的,我将它从拿山带到井冈山,带到鲤鱼洲,再从鲤鱼洲带回北京,一直十分珍惜。至于情

感,那就复杂了,有真实的成分,又有扩张的成分,甚至也有"表现"的成分。

这种"虚虚实实"的感情,很大程度上是受时代思潮的影响。当初确实很真诚,还以为是自己独特的感受,其实大都是从报章上抄来的。对比谢冕《扁担谣》与陆颖华《扁担和小竹椅——鲤鱼洲杂忆》,以及段宝林《草棚大学第一课》(含文中引录的小诗《别三湾》),马上发现这三根"扁担"的象征意义类同。更严重的是,这扁担的"发明权"既不属于谢,也不属于陆或段,而是从《人民日报》上"抄袭"来的。

1970年5月9日《人民日报》刊发的《知识分子改造的必由之路——记清华大学、北京大学广大革命知识分子坚持走毛主席指引的"五·七"道路》,其中特别提到贫下中农如何给北大、清华教师送扁担:"革命师生们接过这珍贵的礼物,激动地流下了热泪,他们说:这珍贵的礼物,凝结着阶级仇、民族恨,凝结着贫下中农的深情厚谊。看着它,忆苦思甜不忘本;看着它,革命到底志不移!"当初在鲤鱼洲,这篇社论肯定是反复学习的。更何况,"假作真来真亦假",那个时代,报纸文章与现实生活"互相抄袭",以制造各种"感人至深"的场景。久而久之,"扁担"的意象深入人心。而这正是需要认真反省的地方——即便是"学富五车"的读书人,面对如此强大且无休止的"宣传攻势",我们到底有多大的自由思考空间、多强的独立判断能力?

四、编书的过程及感慨

杨绛的《干校六记》是这么结束的:"回京已八年。琐事历历,犹如在目前。这一段生活是难得的经验,因作此六记。"[1] 套用此结语:回京已经四十年了,对于北大中文系很多老教师来说,确实是"琐事历历,犹如在目前"。而且,"这一段生活是难得的经验",他／她们现在不说或者不写,很快就会被后人遗忘。

对于"五七干校",我不是过来人,可也算旁观者。父亲在"潮安五七干校"待了四年,前两年彻底失去自由,属于半囚禁半劳改状态。我记得

《鲤鱼洲纪事》,北京大学出版社,2012年

很清楚,有一次路过,看见父亲等被监管人带着在大田里劳作,很想上前叫一声,但最后还是低头走开了。为此,我一直悔恨不已——恨自己的怯懦与自私。不就是怕被旁人嘲笑,怕工宣队呵斥吗? 第二天,恼羞成怒的我突然勇敢起来,与一位嘲笑"牛鬼蛇神"的工人子弟打起架,用石块砸破了对方的头。好在问题不太严重,那工人也很厚道,接受了我们的道歉,没有深究。否则,将怒火转嫁到我父亲头上,那就更可怕了。有了少年时代的这一印象,我对所有"五七干校"都没有好感,总觉得阴森森的,是"牛棚"的扩展版。随着阅历的增加,我逐渐明白,各地、各级"五七干校"有很大差异,而自身生存状态

---

[1] 杨绛:《干校六记》第105页。

又深刻制约着当事人对于干校的理解、体会与评价。

这一回编《鲤鱼洲纪事》，截稿时突然发现，好像少了些什么。想了半天，终于回过神来，确实少了受害者声色俱厉的"我控诉"。但这强求不得。或许当初鲤鱼洲的批斗会本就比较文明，或许被"从严"或"从宽"处理的教职员早已离开北大，或许当事人不愿意揭开那逐渐隐退的伤疤……当然，也有可能是缘于我不太高明的"提醒"。约稿时，我曾提及：别粉饰太平，切忌将"五七干校"的故事写成"田园诗"；同时，也请不要触犯忌讳——我们只能在目前政策允许的范围内"说真话"。

这些长长短短的散文随笔，只是当事人的"片断记忆"，而非什么"历史结论"。故事本身很简单，精彩且有力量的，在细节，也在心情。全书共分三辑，第一辑收两位已去世的老先生的诗文，配合师友回忆，可谓别具一格。第二辑十五篇文章，出自当年鲤鱼洲"五七战士"之手，是本书的主体。第三辑五文，作者包括前往探亲的妻子、当年招收的工农兵学员，以及在农场附属"五七学校"念书的北大子女。作为附录的《江西鲤鱼洲北大实验农场年表》，是我指导博士生徐钺编写的，目的是为阅读此书提供"历史背景"。可惜当年留存下来且可供查阅的资料不多，虽努力采撷，这"参照系"依旧有不小的缝隙。

选在鲤鱼洲归来四十周年之际编辑出版此书，也算是在向"历史"致意——不管你喜欢不喜欢，这都是一段值得仔细回味的历史。编辑此书，一怕犯忌，二怕粉饰，三怕伤人，四怕滥情，五怕夸张失实，六怕变成旅游广告……可要是不做，再过十年，没人记得那段"不堪回首"的往事。

北大中文系百年历史上，有很多"横看成岭侧成峰"的"片断"，值得你我关注。抓住它，进行"深描"，并给出恰如其分的阐释，这比贸然撰写鸿篇巨制，或许更为可行，也更为精彩。从《北大旧事》到《筒子楼的故事》再到《鲤鱼洲纪事》，加上百年系庆时组织的《我们的师长》《我们的学友》《我们的五院》《我们的青春》《我们的诗文》《我们的园地》等六书，以及今年六月刊行的《北大中文百年庆典纪念册》，还有谢冕、费振刚主编的《开花或不开花的年代》（北京大学出版社，2001）、岑献青编《文学七七级的北大岁月》（新华出版社，2009）、温儒敏主编的《北京大学中文系百年图史》（北京大学出版社，2010）等，关于北大中文系的"记忆"，可谓既丰且厚。这还不算众多师友各自独立撰写的有关校园生活的散文、随笔、回忆录等。

我相信，以北大中文人的聪明才智，还会有大量类似作品问世。若干年后，这些斑驳陆离、雅俗共赏的北大中文人的故事，将成为我们理解中国政治史、思想史、教育史、文学史的一道不容忽视的"风景"。

附记： 从去年6月初征询各位前辈意见并与北大出版社商谈选题，到6月19日发出第一封约稿信，再到日后不断地催稿，最后是定稿并撰写长序，这一年多时间里，得到诸多师友的鼎力支持。最应该致谢的是：不只自己撰文，还帮助约稿且提示我关注林焘先生《浮生散忆》的陆颖华教授，对全书风格可能出现重大偏差提出警示的严绍璗、洪子诚两位教授，不厌其烦地帮助收发邮件的周燕女士，以及刊行此书的北京大学出版社。

2011年8月15日于香港中文大学客舍，18日改定
（此文乃《〈鲤鱼洲纪事〉前言》，初刊《书城》2011年第11期，
收入陈平原编《鲤鱼洲纪事》，北京大学出版社，2012年）

《鲤鱼洲纪事》出版感言

没能像序言所说的，赶在鲤鱼洲归来四十周年之际出版此书，略有一点遗憾。不过，也只是耽搁了几个月，且因赶上了春光明媚的日子，方便年迈的作者们出行，也算是"失之东隅，收之桑榆"。

两周前，我在出版座谈会的邀请信上称："花了一年半时间，动员诸多先生参与，三分纪实、三分怀旧、三分反省，外加十分之一牢骚的《鲤鱼洲纪事》，终于、终于出版了。还是'博雅清谈'的形式，还用《筒子楼的故事》出版座谈会的话——届时，参与者人手一册，品鉴那些新鲜出炉、冒着腾腾热气的'故事'。诸位或翻新书，或会老友，或谈往事，悉听尊便。"

说实话，拿到样书时，我如释重负。那是因为，编辑、出版此书，在我，确实是别有幽怀。中间的诸多曲折，不说也罢。序言所说的"一怕犯忌，二怕粉饰，三怕伤人，四怕滥情，五怕夸张失实，六怕变成旅游广告……可要是不做，再过十年，没人记得那段'不堪回首'的往事"，生活在当下中国的读书人，当能心领神会。

在一个特定年代，四千北大、清华教职员工在血吸虫病十分严重的江西鲤鱼洲战天斗地，这段"峥嵘岁月"，不管你喜欢不喜欢，都不该遗忘。我在序言中称："当年所造的'万亩良田'，如今为了恢复自然生态环境，大都成为碧波荡漾的鄱阳湖区的一部分；这就好像历史，'主角'早已沉入'湖底',你只能远远地眺望、沉思、驰想,再也无法重睹旧颜容了。"如此感慨系之,因其牵涉一个逐渐被遗忘的大时代。

本书序言曾以《回首烟波浩渺处》为题,交给《书城》杂志刊登(2011年第11期)。编辑李兄看过,毫不讳言地称:关于"天佑体"那段文字太啰嗦了,没必要。我一边修改,一边反省——是的,"五七干校"的历史,读书人耳熟能详;而北大中文系老师们的故事,琐琐碎碎,对我来说很亲切,外人则不见得感兴趣。严格说来,本书所载,都是些陈芝麻烂谷子——既不惊心动魄,也不缠绵悱恻。可是,当事人的处境、心情以及生活细节,值得你我认真体会。那是因为,所谓的"历史",不仅属于帝王将相、才子佳人,也包含普通人的喜怒哀乐。

文章是老师们写的,我只是借助整体构思及编辑技巧,让这些朴素而亲切的文字,得到尽可能优雅的呈现。在组稿以及搜集资料撰写序言的过程中,深切体会一代人的苦难、困惑、温情以及无奈。这对我来说,也是一种学习。在一个视野日渐褊狭的专业化时代,倾心此类"杂书",无关中文系或我个人的学术业绩,更多的是为了向饱经沧桑的前辈们致意。

此书的工作目标,不是"休闲",也不是"怀旧",而是"立此存照"、铭记历史。因外在环境及自身能力的限制,本书的笔墨稍嫌拘谨,论述也有待进一步深化;唯一可以自诩的是,作为当事人,尽可能对历史负责,对自己负责。如此舞台,如此表演,即便不够精彩,也都值得尊敬。倘若由此引发有心人对那段历史的深入思考,则更属喜出望外。

2012年3月29日于京西圆明园花园
(初刊2012年4月13日《文汇报》)

《鲤鱼洲纪事》再版后记

编辑此书的甘苦，我在新版附录的"出版感言"，以及答记者问中（《"别忘记苦难，别转为歌颂"》，2012年4月5日《东方早报》；《"既有激情燃烧，也是歧路亡羊"》，2012年5月7日《深圳商报》），大致说清楚了。唯一需要补充的，是"技术"之外的"情怀"。我曾经提及，"1968"乃20世纪人类史上关键性的一页，而看看法国知识界与中国读书人对各自的"1968"的反省与解读，你真的很惭愧。"牛棚""干校"与"知青下乡"，此三大举措，均属文化大革命的"伟大创举"，年轻一代不了解，中年以上或许记得，但缺乏深刻的反省。我在文章中提及："事件"早已死去，但经由一代代学人的追问与解剖，它已然成为后来者不可或缺的思想资料。在这个意义上，我甚至有点怀疑，近二十年中国学界之所以成就不大，与我们没有紧紧抓住诸如"1968"之类关键题目，进行不屈不挠的"思维操练"有关。（参见《无法回避的"一九六八"》，《万象》创刊号，1998年11月）在我看来，二十世纪中国众多影响深远的历史事件，只有"五四"是得到比较充分的理解与阐释的。不管风云变幻，无论褒贬抑扬，"五四"能成为一代代人精神成长史上必不可少的对话目标，实在极为幸运。

旧书得以重刊，自然是好事。除了有机会修改瑕疵，再就是要对北大生命科学院黄杰藩教授认真校订此书深致谢忱，还有就是为初版

某文开列在鲤鱼洲的北大中文系教师名单时漏了向仍旦、袁行霈等先生表示歉意。增补三则短文，则是帮助读者了解此书的前世今生。

至于你问当初的预想是否实现，我依旧持"出版感言"中的观点："因外在环境及自身能力的限制，本书的笔墨稍嫌拘谨，论述也有待进一步深化；唯一可以自诩的是，作为当事人，尽可能对历史负责，对自己负责。如此舞台，如此表演，即便不够精彩，也都值得尊敬。"

《鲤鱼洲纪事（修订本）》，北京大学出版社，2018年

2017年4月16日于京西圆明园花园

（初刊《鲤鱼洲纪事（修订本）》，北京大学出版社，2018年5月）

未名湖的梦想 *

在一个金钱挂帅、精神缺失的时代,有良知的文化人,应该不失时机地给自己,也给自己的同道鼓掌加油。更何况,今日中国,仍有那么多诗人,一如他们的祖先屈原那样上下求索,九死未悔,确实值得你我尊敬、喝彩。

鲁迅在《藤野先生》一文中,曾提及老师的谆谆教诲,"小而言之,是为中国";"大而言之,是为学术"。如此区分"小"与"大",对于自幼接受爱国主义教育的我辈,实在是极大的震撼。今日,我愿意套用鲁迅的句式,称设立"中坤国际诗歌奖"的目的,也是"小而言之,是为中国""大而言之,是为诗歌"。这不仅是指我们的视野——既奖励中国诗人,也奖励国际诗人;更重要的是情怀——"诗歌"是我们的兴趣、我们的事业、我们的生活方式,某种意义上,也是我们的信仰。

大学需要诗歌,反过来,诗歌也需要大学。借助诗歌的创作、研究与传习,培养敏感的心灵、浪漫的气质,以及好奇心、想象力与超越性,进而"叩问人生的奥秘,探索语言的精妙",那是大学,尤其是

---

* 此乃作者2011年12月6日在北大举行的第三届"中坤国际诗歌奖"颁奖仪式上的"开场白"。

文学教授的责任。成长在一个"诗的国度",北京大学几乎从创立那一刻起,就与"诗心""诗情""诗歌创作""诗歌运动"结下了不解之缘。这已被过去的历史所证实,至于能否延续这一光荣,端看今天以及日后的燕园主人是否争气。

当下中国,如何有效地协调诗歌的创作与研究、校园与社会、经典化与普及性,是个不太好解决的难题。去年秋天,借助中文系百年庆典的机遇,在北大校方及中坤集团的大力支持下,原北大中国新诗研究所、北大中国古代诗歌研究中心合并,再整合其他学术资源,创建了北大中国诗歌研究院。北大中国诗歌研究院除了从事专业研究,还致力于拓展诗歌事业,包括组织亚洲诗歌节、亚／北欧诗歌对话、在北大设立"驻校诗人"制度,以及评审并颁发"中坤国际诗歌奖"——后者无疑是"重中之重"。

表彰那些毕生从事诗歌创作(或研究)并取得骄人业绩的诗人,同时,将他们的精神产品推展开去,让社会各界了解与接纳,这是我们的责任。希望通过不懈努力,十年二十年后,未名湖不仅成为学者的摇篮、诗歌的海洋,还能成为全中国乃至全世界诗人向往的精神家园。

(初刊2011年12月30日《文汇报》)

感恩与遗憾

—— 再说"我与北大图书馆"

二十年前,为了纪念北大图书馆创建九十周年,我撰写了《书海遨游之梦——我与北大图书馆》(初刊《瞭望》1992年26期,收入庄守经、赵学文编《文明的沃土》,北京大学出版社,1992年12月)。此文开门见山:"记不清当年考北大,有多大成分是为了这名闻天下的图书馆。"如此表白,虽正心诚意,却也不无水分。因为,从学生到教师,我对于北大图书馆的"好处",是随着自家研究及教学的逐步展开而体会日深的。

在电子检索及数据库日益完善的时代,年轻读者不见得真能体会前辈为了图书而"上穷碧落下黄泉"的甘苦,也不太能理解以往读书人对于图书馆的深厚感情。我是过来人,对于北大图书馆也有过抱怨(比如取书速度慢、入库限制多等),但更多的是感恩。多年研究及著述,经常提及在某国某图书馆找到某难得的资料,因此而表达诚挚的谢意。事后想想,最应该感谢的,其实是近在眼前的北大图书馆。因为,基本资料都是在此地打捞或阅读的,日后奔走四方多有创获,但基本上属于"拾遗补缺"。人们常惦记将水烧开的"最后一把火",忘了此前的无数努力。对于北大人来说,出入北大图书馆乃家常便饭;正因"得来全不费工夫",容易忽略其独特的存在价值。

我最早意识到这一点，是十几年前在哈佛大学演讲，提及北大中文系开设"现代文学史料学"专题课，要求研究生至少亲手触摸并尝试评述两三种旧期刊，借此训练学生对于这一媒介的理解，同时培养一种历史沧桑感。主持讲座的李欧梵教授当即半开玩笑称：这不算经验，因为那是你们北大学者的特权，别的学校做不到。

循此思路，我发现一个小小的秘密：一所大学的学术风格，与其图书馆藏书有密切联系。任何大学都可能有特立独行者，个别人的著述风格不说明问题；但若蔚为风气，则必定能找到合理的解释——在我看来，藏书是关键的一环。2001年11月20日，在北大召开的"大众传媒与现代文学"研讨会上，我发表了《文学史家的报刊研究——以北大诸君的学术思路为中心》（《中华读书报》2002年1月9日），其中有一段话，现在看来依然有效："我是1984年方才进入北京大学，跟随王瑶先生攻读博士学位，当时的直觉是，北大学者之谈论'中国现代文学'，最具史的意味。事后想想，这与他们很早就走出自家书斋、浸泡于图书馆的旧报刊室大有关系。当然，这与北大图书馆旧报刊收藏相当丰富也密不可分。中国学界普遍注重新史料的发现，这自然是很好的传统。只是所谓'新资料'，并不仅限于地下出土的铜器、竹简和帛书；收藏在博物馆、档案馆和图书馆里而不为人所知的实物及文字，也都有待我们发掘。对于文学史家来说，曾经风光八面、而今尘封于图书馆的泛黄的报纸与杂志，是我们最容易接触到的、有可能改变以往的文化史或文学史叙述的新资料。"不仅教授如此，学生也是这样。四年前，我在香港中文大学主持"文学史视野中的'大众传媒'"学术研讨会，并提交了题为《文学史视野中的"报刊研究"——近二十年北大中文系有关"大众传媒"的博士及硕士学位论文》（《现代中国》第十一辑，北京大学出版社，2008年9月）的专业论文。如果真像我描述的那样，北大师生均有关注"报刊研究"的"学术偏好"，不用说，肯定和北大图书馆的收藏息息相关。

不同专业对图书馆的需求不太一样，对于研究中国近现代文学／文化／思想／教育的学者来说，旧报刊室以及古籍部是最为关键的。每年博士论文答辩，总能听到外校来的答辩委员夸奖：别的不说，北大学生的"资料功夫"确实高人一筹。这个时候，我就在心里默默为北大图书馆祈福。俗话说，"巧妇难为无米之炊"，北大学生之所以善用"新资料"，那都是平日里熏陶的结果。即便眼下电子资料广泛传播，但依旧有些特藏（报纸、杂志、书籍、档案），需要你上下求索才能获得。好些在外地工作的北大学生告诉我，毕业多年了，还在使用当年在北大图书馆抄录或复印的资料。在这个意义上，守着这么好的北大图书馆，再做不出像样的学问来，真有点愧对"江东父老"。

正因深感受惠于北大图书馆，老想着，若有可能，当尽力回报。很可惜，这么多年，除了偶尔送几册自家小书，两个"灵机一动"的计划，全都落了空。既然"落了空"，为何还要说？不是"丑表功"，是希望有人接着往下做。

2004年春季学期，我在巴黎的法国东方语言文化学院教书，因各种因缘，得以进入法兰西学院汉学研究所的书库，发现两批很有趣的资料。一是堆在书库角落里的老北大讲义——油印本7种12册、铅印本5种14册，其中最为珍贵的是吴梅《中国文学史》（参见拙文《在巴黎邂逅"老北大"》，《读书》2005年第3期；《不该被遗忘的"文学史"——关于法兰西学院汉学研究所藏吴梅〈中国文学史〉》，《北京大学学报》2005年第1期）；一是六百多种刊行于1925至1929年的新文学图书，其中三分之二是毛边本，封面盖有出版社赠送的印章。后者整整齐齐地码放在幽静的阅读室，管理员说这边不要了（此图书馆以收藏"汉籍善本"著称），马上转送里昂那边的图书馆。我请求再等十天，容我好好拍照。为什么这批书值得珍惜？因为任何图书馆，都不会如此集中地展现一个特定年代的文学出版——如今集中在一起，突然发现，上世纪二三十年代的书籍装帧，竟是如此精美（参见拙文《作为物质文化的"中国现代文学"》，《中国文化》春季号，2009年5月）！图书馆员听我如此这般解释了一通，若有所思。几天后告诉我，书不送了，找地方"珍藏"起来，而且还申请了经费，准备做网页、出图册。

当初我的建议是，请他们把这些初刊本的新文学书籍以及库藏的老北大讲义送给北大图书馆，我们负责回赠大套丛书或他们需要的新刊书籍。没想到，我越说越激动，他们越听越舍不得。最后，只允许我复制了吴梅的《中国文学史》讲义（收入拙编《早期北大文学史讲义三种》，北京大学出版社，2005年），其他的，"以后再商量"。回国后，我将此信息传递给了北大图书馆及北大校史馆，很可惜，八年过去了，未见任何动静，估计这"好事"是做不成了。朋友因此批评我，见了好东西，不能"喜形于色"，更不能为了显示自家学识而"畅所欲言"。

另一个同样落空的计划，涉及如何协调各方利益，从事学术研究。2008年秋，我出任北大中文系主任，上任不久，组织中文系各专业十几位教授讨论如何有效利用北大花重金收购的程砚秋"玉霜簃藏曲"，从事综合性研究；其间，还曾专门带队到北大图书馆跟朱强馆长等开会协商。今年秋季学期开始，我不再担任中文系主任，卸任前签署的最后一个文件，正是写给朱馆长的信："因教学及研究需要，中文系师生希望查阅贵馆收藏的程砚秋家藏戏曲资料。现送上需使用这批资料的部分教师及研究生名单（第一批），请审批后转告贵馆古籍部，给予诸学者查阅资料的便利。"当了四年系主任，没能促成中文系与图书馆的"通力合作"，是我的一大遗憾。收藏、整理、研究，这三点一线,牵涉不少机构及个人,如何互相支撑、鼎力相助、互惠互利,不是发几句牢骚或讲几句大道理就能打发的,需要细致入微的组织与协调。这方面,确实非我所长,只能寄望于后来者。

收藏需要学术眼光的照亮,研究有赖于图书资料的支持,二者互相倚重,缺一不可。大学图书馆虽不直接从事学术研究,但这所大学的每一份光荣,以及每位学者的业绩,多少都凝聚了她的一份心血。在这个意义上,作为北大教授,为北大图书馆110周年祝寿,是义不容辞的职责。

2012年9月27日于香港中文大学客舍

(初刊2012年10月10日《中华读书报》)

图书馆的学术使命 *

能作为教师代表,在北大图书馆建馆110周年庆典上发言,我深感荣幸。因为,在我看来,大学图书馆虽不直接从事学术研究,但这所大学的每一份光荣,以及每位学者的业绩,多少都凝聚了她的一份心血。

说这话时,我首先想到的是五四新文化运动时期任北大图书馆主任的李大钊。李先生曾在一次演讲中提及:"古代图书馆不过是藏书的地方。管理员不过是守书的人。他们不叫书籍损失,就算尽了他们的职务。现代图书馆是研究室,管理员不仅只保存书籍,还要使各种书籍发生很大的效应,所以含有教育的性质。"(《在北京高等师范学校图书馆二周年纪念会上的演说辞》,《平民教育》1919年第10号)现代图书馆之所以不同于古代藏书楼,最根本的一点,就是她不仅藏书,而且介入教育乃至学术事业。这样就能理解,为何历任北大图书馆馆长中,有许多是著名学者,如徐鸿宝、章士钊、李大钊、袁同礼、马衡、毛准、严文郁、向达等;至于1935至1937年间,北大校长蒋梦麟甚至亲自兼任图书馆长,更可见其对于图书馆事业的重视。

二十年前,北大图书馆为了纪念建馆九十周年,曾邀约诸多校友

---

* 此乃作者2012年11月4日在北京大学图书馆建馆110周年庆典上的发言。

撰稿，编成了包含一百零八篇文章的《文明的沃土》一书。我仔细计算了一下，发现其中三分之二以上的作者是文史哲教授。除了人文学者擅长舞文弄墨，更重要的原因是，比起以实验室为重要依托的理工科教授，或以社会调查为重要手段的社会科学家，我们确实更多地受惠于北大图书馆。也因此，我会在祝寿文章中提及一个小小的发现："一所大学的学术风格，与其图书馆藏书有密切联系。任何大学都可能有特立独行者，个别人的著述风格不说明问题；但若蔚为风气，则必定能找到合理的解释——在我看来，藏书是关键的一环。"(《感恩与遗憾——再说"我与北大图书馆"》，《中华读书报》2012年10月10日)只要是读书人，都说图书馆很重要；可比起理工科教授或社会科学家来，人文学者的体会更为深刻。

凡举行庆典，众多发言容易重复；因为"好话"就这么多，必须学会互相趋避才行。我的设想是，"挥手指方向"的留给领导，"万般诉衷肠"的属于嘉宾；作为本校教师，我的任务是敲边鼓。因此，只说两句话：第一，如何叙述历史；第二，怎样畅想未来。

既然是110周年庆典，免不了要追怀往事。凡写校史、馆史、系史，一怕夸大，二怕隐瞒，三怕曲解。在这方面，我认为北大图书馆做得很好。

晚清的启蒙论述，多有提及创设图书馆的，如郑观应、康有为、梁启超、汪康年、张謇、刘师培等。可是，从"有此一说"到"真正落实"，有很长的路要走。谈论北大图书馆的创设，不从1898年京师大学堂的建立说起，更不追溯到1862年开办的京师同文馆，而是强调此前虽有议论与筹划，但真正落实是在1902年。比起日后很多"奋起直追"，越说越早、越说越神奇的教育及学术机构来，北大人的"实事求是"精神可嘉。

阅读以下这条早被发掘出来的史料，当能明白北大图书馆的坚守。光绪十三年（1887）刊《同文馆题名录》中有《同文馆书阁藏书》，称："同文馆书阁存储汉洋书籍，用资查考，并有学生应用各种功课之书，以备随时分给各馆用资查考之书。汉文经籍等书三百本，洋文一千七百本，各种功课之书、汉文算学等书一千本。除课读之书随时分给各馆外，其余任听教习、学生等借阅，注册存记，以免遗失。"毫无疑问，这已经是现代意义上的图书馆了。同文馆1902年并入京师大学堂，这批藏书自然也就进入了大学堂藏书楼——日后的北京大学图书馆。可是，历年北大图书馆溯源，从未见其追溯到1887或1862年的；这与北大校史固守1898年，拒绝溯源到西汉太学或隋朝国子监一样，值得赞许。

另一件值得赞许的事情是，北大图书馆在讲述自己的历史时，宠辱不惊，坚守专业立场。我们都知道，图书馆的收藏与特定时期的政治思潮有关联，但绝非其附庸。如何"从容不迫"地讲述自家浩如烟海的藏书来源，对图书馆来说，是个考验。

大力表彰五四新文化运动时期的北大图书馆如何在蔡元培以及李大钊的努力下，迅猛发展，甚至创设了专门收藏马克思主义文献的"亢慕义斋"（德文译音，意为"共产主义小室"），这符合当下的意识形态，很好说。至于李盛铎的"木犀轩藏书"怎样进入北大，则有点尴尬。李先生乃近代中国最重要的藏书家之一，抗战中去世；日伪北平临时政府出资购买了其全部藏书，敦煌古卷运日本，其他古籍则给了伪北大图书馆。而这些古籍，至今仍是北大最为珍贵的收藏。

我之所以关注这个问题，因其涉及现代文学史上一位重要作家——周作人，同时也牵连北大校史上一个棘手的话题——抗战期间存在于北平沦陷区的"伪北京大学"。周作人刚"落水"时，曾任伪北大文学院长兼图书馆长，虽说很少过问馆务，日后审判他时，前北大校长蒋梦麟承认周作人作为"留平教授"保护了大学校产，现任北大校长胡适甚至出具证明："北大复员后，点查本校校产及书籍，尚无损失，且稍有增加"。这"稍有增加"的书籍，就包括了极为重要的"木犀轩藏书"。虽说此举无法抵消其投敌罪过，周作人最终还是被判有期徒刑十年，但这批藏书因此更加声名远扬。我很高兴北大图书馆没有隐瞒这些，而是坦然叙述这批珍贵藏书的来历。

叙述历史需要"诚实"，畅想未来则显示"志向"，对于北大图书馆来说，二者缺一不可。那些"冲云天"的"雄心壮志"，最终能否落实，很大程度取决于校方的经费支持；作为普通教师，我只能提操作性的建议。

在信息化时代，大量数据库出现，各大学在藏书方面的差距正在缩小。这种状态下，原本傲视群雄的北大图书馆，该如何保持自己得天独厚的优势？以影印大套丛书为例，新大学的策略很简单，只要有钱，全都要；北大图书馆不一样，好多是你有的，缺的只是一小部分，到底买不买？那些价值连城的珍本、孤本、善本，对于研究者来说，当然是多多益善；可经费实在有限，到底争不争？如何将有限的资金用在刀刃上，最大限度地支持北大的学术研究，建议北大图书馆设立专家委员会，让各学科著名教授参与决策。

翻看北大图书馆已刊的众多出版物，如《北京大学图书馆藏善本丛书》《北京大学图书馆藏稿本丛书》《北京大学图书馆藏宋元珍本丛刊》《北京大学图书馆藏中国古代版画录》《北京大学图书馆藏历代金石拓本菁华》，以及《北京大学图书馆藏敦煌文献》《皇舆遐览：北京大学图书馆藏清代彩绘地图》《烟雨楼台：北京大学图书馆藏西籍中的清代建筑图像》《北京大学图书馆藏西文汉学珍本提要》等，一方面惊叹北大图书馆收藏之丰富，另一方面也明白北大图书馆的研究实力。对于现代图书馆来说，如何兼及开放与收藏、整理与研究，需要认真斟酌。故建议北大图书馆更多地与相关院系合作，互惠互利，共同推进学术发展。

在电子检索及数据库日益完善的时代，年轻读者不见得真能体会前辈为了图书而"上穷碧落下黄泉"的甘苦，也不太能理解以往读书人对于图书馆的深厚感情。我是过来人，对于北大图书馆也有过抱怨，但更多的是感恩。如何更好地为北大师生服务，更多地开放图书室，更方便学生的借阅，以及让师生自由进入书库"随便翻翻"，这都是北大图书馆有待努力的方向。

清醒地讲述历史，同时清醒地驰想未来——对于北大图书馆来说，如何"百尺竿头更进一步"，当然不是一件很容易的事。请允许我引用1920年8月15日《申报》上一篇题为《北大图书馆之现在与将来》的文章，那是一篇表扬蔡元培、李大钊以及诸多北大教授如何热心图书馆事业的报道，开篇曰："图书馆为学校第二生命，稍有常识者，无不知之。"结尾则是："该校教员及学生对于本校图书馆事业能如此热心筹划，则前途发展定可预期也。"这九十多年前的老话，至今依然适用。

2012年10月23日于香港中文大学客舍

（初刊2012年11月21日《中华读书报》）

庚子毕业小记

因疫情变幻，今年大部分北大毕业生无法返校，只能参加"云典礼"了。对于当事人来说，这当然很遗憾。不过，多年后回想，说不定还因别具一格，更值得追怀。就像我这样没穿博士袍、没照毕业照也没典礼可以参加的，等到"白头宫女说玄宗"，也能引来一片惊呼。记得十年前我作为教授代表，在北京大学研究生毕业典礼暨学位授予仪式上致辞，提及我们当年只得到口头通知，有空到未名湖边的研究生院来取博士学位证书。看我委屈的样子，现场众多新科博士、硕士报以善意的欢笑与热烈的掌声。

有感于庚子毕业这一届，阅历及心情非同寻常，中文系学生会发起征集老师们手写寄语，要求写在Ａ４纸上，拍照发去，届时集中起来，推送给毕业生。我当即响应，先写了八行笺："百战归来，大伤疤，是记忆，也是褒奖；返校受阻，云典礼，是遗憾，也是念想——祝福二〇二〇届学士硕士博士。"感觉不太满意，又在宣纸上写了张大点的，反正拍照看不出来："百战归来，众伤疤，是记忆，也是褒奖；返校受阻，云典礼，是遗憾，更是念想——祝福二〇二〇届学士硕士博士。"这回的字好些，且"更"比"也"好；可写完发走才发现，别的都是繁体，唯独"众"字简体，不合适。

不管了，就这样——第一、第二次是心情，再写就是技术了。找

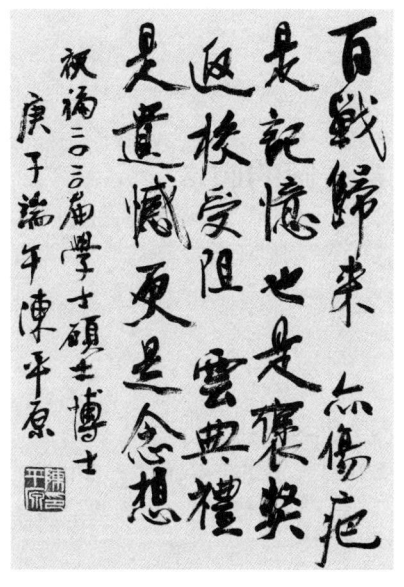

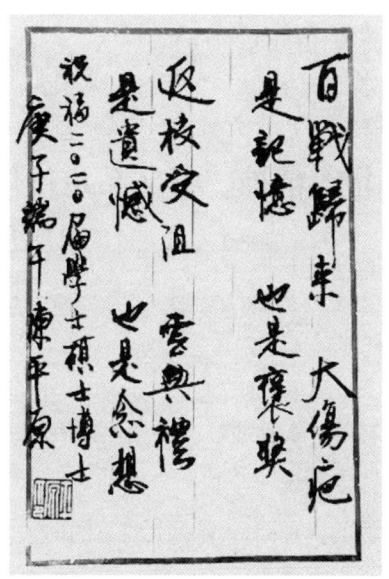

2020年6月毕业赠语

出十年前的《毕业典礼上的"赠言"》,配上这两幅祝福,送给未能出席毕业典礼的庚子毕业生。

2020年6月24日于京西圆明园花园

("论文衡史"公众号2020年6月25日推送)

北大精神、中文系定位以及教师的职责
　　——答中山大学中文系副教授林峥问

林峥： 陈老师好，很荣幸能在北京大学中文系110周年系庆之际，与陈老师做一个代际之间的对话。陈老师是八十年代来到北大读书、任教的，那是一个承上启下的时代，一方面作为"风景"的老先生们还在，另一方面你们又开启了一个生气淋漓的八十年代，所以我今天就想从这里谈起。首先我想问陈老师，关于大师云集的八十年代，是否有一些好玩的小故事与我们分享？

陈平原： 我1984年来北大跟王瑶先生念博士，中文系我们是第一届，就我和温儒敏两个人。老温已经在北大教书了，只有我一个真正意义上的学生，所以王先生没正式开课。除掉外语和政治，其他就是每周到王先生家里去聊天。他上午睡觉，下午起来工作，我们从下午一直聊到傍晚。另外，王先生叮嘱，应该去系里几个老先生那里走走，请教问题。我见的比较多的是吴组缃、林庚、季镇淮，还有一个大家想象不到，那就是朱德熙先生。朱先生是语言专业的，但他是王先生的好朋友，所以我偶尔也去请教，跟他聊聊天。每个老先生的性格不一样，像吴组缃先生特别喜欢说话，去了以后听他说就行了，他能谈各种各样好玩的东西，因他阅历很丰富，会跟你讲他对时局的看法，对某些作家的品鉴，还有他自己早年的故事等。季镇淮先生比较木讷，不爱讲话，基本上是问一句答一句，若大家都没有话，那就在那里坐着对看。因季先生是夏晓虹的导师，我们比较熟悉，经常去。某种意义上，也是因为当初没有专门的博士课程，王先生用这个办法来促使我转益多师。

林峥：我觉得八十年代的北大，同五四时期的北大一样，都成为了一个传奇，您也是参与见证和创造这个历史的一分子。老师能不能跟我们分享一下您和中文系的八十年代？

陈平原：八十年代的北大中文系，对我来说，有三年在念博士，有三年在做老师。也就是说，一半是学生，一半是老师。不管是当学生还是做老师，我的很多学术活动都是在这个地方展开的，包含跟钱理群、黄子平合作做"二十世纪中国文学三人谈"，跟其他朋友如甘阳、刘小枫等组织"文化：中国与世界"编委会，还有参加由《人民文学》编辑朱伟承包，由李陀、林斤澜、刘再复、史铁生、黄子平和我等当专栏主持人的《东方纪事》。后者只出了四期，1989年下半年就没有下文了。那时候的校园风气很活跃，学生们各有主张，老师们也有自己的追求，而且大家都很忙，全都意气风发，那么有趣的局面以后不会有了。我们的《二十世纪中国文学三人谈》发表以后，北大研究生部做了一个决定，说我们举办一个研究生座谈会，中文的、历史的、数学的、物理的都来，大家随便谈，怎么看待二十世纪的中国。那样跨院系、跨学科的对话可能不着边际，但很好玩。不像现在，大学变成一个只是生产论文的地方。当初的大学是让大家聚在一起自由阅读、独立思考、相互对话，然后努力往前走。必须承认，那时学生比较少，容易组织。

记得我们那一届博士生，全校也就几十个人，住在同一栋楼，大家很容易在一起对话。老钱（钱理群）是当老师了，可他住集体宿舍，我经常打完饭就进去聊天。我编《筒子楼的故事》时，提及那种学术上的侃大山，甚至整个八十年代的人文风气，都跟居住环境有直接间接的联系。

林峥： 陈老师跟北大中文系有很深渊源，其中包括您曾经担任北大中文系主任，在任上大力推动中文系的发展，做了很多变革，我自己特别感动的是您谈"胡适人文讲座"创立的来龙去脉，包括为什么要命名为"胡适"。请陈老师谈一谈您做主任时对于北大中文系发展的规划和期待。

陈平原： 我从系主任位置退下来后出了一本书，就是《花开叶落中文系》，在三联书店出版的，其中故意收了我的就职演说，和退下来时的演讲。当初的宏大愿望，和最后壮志未酬，以及留下来的遗憾等，在里面已经体现了。院系是大学的基层单位，对于整个大学格局来说，它或许无关宏旨，但仍然有些事情可以做，就像你说的设立"胡适人文讲座"。跟今天不一样，我当系主任的时候，北大还是比较穷的。设立"胡适人文讲座"，那是募捐来的，也就是黄怒波捐的100万。当初模仿的对象，是香港中文大学的钱宾四讲座。其实，这是全世界大学的通例，捐一笔钱，命名一个讲座，然后邀请国际上的著名学者来做专题演讲。至于命名为何选胡适，那是因为胡适和北大中文系有很深的历史渊源，当过文学院院长、中文系主任等。更重要的原因是，胡适上世纪五十年代被批判，北大百年校庆前后才正式给他平反，我们认了这个校长，也认了这个现代中国史上著名的思想家、文学家，重新肯定他的历史位置和精神价值，但是在北大校园里，并没有实质性的表现。所以，我想用命名讲座的形式，来体现新一代北大人对他的怀念。我觉得，胡适的学术理念、政治立场，还有文学实验的精神，直到今天对我们还是有意义的。当然，还有一个人本来可以做，那就是鲁迅。鲁迅是北大讲师，不是全职教授，但他在北大开设中国小说史略的课程，影响很大。不过，此前北大已经设立了一个鲁迅社会科学讲座，就没必要重复了。中文系设立了"胡适人文讲座"，每次请世界著名的学者来，做五六次系列演讲，效果很好。四年前北大成立人文社会科学研究院，他们有充足的资金，请人更方便，另外，学校还有"大学堂讲座"等，因而胡适人文讲座不像以前那么重要了。好在还是留下了印记，表达立场及关怀。但有一个想法，最后没有实现。当初我希望中文系从五院撤出来搬到新地方后，在属于中文系的大楼里立一个胡适塑像。没成功的原因，一是北大校园里不能随便立像，需要学校统一规划，我们知道的就是蔡元培铜像、李大钊铜像。大楼里相对自由些，比如北大法学楼，一进去就是马寅初铜像。当初设想中文系搬新楼后，在自己的办公楼里摆鲁迅铜像、胡适铜像等，没有成功，有点遗憾。

林峥：我也记得在课堂上听老师说过想立一个小小的胡适胸像，非常感动。陈老师在任时恰逢百年系庆，也筹划了一系列很有意义的活动，包括编纂百年系庆的文库、文集。想请老师谈一谈您当时筹划系庆有什么特别得意的，以及您对现在我们110周年的中文系系庆有什么祝福。

陈平原：100周年系庆很隆重，那是因为名头好听。今天我们做110周年系庆，你再怎么努力，都做不过100周年系庆。不是努力不努力，而是大家关注的是整数，就像北大百年校庆很风光，以后就没有那种辉煌了。北大中文系100周年系庆，刚好我当系主任，做得好是应该的。这么说吧，题目比人重要。那个大题目下面，我们做了几件比较得意的事：出版20卷的"北大中文文库"，还有《我们的师长》等6册纪念文集，开了九个国际学术会议，更重要的是，那一年《人民日报》刊发了八篇北大中文系教授的文章或专访，至于10月间的系庆活动，《人民日报》更是破例，先发一报道，再发一评论，最后加一则专访。作为中国最重要的媒体，《人民日报》对北大中文系如此厚爱有加，也是用意深广——我相信，这不是纯粹对着北大中文系来的，而是看作中国现代教育的一个起点，尤其是现代中文教育的起点，借此机会讨论文学教育及思想文化建设等问题。那些系列活动影响很大，留下来的资料也比较多，第二年北大出版社帮我们内部印行了《北大中文百年庆典纪念册》，可参阅。

林峥：其实陈老师平时还主编和撰写了很多有关北大还有中文系的故事，把北大中文系进一步经典化。您为何对大学叙事情有独钟呢？

陈平原：1998年北大百年校庆时，我编了《北大旧事》，还撰写《老北大的故事》，效果很不错。后来谈蔡元培的贡献时，我说过一句话：大学是做出来的，大学也是说出来的。只做不说，不可能形成传统；既身体力行，又不断总结经验，才能形成一个好的可持续的传统。把行动记录下来，把思考凝聚成文字，让其传播四方，这也是一件重要工作。北大百年校庆成功举办后，很多大学有样学样，某种意义上，我们带了一个好头。以前大家办百年校庆或五十大庆等，看重的是实惠，主要工作是募捐、建楼，后来发现那些虚的东西，比如诗文书籍等，对提升学校声誉也很有用，尤其是对公众影响更大。中文系作为北大诸多院系中的一个，在很多人心目中还不是最顶尖的，可中文系对社会及公众影响力之大，是别的很多院系所难以企及的。很大程度上，这是一种溢出效应，也就是说超越专业限制的影响力。有的院系学术上很厉害，可他们的影响力局限在本专业之内。中文系你仔细看，它的老师及学生，他们的活动范围，他们的发言姿态，以及他们影响社会的能量，是超越原先的专业设计的。以前许智宏校长曾经问我一个问题，为什么我们谈老北大，谈的很多都是中文系教授。照道理说，比起传统书院来，现代大学里的自然科学更是突飞猛进，要说划时代，要说社会贡献，应该他们更大。但为什么到了校史叙述的时候，是以文科，尤其是以中文系的老师学生为主？我说有这么三个原因，第一，一旦进入校史层面，讨论的就不是具体的专业知识，也不是今天特别看重的数字，而是人格及精神。中文系的老师往往特立独行，性格上比较张扬，所以容易被记忆。第二，中文系的学生会写，把老师们的故事说得天花乱坠，很容易传播开来。第三，过于高深的专业知识大众看不懂，反而是中文系的工作业绩比较接近公众的视野及趣味。

林峥：其实不仅是北大的故事，陈老师始终关注和思考大学教育问题。以前我们的老先生很自信，认为在本专业领域，北大中文系世界第一；但是现在我们越来越崇拜海外汉学，又容易"唯哈佛剑桥马首是瞻"。我想问陈老师，您怎么看北大中文系在全球中国文学研究中的位置，以及北大中文系未来的发展方向？

陈平原：我有一篇收在《读书的风景》里的文章，题目叫《国际视野与本土情怀——如何与汉学家对话》，就谈我对这个问题的看法。北大百年校庆的时候，曾经有一个小规模的座谈会，校方找了七八个人，文科、理科都有，讨论我们和世界一流大学的差距。各人比照自己的院系，有的说我们跟世界一流差5年，有的说差20年，轮到我，我说我看不出我们和世界一流大学的差距。不是我骄傲，而是院系情况不一，数学、物理我们能一眼就看出差距，中国语言文学研究水平高低，则实在很难衡量。我们不能跟哈佛、耶鲁来比中文研究，北大中文系一百零几个人，哈佛、耶鲁一个东亚系才几个教授。如果一定要比，就应该都是本国语言文学系，比如说，我们跟莫斯科大学的俄罗斯语言文学系，跟巴黎索邦大学的法国语言文学系，跟东京大学的日本文学系，跟耶鲁大学的英美文学系，这样的对比，才能看得出差距。可如果这样比，又碰到一个很大的障碍，我们各自不懂对方的语言。而且，还有一点就是刚才我说的"溢出效应"，在我看来，每个国家的本国语言文学系都承担了语言文学教育之外的功能，那就是对于这个国家精神文明的建构。这个东西很难比，因无法量化。比如说北大中文系的学生当年参加五四运动的业绩，这怎么计算？谈院系水平，不能只是看出版专著或取得专利。若承认每个国家的本国语言文学系都是这个国家精神建设的重要力量，那么基本上没办法量化，也不应该量化。如果一定要比，而且见贤思齐，把北大中文系改造成哈佛东亚系，那是失败的，对不起国家的信任与民众的期待。当然，具体到某个专业领域，我们努力跟海外汉学家对话，向他们学习，包括把你及好多北大学生送到哈佛等名校去听课，为学生们争取尽可能多的外出交流机会，这些都很必要。但这里有个前提，那就是以我为主，建立学术自信，而这是北大中文系应该有的精神气度。

林峥：我觉得陈老师也是给我们做出一个特别好的榜样，当我们还在进行文化输入的时候，您已经实现了文化输出，世界一流的汉学家们都对您的学术特别推重，同时建立了很好的关系，因此也促成了中文系与海外学界的交流，比如"胡适人文讲座"，我们都很受益。

陈平原：还是不一样。我再三说，今天我们的著作走出去，译成外文出版，在人家眼中，这是区域文化成果，最多也只是值得参考的中国学者的中国研究。这跟我们读福柯、读德里达、读萨伊德，读其他西方著名学者的著作很不一样，他们的成果往往是被当作理论看待，具有普泛性意义。今天中国的人文学，还没达到这个高度，基本上只是在具体的专业领域里被接纳。所以，还有好长的路要走。再过20年，下一代受过更好教育的学者起来了，情况会好些。而且，国家强大也能放大你的声音，推广你的成果。中国学者的立场及思路，终究会越来越被国外的学者们尊重。这是大势所趋，急不得，也挡不住。

林峥：我记得您有一篇文章叫《从中大到北大》，提到北大迎新会上，无论老师还是学生的发言，都是一种"指点江山，舍我其谁"的模样，然后你说特别感动的是还没有人笑，大家都很严肃。北大学生确实有这种"舍我其谁"的魄力和担当，但也容易自觉不自觉地"目中无人"。老师是从中大到北大的，我想可能对这些有更多的思考和体会，能不能谈谈北大中文系在全国的位置，以及应该如何自处？

陈平原：北大学生的"舍我其谁"，其实挺好的，年轻人应该这种状态才对。年轻人的"狂"和老年人的"淡"，都是一种值得鼓励的境界。当初我说那句话，是因为我比他们年纪大好多，才会觉得不太自然。确实，北大学生比别的学校的学生有更大的抱负，当然也就容易眼高手低。你问跟其他大学的中文系相比，北大中文系的特点何在。1980年代，教育部组织学科评估，北大中文系确实天下无敌，而这个状态，其实是五十年代院系调整留下来的底子。五十年代院系大调整时，北大、清华、燕大的中文系合在一起，后来中山大学的语言学系也合进来了。等于是集中了全国中文专业的很多精英人才。这些人到八十年代有的还在，而他们的学生也成长起来了。所以说，上世纪八十年代北大中文系的学术实力，在全国各大学里遥遥领先。经过这四十年的演进，虽然北大中文系总体实力依旧最强，但跟其他好大学比已经优势没那么大。今天中国各大学的主力，都是八十年代以后才开始念大学、念研究院的，而各大学培养或延揽人才都有自己的独得之秘，故差距不是特别大。北大中文系真正得意的，是我们好学生多。之所以好学生多，是因为高考的时候，大家对北大很信任，把很多本来就很聪明的孩子送进来。所以我才会说，北大有好老师，但不是每个老师都强；相对而言，更值得骄傲的是北大学生的素质。学生基本上都好，导致我们总体实力在目前国内各大学中文系里还是属于最前沿。但我还说了另一句话：后面的追兵络绎不绝，很多大学都在某个专业追赶上乃至超越我们。记得八十年代的时候，北大中文系专业布局是布到了每个二级学科、三级学科，我们希望每个点上都有人能独当一面，且保持领先。今天已经不可能了。因为别的学校可以集中力量专攻某个特定学科，若干年内就发展起来了。所以只能说，我们总体实力还不错，但说到具体专业，则因人而异。

林峥： 您说过和北大中文系主任头衔相比，更看重教授身份；和您获得的很多荣誉相比，更珍惜"北大十佳教师"称号，因为这是学生们选出来的。您是那种能把学问和讲课都结合得特别好的老师，而且不停推陈出新,我在北大读书这11年,经常看见老师开新课,这是非常难得的。您能不能就这方面讲讲您的心得。

陈平原: 分头来说,一个是为什么特别看重老师这个职业。你本来就是老师,当系主任是偶然的。当系主任可以出成绩,但受制于大环境,有各种各样的限制,很多时候力不从心。当老师则可以尽情发挥,基本上能将自己的想法和能力做到极致。我曾经说过,老师用心不用心,教得好不好,天知地知,你知我知。虽然没有一个明确的衡量标准,但学生们知道你用心与否,老师也知道自己尽力没尽力。所以,我会对教书这件事很在意。我毕业留校,王瑶先生叮嘱,站稳讲台是第一位的。我的学生毕业走出去,我也是这么说,先站稳讲台,以后再说别的,这是教书这份工作最基本的要求。今天因为学术论文容易计算,大学老师普遍更看重科研,不太注重教学,这是不对的。在我看来,所谓当老师,第一位工作就是教好书。当老师的,首先把学生放在心上,这是天经地义的。然后,学问能做到多大,尽最大可能去做。其实,我的好多科研规划是围绕这个来打转的。为何同时拓展好几个学术方向,这么设计也是为了学生,方便教书。至于评上北大十佳教师,那是偶然的。参评十佳教师,必须是给本科生上课,刚好那年是给你们上。中文系的情况很特殊,我们的研究生数量比本科生多,而研究生的课必须不断更新。今天很多人批评大教授没给本科生上课,但他忘了一点,研究院的课程更新换代压力很大。本科生必修课大家抢着上,因为同一门课,上了一遍又一遍,讲了一二十年,可以不断完善,那样很轻松。但研究生的课不能这么做,你在北大教书,聪明的学生逼着你不断往前走,必须有很多推陈出新的课程。

林峥： 陈老师这种对讲台的敬畏之心让人感动，记得有一次您跟同学们说对不起，今天身体不太舒服，我坐下来讲。我一直记得这件事情，所以我后来上课一定是站着的。

陈平原： 这是个人选择，不强求一律。我自己愿意站着讲，那样气比较顺。有的老师身体不太好，坐着讲，没问题的，因人而异。

林峥： 说到师生关系，我看过陈老师一篇文章，谈您追随王瑶先生治学的情形，您用"从游"这个词，包括他用烟斗把你们熏出学问来的那个场景，我觉得太妙了。我自己跟陈老师读书的感受是，您和王先生的这种关系，也影响了您后来跟弟子的相处方式。

陈平原： 跟王先生念书的状态，有点偶然性。我来北大念博士时，王先生已经七十岁了。加上当初学校没有为博士生设计专业课程，所以我和导师的关系很密切，比如说每星期都去聊天，谈学问也谈人生，等等。但另一方面，传统中国书院的教学方式本来就这样，大鱼游，小鱼也游，游着游着小鱼就变大鱼了。学生们跟你朝夕相处，一起读书、生活，会观颜察色，观察你如何做学问，也看你的精神状态及日常生活态度。在这个过程中，他们会自己体贴、模仿。说得出来的，是有形的经验；而那些精微之处，很多无法用语言表达或描述。传授独得之秘，是需要心心相印的。而那个东西，在"从游"过程中比较容易体会到。所以，我跟学生们确实有较多的交往。二十多年来，习惯于每星期下课后，约上学生，各自打饭，以前是在教研室里，现在是在我办公室，大家一边吃饭一边聊天。不仅谈专业问题，也包含某些时局观察和人生经验。可以这么说，这是高校教学的一个特点，中小学不可能这么做。

林峥： 毕业以后最怀念的就是每周跟陈老师一起，还有夏老师，在教研室吃盒饭，然后还有每年春游或者秋游，你们带我们出去玩，就有曾晳说的那种快乐。陈老师对我们不仅有现代教育，也蕴含传统的师生关系，就像您说的耳濡目染、言传身教等。

陈平原： 现代大学制度建立以后，我们的高等教育，基本上和传统中国教育脱节。记得上世纪二十年代梁启超到清华学校来教书，特别不能接受的就是，大学老师只是上课，下课铃一响拿起皮包就走。老师和学生只在课堂上见面，这他不能接受。因为他当年跟着康有为在万木草堂读书，不是这个样子的。我写《抗战烽火中的中国大学》，提及北大、清华南迁时，冯友兰说了一句话，因战争的关系，老师和学生打成一片，一起逃难，一起读书，精神上感觉特别充实。跟学生一起成长，学生给老师精神上的刺激，也会给老师某种生活上的帮助。老师和学生之间，不再是一个买卖知识的关系。在西南联大这种特殊情境下，师生共同成长，这是一个比较理想的状态。其实传统中国的书院，我说的是好的书院教学，追求的也是这个状态。

林峥： 记得老师您说过，师生之间的关系应该是不即不离、不远不近，表面的威严和内心的温情，二者并行不悖。陈老师以前是很严格的，后来愈发慈祥，我入学的时候是过渡期。

陈平原： 不是这样的。王风说过，他们早年跟我念书，我年少气盛，很严厉，年纪大了肯定会变得比较慈祥。还有一个因素，有王风协助指导，好多事情我可以退居幕后。王瑶先生再三说，毕业了我们就是朋友，在校学习，我们是师生。当老师的，必须有威严，否则无法指导，学生很容易讨巧的。因为读博压力很大，完成一篇好的博士论文，对很多人来说是一个很大挑战，会有逃避的心理。这个时候，不让你轻松逃避的，是有威严的老师。老师们的温情不应该挂在脸上，应该藏在心里面。等到学生毕业了，可以自己成长，那个时候导师再表达温情。最怕的是，或者对学生漠不关心，或者过分溺爱，这两个极端都不合适。当老师的，要把握好分寸，因为学生比你敏感。

林峥：陈老师是在现代文学研究领域不断开拓疆域、引领风气的大学者，不仅通过自己做研究，也通过上课、带学生来开拓，您带的学生毕业以后又上课、带学生，这样不断地把您的学问传播和传承开去。

陈平原：前几年在一个城市研究会议上，我说我的城市研究做得不怎么样，但我带出了一批学生。其实不仅是城市研究，好几个领域都是这种情况。人的精力有限，不可能在很多领域都做出大的贡献。有些方面我是真下了功夫，比如以前做小说史研究，后来做学术史研究、教育史研究；但有的我不是很擅长，或者说做得不太理想，但还是在坚持。之所以这么做，是为了我的学生。我在北大中文系开那么多课，往好几个方向发展，就学术研究而言是大忌。因为伤其十指，不如断其一指。做学术研究，在一定时期内集中精力完成一个课题，这么做效率最高。你看我好多题目拖了很长时间，那是因为中间穿插别的，如此开拓进取，某种意义上是为了我们的学生。我希望学生们不只是在老师的天地里腾挪趋避，所以预先开出若干可能的路径，他们凭自己的兴趣，有人走东，有人奔西，将来会比我走得更远。假如只是把自己的题目或阵地经营得特别精彩，学生们全都被笼罩在你的大旗底下，那不是一个好老师。

林峥：想到老师以前引清儒的话，说大国手门下不出大国手。

陈平原：对，就这个意思。得给学生预留发展空间。

林峥：感谢老师的苦心。我记得您在一个访谈里说过，每一次转向的时候都很清楚自己会失去什么，我觉得很特别，想请老师详细谈一谈。

陈平原：其实刚才已经说了，你不断转移阵地，精力分散了，必定会有遗憾。在学术界，你某个方面做好了，大家就认你的招牌；若你的研究领域太多，会导致招牌混乱。所以，一个学者若不断开疆拓土，他就面临流失固定读者及学界好评的危险。另外，你想给年轻人开辟新的路径，他们总有一天会超越你，因为你多头并进，不可能做到多么了不起。学生们超越你的时候，有的记得你的引路，有的早就忘记了，以为本就应该如此。而且，说不定还故意批评你。多年前我在伦敦大学图书馆找到傅斯年批注的《国故论衡》，上面写了一段话，说顾颉刚跟他讲，章太炎批评的那几个人，正是他用力最深的，比如章学诚、阮元、龚自珍。早年受影响，读得很细，利弊得失看得很清楚，日后超越时，更愿意拿他当靶子，而且批评也比较中肯。用布鲁姆的话来说，这也是一种"影响的焦虑"。所以，你要记得，别以为你开拓了新的疆域，学生们一定特别感谢你。单从个人利益考虑，应该是专心致志，做好自己的研究，别想那么多。所以我才会说，我的学术取向，更接近于老师，而不是纯粹的学者。纯学者的思路，一辈子就做

《红楼梦》或鲁迅研究，你肯定能做得很好，因为你心无旁骛。可我除了自己感兴趣的若干课题，还在试验别的可能性。当然，再过20年或50年，假如我的学生有大出息，且明确是受我的影响，那我的工作就很有意义了。

林峥： 您这些年"四面出击"，文学史之外，还关注四个方向：大学、城市、图像、声音。这也跟我的一个困惑相关，就是现代文学研究未来的方向在哪里？

陈平原： 现代文学也行，当代文学也行，你在这个领域里继续耕耘，会有成绩的；但若仅仅局限于 literature，又会受到某种限制。我的建议是，或者上天，或者入地。入地就是跟民众的日常生活，跟整个社会思潮，乃至跟政治活动结合在一起。上天就是你努力开拓，拥有更加开阔的学术视野。不一定像我这么做，但必须意识到目前的文学研究路子太窄。文学研究不仅仅是作家作品的批评与鉴赏，这个大家都知道。但文学研究到底可以做到多大，这是我一直思考的问题。文学研究与史学研究，各自的边界与长短何在？文学史作为一种历史研究，和政治史、思想史、经济史、艺术史，他们的关系又是如何？从文学入手，你对人性的理解，对文本的解读，对历史的体贴，对时间的超越，这些优势如何发挥到极致？无论如何，从事文学研究，它的视野和疆域不应该局限于晚清以后圈定的那个 literature。不断做各种实验，看还有什么可能性，能让"文学研究"做成大学问。不过说实话，直到现在还是心里没底。

林峥： 我也困惑，我的研究课题，似乎超出了文学范畴，这样可能不被大家认可。

陈平原：困难就在这里。"跨学科"这个词很好听，但学科不是那么好跨的。你一步跨出去，人家别的学科认不认你，这很关键。就像刚才说的，中西医结合，这理念很好，可实际操作中，就怕中医不认，西医也不认。要走到中医觉得你不错，西医也说你行，这可不是很容易的。比如中文系教授谈教育问题，必须做到教育学院的人虽不完全认同，但起码觉得你别具一格，你说的他们说不出来。对，必须做到这一步。像赵园做明清研究，和历史系教授做的不一样，人家也认。我做晚清画报研究，美术史家没想到可以这么来做，也有他们专业所不及的地方。

林峥：老师您除了是上课好、学问好的学者以外，还是一个特别有生活情趣的学者。比如说您喜欢书法、美食、旅行，跟夏老师又是神仙眷侣，你们每年做的电子明信片都是我们最期待的，特别近些年我感觉老师越来越臻于从心所欲不逾矩的境界了，能不能跟我们讲一下如何平衡学术和生活？

陈平原：这是个人兴趣，无所谓高低。有的人只读书不旅游，也有的人像我这样，希望兼及各种乐趣。这叫勤于业，游于艺，志于道，本来是很多读书人都想达到的境界，但年轻一辈生存压力很大，刚开始工作的时候，很难达到这个状态。我们俩物质方面的要求不是很高，加上我们出道较早，能够实现经济上的以及学术上的自立与自主。大概你们还得奋斗若干年，才能达到你所看到的资深教授们的生活状态。但有一点，我主张有业余爱好，而且不妨有意识养成。你知道，官员退休以后，最大的苦恼是什么？

林峥：没有会开吗？

陈平原：是的，以前整天开会，也会抱怨的；但一旦没有会开，没人听你演讲、做指示，会很郁闷的。所以我才会说，人生的乐趣不仅仅是做学问，也不仅仅是当官或挣钱，有一些个人兴趣，不应该丢掉。我相信学生们大都有自己的爱好，但因任重道远，只好暂时把它压下去。其实一张一弛，是必须有的生命状态。西方人重视休假，我们所说的春游秋游，都是追求生命的节奏。要有这个节奏感，才能走得比较顺畅。我不喜欢一年365天天天上班，每天都拼命工作，那不是理想状态。

林峥：谢谢陈老师，我觉得可能生活情趣，尤其是对于人文学者来说是必不可少的。

陈平原：是的，这个生活情趣也会反过来影响你对社会、对人物、对文学、对艺术的理解，没有这个东西，有的时候你读书读不进去。

林峥：老师这一代人，虽然是很坎坷的一代，但同时又是挺幸运的一代。现在我们客观条件好很多，但青椒的压力也很大，包括主观上也不容易满足，不知道老师是怎么来看待我们青年学者这样的一个困境。

陈平原：我们那一代人，早年生活坎坷，但博士毕业以后，后面的路走得比较顺。那是因为，我们出道时，整个中国学术界处在很低潮的状态，所以我们比较容易得到社会承认。今天不一样，这么多博士，这么多青年学者，能力都很强，竞争激烈，学生们的心态容易失衡。我们当年竞争不太激烈，走得比较平稳。今天奖励太多，诱惑也太多，很难平心静气做学问。放眼看过去，别人怎么都做得那么好，然后不断给自己加码。过分加码，对年轻人的身体不好，对他们的精神及学术状态也不好。所以我老说，今天的中国学界有很多好题目，但很少完美的作品。感觉上就是缺一口气，很大原因是时间太紧，需要赶紧发表，方能申课题、评职称、获大奖，于是菜还没完全做好就端上桌了。所以我才会提醒，能不能稍微放慢一点，不争一日之短长。今天中国学术界，整个处在一个快马加鞭的状态，马跑得太快了，会累死的。别的专业我不懂，这种不断地快马加鞭，对人文学发展很不利。人文学需要自我涵养，需要沉潜把玩。可现在大家都很忙，都说时不我待，巨大的竞争压力导致大家心态上都太急，不太可能有长远打算。因为不这么做又怕被淘汰，所以，这是一个两难的境地。希望年轻学者获得稳定位置后，赶紧自我调整，现在的状态不太理想。

林峥： 现在我们三年要一个什么，另一个三年又要一个什么，都是硬指标，要学会在这个环境中自我调整。

陈平原： 不能说完全不理会那些外在指标，但必须明白，这不是理想状态。其实，做学问也得讲节奏，一旦达成了初步目标，就必须自我调整。就怕上了瘾，日后就习惯性地围着那些指标转。

林峥： 我觉得陈老师那一代学者好多有领袖的气度，很有公心，自觉去推动学术共同体建构。我们现在各自为政，做得很精细，但缺乏那种登高一呼的气象，不知道陈老师对我们青年学者有什么寄语？

陈平原：学界领袖不该是主观追求的结果，必须是自然而然形成的，那样才行。上世纪八九十年代，是一个社会及文化大转折的时期，那时候民间学术蓬勃发展，有很多可作为的空间。今天不一样，政府的力量越来越大，规划性越来越强，很难再像八九十年代那样特立独行，发挥自己的能力及才华了。某种意义上，时代不一样，很难强求。

林峥：最后再请陈老师谈一谈您心目中的北大精神是什么样子？

陈平原：所谓"北大精神"，那也是被建构起来的。记得我刚到北大的时候，校园里的大标语是"勤奋、严谨、求实、创新"，北大百年校庆，弄出了"爱国、进步、民主、科学"。我表示不太同意，陈佳洱校长见面就说：陈教授，我们北大人还是要爱国的。我跟他解释："进步"本身没有具体内涵，"爱国"做校训又太一般，因为几乎所有机构都可以用。如果说北大有什么特点，或者说"精神"的话，还是应该回到蔡元培的"循思想自由原则，取兼容并包主义"。也就是说，"思想自由，兼容并包"，这是北大传统，是最坚硬的内核，也是北大最值得坚守的精神。如此鲜明的立场，别的机构做不到，部队做不到，工厂做不到，中小学做不到，一般大学也做不到。而用来描述北大校格，又特别合适。当年蔡先生文章是写出来了，但没把它列为校训。这句话虽流传深远，但不是所有北大人都认可，因而导致今天北大的尴尬局面：这是一所没有校训的大学，我们只能把几个不同时期的口号捏合在一起，说北大有什么什么传统、什么什么精神、什么什么学风。这个状态不理想，可现在没有办法，谁说了都不算。若你问我，我一定说回到蔡先生的"思想自由，兼容并包"，那是综合性大学最应该达成的精神境界。

访谈时间：2020年9月22日下午
（初刊《社会科学论坛》2021年第1期）

辑三 往事如烟

那些让人永远感怀的"风雅"

民国史上,有句"世说新语"式的佳话,那就是——"我的朋友胡适之"。据唐德刚《胡适杂忆》称,此语出处无考,但适之先生颇为得意[①]。此话凸显的,并非胡适的学问或贡献,而是其性情、声望与人缘。如此具有个人魅力(或曰"磁性人格")的学界领袖,自然是朋友遍天下;可也正因此,容易成为某些有心人"拉大旗当虎皮"的绝好道具。鱼龙混杂中,最当得起这句话的,或者说最有资格说"我的朋友胡适之"的,当推任鸿隽、陈衡哲夫妇。

"我们三个朋友"

在学界日益八卦化的今日,人们很难以"平常心"来理解任鸿隽(1886—1961)、陈衡哲(1890—1976)、胡适(1891—1962)之间的友情,以及其中蕴涵着的兼及传统书生与西洋绅士(淑女)的"风雅"。略为排比三件诗作,看看当事人如何陈说。

《尝试集》中的《我们三个朋友》,副题"赠任叔永与陈莎菲",其中有曰:"别三年了,/又是一种山川了,——/依旧我们三个朋友。

---

① 唐德刚:《胡适杂忆》第196页,华文出版社,1990年。

/此景无双,/此日最难忘,——/让我的新诗祝你们长寿!"[1] 此诗写于1920年8月22日,地点是在南京。那天下午三点,任、陈订婚于南京高师的梅庵;晚上,邀胡适至鸡鸣寺,在豁蒙楼用餐,胡适当场赋诗[2]。此诗收入中国现代文学史上最早的新诗集《尝试集》,故"我们三个朋友"一说广为人知。

在胡适1922年2月4日的日记中,黏附有陈衡哲写于1922年1月31日的《适之回京后三日,作此诗送给他》,为便于对比,取同样抒发依依惜别之情的最后一节为例:"不能再续!/只有后来的追想,/像明珠一样,/永远在我们的心海里,/发出他的美丽的光亮。"[3]

1937年12月,任鸿隽在庐山撰《五十自述》,提及美国留学时如何与胡适、陈衡哲结下深厚情谊,解释《尝试集》中何以有《我们三个朋友》之作,以及"吾亦作减字木兰词以答之"[4]。任词未见,不好妄加评论;胡诗过于直白,陈诗的比喻也未见高明,只能说尚属妥帖。当然,"尝试"期的作品,不应苛求。更重要的是,此乃儒家诗学"兴观群怨"的"群",主要功能在借吟诗填词交流思想感情,增进友谊,达成社会和谐。"我们三个朋友"间的诗文往来,更多体现相互间的理解与体贴,还有文学创作以及学术研究、教育活动中的相互支持。在以下几则逸事中,所有这些,都得到了很好的体现[5]。

[1] 胡适:《尝试集》第83页,亚东图书馆,1922年增订四版。
[2] 胡适1921年7月31日日记:"去年八月中,他们宣布婚约的一夜,我和他们在鸡鸣寺吃饭,《三个朋友》诗中第二段即指豁蒙楼上所见。"见《胡适的日记》第167页,中华书局,1985年。
[3] 参见《胡适的日记》第256—257页。
[4] 任鸿隽:《五十自述》,见樊洪业等编《科学救国之梦——任鸿隽文存》第685页,上海科技教育出版社、上海科学技术出版社,2002年。
[5] 樊洪业《"我们三个朋友":胡适、任鸿隽和陈衡哲》(2005年7月14日《南方周末》)一文,对胡、任、陈三人的交往过程,有详细的交代,可参阅。

新诗诞生的故事

不必做复杂的历史考证，单是翻看《尝试集》，也能感觉到胡适与任、陈夫妇的交情非同一般。诗题中有《"赫贞旦"答叔永》《送叔永回四川》《将去绮色佳，叔永以诗赠别，作此奉和，即以留别》，还有副题"别叔永、杏佛、觐庄"的《文学篇》、副题"送叔永、莎菲到南京"的《晨星篇》，以及注明"赠任叔永与陈莎菲"的《我们三个朋友》。更直接的证据来自《文学篇》的"小序"："若无叔永、杏佛，定无《去国集》。若无叔永、觐庄，定无《尝试集》。"

关于任鸿隽等人如何促成胡适的白话诗尝试，从1919年8月的《我为什么要做白话诗 ——〈尝试集〉自序》[1]，到1933年底撰写的《逼上梁山 —— 文学革命的开始》[2]，再到五十年代的《胡适口述自传》[3]，经由胡适本人的再三追忆与阐发，连一般读者都已耳熟能详。值得注意的是，在白话诗写作的"尝试"中，任君所扮演的角色并非"同志"，而是"论敌"。正是绮色佳时代的诗友任叔永的反讽与戏拟，促使胡适发誓从三事入手进行"文学革命"，甚至填了那首气魄非凡的《沁园春·誓诗》——"文章革命何疑！且准备搴旗作健儿。"至于"《尝试集》的近因"，据说也是由叔永的批评引起的。在胡适的眼中，老朋友任鸿隽的挑剔、反驳乃至讥笑，实为其从事白话诗"实验"的一大动力。

---

[1] 胡适：《我为什么要做白话诗 ——〈尝试集〉自序》，《新青年》6卷5号，1919年10月。
[2] 此文初刊《东方杂志》第31卷1期（1934年1月），后收入《中国新文学大系·建设理论集》（良友图书公司，1935），广为流传，对新文学史的编纂影响极大。
[3] 参见唐德刚译《胡适口述自传》第七章"文学革命的结胎时期"，华文出版社，1992年。

因胡适在谈论白话文学起源时的再三铺陈，世人对胡、任之间的争论多有了解；至于"我们三个朋友"中不太抛头露面的陈衡哲，其实并非与此毫无关涉。这一点，一直到1928年撰《〈小雨点〉序》时，胡适方才有所陈述：

> 民国五年七八月间，我同梅、任诸君讨论文学问题最多，又最激烈。莎菲那时在绮色佳过夏，故知道我们的辩论文字。她虽然没有加入讨论，她的同情却在我的主张的一面。不久，我为了一件公事就同她通第一次的信；以后我们便常常通信了。她不曾积极地加入这个笔战；但她对于我的主张的同情，给了我不少的安慰与鼓舞。她是我的一个最早的同志。①

在美国的最后一年，胡适"和莎菲通了四五十次信"，其中不少涉及诗文创作。这种同道之间的互相支持，确实给正在从事"孤独的文学实验"的适之先生很大的安慰与鼓舞。可要进一步推断，将陈坐实为胡写作新诗的"烟丝批里纯"（Inspiration，即灵感），而且断言："所以新文学、新诗、新文字，寻根究底，功在莎菲！"②则又未免言过其实。之所以不认同唐德刚的"大胆假设"，理由很简单，未同莎菲通讯之前，胡适已开始新诗的尝试。话题其实应该掉转过来，不是莎菲女士刺激了适之先生的写作灵感，而是胡、任之争以及胡适的大胆尝试勾起了莎菲的文学兴趣。"民国六年以后，莎菲也做了不少的白话诗"，其中好些还是寄给胡适并请其推荐给《新青年》或编入《努力周报》③。

---

① 胡适：《〈小雨点〉序》，《胡适文存三集》第1096—1097页，亚东图书馆，1930年。
② 参见唐德刚《胡适杂忆》第196页。
③ 参见《胡适文存三集》第1093—1097页和《胡适来往书信选》上册（中华书局，1979年）第153、156、166、193页。

1922年10月上海亚东图书馆刊行的增订四版《尝试集》，冠有胡适1916年8月4日答叔永书。以早年书札作为"代序一"，这既体现适之先生"历史进化"的眼光，也可看出其对老朋友的尊重。更值得关注的是，此"增订版"是在同事鲁迅、周作人，学生俞平伯、康白情，以及留美时期的诗友任鸿隽、陈衡哲夫妇的协助下，才得以完成的。

任鸿隽和陈衡哲，一个坚持"无体无韵"的白话诗不是诗，一个则是胡适白话诗写作"最早的同志"，请这两位老朋友来帮助删诗，自是好主意。问题在于，胡适似乎更看重周氏兄弟的意见，未免有些怠慢了老友。因为，如果仔细比勘，不难发现一个有趣的现象，即任、陈的不少意见，实际上并没有被胡适采纳。这当然不能全怪胡适，因其牵涉到刊行增订四版的目的，并非"飞鸿踏雪泥"，而是诗史留印记。倘若像《蔚蓝的天上》那样，"豫才删，启明以为可存。莎菲删，叔永以为可删"，那很好办，三比一，删。可仔细品味，叔永、莎菲夫妇的意见中，有些不牵涉艺术鉴赏力之高低，而只是基于怀旧心理。如《虞美人·戏朱经农》"叔永以为可留"，《寒江》"莎菲拟存"，看中的未必是艺术，很可能只是对于共同的留学生涯的怀念。《送叔永回四川》俞平伯以为可删，目录页以及正文也都已用红笔圈掉，可仍有莎菲用铅笔做的批注："A good historical record. keep?"（"一份很好的历史记录，保存？"）以上三诗，最后都没能进入新版。显然，胡适之所以修订并重刊《尝试集》，主要目的不是纪念友情，而是为"文学革命"提供标本[1]。

---

[1] 参见拙文《经典是怎样形成的——周氏兄弟等为胡适删诗考》，《触摸历史与进入五四》第207—264页，北京大学出版社，2005年。

《西洋史》的魅力

作为第一代受过良好西方史学训练的大学教授，陈衡哲很快辞去北大教职，转而持家兼著述，其主要作品有商务印书馆出版的《西洋史》上下册（1924、1926）以及《文艺复兴小史》（1926）等。前者乃高中教材，后者收入"百科小丛书"，不用说，也是普及读物。书是好书，只是相对于原先的自我期待，我想陈教授不会十分满意的。

陈衡哲1927年为《西洋史》六版撰序，感谢丁文江、何炳松、胡适等友人的热心帮助，更称："但给我帮助最多的，自然是任君叔永，因为不但这书的原稿，都承他替我仔细读过；而且假使没有他的赞助与信心，这两书或将因为我的多病及历年时局的不靖，至今尚不曾出现。"[①]

已经成为学界领袖的胡适，公私兼顾，在《西洋史》下册出版后不久，撰文推介。1926年9月出版的《现代评论》4卷91、92期上，刊有胡适的《介绍几部新出的史学书》，共表彰陈垣《二十史朔闰表》、顾颉刚《古史辨》以及陈衡哲的《西洋史》下册等三书。胡适称："陈衡哲女士的《西洋史》是一部带有创作的野心的著作。在史料的方面她不能不依赖西洋史家的供给。但在叙述与解释的方面，她确然做了一番精心结构的功夫。这部书可以说是中国治西洋史的学者给中国读者精心著述的第一部《西洋史》。在这一方面说，此书也是一部开山的作品。"

胡适那代人，身处大变革的时代，喜欢"但开风气不为师"，故"开山"以及"第一部"特别让人振奋。可时过境迁，八十年过去了，学界早已是"天翻地覆慨而慷"了，当初曾畅销一时的高中教科书《西

[①] 陈衡哲：《〈西洋史〉六版序》，《西洋史》第3页，东方出版社，2007年。

洋史》，还能读吗？ 我的回答是：还能读，而且，还有不错的市场前景。不信请看1988年辽宁教育出版社的重印本，以及2007年东方出版社的插图本——只是二书均缺学术性的序言，毕竟是憾事。

胡适的书评写得很认真，不仅仅是为朋友说好话，而且搔到了痒处："史学有两方面，一方面是科学的，重在史料的搜集与整理；一方面是艺术的，重在史实的叙述与解释。""这样综合的，有断制的叙述，可以见作者的见解与天才。历史要这样做，方才有趣味，方才有精彩。""作者的努力至少可以使我们知道西洋史的研究里尽可以容我们充分运用历史的想象力与文学的天才来做创作的贡献。"[①] 这三句话大有深意。在我看来，胡适的基本判断是准确的，《西洋史》的好处不在专业深度，而在于作者的"精心结构"，以及"叙述与解释"方面的特殊才华。而这，也正是作者的自我期许。

编的是高级中学教科书，"但著者的目的，兼在以西洋历史的常识供给一般人士，故并未为教科书的体例所限"[②]；如此编写原则，使其得以腾挪趋避，而不严格按照教学大纲"亦步亦趋"，故几十年后还能阅读。而此书之所以能兼及教科书与一般读物，其诀窍在于作者相当高超的叙事技巧。陈衡哲称："我编辑此书时，有一个重要的表鹄，便是要使真理与兴趣同时实现于读书的心中。我既不想将活的历史灰埋尘封起来，把他变为死物，复不敢让幻想之神将历史引诱到他的域内，去做他的恭顺奴隶。或者因此之故，我将不能见好于许多的历史家及专门文学家，但我若能借此引起少年姊妹兄弟们对于历史的一点

---

① 胡适：《介绍几部新出的史学书》（下），《现代评论》4卷92期，1926年9月11日；《胡适文集》十卷第750—753页，北京大学出版社，1998年。
② 陈衡哲：《西洋史》第7页。

兴味，若能帮助我们了解一点历史的真实意义，那我的目的也就达到了。"[1] 既然是学问家的著述，自然注重知识的传授；但因作者讲求文章技法，其笔墨情趣自有生命——学问早已过时，可此书依旧让人怀念，诱人阅读、品味。

不信的话，请读读以下两段话。《西洋史》第一编第五章"希腊古文化"的结论部分，有这么一段：

> 希腊文化的性质，是与他的地理最有关系的。因为他有一个宜分不宜合的地理，所以产生了无数小城邦，因为无数互相竞争的自由小城邦，所以一方面产生了一群爱自由的小民主国，而不幸终于得到了政治上的破产，一方面却产生了一个空前绝后的优美文化。同时，因为天时的和暖和山川的秀丽，希腊的人生观也就趋向"现在"和"此地"，希腊的美术也就充满了生命之乐的美感了。希腊人的中庸态度，也是他们的优秀而小巧的环境的产物；而他们生活情形的简单，也是天然之美引诱的当然结果——碧蓝的天空，油绿的草茵，不比雕梁画栋更美丽吗？[2]

再看第三编第一章"文艺复兴"的结尾部分：

> 但是诗人说得好，"落红不是无情物，化作春泥更护花"。上古的末年，西罗马帝国既遭蛮族的蹂躏，而罗马的文化却并不曾以此忘其天职，结果是中古末年古文化的大复活。意大利的文艺复兴，又何尝是无情之物呢？他虽受了外来武力的摧残，化为泥

---

[1] 陈衡哲：《〈西洋史〉原序》，《西洋史》第5页。
[2] 陈衡哲：《西洋史》第77—78页。

土，但他却不曾因此绝了希望。这泥土怀着文化的种子，却跟着他的摧残者走入了西欧各土，后来便在那里发芽展叶起来，为近代产生一个灿烂的文化。由此可知，武力的胜利在一时，文化的胜利在永久。意大利所受的委曲不过数百年，而他在文化史上的功绩却真是千古不朽的了。[①]

八十多年过去了，中外史家关于文艺复兴的论述，肯定远比这深刻、全面，但如此娓娓动听的评述，并未因时间流逝而失去魅力——有时候，"表达"本身便是"学问"，便有独立的存在价值。

原南开大学教授朱维之编《陈衡哲散文选集》，收入《历史小品》十则，便很有见地。朱先生所撰《序言》，引述《西洋史》中若干文字，然后称："这样的历史插曲，可算是历史随感或历史小品。在她的《西洋史》中随处可以看到这样的小品文或历史随笔。例如上册的末尾处的《纪念但丁》，本来是一篇独立的散文。……本书选入陈衡哲的历史小品十则，供读者欣赏，并可以从此看出这位历史学家兼文学作家的散文特色。"[②]

对于书院的追怀

五四一代新文化人，不管所学专业是什么，都关注中国教育问题。陈衡哲和任鸿隽文集中，就多有谈论教育的，如陈文《美国女子的大学教育》(1922)、《对于儿童教育的一个意见》(1934)、《救救中学生》

[①] 陈衡哲：《西洋史》第200页。
[②] 朱维之：《〈陈衡哲散文选集〉序言》，《陈衡哲散文选集》第18—19页，百花文艺出版社，1991年。

(1935),以及任文《西方大学杂观》(1916)、《大学研究所与留学政策》(1934)、《再论大学研究所与留学政策》(1935)、《国立大学的合理化问题》(1935)等。只是陈、任两位的已刊文集,包括樊洪业等精心编辑的《科学救国之梦——任鸿隽文存》,都漏收了一篇重要文章。

《现代评论》2卷39期(1925年9月)上,刊有陈衡哲、任鸿隽合撰的《一个改良大学教育的提议》,特别标举中国的书院精神,希望将其与欧美大学制度相结合:

> 我们以为当参合中国书院的精神和西方导师的制度,成一种新的学校组织。中国书院的组织,是以人为中心的,往往一个大师以讲学行谊相号召,就有四方学者翕然从风,不但学问上有相当的研究,就是风气上也有无形的转移,如朱文公的白鹿洞,胡安定的湖州,都是一例。但是书院的组织太简单了,现在的时代,不但没有一个人可以博通众学,满足几百千人的希望,而现在求学的方法,也没有一人而贯注几百人的可能。要补救这个缺点,我们可以兼采西方的导师制。就是一个书院以少数教者及少数学者为主体;这个书院的先生,都有旧时山长的资格,学问品行都为学生所敬服,而这些先生也对于学校(生)的求学、品行两方面,直接负其指导陶熔的责任。[1]

取大学管理之组织与书院教学之精神,二者合而为一,这一主张,与胡适第二年为清华研究院所做的规划不谋而合。而在我看来,此文实

---

[1] 陈衡哲、任鸿隽:《一个改良大学教育的提议》,《现代评论》第2卷39期,1925年9月。

际上是对于胡适南京演说的直接回应。

1923年底,任鸿隽出任东南大学副校长;同年12月10日,胡适应邀在南京东南大学作题为《书院制史略》的演讲(文载1923年12月17日、18日上海《时事新报·学灯》、1923年12月24日《北京大学日刊》以及1924年2月10日出版的《东方杂志》第21卷第3期),其中借书院改造现代大学的思路,与陈、任日后的论述颇多共通处:

> 我为何讲这个题目？因为古时的书院与现今教育界所倡的"道尔顿制"精神大概相同。一千年以来,书院实在占教育上一个重要位置,国内的最高学府和思想的渊源,惟书院是赖。盖书院为我国古时最高的教育机关。所可惜的,就是光绪变政,把一千年来书院制完全推翻,而以形式一律的学堂代替教育。要知我国书院的程度,足可以比外国的大学研究院。譬如南菁书院,它所出版的书籍,等于外国博士所做的论文。书院之废,实在是吾中国一大不幸事。一千年来学者自动的研究精神,将不复现于今日。

在胡适看来,所谓的"书院的精神",大致有三:代表时代精神;讲学与议政;自修与研究。而最后一点尤为重要,因其"与今日教育界所倡道尔顿制的精神相同"[①]。

新学制已经完全确立,书院基本上退出历史舞台,教育家们这才回过神来,对书院的黯然退场表示极大的遗憾。可惜,"此情可待成追忆",在现代化大潮的冲击下,中国人古老的书院传统,已经是"无可奈何花落去",即便有胡适以及好友陈衡哲、任鸿隽夫妇等人的鼓

---

① 胡适:《书院制史略》,《东方杂志》第21卷第3期,1924年2月。

吹，再加上章太炎等人的身体力行，还是没能挽回其颓势[①]。

女教授的尴尬

商务印书馆刚刚出版的《任鸿隽陈衡哲家书》，收录了陈衡哲1924年给三姐任心一信，其中有这么一段：

> 当叔永在美国对我提起结婚的事的时候，他曾告诉我，他对于我们的结婚有两个大愿望。其一是因为他对于旧家庭实在不满意，所以愿自己组织一个小家庭，俾他的种种梦想可以实现。其二是因为他深信我尚有一点文学的天才，欲为我预备一个清静安闲的小家庭，俾我得尚心一意的去发达我的天才。现在他的这两个愿望固然不曾完全达到，这是我深自惭愧的一件事；但是我们两人的努力方向是不曾改变的。[②]

这话可以解释当初陈衡哲是如何被任鸿隽的求婚所感动，以至抛弃原先所抱定的"独身主义"的。只是现实生活竟如此残酷无情，很快地，女诗人"清静安闲"的梦想便破灭了。结婚生子，以及由此带来的无数日常琐事，对于一个既有文学才华又有学问志趣的女教授来说，很可能意味着无穷无尽的烦恼。

胡适1921年9月10日的日记中有如下感慨：

[①] 参见拙文《大学之道——传统书院与二十世纪中国高等教育》，原刊《岭南学报》新第一期，1999年10月；《大学何为》，北京大学出版社，2006年。
[②] 参见《任鸿隽陈衡哲家书》第99页，商务印书馆，2007年。

> 莎菲因孕后不能上课,她很觉得羞愧,产后曾作一诗,辞意甚哀。莎菲婚后不久即以孕辍学,确使许多人失望。此后推荐女子入大学教书,自更困难了。当时我也怕此一层,故我赠他们的贺联为"无后为大,著书最佳"八个字。但此事自是天然的一种缺陷,愧悔是无益的。①

生儿育女的责任不想放弃,埋头著述的功业于是难以兼及。读书至此,不禁为"新教育"起步阶段女教授处境之艰难深为扼腕;叹息之余,更为那代学人对自己以及朋友的期待所感动。

1920年夏,三十岁的陈衡哲于芝加哥大学获硕士学位,因胡适的推荐,被蔡元培聘为北大教授。9月1日,陈、任在北京举行婚礼,胡适做赞礼,赠联"无后为大,著书最佳"。冬天,陈因怀孕而休假,第二年年底辞去北大教职。此后,除了精心抚育三个子女,陈仍力图在事业上有所作为。身为北大最早的女教授,也是中国现代史上第一位女大学教授,陈衡哲的自我期待无疑相当高。到底是出来教书好,还是在家专心著述更合适,看任、陈夫妇给胡适的信,中间颇多挣扎。当然,也有得意的时候,如1925年6月9日,任鸿隽因陈衡哲生育第二个孩子而致信胡适:"还有一件可以奉告的,就是这个小孩子同莎菲的《西洋史》下册差不多是同时长成,同时出世的。"②

1938年开明书店出版的《衡哲散文集》,收入52则发表在报刊上的文章,其中有撰于1932年12月的《女子教育的根本问题》,提及有天才的女子若不想抱独身主义,只有三条路可走:第一"是牺牲了自

---

① 参见《胡适的日记》第211页。
② 《胡适来往书信选》上册第333页,中华书局,1979年。

己的野心与天才";第二"是牺牲了儿女与家庭";第三"是想同时顾全到家庭,儿女,以及女子自身的三个方面的"。陈衡哲无疑最欣赏第三种选择,但强调:"采取这种方法的女子,大抵是个性甚强,责任心甚重,而天才又是比较高明的。因为她们不肯牺牲任何一方面,故她们的内心冲突是特别的强烈与深刻。"[1] 我相信,此乃陈衡哲的"夫子自道",只是作者很可能低估了其中的艰辛。

任、胡二位对于陈衡哲的巨大期待,实际上没能完全实现。莎菲的文学才华,固然因生活困顿而有所损失,但平心而论,《小雨点》中的散文、寓言与小说,有开创之功,却非传世之作。现在学界颇有贬低鲁迅的《狂人日记》而抬高陈衡哲的《一日》的,其实不妥。陈衡哲1935年为《小雨点》撰《改版自序》,谈及"《一日》中仍时有文言痕迹的存在",只是最初的白话试验;而这篇小说的"附志"(1935)也称:"这篇写的是美国女子大学的新生,在宿舍中一日间的琐屑生活情形。它既无结构,亦无目的,所以只能算是一种白描,不能算小说。"[2] 单说写作时间早于《狂人日记》,故是"第一篇",不足以服人;因此前上海的报纸上早已发表不少白话小说。在我看来,以文学家的才华撰写《西洋史》以及《一个年轻中国女孩的自传》,更能代表陈衡哲文学上的成绩。

三个人的"自述"

1962年1月,获悉任鸿隽不久前去世,胡适十分感伤,给任、陈

---

[1] 陈衡哲:《女子教育的根本问题》,《衡哲散文集》第122页,河北教育出版社,1995年。
[2] 陈衡哲:《小雨点》第1页、10页,上海:商务印书馆,1936年。

的孩子写信:"以安又提及叔永'手抄的自传稿子'。他的自传不知已写成了多少?约有多少字?"并热切表示,希望能尽快看到老友的自传[1]。可惜的是,一个月后,适之先生也与世长辞。《科学救国之梦——任鸿隽文存》所收《五十自述》和《前尘琐记》,都是根据手稿排印,前者为"民国二十六年十二月廿九日于庐山古青书屋写竟",后者1950年春写于上海,原标题下记有"叔永廿五岁以前的生活史片断"[2]。熟悉胡适思路的读者,当然明白,关心老友的自传手稿,既是怀旧,也是兴趣。

胡适提倡写自传,且身体力行,撰有《四十自述》。此书1932年完成,1933年由亚东图书馆出版。对照陈衡哲1935年刊行的英文自传,以及任鸿隽1937年12月撰写的《五十自述》,颇有趣味。

陈衡哲虽说不是第一流的作家,但有学问、能文章,其1935年在北京出版的英文自传《一个年轻中国女孩的自传》(Autobiography of a Chinese Young Girl),自然值得期待。此自传很像胡适的《四十自述》,只写到赴美留学为止。《译者前言》称此书没写出国后的事情,也不像杨步伟那样叙述如何结婚生子,是别有深意——"陈衡哲自传中为什么最终只叙述她童年和青少年时期的事件就变得十分耐人寻味了"[3]。其实,没那么复杂,写自传者之所以多以童年和青少年生活为主,是因其既有审美距离,又少禁忌。更何况,作者以笔名(陈南华,Chen Nanhua)写作,连所读学校都用英文字母代替,本就是希望拉

---

[1] 参见胡颂平编著《胡适之先生年谱长编初稿》第10册,第3862—3863页,联经出版,1984年。
[2] 参见《科学救国之梦——任鸿隽文存》第690页。
[3] 冯进:《〈陈衡哲早年自传〉译者前言》,陈衡哲著、冯进译《陈衡哲早年自传》第13页,安徽教育出版社,2006年。

开距离，当然不会牵涉自家功业："因为我写这本自传的动机不是为了展示自我。当然自我在本书中是显而易见的，可是我只把它当作一面镜子，以反映这个自我从属的时代和社会以及它力图挣脱它们的禁梏的挣扎。"①

1937年底，任鸿隽在庐山撰万言《五十自述》，提及中国公学"同班学友后有名于时者有胡适之（原名胡洪骍）"等，还专门有一节谈论其与胡适关于白话文的论争，正好与胡适的相关追忆相呼应："然白话文言之论战，由吾等数人开之，则确无疑义。"②

胡适的《四十自述》和陈衡哲的《一个年轻中国女孩的自传》都只写到留美前，不会有交集的线索。而《胡适口述自传》就不一样了，此乃"学术性的自传"（唐德刚语），第七章"文学革命的结胎时期"，讲的都是陈年往事，如与任鸿隽、梅光迪的争议如何促使他加紧白话诗的试验，还提及与诸友好在绮色佳的凯约嘉湖上划船，其中便包括沃沙女子学院的学生陈衡哲。

回到关于"自传"的观念，三人的论述颇有交叉处。在《〈四十自述〉自序》中，胡适称："我在这十几年中，因为深深的感觉中国最缺乏传记的文学，所以到处劝我的老辈朋友写他们的自传。"不只劝老辈，也劝同辈；不只劝别人，还以身作则。至于写自传的目的，在胡适看来，不外乎"给史家做材料，给文学开生路"③。此书第一篇写父母结婚，很有文学趣味，介于小说与传记之间；但胡适"毕竟是一个受史学训练深于文学训练的人"，很快就转"回到了谨严的历史叙述的老

---

① 陈衡哲：《〈陈衡哲早年自传〉前言》，见陈衡哲著、冯进译《陈衡哲早年自传》第5页。
② 任鸿隽：《五十自述》，见《科学救国之梦——任鸿隽文存》第678、684页。
③ 《胡适自传》第5—7页，黄山书社，1986年。

路上去"。要说史学训练,陈衡哲才是真正的科班出身,可就叙述的精彩与细腻而言,《一个年轻中国女孩的自传》远在《四十自述》之上。只是由于此书用英文撰写,中译本迟至2006年才由安徽教育出版社刊行,故除了个别谈论中国女性文学的著作有所涉及,极少人关注这部史学家的"文学自传"。

与胡适希望借自传"给文学开生路"不同,陈、任二君更看重的是其史学价值。说到为什么写自传,陈衡哲称:"我的回答很简单:我曾经是那些经历过民国成立前后剧烈的文化和社会矛盾,并且试图在漩涡中掌握自己命运的人们中的一员。因此,我的早年生活可以被看作是一个标本,它揭示了危流之争中一个生命的痛楚和欢愉。"[1]而任鸿隽的《五十自述》则称:"凡自传者必须其人曾经做一番大事业,足以信今而传后,故其自传即成为历史之重要材料。吾于当世既无重要贡献,自不敢作名山万世之妄想。兹为此述,聊以记载吾个人之身世行事畀之后世子孙,俾有所考据云尔。"[2]这些都是"史家"的眼光与趣味,可在读者那里,无一例外的,全都转化成胡适所提倡的"传记文学"。

若按"传记的文学"来衡量,三部自传的文学性,该依陈、胡、任排列。当然,要说社会影响,还是胡适的《四十自述》最大。除了陈衡哲用英文写作,限制了其在国内的流通,更重要的是,在我看来,自传是一种"势利的文体",传主的功业和知名度,占绝对的支配地位。

任、陈、胡三人,所学专业不同,有自然科学,有西洋史学,有

---

[1] 陈衡哲:《〈陈衡哲早年自传〉前言》,见陈衡哲著、冯进译《陈衡哲早年自传》第4页。
[2] 任鸿隽:《五十自述》,见《科学救国之梦——任鸿隽文存》第689页。

中国哲学与中国文学，可因写诗而结下深厚情谊，且终生不渝，这点很让人感佩。今日中国的大学校园里，多的是你追我赶，力争上游，或者尔虞我诈，互相拆台，而难得真正意义上的"相识"与"相知"。因而，我格外怀念那"往事如烟"，那曾经有过的文人间的情谊与风雅。

2007年9月22日初稿，2007年10月16日改定

（樊洪业等编：《科学救国之梦——任鸿隽文存》，上海科技教育出版社、上海科学技术出版社，2002年；陈衡哲著、冯进译：《陈衡哲早年自传》，安徽教育出版社，2006年；陈衡哲：《西洋史》，东方出版社，2007年；《任鸿隽陈衡哲家书》，商务印书馆，2007年）

（初刊《书城》2008年第4期，原题《那些让人永远感怀的"风雅"
——任鸿隽、陈衡哲以及"我的朋友胡适之"》）

学生记忆中的"讲学" *

就像王宁先生在序言中所说,这部《章太炎说文解字授课笔记》(章太炎讲授,朱希祖、钱玄同、周树人记录,王宁主持整理,中华书局,2008),"记录了太炎先生研究《说文》的具体成果,反映了太炎先生创建的以《说文》学为核心的中国语言文字学的思路与方法,也记载了三位原记录者向太炎先生学习《说文》的经历,是一部中国近现代学术史上难得的原始资料。"我不懂小学,只能从"中国近现代学术史"的角度略做补充。

作为教育家的章太炎,除了平日的零星讲演,一生中有四次集中讲学。第一次是1906—1911年避难东京时之"提奖光复,未尝废学";第二次是1913年的"时危挺剑入长安",被羁北京时之"以讲学自娱";第三次是1922年应江苏省教育会的邀请,在上海登坛系统讲授国学;第四次则是晚年在苏州开办章氏国学讲习会。四次集中讲学,最为后世研究者关注的,自然是第一次。太炎先生的东京讲学,经由周氏兄弟等人的大力渲染,早已成为学界普遍知晓的传奇故事。不完全是首开纪录或讲学时间最长的缘故,更重要的是,当年听讲的学生中,日

---

* 此乃作者2008年12月27日在北京师范大学举行的"《章太炎说文解字授课笔记》出版座谈会"上的发言。

后多有出类拔萃者。另外，这种议政、讲学两不误的工作方式，最能体现鲁迅所说的"有学问的革命家"之特色。

章太炎日本讲学，于听讲诸人中，其1928年所撰《太炎先生自定年谱》系以黄侃、钱玄同、朱希祖为"弟子成就者"的代表，而只字未及周氏兄弟，从授课内容看，并不为过。传统的经学、史学、子学研究，均非周氏兄弟的兴趣所在，更不是其对于现代中国文化的主要贡献。

王宁先生的序言，引钱玄同、许寿裳、周作人、朱希祖等人对于章太炎讲《说文》的回忆，其实，追忆者还有鲁迅。鲁迅去世前十天撰《关于太炎先生二三事》，提及东京听章太炎讲《说文》："先生的音容笑貌，还在目前，而所讲的《说文解字》，却一句也不记得了。"为什么说"一句也不记得了"，是真记不得，还是有什么微言大义？我倾向于前者。因为，周作人在《知堂回想录》中，曾这样谈及民报社听讲："《说文解字》讲完以后，似乎还讲过《庄子》，不过这不大记得了。大概我只听讲《说文》，以后就没有去吧。"

这就可以解释太炎先生晚年指挥弟子所编《同门录》里，为何出现明显的纰漏。据说吴承仕曾当面问过太炎先生，为何《同门录》里没有鲁迅、许寿裳、任鸿隽等人名字，去取是否有意。太炎先生的回答很妙："绝无，但凭记忆所及耳。"（参见《知堂回想录》中"章太炎的北游"节）即便我们相信太炎先生的解释，只是偶然遗漏，而非刻意抹杀；可如此郑重其事编纂《同门录》，居然会遗忘其时已大名鼎鼎的鲁迅等人，起码可以说明在太炎先生心目中，怎样才算是真正的"入室弟子"。因此，我主张从学问承传，而不是个人恩怨抑或政治立场，来理解章太炎的"一时糊涂"。

钱玄同在《我对于周豫才君之追忆与略评》中，提及周氏兄弟"醉翁之意不在酒"的听课态度——周氏兄弟其时正译《域外小说集》，并为《河南》杂志撰写长篇论文，"他们的思想超卓，文章渊懿，取材谨严，翻译忠实，故造句选辞，十分矜慎，然犹不自满足，欲从先师了解故训，以期用字妥帖"（1936年10月26日《世界日报》）。而这一说法，得到了周作人某种程度的证实。鲁迅逝世后，周作人在答记者问时，提及当初"每星期日亦请太炎先生在东京民报社内讲学"；紧接着的补充很重要："彼时先兄尚有出版杂志之计划，目的侧重改变国人思想，已定名为《新生》，并已收集稿件。"（参见《周作人谈往事》，1936年10月20日《世界日报》）

钱、周二君的回忆大体属实。就在听章太炎讲学的同时，周氏兄弟开始了其以医治国民精神为目标的文艺事业。若如是，鲁迅、周作人对于《说文》等传统学问的态度，与从大成中学转来的钱玄同等，必定会有很大差异。不管当初是否只从"了解故训，以期用字妥帖"来修习《说文》，其中途退场，以及日后的不以治经、治史、治子为业，都决定了太炎先生之不以此等学生为傲（政治立场当然也是一个问题）。

尽管在后世学者看来，鲁迅的精神世界与思维方式，受章太炎影响很深。可从专业著述角度考虑，鲁迅确实算不上太炎先生的"得意门生"。不过，《域外小说集》封面，依稀可见此课程的影响：在长方形希腊图案的下面，篆书题写书名，均依《说文解字》。还有，鲁迅晚年曾再三表示，准备撰写一部中国字体变迁史。再说，章太炎将"文学复古"的重任寄托在"小学振兴"的基础上，称："文辞的本根，全在文字，唐代以前，文人都通小学，所以文章优美，能动感情。"（《东京留学生欢迎会演说辞》，《民报》第6号，1906年7月25日）从这个角度思考，当年热心文学创作的周氏兄弟，为"了解故训，以期用字妥帖"，而专门跑去听太炎先生讲授《说文解字》，一点也不稀奇。

十多年前，我曾有过一次学术冒险——整理《国故论衡》。小学十篇，文学七篇，诸子学九篇，最让我胆战心惊的是上篇。明知章太炎的学问根基在小学，也拜读过太炎先生自认为"一字千金"的《文始》《新方言》《小学答问》等。但那些，均非我的学力所及；我的关注点，是章太炎的知识体系如何兼及小学、文学与诸子。日后讲授"国学概论"时，章太炎比照现代学科体系，修正为经学、文学、哲学。1909年的《致国粹学报社书》上，章太炎自称其学问"以音韵训诂为基，以周秦诸子为极，外亦兼讲释典"；理由是："盖学问以语言为本质，故音韵训诂，其管籥也；以真理为归宿，故周秦诸子，其堂奥也。"单纯的小学研究或诸子学研究，均未尽太炎学说精妙处。正是这种兼及"管籥"与"堂奥"，"虚""实"结合，贯通"古""今""文""史"，最能体现章氏治学的特色。而这，恰好落实在《国故论衡》的上中下卷。

当年在东京听太炎先生讲学的任鸿隽，几十年后大发感慨："若是把他的说话记录下来，可以不加修改便成一篇很好的白话文章。后来先生把这个讲演写了出来，成为他的《国故论衡》，可惜他写成古文以后，反而失掉了讲时的活泼风趣。"（《记章太炎先生》，见陈平原等编《追忆章太炎》，中国广播电视出版社，1997）古文与白话、论著与讲演，各自承担的功能不同，体式自然有异，没必要厚此薄彼。不过，借助《章太炎说文解字授课笔记》，我们可以了解太炎先生的学术根基，将其与《国故论衡》等专业著述相对照，可以帮助我们深入了解太炎先生的学术思想与文化情怀。

后人之所以对太炎先生何时开始讲学有争议，关键在于何谓"讲学"，各自理解不同。弟子们的追忆确实有误差，但更重要的是，太炎先生的讲学远不止一次，就看你从哪个角度切入。在东京生活的五年多里，章太炎的工作重点有所转移，但广义的"讲学"始终没有停止。故章门弟子在追忆其师讲学时，往往从自己的角度出发，所见所闻自然颇多差异。比如汪东提及太炎先生"尝应诸生请，集会开讲"（汪东《寄庵随笔》中"章太炎讲庄子"则，上海书店，1987），听讲者应该是成群结队；而刘文典所说的"天天到他那里请教"（刘文典《回忆章太炎先生》，1957年4月13日《文汇报》），又似乎是单独行动。只是在章氏喜欢讲授《说文》与《庄子》这一点上，各家回忆比较一致。

相对来说，任鸿隽的文章和朱希祖的日记所提供的信息更为丰富，因而也更值得重视。任鸿隽提到章太炎主持《民报》社时，"有一班热心国学的留学生便趁此时机组织了一个国学讲习会，请先生开讲国学"。至于任本人，1908年方才赴日留学并参加在大成中学举行的国学讲座，在他开列的二十位"每讲必到"的听众中，好些日后成为著名的文史专家。据任回忆，讲习的内容由太炎先生决定，先讲顾炎武《音学五书》、段玉裁《说文解字注》、郝懿行《尔雅义疏》、王念孙《广雅疏证》，"一周一次，大约继续了一二年"。"小学讲毕后，我们请先生讲诸子学，于是先生讲了《庄子》"。"讲过了这些古籍之后，先生还作了一次系统的中国文学史讲解"（参见任鸿隽《记章太炎先生》）。

比任鸿隽几十年后的回忆更加可靠的，是现藏于国家图书馆的《朱希祖日记》稿本。1908年3月起，朱希祖便开始听章太炎讲学，其中大成中学的课每周两次，时间比较固定，讲完《说文》，又讲《庄子》《楚辞》《尔雅》等。

作为整理稿的《章太炎说文解字授课笔记》，与吴承仕记录整理的《菿汉微言》，曹聚仁记录整理的《国学概论》，王乘六、诸祖耿等记录整理的《国学讲演录》，共同构成了"学问家兼教育家"章太炎的有机组成部分。这些演讲记录稿,固然不若《訄书》《国故论衡》《文始》《齐物论释》等体制谨严,但同样新见迭出。对于选择独立讲学而非进入现代大学体制的太炎先生来说,这些著作,同样值得珍视。

诸多弟子提及,东京讲学时,章太炎除了《说文》,还讲授诸子学、《庄子》、《楚辞》、"中国文学史"等,什么时候,我们也能有机缘、有能力,像这部《章太炎说文解字授课笔记》一样,做一番认真细致的钩沉?

(初刊《民俗典籍文字研究》第六辑,商务印书馆,2009年11月)

三读普实克

　　大约二十年前，湖南文艺出版社出版过一册《普实克中国现代文学论文集》。我在《人民日报》上撰文推荐，主要谈以下三点：第一，专擅研究话本小说的普实克（Jaroslav Průšek），着力表彰中国文学的"抒情性"，这很值得注意——大概这也是目前国际汉学界重新关注普实克的主要原因；第二，谈中国现代文学，一般多关注其"现实主义"传统，而普实克特别强调中国现代文学里的"主观主义"和"个人主义"，这一点对中国学界很有启示；第三，普实克格外注重中国现代文学的"传统"因素。（《传统与现代——评〈普实克中国现代文学论文集〉》，《人民日报》1988年2月16日）汉学家中，同时研究"古典中国"和"现代中国"的并不少见，但普实克的成绩尤其突出。同时，我也提及，普实克没有解决一个问题，那就是，"古典中国"是如何过渡为"现代中国"的，传统文学的"抒情性"怎样与现代文学的"主体性"相衔接。这是我二十年前的感觉。那时，我刚完成博士论文，对普实克印象很深。因为，在讨论中国小说的"史传传统"与"诗骚传统"时，我曾借鉴了普实克的观点。

　　十多年后（1998），布拉格查理大学为纪念建校650周年，组织了一系列学术活动。我参加了其中的一个研讨会，主持者是普实克的学生、1968年后出走加拿大的米列娜教授（Milena Doleželová-

1998年8月参观捷克科学院鲁迅图书馆

Velingerová)。会后,我们去看普实克工作过的捷克科学院东方研究所以及鲁迅图书馆,那里收藏了很多中国著名作家的赠书及相关照片。一路走来,我有一种苍凉乃至悲凉的感觉。为什么这么说? 东方研究所里的中文藏书,基本上没有上世纪六十年代以后出版的。1960年代中捷关系破裂后,将近四十年间,东方研究所基本上没进过中国出版的图书。一个汉学研究所,四十年没进中国新书,怎么往前走? 布拉格原本是欧洲汉学重镇,1968年苏联入侵后,汉学家们流亡的流亡,转行的转行,队伍基本上垮了。想想我们"文革"后的"拨乱反正",看看普实克众多弟子的坎坷命运,我特别感慨。

这个事情已经过去多年了。没想到,2006年10月12至16日,布拉格查理大学又举办了"现代性之路——纪念普实克百年诞辰"国际学术研讨会，会前刊印了一册小书 Jaroslav Průšek, Remenbered by Friends（Prague，2006），书里包含好多珍贵图片，如普实克和冰心、普实克与郭沫若等。会议虽以纪念普实克为名，绝大多数论文与他无关；只有两篇文章，分别讨论了普实克的明清文学以及现代中国文学研究。

会后，我们专门驱车去看普实克的故居。那是个小镇，离布拉格大约100公里，当年普实克经常回这小镇读书、写作。现在，他的女儿和外孙都不住在这里了。这回寻访，由普实克的外孙带路，他的专业是中国考古学，中文口语不太好，但对中国很了解。

这回的布拉格之行，一路上我读《中国——我的姐妹》（普实克著，丛林等译，外语教学与研究出版社，2005），既高兴，也有些许遗憾。因没有中国文学研究者的介入，中译本有不少错误，尤以人名和书名最明显。回国后拿到新版，发现已经改正了不少，如《游仙窟》《京本通俗小说》等书名都改过来了。这么短的时间里，这书能修订重印，可见译者及出版社工作态度的认真。

据米列娜称，对于他们那一代汉学家来说，《中国——我的姐妹》这本书，是他／她们喜欢中国、学习中文的关键。而我则从里面读出了一个外国人心目中"不一样"的中国；另外，普实克对当时诸多中国作家的看法，还有对北平、西安等城市生活的精细描述，对研究者很有用。我曾感叹，普实克之所以被我们关注，是因为李欧梵为他编订的那本 The Lyrical and the Epic: Studies of Modern Chinese Literature[①]。我们只能通过英文来理解普实克，这是很大的遗憾。现在好了，终于有了直接从捷克文翻译过来的《中国——我的姐妹》。

---

① The Lyrical and the Epic: *Studies of Modern Chinese Literature*，by Jaroslav Průšek, edited by Leo Ou-fan Lee. Bloomington: Indiana University Press, 1980.

不过，普实克的重要著作《话本的起源及其作者》《中国历史和中国文学》等还没有译介到中国来，真希望译者及出版社再接再厉。

也是在这次布拉格会议上，我观察到：年长一辈对普实克很有感情，弟子们像米列娜、高立克（Gálik）等，都显得很激动。但年轻学者对普实克的学术思路已经不太感兴趣。他／她们说，那是很遥远的事情，早就进入历史了。现在捷克年轻一辈的汉学家，更愿意和研究对象"中国"保持一定的距离，不可能再像普实克那样，放任自己的感情投入。这不是一个特殊现象，我接触到的欧美及日本年轻一代汉学家，大都有这种倾向。换句话说，以后各国的"汉学家"，不一定对中国都有好感；中国只是他们的研究对象，如此而已。

总的看来，1940年代到1960年代，研究中国的外国学者，大都很看重和中国人民的友谊；即"学问"和"友情"密切相连。而现在研究中国的欧美学者，大都把"中国"当成一个客观的研究对象，像从事考古学、历史学一样，冷静地解剖。从这个意义上说，年轻一辈不满普实克对于"中国"的过分投入，不是毫无道理。但背后还有一个因素，东欧年轻一辈学者，其主流意见是，努力重返欧洲。即便谈论中国，他们也更愿意跟欧美学界接触，更多地接受欧美学界的思路，而跟普实克那一代人，缺少学术上的传承。

要说学术传承，普实克的影响主要在遥远的中国，而不是同属一个文化系统的欧美[1]，甚至不是捷克本国。我的感慨是，1990年代以后，

---

[1] 2006年是捷克汉学家普实克一百周年诞辰，就我所知，国内外共举行了三次纪念活动：第一次，9月，为《中国——我的姐妹》中译本出版，在清华大学召开了一个小型的座谈会；第二次，10月，在布拉格查理大学召开了国际学术研讨会；第三次，也是10月，在北京外国语大学，中外学者聚集一堂，追念普实克的学术贡献以及与中国人民的深厚情谊。在场的捷克驻华大使很感动，说他绝对想象不到，事隔多年，中国人还这么怀想一位外国学者。

东欧和俄国的年轻一辈学者,没有很好地直面其曾经有过的"社会主义遗产"。如何看待上一辈人在学术上的功过得失,这是一个很严峻的课题。目前,他们似乎急于甩掉这个"湿包袱",很少认真反省二者之间是否真的"剪不断、理还乱"。

(初刊《欧洲语言文化研究》第四辑,时事出版社,2008年12月)

师长们的故事

不久前,香港中文大学邀请著名语言学家、台湾"中央研究院"院士丁邦新先生来校做学术评鉴。宴请席间,谈起自己的老师赵元任、李方桂,丁先生眉飞色舞。同人怂恿他为中大师生做一专题演讲,于是,就有了9月2日下午的《大师的身影——谈赵元任与李方桂》。演讲中,丁先生提及,某日在公园里向多年未见的赵先生请安,赵脱口而出:"丁邦新、王阳明、史可法、傅乐焕。"两个古人,两个今人(傅乐焕乃著名辽金史专家,曾在"中央研究院"史语所工作),四个人名排在一起,什么意思?过了一阵子,丁先生终于悟出来了,四人的共同点是三个字同一声调,即现代汉语的一二三四声。这小故事除了说明赵先生的睿智,还有就是做人做学问都"好玩极了"。关于赵先生"广博里的专精"以及李先生"专精里的广博",丁先生一笔带过,主要介绍的是赵的"幽默"以及李的"亲切"。事后,丁先生自谦此讲座"很不学术",多是琐琐碎碎的私人交往,无关学问的大局。我却认定,这就是"学问"——大学者的一生,随处都是混合着专业、修养与人格的有趣的"故事",值得后辈追怀与讲述。

演讲会上,我没有提问,因为,我对赵元任先生的了解,除了经典歌曲《教我如何不想他》,还有就是译作《阿丽思漫游奇境记》中的语言实验,再就是赵太太杨步伟那本提供众多学术史资料的《杂记赵家》了。至于李方桂先生的专业，我更是毫无了解，三年前写《我为什么反对一流学者当校长》(2007年10月18日《南方都市报》)，强调大学校长最好是"通才"而非"专家"，曾引他拒绝出任"中央研究院"拟设的民族研究所所长的轶事。听完演讲，我唯一感到遗憾的是：如此精彩的讲座，应该有更多的听众。

上世纪八十年代，听讲座是很时尚的事，很多人从全国各地赶到北京，自己解决吃住，还要交学费。那个时候的讲座，不是"股票""美容""养生"等俗务，而是"中国文化的命运"之类高深的大问题。九十年代中期以后，随着市场经济大潮兴起，此类思想／文化／学术讲座迅速衰微——讲者不投入，听者也没兴趣。可风水轮流转，最近几年，进入"小康"状态的普通民众，又开始热衷于听历史文化讲座了。或许，这象征着中国的"人文学"开始"触底反弹"。

好大学除了有好教授，还得有众多不必点名、不给学分、不务正业的精彩讲座，供兴趣广泛的学生们自由选择。八十年代的北大校园，有句口头禅：听讲座了吗？ 今天的大学生、研究生，应该扪心自问：听不听与自己的课题无关的演讲、关心不关心自己专业以外的世界、喜欢不喜欢那些风雅的学界掌故文坛轶事？ 所有这些，都没有直接的"用途"，也不发这样那样的"证书"，但却决定你的眼界与趣味。

晚清以降，现代中国大学制度逐渐建立，此举意义重大，自不待言。可如何培养人才，不要说古今不同，文理有异，即使英美大学之间，思路也并不一致。传统中国之经师人师合一，进入现代社会，已然崩溃，再说"一日为师，终身为父"，显得十分迂腐。但强调"尊师"与"重道"，仍有其合理性。史学家钱穆先生反感人家老说"吾爱吾师，吾尤爱真理"，因言下之意，"师"必定与"真理"分离。师、道不再合一，但世上仍有许多值得你我尊重、敬仰、追摹的老师。

我有两个学生，受我讲课的启发，编了一册《传灯——当代学术师承录》（北京大学出版社，2010），汇集人文学者回忆和描写其老师的文章三十二篇，从一个侧面勾勒出当代人文学术的脉络。我在该书的序言中称："假如承认好学者大都'学问'背后有'情怀'，而不仅仅是'著述等身'，那么，最能理解其趣味与思路的，往往是及门弟子。理由很简单，亲承音旨，确实给了弟子更多就近观察的机会，使得其更能体贴师长那些学问背后的人生。因此，古往今来，弟子所撰怀想师长的文章，多得到学界及公众的珍视。"

人们常说，学术传薪火，传什么，怎么传，这是个大问题。在我看来，在一个专业化的时代，传具体的专业知识，相对来说容易些；传对于学问的执着与热情，以及那些"压在纸背的心情"，则很难。也正因此，我才会建议学生们阅读／听取此类"无关专业"但"有益人心"的演讲。

清代学者戴震说过："大国手门下，不出大国手；二国手、三国手门下，教得出大国手。"（见段玉裁《戴震年谱》）。如何解读这句话，历来众说纷纭。除了技术层面的考虑，比如过分讲究师承、盲目追随师长，也可能成为一种限制；还有兼容并包的重要性等，甚至你也可借托马斯·库恩(Thomas S.Kuhn) 的《科学革命的结构》，谈论"范式"的确立与转换。但还有一点，无论如何不能遗忘，那就是心情与志向。凡学术上开山立派的，都是有情怀在后面支撑，不仅仅是一种技术操作。学步者往往只见脚印，忘记了前人迈出这关键的一步，背后是有心情的。清初的顾、黄、王，其学问规模及精神面貌之所以不同于后学，就在这个地方。

今年是北大中文系创建一百周年，从年初到年底，有一系列的纪念活动，包括召开十个国际或国内的学术会议，设立两个高端讲座

（邀请国外学者的"胡适人文讲座"和邀请国内含台港澳学者的"鲁迅人文讲座"），出版二十册"北大中文文库"，刊行六种纪念文集（《我们的师长》《我们的学友》《我们的青春》《我们的五院》《我们的诗文》《我们的园地》）等。有幸提前阅读众多系友文章，让我感动不已的，是那些对于师长们饱含深情的追怀——由此构建的"系史"，无法定于一尊，但却神采奕奕，且永远处在"生长"的状态。

身处专业化时代，在大学课堂上谈志向、谈心情乃至学问中的诗意，似乎有点不识时务。别的院系我不敢说，对于中文系来说，只讲"功力"，不重"才华"与"性情"，并非好现象。尤其是目前的评估体系，大家比拼的是项目与成果，再也没人关心中文系师生的志向、情怀、诗心与想象力，这有点可惜。

2010年9月15日于香港中文大学客舍

（初刊2010年9月30日《南方都市报》）

在学术与思想之间

进入新世纪，因工作关系，我每年都跑上海；每到上海，必拜访王元化先生（1920—2008）。请安之外，主要是聊天：聊世界大局，也聊身边琐事，更多的是交流读书心得以及学界见闻。与王先生酣畅淋漓的交谈，是我每回上海行的"重头戏"。2007年12月中旬，刚在华东师大逸夫楼住下，便循例给王先生打电话。头几次没人接；终于有人接了，说先生外出一段时间。我一听就明白，虽有些伤感，还是心存侥幸，相信先生能熬过这一关。因很快就转赴香港教书，没来得及仔细打听先生的病情。

好像宿命似的，好几位我十分敬重且较为亲近的师长，都是在我外出期间仙逝。等我讲学归来，已然物是人非。这一回也一样。我是在香港中文大学客舍看到王先生去世的消息的，匆促之间，只接受了《中国青年报》记者的采访[1]。此后两年，多次提笔，想谈谈我心目中的王先生，最终都未成文。

近日重读《我的三次反思》，方才找到一点感觉。王先生称："在

---

[1] 2008年5月13日《中国青年报》刊发"本报记者张彦武"的《陈平原感怀王元化："他不太喜欢讨论谁上谁下的政治风云，他用情怀做学问"》，此乃综合报道，因涉及我的比较多，故拟此标题。

我从事写作的六十余年中，我的思想有过三次较大的变化。这三次思想变化都来自我的反思。"[1] 第一次是1940年前后，那时刚加入中国共产党；第二次是1955年，受胡风案牵连被隔离审查；第三次反思的时间最长，跨越了整个九十年代。这段话让我沉吟良久。猛然间，脑海里蹦出一个词："九十年代"。对于个人来说，三次反思都很重要；但放在思想史上，毫无疑问，王先生的第三次反思最有价值。我相信，日后史家谈论"九十年代"中国的政治、思想、文化、学术，绕不开"王元化"，也绕不开王元化先生那些痛楚且深邃的"反思录"。能在思想史或学术史上留下某种不因时势迁移而被轻易抹煞的印记，这就是"大人物"。这一点，王先生做到了。

在王先生《九十年代日记》的"后记"中，有这么一段话："对我来说，九十年代是颇为重要的十年。我在青年时期就开始写作了，但直到九十年代，才可以说真正进入了思想境界。朋友们认为我这么说似乎有些夸大，可这并不是张大其辞。九十年代是我的反思时代，直到这时候我才对于自己长期积累的思想观念，作了比较彻底的全面检讨。"[2] 因此，王先生将九十年代视为自己"思想开始成熟的时代"。探究且理解王先生这一反思的过程，本人著述无疑是最重要的史料。在《清园书简》的"后记"中，王先生称："我的《九十年代日记》记录了我的反思历程"；而在《九十年代日记》的"后记"中，王先生又说："这部日记取名为《九十年代日记》，它和去年出版的《九十年代反思录》是姊妹篇。"[3] 本来，还应该有一部"将时代、生活、思想熔于一炉"的

---

[1] 王元化：《我的三次反思》，《沉思与反思》第1页，上海辞书出版社，2007年。
[2] 王元化：《九十年代日记》第528页，浙江人民出版社，2001年。
[3] 参见王元化《清园书简》第654页（湖北教育出版社，2003）及《九十年代日记》第530页。

回忆录，因作者确实"感到了一种创作的激情从我身上迸发了出来"，立誓在完成《九十年代日记》及《清园书简》后，"完全投入到回忆录的写作上去了"[①]。很可惜，"千古文章未尽才"，如今，我们只能借助《清园论学集》（上海古籍出版社，1994年）、《清园夜读》（中国社会科学出版社，1997）、《清园近思录》（中国社会科学出版社，1998）、《九十年代反思录》（上海古籍出版社，2000）、《九十年代日记》（浙江人民出版社，2001）、《清园自述》（广西师范大学出版社，2001）以及《清园书简》（湖北教育出版社，2003）等，来悬想并重构上世纪九十年代王元化先生艰苦卓绝的"反思"了。

从思想史或学术史角度，探究王先生的"九十年代"，我不是最合适的人选；只是因缘际会，在这段时间里，我与王先生有过若干接触。从切身体会出发，描述我所见到的王先生，为研究者提供史料，这是本文的基本立意。记得王先生说过，在这个特殊年代，为了思想及学问的传播，不过多考虑版权问题。故王先生的同一篇文章，可能发表在不同报刊（有时繁简不一，有时未见差异），且收入好多个集子。为了还原历史场景，涉及我与王先生的交往，主要依据《九十年代日记》和《清园书简》；谈论专题文章，尽可能使用最早刊行的书籍。

我与王元化先生的直接交往，缘于我的博士导师王瑶先生主持的国家社会科学基金研究项目——"近代以来学者对中国文学研究的贡献"。这项目1988年春天正式启动，很快因风云激荡以及王瑶先生的遽然去世而陷入停顿。依照惯例，国家社科基金管委会询问是否撤销

[①] 王元化：《清园自述·后记》，《清园自述》第204页，广西师范大学出版社，2001年。

此课题，课题组同人多表示愿意继续工作，于是，调整布局，在主编缺席的情况下继续前行。六年后，署名"王瑶主编"的《中国文学研究现代化进程》方才由北京大学出版社刊行。书名乃王瑶先生敲定，实际完成的稿子未能达成此目标，以致有读者提出严厉批评。在该书的"小引"中，我说得很明白："任何著作都有遗憾，而此书因主编王瑶先生的过早去世，留下的遗憾便显得格外突出。虽说王瑶先生再三强调尊重各章作者的学术个性，可全书的整体设计因先生去世而难以得到真正的落实，却是无可讳言的。"①

王瑶先生去世后，此项目主要由我这初出茅庐的小讲师来推进，难度可想而知。课题组中，有人坚决退出，我只好另请高明；有人稿子不合适，我得委婉地提出修改意见。当然，也有很多温暖的记忆，比如，王元化先生的来信。

记得是1990年8月，我收到马白先生撰写的王元化一章，稿子不太合适，正愁不知如何处置，接到王元化先生来信，称马白的稿子同时寄给他，他看过，觉得不合适，理由如下：一是写成了评传体；二是"未突出我在文论方面所作的成果的剖析与评价"。这跟我的意见一致。问题在于，王元化这一章不好写，已经换了两次撰稿人，难得马先生临危受命；再全盘否定，我实在于心不忍。幸亏王先生十分体贴，说这事他来处理："这次读了他的稿子，发现他未在我的《文心雕龙》研究上着笔，舍其（马本人）所长，以致写成这个样子，编在王先生遗编（自然现由您主持）中，实有愧对故人之感。我与马很熟，所以先征得他同意，再给您写信（免去您出面之烦）。"②表面上是来信征

① 陈平原：《〈中国文学研究现代化进程〉小引》，王瑶主编《中国文学研究现代化进程》第1页，北京大学出版社，1996年。
② 王元化：《致陈平原》（一），《清园书简》第281—282页。此信日期有误，应为1990年8月17日。

求意见,实际上是帮我解围。日后读王先生《九十年代日记》,有这么几则:1990年8月15日:"得马白函,并附来为王瑶生前所定下的书稿一章。这一章是写我的。我按照编者所嘱自己去物色人,当时决定约请马白来写。现在稿子寄来,写得较匆忙,夸饰多于实际剖析,发表似不适宜。此事颇令我为难。"[①] 同年8月17日:"寄陈平原信,谈马白稿子事。"8月28日:"得陈平原函";"致劳承万信"[②]。此章转请劳承万撰写,总算没有违背王瑶先生的初衷。

最初王元化先生来信,鉴于马文不理想,建议取消这一章。我没有同意,原因是,以王元化殿后(按照出生年龄),乃王瑶先生经营此书的生花妙笔。当初提出将王元化作为二十家之一,课题组很多人反对,因在中国古代文学或古代文论领域,王元化的著述太少。王瑶先生之所以坚持,那是因为:"本书之选择研究对象,不以学术成就为唯一标准,而更注重文学观念、学术思想的创新以及研究领域的开拓。"[③] 在王瑶先生看来,王元化虽著述不多,但走的是一条新路,比起那些功力深厚但陈陈相因的著述来,更值得表彰。

两位王先生,是1981年在京西宾馆召开的国务院学位委员会第一届学科评议组的会议上认识的,此后多有交往,但仅限于学术活动。王瑶先生病危时,王元化先生利用他在上海的深厚人脉,安排其住进华东医院,并多次前往探望[④],这点,让作为弟子的我们十分感激。日

---

① 王元化:《九十年代日记》第44页。
② 王元化:《九十年代日记》第44、47页。
③ 陈平原:《〈中国文学研究现代化进程〉小引》,王瑶主编《中国文学研究现代化进程》第5页。
④ 王元化:《在他最后的日子里向王瑶同志告别》,《王瑶先生纪念集》第50—53页,天津人民出版社,1990年。

后在交往中，我才逐渐意识到，两位先生之所以惺惺相惜，除政治立场及学术志趣外，还与他们共同的"清华记忆"有关。

1992年10月23日，王元化先生来信："王瑶先生生前主持的项目，终于可以完稿问世，这是可庆幸的事。您能将出书的周折详细一点示知么？"① 以先生之洞察人情世态，不难猜想我碰到的困难；记得我没有太多的抱怨，只是平静地叙述工作进展。但确实没想到，这书的正式刊行，会延至1996年。

就在1992年10月23日这封信中，王元化先生对我和王守常、汪晖合作主编《学人》大加赞赏："《学人》出版事曾听此间青年朋友说起。二三年来，文化急骤滑坡，水平大大下降，令人忧心。但据闻京中学人仍在潜心读书，方使人觉得有些安慰。目前浮在面上的一些现象，实在可厌，但真正学人却在踏踏实实做刻苦的工作，文化前途有赖于他们。"② 那时，《学人》刚起步（创刊号1991年11月在江苏文艺出版社刊行），没有多大影响，先生迅速反应，且给予很高评价，这让我很感动。当即寄上集刊并约稿。于是，有了以下十分有趣的复信：

> 我写了一篇论龚自珍考，寄给上海的许纪霖，请他寄您，我想以此表示一下对你们的支持。但小许来信说，过去您曾跟他说过，老年学人的文章一概不登，怕摆不平，所以谁都不去约稿，他建议我交《读书》。这次回沪后，见来信要我推荐文章，您没说要什么样的文章，也没说到年龄限制，所以我一直不知您的编辑

---

① 王元化：《致陈平原》（二），《清园书简》第283页。
② 王元化：《致陈平原》（二），《清园书简》第283页。

方针。《学人》全载中青年作品也好,这也是一种特色。读来信知道您几位一直在寂寞中工作,但我相信,只要坚持把刊物办下去,一定会得到真正的新朋友(读者),而不会像那些如过眼烟云的趋时的杂志,哄一阵就结束了,我为这个刊物默默祝祷,因为这是一份有益于中国文化的力量。在南粤小镇我还写了一万多字的论胡适文。我读到过您的论胡适文,拙文刊出后希望提意见。①

王先生此信先谈如何在珠海度冬、读书并撰文,而后才是讨论要不要给《学人》寄文章。这当然是误会,我们再年少气盛,也不会一概拒绝老先生的稿子。名满天下的王先生愿意给稿子,我们求之不得。我当即打电话表示欢迎,于是,王先生1993年3月27日日记:"即将《读胡适自传唐注》寄陈平原。"②

不过,许纪霖的说法并非毫无道理。《学人》头三辑,大都是我们同代人的文章。那是因为,创刊之初,希望不靠名人,自己打天下。另外,也怕约老先生的稿子,万一不合适,双方都难堪。因此,既未拒绝,也没主动约请。王先生对此策略表示理解和支持,反而让我们不好意思起来。其实,很多老一辈学者虚怀若谷,与人为善,特别愿意提携年轻人。

《学人》十五辑,总共发表王先生三篇论文,即第四辑(1993年7月)上的《读胡适自传唐注》、第五辑(1994年2月)上的《杜亚泉与东西文化问题论战》,以及第十辑(1996年9月)上的《近思录》。1996年4

---

① 王元化:《致陈平原》(三),《清园书简》第284—285页。此信日期有误,应为1993年3月21日。
② 王元化:《九十年代日记》第166页。

月15日，王先生来信，提及准备寄给我《清园近思录》的稿子[1]，同时称："我不赞成激进主义，并不等于就是保守主义。"1996年10月23日来信，除告知稿费收到外，还有一段关于《学人》的感慨："《学人》前途如何？有什么打算？此间一切如旧，乏善可陈。弟年岁日增，精力日减，打杂事多，想做的事做得很少。言路日窄，令人担忧。中国学术文化本极荒芜，不加扶持，反施压力，真不知是何居心？每念及此，悲从中来。"[2]

1993年6月与王元化先生在瑞典

2004年6月与王元化先生、林毓生先生等在上海

---

[1] 王元化：《致陈平原》（四），《清园书简》第285页。
[2] 王元化：《致陈平原》（五），《清园书简》第286页。

1993年6月,我有幸与王先生共同出席在瑞典斯德哥尔摩大学召开的"当代中国人心目中的国家、社会与个人"国际学术研讨会(1993年6月11—15日)。会前会后,好几次深入交谈,大大拉近了我和先生在心理上及精神上的距离。说实话,此前很长时间里,我和诸多北京学者一样,将这位前上海市委宣传部部长视为"开明官员",而不是学者或思想家。

王先生1993年6月12日的日记对此有记述:"会后与陈平原谈天。陈氏王瑶高足,所办《学人》杂志内容扎实,不搞花架子,也不自我炒作。北方学界渐染海派习气,《学人》无此弊也。"① 而这瑞典之行的日记,后来以《癸酉日记》为名收入《清园近思录》,又以《斯城之会》为名收入《清园自述》。应媒体要求发表日记,既记录自己的心路历程,同时不失时机地表彰年轻学者,如此好意,我自然心领神会。

其实,"斯城之会"日记中,我最喜欢的是6月16日:"晴。上午十一时斯大盖玛雅女士来送我、陈平原、张志扬去机场搭乘SAS414航班飞机。飞机准时起飞,一小时后准时抵达哥本哈根。换机前有一小时空暇时间,我们去机场商店购物,我买了几件印有图画或文字的T恤衫,又购买了一只绘有丹麦建筑与地图的瓷茶杯。我们还在商店挑选东西,播音器已在播放我们准备搭乘的995航班即将起飞的消息。我们三个人慌忙拖着行李,连奔带跑赶到检票入口处,总算上了飞机,大大舒了一口气。由哥本哈根飞往北京,全程四千四百五十公里,飞行时间需八个半多小时。"②

那时中国学者很穷,出国一次不容易,会议主办方不仅提供机票

---

① 王元化:《九十年代日记》第176页。
② 王元化:《九十年代日记》第179页。

及住宿，还专门给我们发了零用钱。如此备受"优待"，心里其实不好受。回国途中，王先生跟我们一样，买点小礼品，将会议发的零用钱花掉。就像日记说的，听到广播，这才赶紧跑到登机口。没想到，这航班的商务舱可以抽烟，有人不愿意，于是留下了空位子。航空公司职员问我们，愿不愿意从经济舱转过去。短途无所谓，长途飞行则很累人。王先生富有经验，马上答应调换。于是，哥本哈根飞北京的航班上，我们得以坐在商务舱里神聊。也正是这一路自由自在的聊天，让我对王先生崇尚自由的天性有进一步的了解。

以王先生在九十年代中国思想界的崇高地位，一再在书简、日记及文章中表扬《学人》，自然是别有深意。除了立场及趣味接近，还有就是自家筹办《学术集林》的过程，让他体会《学人》的不易。

从一呼百应的上海市委宣传部部长，变成一个特立独行的学者或思想家，说话是自由了，办事却难得多。九十年代的王先生，不仅撰文，而且办刊。《关于近年的反思答问》中，谈及自家著述外，王先生还提到了主编《学术集林》文丛和"学术集林"丛书："目前办一件事十分困难，编文丛、编丛书比自己写作还要困难。我不是指编辑工作分内的那些事，而是指编辑工作以外那些使人头痛的无谓的干扰。"[1] 对照王先生1994年10月14日的日记："凌晨醒来想到《集林》事。我名为主编，实为初审。经我定稿后，还至少要再过三次堂，且同一问题也需回答三次。"[2] 而在《〈学术集林〉卷二编后记》中，王先生再次提及编丛刊及丛书之艰难："最头痛的是要花费大量精力，去排除本不应有的无谓干扰。

---

[1] 王元化：《关于近年的反思答问》，《九十年代反思录》第72页，上海古籍出版社，2000年。
[2] 王元化：《九十年代日记》第276页。

编者已不年轻,以现在的年纪和身体来说,就成为超重的负荷了。"① 即便如此,王先生还在坚持。而且,不满足于挂名当主编,而是亲力亲为,一字一字地审读来稿,为海外学者著述做"必要修饰"。为什么?

记得我们编《学人》,也有友人说不值得;因再过十年二十年,谁还记得你们花那么大力气做的"无用功"? 比起个人著述来,编集刊这种杂务,于自家学术前途,没有多大关系。我们尚且如此,更何况德高望重的王先生? 这就说到了五四新文化人的"承担"——"铁肩担道义",有时候比"妙手著文章"更让读书人神往。

王先生九十年代所撰论文,自家最为看重的,很可能是为《杜亚泉文选》(华东师范大学出版社,1993)撰写的长篇序言,即发表在《学人》等报刊、收入《清园论学集》《清园近思录》《九十年代反思录》等各种集子的《杜亚泉与东西方问题论战》。1993年8月、9月的日记中,王先生多次提及为撰此文而阅读、思考。如8月4日日记:"继续读杜亚泉资料,读得越多,就越感到杜未被当时以及后代所理解,更未被注意";9月21日日记:"杜文集序《杜亚泉与东西文化论战》于今日午后完成第二稿。五百字稿纸三十五张,共一万七千余言,为近年所撰最长之文。连日撰写不辍,实觉筋疲力尽。"② 正因作者对此文相当满意,故允许其以节本、全本、转载等各种形式流通。

在《我的三次反思》中,王先生这样叙述自己的第三次反思:"这一次促使我反思的原因,是我在痛定思痛之后要探寻:为什么左的思潮在中国的影响这样源远流长,在许多人头脑中这样根深蒂固? 我发现,这种极左思潮体现在二十世纪初从西方所传入的无政府主义思

---

① 王元化:《〈学术集林〉卷二编后记》,《清园近思录》第264页,中国社会科学出版社,1998年。
② 王元化:《九十年代日记》第183、190页。

潮中。这是一种激进主义。……因而我的反思由激进主义而进入到对'五四'的思考。"过去，王先生像很多人一样，认定"'五四'思想必须全盘继承"；而"上述看法的改变是由我被朋友嘱托写一篇《杜亚泉文集序》所引起的"①。如此说来，此文在王先生九十年代的"反思"中举足轻重。

上世纪九十年代中期以后，王先生谈论"五四"，主要立足点是批判激进主义。这一点，他直言不讳："我是先思考激进主义，才对'五四'作再认识的反思的。所谓再认识就是根据近八十年来的经验教训对'五四'进行理性的回顾。'五四'有许多值得今天继续吸取的东西，也有一些不值得再吸取的东西。"②倘若是专门家，由现实刺激迅速转化为历史论述，是有问题的。显然，王先生不屑于斤斤计较，只下大结论，批评五四时期四种流行观念——庸俗进化观点、激进主义、功利主义、意图伦理。在王先生看来："'五四'时期开始流行的这四种观点，在互相对立学派的人物身上，都可以或多或少地发现，而随着时间的进展，它们对于我国文化建设越来越带来了不良的影响。"③

王先生自称"在'五四'的精神氛围和思想影响下长大成人"，故其对于"五四"的反思，近乎鲁迅所说的"抉心自食"。直到今天，很多人并不认同王先生的"五四"论述；这里有个关键，并非所有人都像他那样曾完全认同"五四"，因而，不太能体会他反思的深切与痛楚。那是一代人的精神追求，曾经是"毋庸置疑"的；如今，竟成了可以"条分缕析"的学术对象。这对于王先生来说，是很大的精神震撼。因此，当他表达这一思考时，未免稍嫌迫切与粗疏。

---

① 王元化:《我的三次反思》,《沉思与反思》第5—6页。
② 王元化:《对于"五四"的再认识答客问》,《九十年代反思录》第147页。
③ 王元化:《对"五四"的思考》,《九十年代反思录》第127页。

如何看待五四新文化人的"激进",我与王先生观点并不一致,但这不妨碍我欣赏其思考的深入与认真。最近,有外国朋友希望我举出《学人》中十篇"最有影响力"的论文,我将《杜亚泉与东西方问题论战》列入其中。因为,学术史上的精湛论述,与思想史上振聋发聩的名作,并不完全同步——王文大概属于后者。

王先生不是一个纯粹的学者,而主要是思想家。但在九十年代中国的特殊语境中,王先生希望兼及学术与思想。《〈学术集林〉卷一编后记》中称:"我们不想遵循目前流传起来的说法,把学术和思想截然分开。《学术集林》发表的文字,希望多一些有思想的学术和有学术的思想。"[1] 这一议论,当然是针对李泽厚关于九十年代中国学问家凸现、思想家淡出的批评而发的。在《关于近年的反思答问》中,王先生称:

> 我不认为学术和思想必将陷入非此即彼的矛盾中。思想可以提高学术,学术也可以充实思想。它们之间没有"不是东风压倒西风,便是西风压倒东风"那种势不两立的关系。而且我也不相信思想竟如此脆弱,会被救亡所压倒,会被学术所冲淡。[2]

正是基于这一理念,王先生才会心甘情愿地花那么多精力去编《学术集林》。在他看来,提倡一种好的学风,影响当下以及后世,比个人著述更重要。1994年4月22日和23日,王先生编读《学术集林》稿件,"读稿疲倦,以熊十力《尊闻录》为休息";让王先生激动不已的是熊十力空诸依傍,高视阔步,依自不依他,神游乎广天博地之间,那么

---

[1] 王元化:《〈学术集林〉卷一编后记》,《清园近思录》第261页。
[2] 王元化:《关于近年的反思答问》,《九十年代反思录》第73—74页。

一种"孤往"或"孤冷"的精神与毅力[1]。先谈《学术集林》的编辑工作，一转就是古今对照：

> 清自乾嘉之后，陈澧、朱一新辈，皆着力阐述治学态度与治学精神，倡导一种优良学风，为前人所忽略，亦未为后人所关注。当时学术界偏重政治之改革，无暇顾及学术自身之问题。康梁严复诸人，变法维新之书，世相争阅。陈澧、朱一新之论虽精，关系中国学术文化发展虽巨，但风尚所偏，终为所掩。五四后，学者再拾旧绪，重新关注学风问题者，似仅熊十力一人而已。[2]

第二天的日记又是："学术与政治关系问题，迄今仍在争论。我赞成熊老所谓学术衰蔽将影响政治不振之说。激进者则反之。"[3] 反省"激进主义"，在王先生这里，竟然落实为坚持艰苦卓绝的学术研究，其底牌则是"学为政本"。正因此，我对王先生的"五四"论述，虽不尽赞成，但理解其压在纸背的心情，以及那些尚未成文的深入思索。与晚年王先生多有接触者，大概都知道，他还有很多"妙论"没有正式成文。

《清园自述》中，有一篇《五四八十年之会》，那其实是王先生1999年应邀北上参加五四运动八十周年纪念会的日记。这次由北大出面组织的大型学术活动，在一个敏感时刻举行，被学界寄予厚望。引两则王先生日记为例。1999年4月30日："今年是五四的八十周年纪念。大陆只有北大举行一大型纪念五四的国际研讨会。北大几位教授

---

[1] 参见王元化《九十年代日记》第242—243页。
[2] 王元化：《九十年代日记》第242页
[3] 王元化：《九十年代日记》第243页。

季羡林、汤一介等参与筹备,他们竭力劝我参加。事前北大陈校长曾来电话,要我担任发起人(国内外共约七八人),我同意了。"5月3日:"会议期间,汤一介向我说,北大一些熟人准备五号在大觉寺举行一次纪念五四的小型座谈会,可以谈得深一些,同时许多不大碰到的朋友,也可以在大觉寺叙谈。我应邀参加了这个聚会。"[1] 本来就说好,此次赴京,主要是见见老朋友;可让王先生没想到的是,险些卷入一场政治漩涡。

王先生5月5日的日记很有趣。第一段:"一早文化书院派车来接去大觉寺座谈并游览。中途再往社科院宿舍楼接庞朴同车前去。……我不懂北京人为什么总喜欢把开会地点定在郊外?"第二段:"当我们的小巴抵达大觉寺的大门时,由北大开来的大客车刚到那里。而季羡林则到得较早,已经先进入寺里去了。他见到我说,他们说你要来,所以我也来了。海外的客人除周策纵、唐德刚、林毓生、陈方正等外,龙应台也来了。"第三段才是关键:

> 上午一介让大家在一间摆好长桌的房间里座谈,共二十余人,由陈平原主持。开始后,一介要我先发言,声明时间不限。我不知不觉地滥用了这个权力。后来有人说,门外有人逡巡观望,这未免有些招摇,座谈随之戛然而止,原来想让大家各抒己见的计划也就成为泡影了。下午大家坐在院中看茶道,实际只是在那里休息而已。[2]

---

[1] 王元化:《九十年代日记》第497、505页。
[2] 王元化:《九十年代日记》第506—507页。

当初形势紧迫,怕老先生们发脾气,座谈会为何中途刹车,不敢跟他们直言。现在时过境迁,说说也无妨——起码可以给王先生这段日记做注。当然,也为后世体会那个时代的政治及文化氛围,留点边角料。为何在堂而皇之的国际会议之后,还要画蛇添足,弄个大觉寺聚会呢?一是北大会议上限制多多,好些话说得不畅快;二是志趣相投的师友,多年不见,希望聚一聚;第三,大觉寺里明慧茶院的主人近年大力支持中国文化书院,季羡林、汤一介等先生不时来此休憩。

也不知道是谁的主意,那天清早,北京电台就播了这条消息——诸多海内外名家将在西山大觉寺举行"五四"座谈会。于是,车刚进山门,就接到有关部门电话:赶紧下山,不准在此非法集会。王守常接的电话,他很有经验,说来了好几位国外著名学者,此时宣布取消聚会,"国际影响"很不好。另外,一边道歉,说是思虑不周;一边恳请有关方面派人前来参加此次"雅叙"。好说歹说,对方不再坚持马上下山,但搁下一句话:若场面失控,出现反动言论,你们负责。此前的北大会议,已经闹出很大风波,主持者日后为此写了不少检讨。我们真是不知厉害,以为这只是平常的朋友聚会,加上游山玩水,应该是很轻松的。

这西山大觉寺,始建于辽代,是一座千年古刹,以环境清幽闻名京城。开会地点就在全寺最高处的龙王堂,这是一座新修复的古建筑,用来开小型座谈会,确实不错。堂前有一称为灵泉的水池,周边还有古松、舍利塔等。要是平日,我会仔细赏玩;可主持会议,着实有点紧张。汤先生让王先生先说,且时间不限,显然是有意为之——知道王先生会拿捏分寸,不致弄出一些让主办方"吃不了兜着走"的火爆言论。所谓"门外有人逡巡观望",大家以为是一般游客,其实不是,那是有关方面派来巡查、监督的。因有耿直的"外人"在,我们不好说破，只好顺坡下驴，干脆宣布休息，或寻幽探胜，或品茗聊天去也。

像王先生这样认真的学者，对主人这般"文人气"、只知吃喝玩乐，很可能不以为然。哪晓得，这背后还有这么多曲里拐弯。当年拜读这段日记，曾想用"白头宫女说玄宗"的口吻，讲述这段幕后的故事。可转念一想，相对于先生经历的大风大浪，这点小事根本不足挂齿。

又过了将近十年，先生不幸仙逝，我接受《中国青年报》记者采访时，提及王元化先生"有历史感，有担当，又有趣味和文人气，有文人气才显得可爱"。而且，将王先生的学术人生概括为，"用通人的情怀来做专家的学问，以专家的功力来谈通人的见识"[1]。虽说是仓促上阵的"答问"，现在看来，还是大致可取的。

2010年10月17日于香港中文大学客舍
（初刊《书城》2010年第12期，原题《在学术与思想之间
——王元化先生的"九十年代"》）

---

[1] 《陈平原感怀王元化："他不太喜欢讨论谁上谁下的政治风云，他用情怀做学问"》，2008年5月13日《中国青年报》。

问世间，"学"为何物

作为后学，我没有能力与金克木先生（1912—2000）深入对话。晚年的金先生，其实是相当寂寞的——同辈人或早已仙逝，或远隔千里，或停止探索的脚步；而偶尔来访的我辈，无论阅历还是学识，只有当听众的份，并非棋逢对手的谈话对象。再说，年轻一辈大都很忙，不太能细心领会他那些玄远的、闳阔的、浩瀚无垠的思考。大家都把他当文人轶事传诵，忽略了他自身的欢愉、隐忧与痛苦。我曾设想，以金先生思维之活跃，若多几位好学生在跟前，既传承他的学问，又记录下那些天马行空般的谈话，该有多好！好在他从不服老，晚年笔耕不辍——三联书店不久前推出的八卷本《金克木集》，许多篇章是最后二十年所撰。

金先生去世后，我写过《"〈读书〉时代"的精灵——怀念金克木先生》（《读书》2000年第12期），其中提及，无论文章数量、文体风格，还是精神与趣味，金先生都是《读书》杂志的"最佳作者"。十年后重读此文，对结尾处的"盖棺论定"颇为自得："今日中国，学界风气已经或正在转移，专业化将成为主流。我相信，日后的读书人，会永远怀念像金先生那样博学深思、有'专家之学'做底的'杂家'，以及其发表在《读书》杂志上活蹦乱跳、元气淋漓的'不伦不类的文章'。"

为了纪念这位不世出的奇才，我曾拟了两个计划，可惜全都落

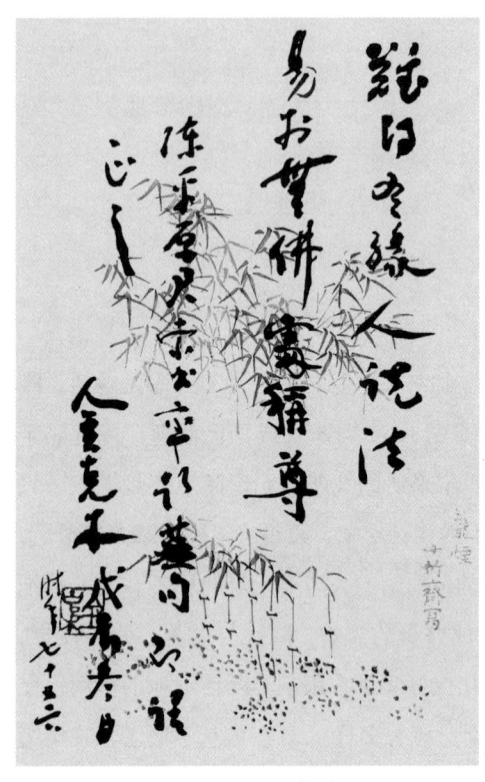

1988年金克木先生题赠

空——真的是心有余而力不足。第一个计划是编一本"金克木学记"。在《三联的学术使命》(《文汇报》1998年10月11日)中,我称从八十年代的《励耘书屋问学记——史学家陈垣的治学》《量守庐学记——黄侃的生平和学术》《完美的人格——朱自清的治学和为人》《章太炎生平与学术》,到九十年代的《玄圃论学集——熊十力生平与学术》《郑天挺学记》《会通集——贺麟生平与学术》《蒙文通学记》《蒿庐问学记——吕思勉生平和学术》《冯友兰学记》等,一开始只是为著名学者出纪念文集,随着学术史研究的升温,三联方才意识到"此中有真意",逐渐构拟我所理解的"学记丛书"。看我雄心勃勃,开始收集资料,夏君当头棒喝:你不懂梵文、不懂印度学,编什么金先生的"学记"。想想也是,给我这么一编,必定是"文人"的金先生占上风,而相对忽略其学术贡献。第二个计划是鼓动出版社汇刊金先生的集子,可人家挑挑拣拣,有的要"文",有的要"学",而我则担心割裂"文"与"学"(包括译作),那就不是完整的金先生了。

也幸亏我及时勒马,方才不至于零敲碎打,留下诸多遗憾。由与金先生渊源很深的三联书店刊行全集,当然是最理想的结果。

在北京韬奋图书中心举行的《金克木集》出版座谈会上(5月21日),我大表赞叹与欣慰的同时,也谈了一个遗憾、两个建议。遗憾的是这么一套大书,缺一个文章或主题索引。金先生有完整的著作,但更多的是随笔与散论,没有索引,翻查起来非常不方便。那些散落在各处的奇思妙想,一旦有了索引(哪怕只是文章篇目),很容易按图索骥,且明白作者的学识与关怀。

第一个建议很容易理解,那就是完成我的夙愿——请专业人士编一本《金克木学记》。第二个建议则是编几册专题文集,让那些潜藏在小品、寓言、随笔、散论、小说、回忆录中的"问题意识",真正浮现出来。金先生晚年之所以选择自由挥洒,固然有才情与文体的因素,但也与年事已高,体力不支,写不了专著或长篇论文相关。听他聊天,是有大关怀、大思路的学者,不是一般文人的"灵光一现"。那些"不成体系"但"很见精神"的提问,只作为"文章"来欣赏,有点可惜。若有好的理解能力与编辑思路,那些零散的"小文"是能够变成"大著"的。

仰望星空,叩问人生真谛与宇宙奥秘,老顽童金先生真的是生命不息,猜谜不止。所谓"猜谜",不是追求彻底解决,而只是提出问题,最多稍带提示努力方向。这里有顿悟,有个人趣味,也有学术上的考虑——明知一时无法解答,那就留下若干探索的路标,让后人接着做。如此无拘无束,上下求索,融会贯通文/学、古/今、中/外、雅/俗,本身就其乐无穷。

因金庸的《神雕侠侣》,很多平日不读诗词的,也都记得了元好问的"问世间,情为何物,直教生死相许"。其实,可以换一种说法,

"问世间，'学'为何物"，竟然也"直教生死相许"。这里的"学"，就是叩问、求索与探寻，而无关学位、项目或荣誉。在晚年金先生那里，则是独上高楼，自问自答——偶尔与来宾交谈，那也只是一种思维操练。

面对喜欢"书城独白"的金先生那"难忘的影子"，我辈后学，也只能在"旧学新知"与"比较文化"的视野中，跟着"文化猎疑""无文探隐"以及"燕口拾泥"了。

2011年9月3日于香港中文大学客舍

（初刊2011年10月23日《光明日报》）

告别一个学术时代

走出八宝山的告别室，放眼望去，天很蓝，无风，北京的冬天，显得辽远而高阔，可心情却相当压抑。真的是"哀乐中年"，近年常来此告别长辈乃至同辈，有时哀痛，有时怅惘，有时则近乎麻木。这回不一样，感觉上似乎超越了个体的生死，更像是在告别一个学术时代。这种直觉，王瑶先生（1914—1989）去世时，我也曾有过；转眼间二十多年过去了，确实也到了"更新换代"的时候。

去年10月，樊骏先生（1930—2011）答应参加北大中文系百年庆典，本希望他代表老系友发言，征询朋友们意见，得悉其身体虽还可以，精神却大不如前，长篇讲话不太方便，因而作罢。庆典前一天的晚宴，在王信陪同下，樊骏早早就到了。那时客人还不多，我得以坐近前聊了一阵。没什么要紧事，不外表达晚辈请安之意。二十六年前初到京城时，我得到了樊骏等诸多先生的悉心指点，一直感激莫名。当时确实没想到，两个月后便

《告别一个学术时代》，社会科学文献出版社，2013年

天人相隔了。

与王瑶先生披荆斩棘、创建中国现代文学这一学科不同，樊骏的著述其实不多，其影响力之所以持续，主要靠立身谨严以及对于学术的执着。四年多前，中国社科院文学所曾召开樊骏《中国现代文学论集》（人民文学出版社，2006）出版讨论会，记得那天与会者发言很热烈，有赞赏其毫不利己专门利人的，也有表扬其治学认真锱铢必较的，我则感慨其作为"学术警察"的意义。事后，《文学评论》2007年第1期刊发了程凯整理的《樊骏先生〈中国现代文学论集〉学术讨论会纪实》，其中提及："北大中文系的陈平原教授谈到民国时期曾有学者呼吁学术界应该有'学术警察'，即对已有的研究成果能站在公正的立场上进行直言不讳的批评以推进学术的发展，而樊骏先生在现代文学界扮演的就是类似'学术警察'的角色。但陈平原遗憾的是樊骏在学术上有'洁癖'，具体反映就是他在自己编选的《中国现代文学论集》中将大量写于八十年代前期的学科史、学科评论的文章剔除在外。而陈平原认为那些曾收入《论中国现代文学研究》（上海文艺出版社，1991年）的早期文章其实更能反映学科发展的历史和问题脉络，具有不可替代的历史价值。"

这里的"学术警察"，是借用原哈佛大学教授杨联陞的典故。1945年，杨联陞恭贺胡适出任北大校长，并为中国史学的发展出谋划策，其中有这么一条建议："出版一个像《史学评论》一类的杂志，特别注重批评介绍（书籍文章都行。中国需要很多像伯希和一类的"汉学界的警察"）。"由于时局变化，胡、杨的学术设想未能真正落实。不过，日后杨联陞以大专家的身份，为《哈佛亚洲学报》和《清华学报》撰写了不少专业水平极高的书评，其立论之严谨、态度之冷静、思路之缜密，以及体现出来的学识之丰富，令人望而生畏。我在评论辑录此信的《论学谈诗二十年——胡适、杨联陞往来书札》(联经出版,1998)时，称："我同意杨先生的思路，学界之有无称职而不专权的'警察'，乃这个领域能否顺利发展的关键。"(《小扣大鸣与莫逆于心——掬水集之十》,《文汇读书周报》2000年3月18日)在我看来，维护学问的神圣，推动学术的发展，靠什么？主要不是靠高高在上的政治权威，也不是捕风捉影的大众传媒，而是学界及师友间的互为"诤友"——互相敬畏，互相监督，互相批评。在此意义上，我们需要各种外在的以及内在的"学术警察"。

告别式上，《文学评论》编辑部的常务副主编王保生送我一册刚刚出刊的2011年第1期杂志，上面有钱理群的《樊骏参与建构的中国现代文学研究传统》，其中提及我"将樊骏称作现代文学研究界的'学术警察'"，"乍听起来有些费解，其实是道出了我们的共同感受"。钱文称："公心不在，正气不彰，一切苟且马虎，这正是当下学术危机的一个重要表征。在这个意义上，呼唤'樊骏式样的学者'，也同样具有迫切性。"我与老钱的忧虑相同，但很不乐观，不仅没有"不信东风唤不回"的自信，而且认定樊骏的时代已经过去了。如今流行的是"表扬与自我表扬相结合"，即便还有个别像樊骏那样律己极严、不苟言笑（更不要说吹牛）的纯正学者，是否能在中国学界生存、是否还能得到大家的敬仰，是个大问题。换句话说，眼下的中国学界，"樊骏式样的学者"不仅没有成为榜样，且只能迅速地边缘化——这才是我真正感到悲哀的。

2011年1月20日初稿，2月5日改定于京西圆明园花园
（初刊2011年2月16日《中华读书报》，后收入《告别一个学术时代
——樊骏先生纪念文集》，社会科学文献出版社，2013年）

追怀米列娜

10月4日晚上，收到米列娜女儿的邮件，说是妈妈住进了急诊室，请各位朋友赶紧给她写信。我和夏晓虹当即发去了以下信件："米列娜，刚刚得知你住院的消息，我们都很牵挂。你一向那么开朗，我们相信，这次你一定能战胜疾病，很快痊愈。我们还准备再去你的别墅做客呢，那次的造访给我们留下了非常美好的记忆。上个月，我们还在校对瓦格纳教授发来的关于近代百科辞书的英文译稿。正是由于你的学术敏感，我们才有了这次合作的机会。而这是一个可以继续做下去的题目，期待你继续领导我们。即祝早日康复！"

话虽这么说，但我心里明白，这回恐怕是凶多吉少。果不其然，前两天从不同渠道获悉，米列娜教授已于10月20日在布拉格去世。据她女儿在公告中称，准备在妈妈长期工作过的多伦多和布拉格举办两场追悼会。路远无法参加，只好撰此短文，寄托我们的哀思。

2007年北京大学出版社刊行米列娜和我主编的《近代中国的百科辞书》，其"作者简介"中有这么一段："米列娜（Milena Doleželová-Velingerová），1932年生于捷克布拉格。曾先后任职于捷克科学院东方研究所、加拿大多伦多大学、布拉格查理大学。现为德国海德堡大学研究教授。主要著作有：The Chinese Novel at the Turn of the Century（中译本《从传统到现代：19至20世纪转折时期的中国长篇小说》）、

The Appropriation of Cultural Capital: China's May Fourth Project，以及专题论文《鲁迅的"药"》、《晚清小说的叙述模式》等。"记得米列娜本人提供的简介比这长得多，当初为了统一体例，被我"删繁就简"了。

上世纪八十年代中期，我在北大读书，撰写博士论文《中国小说叙事模式的转变》时，即得益于米列娜主编的 *The Chinese Novel at the Turn of the Century*。可第一次见到她本人，则是十多年后，在捷克的首都布拉格。

1998年8月，刚参加过轰轰烈烈的北大百年校庆，再来出席为纪念中欧最古老的布拉格查理大学创建650周年而举办的系列学术活动之一，我对米列娜主持的这个汉学会议之短小精悍与寄托遥深，深感震撼。我们到达布拉格的前一天，正好是苏军入侵捷克三十周年；走在布拉格的大街上，随处可见题为"1968"的摄影展广告。苏军入侵后远走他乡、两年前才回来出任查理大学访问教授的米列娜，选择这个时间点开会，既表达了自己对于世事变迁的感叹，也希望我们亲身感受"布拉格之春"的永久魅力。

两年后，我和时任哥伦比亚大学教授的王德威、商伟在北大主持召开了"晚明与晚清：历史传承与文化创新"国际研讨会，米列娜终于来了，提交的论文题为《创造崭新的小说世界——中国短篇小说1906—1916》。那年夏天，北京酷热，加上会场及旅馆条件不好，很多位华裔学者叫苦连天。可已年近古稀的米列娜教授依旧谈笑风生，会场内外，到处可见她娇小而矫健的身影。为何使用此修饰语，那是因为，会议中她跑来"告状"：负责会务的北大同学，见她年纪最大，上台阶时想搀扶她一把。她说她不老，什么都能自己做，不必要别人帮忙。看我有点尴尬，米列娜又添了一句：下回你们来布拉格，我开

2006年10月在米列娜
教授乡间别墅

车带你们出去玩。

此后，在有关晚清文学、文化、学术、思想的国际会议上，我们又多次见面。而真正实现开车带我们游玩的诺言，是在2006年10月。那次会后，米列娜开上红色小车，带我和夏晓虹去距离布拉格一个半小时路程的乡间别墅。天气寒冷，记得一进门就开始点火烧壁炉，然后才是做饭、喝酒、聊天。第二天起来，在附近小镇游览，看她和夏晓虹挑选纪念品时的执着与淘气，还有阳光下显得特别好看的满脸皱纹，我深信，她确实不老。

问候信中提及的"近代百科辞书的英文书稿"，那是她和海德堡大学瓦格纳教授联合主持的大作，正在印制中。其实，此书的雏形即2007年北京大学出版社推出的《近代中国的百科全书》。我在题为《作为"文化工程"与"启蒙生意"的百科全书》的"代序"中提及："本书乃2006年3月26—28日在德国海德堡召开的'近代中国的百科全书：改变晚清中国的思维方式'研讨会的论文结集，对于会议主持人米列娜教授以及东道主海德堡大学，谨致诚挚的谢意。"

那年的9月底10月初，携带散发着油墨香味的新书，我们参加了在台北"中央研究院"组织的近代百科辞书研讨会。从确定选题、组织研究小组、多次商议写作思路，到各自成文后的如切如磋，再到英文翻译及润色，一路走来十分辛苦。说实话，我看在眼里，对西方学者的认真与严谨，多了几分敬佩。

正式开会那天，刚好碰上大台风，本地学者无法出席，外面来的学者，在米列娜和瓦格纳教授的带领下，借用旅馆隔壁的会议室进行研讨。走出会议室，狂风暴雨中，米列娜因雨伞被风刮走，连带也摔倒在地上。可她笑嘻嘻的，爬起来继续前行。那年，她已接近七十五岁。

2009年初夏，我赴匈牙利布达佩斯参加北京外国语大学和匈牙利罗兰大学合作主办的"中国与中东欧的文化交流与国际了解"研讨会。会后，很多中国代表转道布拉格，我因有事无法同行，失去了与米列娜聚会、聊天的好机会，实在可惜。不过，我在会上的发言题为《在"学问"与"友情"之间——普实克的意义及边界》，谈及作为欧洲汉学家的普实克、普实克的学生米列娜等人的学术贡献，以及下一代学者所面临的困惑、调整与转型。

学者之参与"国际对话"，既受制于大的思想潮流，也与个体的日常交往有关。去年年底，我发表专业论文《国际视野与本土情怀——如何与汉学家对话》，其中第三节"研究背后应该有情怀"，我在北大课堂上讲过，同学们听了都很感动。我提及："二三十年前，中外学者交流少，见面难，一旦有机会，都渴望了解对方。于是，努力表白自己，倾听对方，寻求共同研究的基础，在一系列诚恳且深入的'对话'中，互相获益，且成为长期的朋友。现在国际会议多如牛毛，学者们很容易见面，反而难得有推心置腹的对话。不是就文章论文章，就是为友谊干杯，不太在意对方论文之外的'人生'。至于只看重对方的身份、头衔、象征资本等，那就更是等而下之了。"我在文中提及好些直接交往的外国学者，包括已经去世的伊藤虎丸、丸山昇、中岛碧等，他们都曾给我很多真诚且无私的帮助。

如今，又一位我尊敬的汉学家米列娜教授去世了，念及此，感叹嘘唏。今天的学术环境，与三十年前、五十年前大不相同，后辈们很难理解我们这一代以及我们的上一代，为何特别感怀那些自己艰难跋涉时所获得的鼎力相助，以及由此建立起来的长久友谊。

那年在布拉格，米列娜送我一册小巧玲珑的英文书《追怀吴晓铃》(*Wu Xiaoling Remembered*, Prague, 1998)，那是她和原哈佛大学讲座教授韩南（Patrick Hanan）共同编辑的，有12位欧美学者参与写作。我在《汉学家眼中的中国学者》(《群言》1998年第12期)中称，这本117页的小书，"篇幅不大，却当得起'情深意长'四字"。须知，在欧美大学，为一个中国学者出纪念文集，绝非易事。米列娜1958—1959年曾来华学习，得到著名藏书家、中国社会科学院研究员吴晓铃的热情帮助；日后，吴晓铃的女儿吴华又成了米列娜任教多伦多大学时指导的博士生。诸如此类有趣的故事，乃讲述国际文化交流大潮时，不可忽视的"小浪花"。

2012年10月31日于香港中文大学客舍

（初刊2012年11月14日《文汇报》）

结缘河南大学与任访秋先生 *

先从我如何与河南大学结缘，以及阅读任访秋先生（1909—2000）著作的感受说起。1992年9月，我兴冲冲跑来开封出席"19—20世纪中国文学思潮"讨论会。会议围绕刘增杰主编的《19—20世纪中国文学思潮史》(河南大学出版社，1992)展开讨论，其中第一卷《悲壮的沉落》(关爱和)和第四卷《战火中的缪斯》(刘增杰)深获好评。前者看得出师承，明显有任访秋先生筚路蓝缕的印记；后者则因作者长期从事抗战及解放区文学研究，有丰厚的学术积累(此前已出版《抗日战争时期延安及各抗日民主根据地文学运动资料》[合编，1983]和《中国解放区文学史》[1988])。

那次研讨会不要求提交正式论文，只是现场参与讨论，因此没留下学术上的印记。可我事后将那次出游的日记整理成《南游书简》，先在报上刊载，后收入汉语大词典出版社1996年版《书生意气》，以及上海书店出版社2009年版《走马观花》。其中两则日记涉及此次会议：一说开幕式及大会发言，"听了十分钟，便退场'方便方便'，顺带观赏校园去了"；一说"昨天傍晚，会议主持人找我，命我今天发言"，

---

* 此乃作者2013年9月14日在河南大学召开的《任访秋文集》出版首发式暨任访秋学术思想研讨会上的发言稿。

于是如何披挂上阵。当初为何提前退场,除了年轻气盛,听不惯官样文章,还有就是对主席台的布置很不以为然。多年后,我在文章中提及此事,主要是批评中国大学里的官场做派,竟然渗透到学术会议上的"排座次":

> 据说大的原则是:先实职,后虚衔,再退休,以官阶大小为序。此外,还有一个不成文的规矩,那就是上级部门优先。前年五月参加山东大学组织的"回顾与展望:中国人文研究再出发"人文高端论坛,主持人第一个介绍的是教育部社科司出版处处长,而后才是山大校长、山东省教育厅厅长等。看我大惑不解,知情人称,人家虽只是个处长,可一开口就代表了教育部。我问:要是来了个全国人大或国务院的科长呢,也必须奉若上宾?记得二十年前,我参加河南大学组织的"19—20世纪中国文学思潮"讨论会,年纪轻轻的教育部某处长端坐中间,而会议发起人、83岁高龄的任访秋教授则坐在长长的主席台的最边角上。那时我年轻气盛,跑去责问主办方,得到的答复让人啼笑皆非:任先生虽曾任河南省第五、六届政协副主席,但现在已经退下来了。事后我问那位处长:你坐在中间感觉如何?人家很尴尬,说是河南大学的安排,不容他推托。二十年过去了,真没想到,中国大学还是这个样子。
> (《大学小言·嘉宾之介绍》,《新京报》2013年7月20日)

很可惜,那次会议上,除了礼节性的问候,我没有多向任访秋先生请教。

两年后,也就是1994年3月,我和夏晓虹应郑州三联书店的邀请,在"郑州越秀学术讲座"上演讲,而后转往开封,访问河南大学。河大校方很客气，除了请吃饭，还给了我兼职教授聘书。可拿回家再看才发现，聘书上有印章，但没日期，很容易被认为是假冒，害得我不敢拿出来炫耀。

此后是否还来过河大讲学，我忘记了。不过最近这两年，我与河大的缘分日渐加深。2011年10月21日—24日，我与关爱和、王德威合作，在开封市政府及河南大学的鼎力支持下，组织了"开封：都市想象与文化记忆"国际学术研讨会。会议前夕——真的是前一天晚上，为河大学生做了场学术演讲，日后整理成文，就是初刊《汉语言文学研究》2012年1期、后被《高等学校文科学术文摘》（2012年第3期）以及人大报刊复印资料《中国现代、当代文学研究》（2012年第7期）等转载的《"现代中国研究"的四重视野——大学·都市·图像·声音》。这篇文章还因责任编辑的强烈要求，收入我去年在北京大学出版社刊行的《读书的"风景"——大学生活之春花秋月》。

去年的3月25日，河南省政府主办的第二届中原经济区论坛在郑州国际会展中心举行，这回的主题是"华夏历史文明传承创新"，我有幸成为四嘉宾之一，作题为《中原崛起，何处是短板》的演讲，其中说了这么一段话：

> 除了大学少、毛入学率低，河南高等教育还有一个致命的缺陷：一亿人口的大省，居然没有一所国内一流大学。比起周边省份的中国科技大学、武汉大学、华中科技大学、湖南大学、中南大学来，河南唯一挤进211工程的郑州大学，也不具有优势。去年十月，我与河南大学合作，召开"开封：都市想象与文化记忆"国际学术研讨会，方才得知这所曾经声名显赫的大学，不要说985，连211都没进去。在学界工作的朋友都明白，进不了211，

意味着这所大学的教授与学生，要想做出好的业绩，必须付出加倍的努力。作为一所百年学府，1952年院系调整后，河南大学一落千丈，此后历经沧桑，几多沉浮，最近二十年虽处上升通道，仍未能重现曾经的辉煌。（《同舟共进》2012年第6期）

会议刚结束，河南大学党委书记关爱和教授便打来电话，表扬我为河大"仗义执言"。他不知道，我还曾向有力人士建议，希望改变这种状态——可惜没有成功。不久前我在《新京报》（2013年7月27日）上发表《大学小言·大学如何排名》，感叹目前中国大学之等级森严，"对于那些原本也很不错，但因各种原因没能进入985（39所）或211（112所）的大学来说，是很不公平的"——这其中特别提到河大等"原本基础不错且历史悠久的综合性大学"。我说，按中国的国情，要教育部收回成命不太现实，"唯一的办法是，经过严格评审，逐渐增加211高校的数量，让那些奋发图强者看到'咸鱼翻身'的希望，并获得积极工作的动力"。

回过头来，再说说我在"开封：都市想象与文化记忆"国际学术研讨会上发表的论文《不忍远去成绝响——张长弓、张一弓父子的"开封书写"》，此文刊《文学评论》2012年2期，后收入北京大学出版社2013年1月版《开封：都市想象与文化记忆》。文中提及抗战烽火中河大教授仍坚持"著书立说"，下面有个注："读《任访秋先生生平著述系年》（任亮直编），感叹任先生从1940年起任教河南大学文学院，潭头、荆紫关、石羊庙，同样一路著述不辍，着实让人感动。参见沈卫威编《任访秋先生纪念集》240—248页，开封：河南大学出版社，2004年。"一般人不会留意，以为是很自然的事，殊不知我是借此"哀悼"我那胎死腹中的写作计划。

为开封会议撰文，我本想以李嘉言、张长弓、任访秋合作的《中国文学史讲授提纲》为起点，讨论现代中国各大学的学术传统，如何在一个特定时刻，于千年古都开封碰撞、融汇、拓展、变异。一个北京大学研究生（任访秋），一个燕京大学研究生（张长弓），再加一个西南联大研究生（李嘉言），这样高学历的配置，在当时各大学中文系中实属罕见。这三位毕业于名校的教授，因应1950年新河大的成立而合作撰写《中国文学史讲授提纲》，据李先生《序言》，第一至第五章先秦两汉部分系张长弓执笔，第六至第十一章魏晋至唐代部分李嘉言执笔，第十二至第十六章宋元明清及全书总结，则出自任访秋手笔。从这本小书入手，上挂下联，讨论解放前后中国大学的转型以及知识分子思想变化，想必是很有意思的。自以为这思路不错，可撞进去后马上发现，资料远远不足以支撑我的论述，除了人事档案看不到，好多事情说不清，更因为读了任访秋先生的《五十年来在治学上走过的道路》(1989)，其中提及他在嵩县潭头镇的河大时期，曾撰写《中国现代文学史》：

> 1941年，按照大学文学系课程的规定，文史系设有"中国现代文学及习作"的科目，但一直没有开过，于是文甫师就同我商量，可否由我来开，我同意了。为了开好这门课，我不能不作充分地准备。我经常到上神庙河大图书馆，去翻检五四时期和20年代及30年代现代文学方面的期刊与作家们的论文和创作。河大在抗战爆发后不断地搬家，图书也随之搬家，幸而过去的期刊及大部分现代文学方面的书籍还保存了下来。而比较重要的期刊，如五四时期的《新青年》《新潮》《少年中国》，以及20年代初几个文学团体的刊物，如文学研究会的《小说月报》《文学周刊》，创

造社的《创造季刊》《创造周报》，以及语丝社的《语丝》、新月社的《新月》，30年代的《现代》和左联的刊物《文学月报》，以及民族主义派的《矛盾月刊》等刊物，大半都找到了。我根据这些期刊，及后来赵家璧编的《中国新文学大系》及一些作家的诗文集，开始了我的《中国现代文学史》的编写工作。

这部"《中国现代文学史》讲义，在教学中陆续写成"。而且，上卷于1944年5月由河南前锋报社印行，印数2000册，黄修己《中国新文学史编纂史》（第二版，北京大学出版社，2007）有评述（第67—70页）；下卷1956年改为《中国现代文学论稿》，本确定由河南人民出版社出版，因作者被错划为右派，改由河南大学函授处发行，印数5000册。对于理解"中国现代文学"学科的建立，这当然是很重要的线索，从此入手寻幽探微，定然会有新发现。可这两本书我都没有见到，因此无从下笔；请教河大的朋友，说是收入《任访秋文集》，很快就要出版了。总算到了今年七月，这套十三卷本的《任访秋文集》终于问世，可会议也过去两年了。

找不着任先生的多种著作，加上我认定，这么好的题目，应该留给任门弟子去做，他们比我更合适，所以我决定退出。另外，关于李嘉言先生，除了上海古籍出版社1987年版《李嘉言古典文学论文集》，可参考的东西也不太多。正在这时，张长弓、张一弓父子的"开封书写"进入了我的视野，于是当机立断，转移阵地。

为开封会议论文纠结了一段时间，因此得以拜读了不少任先生的著作，对其生平、贡献及学术思路颇多了解。除了那个意味深长的注释，还有就是此后我谈"中国现代文学学科史"，立场发生了一点微妙的变化。

2004年秋季学期，我在北京大学讲专题课"中国现代文学学科史"，解放后第一代学者，集中讨论活跃在北京学界的王瑶（1914—1989）、唐弢（1913—1992）和李何林（1904—1988）；2013年秋季学期，我在香港中文大学讲"中国现代文学学科史"，论及解放后第一代学者，我在王、唐、李之外，增加了河南大学的任访秋（1909—2000）和华东师大的钱谷融（1919—2017）。为什么这么做，钱先生的著作很少，但一篇《论"文学是人学"》（1957）引起轩然大波，测出了那个时代的气温与风向，值得格外关注。至于任访秋先生的主要贡献，在将现代文学与近代文学相勾连。从事近代文学研究的，若想做得好，需要兼备古代文学的功底与现代文学的眼光。我注意到，任先生在北京大学读研究生时的毕业论文《袁中郎研究》（修订版于1983年由上海古籍出版社刊行），明显带有周作人的精神印记；而1940年鲁迅忌日在南阳《前锋报》刊载的《中国传统思想的叛逆者——嵇康、李贽与鲁迅》，又体现其贯通古今，兼及思想与文章的研究趣味。而这种眼光与趣味，日后落实在《中国新文学渊源》（河南人民出版社，1986）、《中国近代文学作家论》（河南人民出版社，1984）、《中国近现代文学研究论集》（河南人民出版社，1992）等个人专著上。此外，任先生主编《中国近代文学史》（河南大学出版社，1988）和《中国近代文学大系·散文集》（上海书店，1993），以及在河南大学成立全国第一个近现代文学研究室（1982），其高瞻远瞩值得我们永远追怀。

2013年9月10日于香港中文大学客舍

（初刊《书城》2013年第11期）

与程千帆先生对话 *

客厅里挂着程千帆先生（1913—2000）书赠的"掬水月在手，弄花香满衣"，常有不熟悉的访客误认为我是程先生的学生。很遗憾，不仅没能"程门立雪"，因专业上的差异，我连"私淑弟子"都算不上。对于程先生，我只是个热心读者，站在很远的地方，观赏与赞叹。程先生生前，我只拜访过一次；但先生去世后，我却与之展开了持久且深入的"对话"。

这么说并非自抬身价，而是我坚信学术史上的"薪火相传"，靠的不是高山仰止的"问学"，而是站在同一地平线上的"对话"。记得临毕业时，王瑶先生这样开导我："今天我们是师生，好像距离很大，可两百年后，谁还记得这些？都是20世纪中国学者，都在同一个舞台上表演。"这个意思，我曾在北大中文系的开学典礼上说过（参见《同一个舞台》，《中华读书报》2004年9月8日），目的是打破国人以资历论学问的陋习，努力养成不卑不亢做学术的姿态。反过来，对于前辈学者来说，能够吸引众多后来者与之展开持久且深入的对话，那可是巨大的成功。依我浅见，去世二十年，无论作家还是学者，都是个重要的

---

* 此乃作者2013年10月12日在南京大学召开的"程千帆先生百年诞辰纪念暨程千帆学术思想研讨会"上的发言稿。

1997年10月与程千帆先生及程门众弟子合影，左起：张宏生、张伯伟、莫砺锋、程千帆、陈平原、程章灿

关卡。因最初的哀痛与追怀已经过去，公众的评断日趋客观公正，不再夹带感情色彩。而且，评价的标尺明显拉升，你已经进入历史了，就必须与无数先贤一起争夺后辈读者的目光，能否"永垂不朽"，某种程度取决于你有无介入当下话题的能力。

程先生2000年6月3日在南京逝世，一个月后，我在北京整理自家随笔，编成了《掬水集》（百花文艺出版社，2001）。在此书的序言中，我谈及当初去南京拜谒程先生的经过："套用王国维的名言，学人如古诗词，也是'有境界自成高格'。研究文学的人，多少总有点'文人气'。当我品评当世学人时，除专业成就外，还另有一杆秤，那就是其为人是否'有诗意'。当今之世，'有诗意''有境界'的学者越来越少，这也是我愿意千里走访程先生的缘故。记得那天先生情绪特佳，取出精心写就的条幅，边听我和作陪的及门弟子品评，边仔细题款并用章，一脸怡然自得,样子煞是可爱。"这里所说的条幅,正是唐人于良史《春山夜月》诗句"掬水月在手,弄花香满衣"。在《文汇读书周报》开专栏,以及在百花文艺出版社出书,之所以都选用"掬水集",都是为了纪念程先生。

同年十月,我去东京大学探望正在那里讲学的夏君,随行带着六通程先生的书札,观赏之余,深有所感,撰写了《古典学者的当代意识——追忆程千帆先生》(《东方文化》2001年第1期)。老一辈先生讲究礼节,收到后辈寄赠的书籍,一般都会稍为翻阅,且在复信中表扬几句。那些近乎客套的好话是不能当真的,但其中透露出来的学术理念,则值得认真品味。我辨析程先生评说《千古文人侠客梦》和《北大精神及其他》那两通书札,称"先生的'关注当代',不只是古今贯通,还兼及了'雅俗'与'南北'"。通"雅俗"的说法,有程先生的直接表述,应该不会有太大的争议;至于通"南北",则更多的是我对程先生信札的引申发挥:

> 南北学风的差异,"古已有之",而且,说不上"于今尤烈"。只是由于《新青年》与《学衡》的对立,隐含着东西、新旧、激进与保守等文化理念的冲突,很长时间里不被公正对待。一旦涉及此现代思想史上的南北之争,很容易由绵密的学理分辨,一跳而为明确的政治划线。半个多世纪的"扬北抑南",以及近年开始出现的"扬南抑北",都是基于南北学术水火不相容的想象。在承认"东南学术,另有渊源"的同时,我想提醒关注问题的另一面,即南北学术之间的沟通与融合。

我在文章中提及,王瑶先生与程千帆先生的治学路数不太相同而又能互相欣赏，可视为所谓的"南北学术"走向沟通与融合的象征。

从1996年到2009年，我在北大为中文系研究生讲了四轮专题课"中国文学研究百年"，其中有一讲，因自知学力不足，始终不敢整理出来发表，那就是"抒情诗的世界"。在《作为学科的文学史》的"后记"中，我专门提及此事。这一讲，除了描述20世纪中国学者研究古典诗词的大趋势，更着重讨论了游国恩（1899—1978）、闻一多（1899—1946）、林庚（1910—2006）、程千帆（1913—2000）四位学者的贡献。关于程先生，我主要从考据与诗情的张力这一特定角度，谈论其如何"披文以入情"。当初讲课的效果不错，可阅读诸多程门弟子怀念老师的文章，发现我确实没有资格谈论程先生的"诗学历程"。

不谈"诗学"，那就换一个角度，从"教学"的角度入手，尝试与程先生对话。2006年春季学期，我为北大中文系研究生开设"现代中国学术"专题课，其"开场白"日后整理成《"学术文"的研习与追摹》，初刊《云梦学刊》2007年第1期，后收入增订本《当代中国人文观察》（北京大学出版社，2010）。此文主要讨论五个问题：第一，关于"学术文"；第二，何谓"Seminar"；第三，作为训练的"学术史"；第四，什么是"中国现代学术"；第五，学术文章的经营。其中，谈及自己之所以"摒弃'通史'或'概论'，转而选择若干经典文本，引导学生阅读、思考，这一教学方式，除了老北大的经验外，还得益于程千帆先生的《文论要诠》。"推介过程先生的课程设计以及《文论要诠》（即《文论十笺》），追忆当初赴宁拜访，谈及我准备编"中国现代学术读本"，程先生大声叫好，还特地推荐了章太炎的《五朝学》，说这是大文章，好文章，一定要入选。

身为教师，我深知对于学生来说，课堂比教科书更重要。只是因文字寿于金石，声音却随风飘逝，因此，学术史家一般不太关注那些以讲学为主的好老师。有感于此，我撰写了长文《"文学"如何"教育"——关于"文学课堂"的追怀、重构与阐释》，初刊《中国文学学报》创刊号（2010年12月），后收入《作为学科的文学史》（北京大学出版社，2011）。此文第四节"教授们的'诗意人生'"，着重讨论原中央大学及金陵大学的教授们如何讲授文学，多处引述了程先生文，除了作为史料，更表彰其兼及诗学与考据的批评方法与研究思路。结论是："执着于'诗意人生'的南京教授们，其专擅旧诗写作，对于从事中国古典文学教学，自有其优胜之处。"

今天南大隆重举行"程千帆先生百年诞辰纪念暨程千帆学术思想研讨会"，很多友人及弟子会有精彩发言，作为后学兼门外汉，我这回与先生对话的题目是"如何成为一个好老师"。在《古典学者的当代意识——追忆程千帆先生》中，我谈及："王瑶先生在世时，曾多次提及'程千帆很会带学生'，要我们关注南大这一迅速崛起的学术群体。"多年过去了，我也带过很多硕士生、博士生，体会其中的酸甜苦辣，此时回想，方才逐渐领悟王先生为何特别看重不会带学生。

单从结果看，程门多才俊，这固然令人歆羡。可这里有大的时代背景，有匡亚明校长的慧眼识英雄，有周勋初先生的鼎力相助，不全是程先生一个人的功劳。不过我还是要说，作为学者兼导师的程先生，其视野开阔与见解通达，起了决定性作用。前者保证其高瞻远瞩，能为学生指明方向；后者使其不局限于自家的一亩三分地，允许学生纵横驰骋，自由探索。

其实，一代人有一代人的学问，当老师的，对于自己的学生，既不能过分漠视，也不能过多关爱，更不能过度役使。记得王瑶先生说过：已毕业的学生，我是不管的。他会关注你的脚步，关键时刻帮一把，但平日里不动声色，希望你自己往前闯。程先生的情况我不太了解，但我注意到，他的学生多有出息，但并非一个个"小程千帆"。这是十分可喜的局面。学问有传人，这固然很好；但如果弟子只会依老师的样画葫芦，那也没出息。说到底，上一辈人的才情、学识与成功，是无法复制的。

记得王瑶先生去世的时候，我的师兄钱理群说了一句"大树已倒"。那时我阅历不够，体会不是很深。二十多年后，我也成了老教授，突然间发现，自己虽也能做点学问，却无法像王先生、程先生那样撑起一片天，为后辈学子遮风挡雨。念及此，深感惭愧。

2013年9月21日于香港中文大学寓所
（初刊《古典文学知识》2014年第1期）

"俗文学"与"北大传统"

—— 追怀著名俗文学研究专家王文宝先生

因时间冲突，没能参加中国俗文学学会顾问、原会长、著名俗文学研究专家王文宝先生的追悼会，感觉很是歉疚。这并非客套话，因我这个不成气候的"中国俗文学学会会长"，明摆着是王先生扶上马再送一程，方才走到了今天。

记得是1999年底，王先生来找我，开门见山，邀我这个尚未入会的北大中文系教授，出任全国一级学会"中国俗文学学会"的会长。看我一脸诧愕、连连摇头，王先生塞给我一叠书，让我回去好好补补课。除了《中国俗文学七十年》（吴同瑞、王文宝、段宝林编，北京大学出版社，1994）、《中国俗文学概论》（吴同瑞、王文宝、段宝林主编，北京大学出版社，1997）、《中国俗文学发展史》（王文宝著，北京燕山出版社，1997），还有一堆学会内部刊印的资料。临走时，王先生撂下一句话：作为北大人，你有这个责任。

回家后，仔细阅读王先生的《中国俗文学学会的历史功绩》（收入《中国俗文学七十年》），方才明白这话的来由。由王文宝、刘北汜、关德栋、李岳南、陈汝衡、陈翔华、陈曙光、杨扬、赵景深、胡度、路工、谭正璧、薛汕、魏同贤等14人发起，中国俗文学学会1984年6月成立于北京，最初挂靠中国社会科学院文学所，1991年起转而挂靠北大中文系。除了首任会长姜彬,以后陆续出任会长的刘锡诚、吴组缃、吴小如、王文宝,不是曾就读北大,就是北大教授。为什么学会有如此浓厚的北大色彩?这就说到了王文所做的历史溯源:

> 1913年12月,鲁迅在教育部《编纂处月刊》发表之《拟播布美术意见书》中所提倡的"立国民文术研究会""以理各地歌谣、俚谚、传说、童话",亦是俗文学;而1918年刘半农在北京大学发起征集全国近世歌谣活动则是鲁迅主张之实施。1920年北大歌谣征集处改建成立了北大歌谣研究会,1922年12月17日创刊了《歌谣》周刊。以后,许多学者和爱好者以民间文学和民俗学为主开展了搜集和研究工作。(《中国俗文学七十年》第234页)

先辈曾经的努力,以及取得的巨大成绩,使得今日北大中文系教授有责任接过这个日益显得沉重的担子。

为什么让我接手中国俗文学学会?因一级学会的会长有一定的年龄限制,而北大中文系教授中,好歹我曾做过若干"不登大雅之堂"的通俗小说研究。我承认王先生的思考有一定道理,可要说《千古文人侠客梦——武侠小说类型研究》(人民文学出版社,1992)就是"中国俗文学研究",实在有点勉强。再三磋商的结果是,"恭敬不如从命",2000年3月起,我勉为其难地出任中国俗文学学会会长。

之所以说这担子日益显得"沉重",那是因为,在教育部的学科设置中,"俗文学"根本不沾边,地位十分尴尬。加上作为一个历史性概念,"俗文学"边界本就模糊,发展动力明显不足,"很难再吸引志向远大的年轻学者的目光"(参见陈平原《俗文学研究的精神性、文学性与当代性》,2004年11月10日《中华读书报》)。当然,最主要的,还是本人社会活动的意愿与能力不强，因此，学会工作举步维艰，基本上是在王文宝等先生的督促下，才有些许推进。

记得王文宝先生表扬过我好几次，比如组织学术会议有模有样，主编《现代学术史上的俗文学》也颇获好评，在北大中文系建立民间文学的博士课程，更是让他赞不绝口；但我知道，更多的时候，交织在他心里的是巨大的期待与失望。这其中，最大的落差在于，我不可能像他那样全身心投入俗文学研究事业，更不可能做那么多出色且繁重的组织工作。

在《俗文学研究机构的演变与成绩》一文中，王文宝先生曾这样自我评价："王文宝作为中国俗文学学会发起者和筹建者之一，从学会成立之日起，除了组织工作外，即对俗文学的基础理论研究和俗文学的理论体系建设进行了不断的探讨，这主要表现在《中国俗文学辞典》《中国俗文学概论》和《中国俗文学发展史》三书的出版之中。"（陈平原主编《现代学术史上的俗文学》第369页，湖北教育出版社，2004）著述固然重要，但我更愿意表彰的，是他"从学会成立之日起"所做的大量"组织工作"。可以这么说，没有他的不懈努力，中国俗文学学会很难正常运转，更谈不上生机与活力。这大概是个普遍现象，在所有运转正常的学会里，扛大旗的会长不一定管事；那躲在幕后出谋划策的顾问，或身先士卒冲锋陷阵的秘书长，也许更值得尊重——起码王文宝先生是这样。

2014年3月17日于京西圆明园花园

（初刊2014年3月26日《中华读书报》）

再说夏志清的"小说三史"

获悉台湾"中研院"将召开"夏志清先生纪念研讨会",当即报名参加;只是一直拿捏不准,会议主旨到底是"纪念",还是"研讨"。二者虽有联系,但发言姿态不一样。主办方大概希望兼及理智与情感,故如此命名,可对于像我这样既认真又没有急智的人来说,则颇感为难。随着时间临近,议程表终于出来了,发现与会各位都没有论文题目,这才确认是以纪念为主。

不是老友或门生,连私淑弟子都算不上,我与夏志清先生(1921—2013)实际接触不多,主要是读其书,赏其文,然后遥想先生风流。

2004年10月在夏志清先生家

1997年在哥伦比亚大学访学那四个月，多有请益；还有2005年10月参加"夏氏兄弟与中国文学国际学术研讨会"，再就是2011年到哈佛及纽约大学参加学术会议，顺便登门拜访。正在思考如何落笔，先是台大教授梅家玲发来"夏氏兄弟与中国文学国际学术研讨会"上的合影，摆明她将谈及此事；后有妻子夏晓虹查阅当年日记，确认我们与夏先生交往的若干细节，且交代不能利用议程上的优势"捷足先登"。交往不能说，那我只能说读书了。

2010年联经出版刊行王德威主编《中国现代小说的史与学》，副标题是"向夏志清先生致敬"。据说夏先生拿到新书，兴奋之余，突然冒出一句：怎么只说我的现代小说研究？我提交给此书的旧作《中国学家的小说史研究》，倒是提及夏先生的《中国古典小说导论》，可惜限于文章篇幅及体例，只是点到为止。不过，无论公开场合还是私下聊天，我都曾认真表扬这部篇幅短小但别出心裁的"导论"。因为，导论性质的书不好写，需要高屋建瓴，举重若轻，还得于详略、取舍之中，凸显自家的眼光和趣味。其中分寸感的掌握尤其要紧，所谓高低雅俗，往往就在字里行间。

1997年春夏间，应美中学术交流基金会的邀请，我偕妻子赴美，在哥伦比亚大学东亚系做研究。因王德威教授的鼎力推荐，夏志清教授对"本家"夏晓虹及我非常热情，多次宴请，并出席我的学术演讲等。在这几个月的请益及交流中，我谈及自家阅读《中国古典小说导论》的感受，让夏先生大为快意。与国内外众多古典小说专家的立场不同，我因此前撰写《中国散文小说史》（初版题为《中华文化通志·散文小说志》），深知以有限篇幅，言简意赅地谈论"中国小说"这个大题目，不是件容易的事。谈到得意处，夏先生慨然允诺由北京大学出版社刊行此书中译本。只是日后因译者选择，以及如何协调新旧译本，面临一些实际困难，此事未能如愿。

2013年年底夏先生去世，获悉噩耗，第二天我便赶写了《追忆夏志清先生："小说三史"》（刊香港《明报》2014年1月3日）。为什么是"小说三史"？作为学者，夏志清最著名的著作无疑是《中国现代小说史》（A History of Modern Chinese Fiction）。此书特色鲜明，功绩显赫，常被中外学界及媒体挂在嘴上，自在情理之中。可在北大及港中大的课堂上，我都再三提醒学生们关注夏先生的另一部著作——《中国古典小说导论》（The Classic Chinese Novel: A Critical Introduction）。另外，上世纪八十年代中期，我开始进入晚清小说研究领域，读夏先生的《新小说的提倡者：严复与梁启超》《〈老残游记〉新论》《〈玉梨魂〉新论》等，深受启示。我知道，夏先生还有若干谈论清代小说或清末民初小说的论文，只是散落在各种中英文的集子，若能集合起来，说不定能与"古典"与"现代"两本小说史"鼎足而三"。对于如此建议，夏先生连说"深得我心"，只是有些篇章尚在酝酿中，不想就此打住。

很可惜，夏先生最终没能完成此书。但我相信，借助哥伦比亚大学出版社刊行的《夏志清论中国文学》（C.T. Hsia on Chinese Literature, 2004），以及他的若干中文集子（如《文学的前途》《人的文学》《新文学的传统》），新编一册小说史论集，奉献给中国读者，还是可以做到的。

这或许真的是夏先生未完成的"遗愿"。为什么这么说？为参加此次会议，我翻箱倒柜，找到了夏先生三封来信，主要是商谈在北大刊行《中国古典小说导论》中译本的具体事宜。其中1997年11月5日长信最要紧，密密麻麻写了四页纸。此前我曾建议北大版《中国古典小说导论》添加若干近代小说论文，夏志清先生复信称——"谢谢你们把我的著作推荐给北大出版社。我自己曾在北大当助教一年（1946—1947），能在北大出书，更感到光荣。"继而感叹当初"没有写篇中译本新序，可引起国内读者对此书的注意，因此出版后未像《中国现代小说史》这样的受人重视，遗憾颇多"。下面谈及他对胡益民等译本的看法，希望采用他正在修订的联合文学出版社的译本。但话锋一转，又说考虑到联合文学出版社很可能出于销售考虑，不同意转让版权；而胡益民等译者当初在两岸隔绝的状态下，主动译介此书，很让他感动。于是，建议我北大版采用胡译本，再添上他准备撰写的新序。

1998年3月11日夏先生来信："此序早应该写出，《张爱玲给我的信件》仍在《联合文学》连载，我一心不能两用，待《信件》刊毕后，再写新序不迟。"除了自家新序，夏先生还拉上作家白先勇，请他为《中国古典小说导论》写篇文章——北大版有此二文助阵，"当可得到广大的注意"。同年6月12日，夏先生又有指教："好友白先勇已为台版《古典小说》写了一篇一万三四千字的推介之文，我已过目，标题为《经典之作》。届时我也把此文寄上，请兄代为发表。先勇在国内名气很大，拙著当可更引起学界注意也。"

可惜的是，夏先生晚年为编注《张爱玲给我的信件》（联合文学出版社，2013；长江文艺出版社，2014）倾注全力，加上身体日衰，终于没能顾及旧书重刊事——时至今日，台版《中国古典小说导论》仍在校订中。

事情没办妥，但夏先生1997年11月5日信中谈及的新书构想很重要，值得大段引录：

安徽版《导论》一共379页，但注释部分字体太小，看起来太吃力，不妨用大一两号的字排印较妥。这样，全书当在四百页以上，算是一本相当厚重的著作了，似不宜再加别的文章。全书是一个整体，在同一段时间内写出的。我其他论中国小说的文章上除了大函上提到的三篇（严梁、老残、玉梨魂）外，还有其他诸篇，可以出本专书。有关古典、近代的有：

《隋史遗文》重刊序

文人小说家与中国文化——《镜花缘》新论

中国小说、美国评论家——有关结构、传统和讽刺小说的联想

Plaks红楼梦专著长评见哈佛学报

此外论汤显祖那篇也可放入。……

重读夏先生十八年前的大札，更加坚定我的信念，若能得到师母的支持，为夏先生编一册兼及古今的《中国小说史论》，自信是件大好事。

2015年5月5日修订于京西圆明园花园

（初刊2015年5月27日《中华读书报》）

"平淡"是表象，"奇崛"是内涵

我读杨绛，有点特殊性，那就是基本上按写作时间顺流而下，先看喜剧，再读小说，最后才是诸多散文集。三十多年前，为撰写硕士论文，我阅读了很多上世纪四十年代的讽刺文学，包括杨绛的《称心如意》和《弄假成真》。可最后成文时，这两部我很喜欢的喜剧放不大进去。原因是，戏剧冲突不强烈，不像其他同时代作品（包括《围城》）那样锋芒毕露，读起来痛快淋漓，而是绵里藏针，温婉多情。这种既聪明绝顶居高临下，又故作谦卑自我节制，蕴含着某种处事风格与审美趣味。这一点，一直延续到她的小说《洗澡》以及散文集《干校六记》《将饮茶》《我们仨》等。在我看来，这样的姿态，更适合于看似平淡实则奇崛的散文，而不是风起云涌变幻莫测的小说戏剧。因此，日后文学史上谈论杨绛，很可能主要把她作为散文家论述。

作为散文家的杨绛，"平淡"只是表象，"奇崛"才是最值得关注的内涵以及力量。薄薄一册《干校六记》，既不同于臧克家不明大势、为"五七干校"唱赞歌的《忆向阳》，也不同于巴金直面惨淡人生、反思"文革"惨祸的《随想录》，保持了特立独行，但又不直接冲撞主流意识形态。所谓"哀而不伤，怨而不怒，悱恻缠绵，句句真话"，既是写作风格，也是一种自我保护策略。脱离二十世纪中国知识分子的生存处境，一味唱高调者，不太能体会杨绛文章的好处。我在北大课堂上说过，上一代人所经历的风浪，比我们严峻多了；可他们中不少人挺住了，一辈子凭兴趣读书，凭良心做事，不趋时，不媚俗，虽略有妥协，但较好地保存了本真的性情。这是很不容易的。在我看来，杨绛及其夫君钱锺书就是这样的人物。

这世界上，有大学问的人不多，有学问而又有机遇充分表达出来，这样的人更少。而更为难得的是，低潮时不卑不亢，高峰处从容淡定，如此有定力的人物，很值得后人敬仰。

（初刊2016年5月26日《新京报》）

散淡中的坚守

都说钱谷融先生散淡，这我同意。不过，只说散淡还不够，还得加上"坚守"二字，方能显出其潜在的方向与力度。记得上世纪九十年代中期某一天下午，在杭州西湖边西泠印社旁茶舍聊天，时间长，没有外人，东拉西扯，谈得较为深入。正是那次谈话，让我对钱先生平和温顺外表下的"棱角"有所体会。

从2002年起，因特殊的因缘，我每年都到华东师大讲课或参加学术活动，与钱先生多次见面，除了到家访问那两三次，其他场合都因人多嘴杂，其实没谈什么。但有两个很深的印象，一是钱先生的知识、立场及谈吐一直没变，淡定中有自己的坚持，从不说时尚的昏话或无趣的好话；二是钱先生对日常生活充满兴趣，总是那么乐呵呵，享受并不高贵的美食、漫无边际的聊天，以及朋友或弟子们"连哄带骗"的表扬。

初看好像是成功老人的常态，细想又不全是。因为，钱先生进入这一状态的时间很早，几乎从来没有"不待扬鞭已奋蹄"的表态与实践。比钱谷融年长五岁的王瑶先生，1980年元旦曾赋诗："叹老嗟卑非我事，桑榆映照亦成霞。"此等诗句，很能显示改革开放初期全民振作的时代氛围。可很快地，在私人信件及日常谈话中，王先生多次谈及自己"虽欲振作，力不从心"的痛苦。"不是真的写不出来，而是写出

2013年11月出席徐中玉先生百年华诞庆祝会后与徐中玉、钱谷融先生合影

来了又怎么样？对于眼界很高的王瑶来说，既然没办法达成自己的学术理想，放弃又有何妨？苦于太清醒，王瑶明显知道自己努力的边界与极限，再也没有年轻时'我相信我的文章是不朽的'那样的狂傲了。只是深夜沉思，'心事浩茫连广宇'的王瑶，自有一种旁人难以领略的悲凉之感。"（参见陈平原《八十年代的王瑶先生》，《文学评论》2014年第4期）

因一篇《论"文学是人学"》被批了二十多年的钱先生，深知自己的长处与局限。"以前我的一些学术观点和主张，实际上是常识性的。"钱先生的自述，我再添上一句"在世人都拒绝常识的时代，他勇敢且优雅地说出来"，那就基本上是实情了。改革开放以后，面对很多殷切期待，钱先生总是以"无能懒惰"作为挡箭牌。都说是道家哲学、晋人风采，我却读出几分苦涩与无奈。做学问除了个人的才情与努力，

还得有外在环境的配合。让你趴下，你只能趴下；让你站起来，未必就真的站得起来了。技术性调整不难，也会有若干成绩；但人生大格局已定，再努力也就这个样子了。记得有人撰文讨论"文革"结束后钱锺书先生的不怎么努力，加上我说王瑶先生的挣扎与痛苦，再来看钱谷融先生的洒脱，你就有几分领悟。这三位都是绝顶聪明人，知道在特定情境下，能做什么，以及该做什么。

以钱谷融先生的年龄、智商及身体状况，著述确实有点少。每当被问及这个常人觉得尴尬的话题，钱先生总是四两拨千斤，化俗为雅。既然人家已经承认偷懒了，你还好意思追问？可检讨归检讨，钱先生一点都不惭愧，照样说说笑笑、吃吃喝喝，再抽空读点书，写点文章。说不定钱先生心里是这么想的：这事情太复杂了，跟你说你不懂，带你去路又太远了。因为，有时"偷懒"是一种智慧。这就好像抢答题，答对是加分，答错了是要扣分的。因外在环境或自身能力的限制，没把握的，就是不答。在人生的某个点上，看准了，站住了，以后任凭鸟语花香，或风吹浪打，我自岿然不动。

与时俱进是一种志向，以不变应万变则是一种智慧。前者是儒家，即使面对危局，也都知其不可为而为之；后者是道家，洞察时代风云与世道人心，知其不可则不为。君不见，人生几十年，有时逆水行舟是进取，有时顺其自然更为积极。历史从来不是一条直线，九曲十八弯，你总想"站在时代最前沿"，不敢落下半步，那必定是不断的自我否定。风水轮流转，到最终算总账时，可怜得失相抵，说不定没多少结余的。与其如此，不如淡定地看待已经走过的道路以及可能展开的世界，任凭风浪起，稳坐钓鱼台。

在我看来，"淡定"乃重要的修养。人生总会有遗憾，但关键时刻，遵从内心的召唤，挥一挥衣袖，不过分迷恋外在的风景。如此自在与自得，方能将生命经营得晶莹剔透。我曾在怀念朱德熙先生的文章中，提及师母何孔敬的《长相思——朱德熙其人》(中华书局，2007)，文字新鲜活泼，得益于其特殊经历："作者长期在家相夫教子，没有参加那么多政治运动，很少经历同时代人那些不堪回首的'洗澡'，因而也不太受社会上流行语言（或曰"套话"）的影响。一旦拿起笔来，追忆自己与朱先生并肩走过的风雨历程，比那些扭扭捏捏的二流作家好得多。"(《传道授业的责任与魅力》，2008年11月26日《中华读书报》)这就是"不动"的好处——不怎么受外界污染，更多保留初心与童心。文章如此，学问如此，"经世致用"也不例外。

有时想想，若能几十年如一日，抵抗各种外在的诱惑，坚守自家的理想与根基，保持往日情怀，断然拒绝"苟日新日日新"，也是一种难得的境界。都说"时代车轮滚滚向前"，你能判断走的就一定是"天下为公"的大道？都说"铁肩担道义"，你敢担保不隐藏着某种精心包装的功名利禄？好吧，都听你的。即便如此，不是说"千夫诺诺，不如一士谔谔"吗？在赞赏"弄潮儿向涛头立，手把红旗旗不湿"的同时，请关注并理解钱先生的淡然与懒散。

正匆匆赶路的我辈，不妨暂时停一下脚步，思考历史的风帆、人类的未来，也品味一下四季美食以及雨中散步的闲暇；还有，就是理解那嘻嘻哈哈的谈笑背后所蕴藏的"不从流俗"的坚硬内核。

2017年5月25日于京西圆明园花园
(初刊2017年6月15日《北京青年报》)

追记王富仁兄的三句话

记忆从来不太可靠,更何况是在怀念师友的时候。很多烙在心头的印记,自以为确凿无疑,其实是多年辗转反侧、不断剪裁修饰的结果。若没有日记或录音,说某人在某个特定时刻说了某句名言,那大都是经过岁月浸润,夹杂了某种个人感情。我追记王富仁兄的三句话,自然也在此列。

我的朋友中,言必称鲁迅的有好几位,且引证时大都八九不离十。据说上一辈学者更厉害,可以当活字典信赖。到我这一辈,即便特别喜欢鲁迅,出过好几本研究专著的,也都做不到这一步。引鲁迅的话而能"出口成章",这与鲁迅写作的"语录化"有关。不是所有名著都能被随意摘引且广泛流传的。就像《世说新语》中人物一样,鲁迅的许多言论让你过目不忘,关键时刻很容易涌上心头。

大概是受研究对象影响,鲁迅研究者中,不乏提炼隽语佳言的好手。王富仁兄便是其中一位,他的很多精辟犀利的言谈,传播力远超专业论文。

我与王富仁兄的交往,说多不多,说少不少。1984年秋北上求学,因老钱、赵园等师兄师姐的关系,我很快结识了富仁兄。记得八十年代末,还曾一起定期到电影资料馆看内部片,说是拓展"学术视野",顺便给杂志写文章。此外,就是朋友间聚会了。可惜富仁烟瘾很大,

1999年7月王富仁在北大20世纪中国文化研究中心成立会上发言

而我又天生"戒烟",每次都尽可能坐得离他远点,因此也就漏过了不少富仁兄随烟雾喷出的佳句。尽管如此,还是有三句话让我不能忘怀。

第一句的时间地点很确凿,那是1991年春夏间,因北京空气实在太郁闷,山东大学中文系孔范今教授邀我们到济南、曲阜等地旅行讲学。有一天晚上,从大气候谈到小气候,还有自家学问前途等,大家不免感叹唏嘘。擅长自我反省的钱理群说到自家学问的局限,还有下一代的无限可能性,王富仁当场反驳:老钱,不要再说这样泄气的话了。我们这代人历经苦难,不断挣扎与探索,才走到今天这一步。我们对中国社会的理解,尤其是将生命与学问融合在一起,后世学者不一定做得到。这是我们的强项,不改初衷,不求时尚,坚持下去,一定会走出一条属于我们自己的"金光大道"。此话深具历史感与思辨性,在座诸君很受鼓舞。二十多年后,我在北京大学与香港中文大学分别开讲"中国现代文学学科史",其中谈钱理群、洪子诚、王富仁、赵园、吴福辉那一章,我专门引述了王富仁此言,作为一代学人的标识(说不定还可以作为墓志铭)。

第二句话不记得具体时间地点了,大约是九十年代中后期的北京,某次朋友聚会,酒酣耳热之际,聊起新文化运动,富仁兄又高谈阔论起来：对于鸳鸯蝴蝶派，就是要打压，狠狠地打压，否则新文化怎么建立合法性？那些平等看待旧体诗与通俗文学的说法，纯属书生之见，平和到近乎平庸的地步。这话过于强调策略性，且完全站在新文化人立场，不太符合我对历史学家的想象。不过，这让我想起陈独秀"老革命党"的气质，"必不容反对者有讨论之余地"在特定历史环境中所发挥的积极作用。

第三句话产生于2009年4月，我在北大召开"五四与中国现当代文学"国际学术研讨会，富仁兄欣然与会并发表精彩论文。会议空隙中，富仁兄一脸严肃地对我说：对于社会上各种借"国学"名义而泛起的沉渣，北大不能沉默，应奋起反击，这是你们的责任。别的学校随风起舞可以原谅，你们北大应该中流砥柱。若你们只顾书斋中的学问，不管沉渣如何泛起，总有一天，我连沉渣带这不作为的北大一起骂。

如此自信、执着、激愤，确是斗士姿态。随着富仁兄这一代学人逐渐离开舞台，那种坚守鲁迅立场，是非曲直，棱角分明，兼及书斋与学问的取向，越来越少见了。念及此，格外怀念富仁兄。

2017年9月20日于京西圆明园花园
（初刊2017年10月11日《中华读书报》）

瓦格纳：为学术的一生

从1992年初在北京中关村见面，到2019年4月28日在波士顿南北家园餐厅外道别，二十八年间，我多有向瓦格纳教授（1941—2019）请教的机会，如参加各种学术会议、委托指导博士生、应邀到对方的大学讲学，还有参与《晚明与晚清——历史传承与文化创新》（陈平原、王德威、商伟编，湖北教育出版社，2002）、《近代中国的百科全书》（陈平原、米列娜编，北京大学出版社，2007）、*Chinese Encyclopaedias of New Global Knowledge (1870—1930)：Changing Ways of Thought* (editor: Milena Doleželová-Velingerová, Rudolf G. Wagner, Springer-Verlag, Berlin, Heidelberg, 2014) 等书的编写。作为汉学家的瓦格纳，学识极为渊博，研究领域兼及中古哲学、当代戏剧，但最能体现其跨文化研究的贡献，包括世界视野、理论意识以及学术组织能力的，是成就卓著的晚清媒体及思想文化研究——他与中国学界的密切联系及深远影响，也主要集中在这方面。可以这么说，最近二十年晚清研究之成为显学，其眼界、方法及资料运用明显上了一个台阶，与瓦格纳教授的提倡与引领有直接关系。

关于瓦格纳教授的深厚学养、敬业精神、痴迷史料，以及"工作狂"，因夏晓虹在《汉学界的"广大教主"——我眼中的瓦格纳先生》（《读书》2019年第8期）中有生动描述，故从略；我这里就讲讲与瓦格

2013年11月在北大主持瓦格纳教授讲座

纳教授最后的交往。

我们俩都关注晚清画报，不同之处在于瓦格纳教授专精，集中在《点石斋画报》及其周边，我则兼及清末民初百余种图文并茂的画报。2018年秋，北京的三联书店推出增订版的《左图右史与西学东渐》（比2008年香港三联书店初版增加一半篇幅），我当即寄送瓦格纳教授，因书中多次引述他的名作《进入全球想象图景：上海的〈点石斋画报〉》(Joining the Global Imaginaire: The Shanghai Illustrated Newspaper Dianshizhai huabao, 中译本刊《中国学术》2001年第4期)，那是到目前为止关于《点石斋画报》最好的研究成果。瓦格纳回信说，他关于晚清媒体的著作中译本很快也要出版了。果不其然，2019年4月哈佛会议见面，他当即送上油墨犹香的《晚清的媒体图像与文化出版事业》(传记文学出版社，2019)，说是刚拿到两册样书，让我先睹为快。

在哈佛大学主办的"五四@100：中国与世界"国际学术研讨会上（2019年4月12、13日），瓦格纳和我各做一个主题演讲，我的《从"触摸历史"到"思想操练"》基本上是汇报已完成的工作，瓦格纳的《重构五四：通信、宣传与国际参与者的作用》不一样，是全新的题目，更具开拓性。4月28日，瓦格纳夫妇约请我和夏晓虹在南北家园吃饭，席间谈的全是他的资料发现，还说准备再找机会去斯坦福大学胡佛研究所看档案。大家聊得很尽兴，相约2020年秋天，乘叶凯蒂学术休假，我请他们到北大住一段。

9月2日我给叶凯蒂写信，说已跟北大人文社会科学研究院谈妥，请他们夫妇来做一个月或三个月的研究。凯蒂的回信让我大吃一惊："瓦格纳近来癌症复发非常厉害。一时无法制订旅行计划。我会把你的来信的信息告诉他。过一阵子，我会再写信给你。"此前凯蒂确实告知过瓦格纳身体不太好，我们猜海德堡大学编致敬文集与此有关，可见面时看他虽略显消瘦，还是意气风发，只字不提病情，只说马上回海德堡，可以潜心写作，让我们大为宽心。

而且，5月13日我们还收到瓦格纳的邮件，讨论如何借助《字林西报》数据库了解五四时期在华外国人的作用："关于上图徐家汇分馆的《字林西报》数据库的贵消息收到了，多谢。海外有两类包含《字林西报》的全文数据库，用得很方便，但是，1918、1919、1920、1921部分不在其中。记得上图做这张报纸的 pdf，所不知道是这些 pdf 只是照相还是全西文能探索？ 关于上图仓库里《字林西报》的具体记录在哪里能找到？…… 很对不起，麻烦您，但为了研究五四的跨文化环境，已经找到的档案资料外这类报纸太重要。"中间还有一大堆问号，涉及具体操作方案等，我和夏晓虹技术都不行，只好请在北大图书馆工作的学生给他详细解答。好在两天后接到来信，说问题解决了："燕京图书馆有了，从他们那里我需要的资料都下载了。"

因刚从美国归来，来不及申请签证，6月26日海德堡大学为瓦格纳教授举行的庆祝会，我们虽提交了文章，但没能参加。不过读凯蒂来信，还是很开心，因确认瓦格纳仍在推进研究工作："大会的最后的节目是瓦格纳讲话，题目是五四，与哈佛的讲话又增加了新的研究内容，十分精彩。讲完，全会跃起鼓掌，大家都很激动。"只是7月15日叶凯蒂的统一回信，让人有不祥之感："再次感谢您加入这书的编写！鲁道夫请我感谢您。因为他目前面对健康问题在医院住院。他希望我告诉您，一旦他离开这个医院环境，他会单独写信给您，谢谢您。"

10月27日清晨，收到噩耗，我当即在朋友圈贴出他的《重建思想的眼界——跨文化视域下的概念史研究》，并写下这么两段话："刚接叶凯蒂来信，瓦格纳先生昨晚在海德堡家中谢世，不胜哀伤。今年四月，还在哈佛的五四会议上听他谈论最新发现以及下一步的工作计划。六月海德堡的致敬会，因时间冲突没能参加，我应邀撰写专业论文，夏晓虹则送上随笔《汉学界的"广大教主"》"；"《世说新语》记谢安语：'中年以来，伤于哀乐，与亲友别，辄作数日恶'——更何况此别是永别！转四年前北大'胡适人文讲座'后，瓦格纳教授的答问，可以大致了解其学术经历及趣味。"

如今为AAS的纪念会撰写发言稿，眼前不断晃动的，是瓦格纳教授波士顿午餐后飞车离去时挥手告别的身影——如此充满激情与活力的为学术的一生，让人永远感怀。

2020年3月1日于京西圆明园花园

（初刊2020年3月13日《文汇报·文汇学人》）

一次致敬式的对话
—— 怀念诗人兼学者杨牧

昨天傍晚,微信群里出现杨牧先生去世的消息,我立即上网检索,很快看到:"据杨牧作品出品方'理想国'消息,台湾诗人杨牧于3月13日下午在台北市国泰医院去世,享年80岁。杨牧曾于2013年接受新京报专访,谈了谈他的诗歌,以及他关于文学写作的理念。"紧接着的,就是初刊2013年5月29日《新京报》的专访《杨牧:"文学没办法让你为所欲为"》。旧文重刊,删去"日前第一次在北京公开场合与读者们见面"的引言,以及第一段对话:

新京报:先谈谈参加完几场活动的感受?
杨牧:印象最深的就是在北京大学和陈平原、杜维明两位老师的活动。大家谈的还不错,年轻人的问题也很有意思。我大概32年前去过北大,那次只是参观,这次比看风景有意义得多。

当初报道需要交代语境,七年后重刊,删去这段闲言也无不妥。只是作为当事人,我敝帚自珍,对于自己曾有机会当面向杨牧先生致敬,还是颇为得意的。此前在台北的"中研院"文哲所座谈(那时他兼任文哲所所长),此后在花莲他家附近接受宴请(2014年10月24日),中间帮助协调著作在大陆出版事宜,都只是泛泛之交。真正稍为深入杨牧先生的诗歌及学问的,是那次意外的对话机会。

2013年5月26日,在由北京大学中文系、北京大学高等人文研究院主办、腾讯文化等协办的"朝向一首诗:杨牧诗歌之夜"上,我有机会与杨牧先生做了一场致

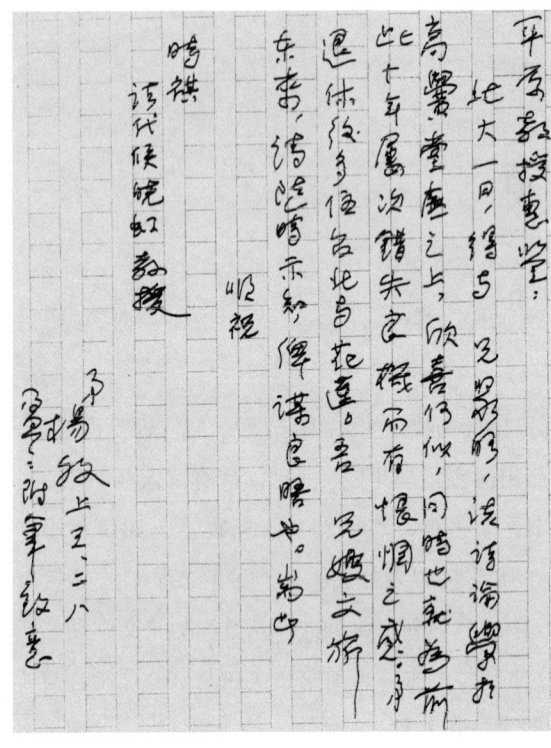

2013年5月杨牧先生来信

敬式的对话。我不写诗,也不做诗歌研究,本无对话资格,纯粹因为活动前两天,计划临时变更。杨牧的老同学,也是此次活动的主持人杜维明先生不太熟悉大陆文学界的状态,加上时间紧迫,临时找人很麻烦,于是让助手给我写信:"杨牧教授那边觉得,可能他一个人讲比较闷,更希望能跟您对谈,或者以您提问、他回答的方式,来展开相关话题的讨论。"好在我对杨牧先生略有了解,匆促上阵,就从我最初读他的学术著作《钟与鼓——〈诗经〉的套语及其创作方式》的感受说起,现场效果不错,杨牧先生也很满意,除了接受《新京报》时刻意提奖几句,回台后还专门来信致谢。

关于这场对话，2013年6月5日《中国艺术报》做了专题报道，题为《诗人，何以在大学安身——杨牧对话陈平原谈诗歌教育及其他》（何瑞涓）。转载于此，以为纪念。

（初刊2020年3月14日"论文衡史"公众号，后连同附录的《诗人，何以在大学安身——杨牧对话陈平原谈诗歌教育及其他》，收入《告诉我，甚么叫做记忆：想念杨牧》，时报出版，2020年9月）

岁末怀故人

一

按惯例，临近除夕，我都会发信问候国内外亲朋好友。去年2月4日下午，当我开始用电邮或微信发送贺年卡时，突然意识到，有七个地址／号码已经无法送达，当即心情黯然。而这，还不包括我已撰文怀念的汉学家瓦格纳和著名诗人杨牧（参见《瓦格纳：为学术的一生》，2020年3月13日《文汇报》；《一次致敬式的对话》，《告诉我，甚么叫做记忆：想念杨牧》，时报出版，2020年9月）。

依旧是岁月匆匆，不断有师友隐入历史深处。因疫情缘故，这两年取消了告别仪式，以往那种刻骨铭心的"伤逝"场面，逐渐被网络上众声喧哗的"怀人"文／图所取代。如此转化，不知不觉中，悲伤的意味减少，而无奈／无力感则陡然升高。我明显感觉到，那些对我等凡人十分重要的"记忆"，正从手指缝中溜走，悄无声息的。

今年春节来得早，今天就开始筹备发送贺年卡了。此前看过2021年12月22日《中华读书报》的《2021永远的怀念》，35位去世的人物中，竟然有11位是我比较熟悉或有一面之缘的。我不擅长即兴写作，而且相信鲁迅的说法，感情正烈的时候不适合写诗；但我关注各类怀念文章。读来读去，凡有很多好文的（如沈昌文、王信），我深刻认同，就此搁笔；而声望如日中天、去世后媒体上铺天盖地追怀的（如余英时、李泽厚），我虽私下感念，因关系没到那个份上，谢绝撰文，怕说多了有攀附的嫌疑。

倒是以下四位先生——2020年12月11日去世的孙逊先生、2021年1月15日去世的吴福辉先生、2022年1月4日去世的戴小京先生，以及2022年1月16日去世的姜寻先生，年龄悬殊，专业背景不同，贡献及名气也有大小，跟我的关系更是很不一样，但都有值得一说的地方。考虑到四位的业绩及人品，都有各自单位、亲友或弟子专门介绍，这里就说说我与他们的交往，琐琐碎碎中，或许也能见其真性情。

二

忘记是哪一年初次见到上海师范大学教授孙逊（1944—2020），但首次合作始于1997年，则很明确。大概是外出游玩其乐无穷，懒得写日记了，如今只留下"9月25日赴上海，10月5日由南京返京"的线索／印记。南京只是稍为停留，就为了拜访程千帆先生，这在《〈掬水集〉小引》中提到了。主要部分是在上海师大，记得是集中讲座，讲什么也忘记了，毕竟是二十多年前的事。

唯一记得的是，人高马大的孙逊教授竟然心细如发，刚讲了一课，就很体贴地问我："这次单独外出，是不是得给夏老师买点礼物？别的就不要了，弄几块古玉如何？君子佩玉，很适合夏老师气质的。与其带回去几千块钱讲课费，还不如奉上几块古玉。你说呢？"

看我点头称是，孙教授马上趁热打铁："那我们今天下午就去上海市文物商店，已经替你看好了三块明清古玉，质地不算很好，略有残缺，但都经过专家掌眼，有鉴定证书。价钱呢，已跟店里谈妥了，就

2016年12月与孙逊先生在上海师范大学

用你的讲课费。"

此前我曾在新疆买过假的和田玉，被妻子严重警告：不要不懂装懂，别乱买东西了。这回有孙逊紧急补课，普及收藏诀窍以及玉石的基本知识，再加上出自文物商店，不会离谱的。回家拿出一周劳动所得，果然大获表扬。直到今天，这三块不算珍贵的古玉，还时常陪伴我们外出游览。

以后交往多了，才知道孙逊不仅是著名学者，还是个颇有经验的收藏家。据说最初上手时，瓷器、玉石、印章等什么都收，有些杂乱，后来才逐渐集中到明清文人字画。因宋元字画太贵，明清还勉强跟得上，而且不求多，求贴近自己的专业。

在《收藏结合自己的专业最开心》(2015年3月3日《文汇报》)中，孙逊称："如果一个古典文学爱好者和研究者，能有机会收藏到他们之中一部分作品，哪怕是很少一部分，那该是多么让人高兴的事！把它们集在一起，岂不就是一部可以摸到古人脉搏跳动、感觉到古人体温的明清文学史？"据说他在上海师大教中国文学史课，讲到明清段，每个重要作家都能秀出点宝贝来。无论对于老师还是学生，如此古今对照，直接触摸历史，当然是大有裨益。

对他的藏品，惊鸿一瞥后，我不再过问。不是不信任，而是怕被诱惑。我知道这里的水很深，一旦介入，需要金钱，更需要时间。我没有这个财力与定力，只好眼不见心不烦。但若处理得好，拿得起放得下，那确实有利于养成学识与性情。我的北大同事潘建国教授是孙逊指导的第一个博士生，曾撰《无言之美——纪念恩师孙逊教授》，讲述孙逊收藏清初文人纳兰性德与顾贞观的书扇合册，借此度过人生最困难的时刻。"后来，他请苏州老裱工重新精裱了册页，请沪上著名画家刘旦宅题签'容若梁汾书扇合册'，又特意来到北京，请冯其庸先生、袁行霈先生分别题写了引首'词坛双璧''千古高义'。"

我所接触的孙逊，主要是其学术策划与组织方面的才能。至于他论《红楼梦》及东亚汉文小说方面的著作，自有专家评说。1996年，上海师大成立包括中文系、历史系、古籍研究所和文学研究所四个单位的人文学院，孙逊任首任院长。作为一个地方院校，申报博士点，争取重点学科，延揽杰出人才，拓展研究领域，乃至推荐新人获奖等，这些琐细而艰辛的工作，需要有高屋建瓴且大公无私的人来认真规划与推动。十三年的人文学院院长任上，我看着能屈能伸、不卑不亢的孙教授不断进取。近年上海师大文科实力的增长以及声誉的提升，应该说与孙逊的不懈努力分不开。卸任院长后，他又主持或参与了上海市都市文化 E 研究院、光启国际学者中心等成功运作。直到重病缠身，他仍关注上海师大人文学科的发展，竭尽全力扶持年轻学者。去世前一个月，给我发微信，还在谈这个话题。

因妻子夏晓虹退休后受聘上海师大光启国际学者中心特聘教授，我连续几年到上海师大做讲座，2016年12月5日讲《大变动时代的图像叙事——晚清画报三十年（1884—1913）》、2017年4月24日讲《鹦鹉救火与铸剑复仇——胡适与鲁迅的济世情怀》、2018年3月26日讲《声音的政治——现代中国的宣传与文章》、2019年3月19日讲《学术史视野中的鲁迅与胡适》。前三次都是孙逊亲自主持并做精彩点评，最后一次，他用嘶哑的声音简单开了个头，就请宋莉华代为主持。看他身体实在太虚弱，我给他发微信："孙老师，今天天气不好，请在家休息，不用出席夏晓虹讲座。"他的回复是："谢谢！我今天上午在家休息，中午11点半仍来陪你们外宾楼用餐。"我相信，很多学者之所以乐意与上海师大合作，与孙逊教授这种谦恭与体贴的性格大有关系。

三

今年的1月15日，我在朋友圈贴出三张照片，还有下面这段话："去年今日，接到吴福辉在加拿大去世的消息，我赶紧告知几位师兄师姐，略为商议，发去唁电：ّ惊悉老同学吴福辉不幸病逝，我们都深感悲痛！请夫人珩青节哀顺变，保重身体！钱理群、赵园、温儒敏、凌宇、陈平原。ّ前四位确实是老吴的同学，我属于师弟，但经常在一起活动。作为一个外省青年，我之所以一到北京就如鱼得水，除了导师的福荫，还得益于这些学问及人品都很好的师兄师姐们的提携。老钱、赵园抱怨，知道老吴要去加拿大，可走前为什么不专门道别呢？我说不对的，2019年9月3日给三位寿星祝寿，9月9日欢迎日本朋友聚会，老吴都兴高采烈地参加了。只是离愁别绪，你让人家怎么说？

而且并非一去不复返,日后还有的是见面机会。可找出那几张照片,仔细观察,老吴招牌式的微笑中,不无几分哀怨。怀念远去的师兄!"

我的师兄吴福辉(1939—2021)是中国现代文学馆最早的筹建者之一,曾任中国现代文学馆副馆长、《中国现代文学研究丛刊》主编、中国现代文学研究会常务副会长等。但我觉得还有一个身份,对他来说更重要,那就是河南大学博士生导师。当年河南大学与现代文学馆联手申请博士点,对双方都是一大利好。此前,老吴曾多次对我说:"你们在大学教书,真幸福!"因为,考上北大研究生前,老吴当过多年中学语文老师、教导主任,教书在他是本事当行,也是兴致所在。这几年我与河大文学院接触较多,那里的老师谈起我的师兄,莫不交口称赞。老吴去年1月在加拿大去世,8月河大文学院举办了"吴福辉先生学术思想研讨会",今年1月又有"吴福辉先生追思会暨《吴福辉先生纪念文集》发布会",这都在情理之中。

老吴学问做得最好的,是海派文化论述(如《都市漩流中的海派小说》),而非早期的讽刺文学研究(如《沙汀传》《带着枷锁的笑》)。但我在中山大学完成的硕士学位论文《论四十年代国统区、沦陷区讽刺文学》(1984),明显是受他《中国现代讽刺小说的初步成熟》(《北京大学学报》1982年第6期)的影响。见面时谈及这点,他很得意。三十多年间,作为师兄,老吴对我倍加关照,只是因学术风格及生活品味不太一样,平时交往并不频繁。

2019年9月的两次聚会,第一次是学生操持,第二次才是我发起。老吴很开心,和夫人朱珩青一起参加,回去后还发来他拍的照片,嘱咐我转给各位。那两次活动确实没提及移居异国事,他不想多说,我们也不便多问。多年的老朋友了,相互间达成默契:家家都有本难念的经,尊重别人的选择。因微信联系很方便,久而久之,我竟忘记了

1990年11月4日与老吴在凤凰县遐昌阁

他已人在异国。2020年4月30日给他发信:"制作一册《手稿集》,若有兴趣,请发来接收地址及手机。"他当即回复:"手稿集可以考虑。但我现在人住在加拿大儿子这里,因疫情今春按计划回国已不可能。那就再联系,有关事宜可在微信上谈的,也可先交流一下。"过一会又来信:"平原,如你所说待回京时再议吧。国内疫情好转,加幸亏边境封锁早,与美切割成功。目前高峰还未至,但确诊病例每日总算稳定。我是坚不出门,和儿子本来就是分开住的,所以平安无事。你和晓虹多多保重!"

各自都忙着防疫,日子过得很匆忙。2020年5月27日晚上23:56,老吴发来《百年翩跹》,那是他几年前在《文汇报》上发表的散文,当时读过我就点赞了。这回估计是"文汇笔会"微信推送,他马上转给我,显然希望我重读。此文提及他们家族的历史:"我们这个家,从由甬入沪算起，自上世纪二十年代至四十年代末计30年；从上海到东北是1950年至1970年代末也是30年；再由1980年代至今整整40年：正逢一百年！"而他自己，更是在回顾家族史的同时，总结自己的学术历程："在做上世纪三十年代中国现代文学史研究的过程中，发现、挖掘了海派文学，触动了我对甬沪两地固有的'情结'，调动起童年的生活记忆，写出了最早的海派小说研究专著。我从学术专业上仿佛踏上了一条回归之路。"老钱、赵园和我都认定，老吴研究海派文化，之所以让我们望尘莫及，不是因为他勤奋，而是他带着寻根的深情，故能格外体贴入微。

四

今年1月4日晚上，看到我的大学同学、上海市书法家协会顾问、上海市文史研究馆馆员、国家一级美术师戴小京先生（1952—2022）因病去世的消息，我着实大吃一惊。因为，不久前还有工作联系——虽说是拐了个弯。

事情是这样的，去年12月13日，我接到中山大学同学王培楠来信，说为纪念毕业40周年，他想将一直珍藏的全套《红豆》杂志7本以及一册《这一代》，还有中山大学钟楼文学社公章一枚送给中大校史馆，特意拟了段说明文字，希望我抄写，以便在校史馆展出。关于改革开放初期中山大学的学生刊物《红豆》及钟楼文学社，主编苏炜多次撰文，我也在《怀想中大》（花城出版社，2014）中有所涉及。王培楠当年是钟楼文学社社长，此文学社的主要工作就是主办《红豆》杂志，而我则是《红豆》负责文学评论的编委。去年我在广州办"大字书"书法展，他和好几位老同学专门跑来助阵，缘于此，才有让我抄写说明的动议。

　　培楠的简要说明写得很好，但让我抄写明显不合适。因那是给校史馆展览用的，纸张不能太大，而我们班同学中，小楷写得最好的，当属上海的戴小京。当年在中大念书时，他常向容庚、商承祚请教，且坚持每天练字，是我们同学中书法功力最为深厚的。2017年12月，中大中文系七七级同学回母校聚会，纪念恢复高考以及入学四十周年，人来人往，很是热闹，小京把我叫到一边，略为交谈后，塞给我一把扇子，说这里人多，回去再打开。这是一把洒金折扇，上有小楷书写的苏东坡《念奴娇·赤壁怀古》，真是漂亮。念及此，我建议培楠找戴兄抄写这段说明文字。

　　培楠兄一听，拍案叫绝，因他手头正好有一张老照片，证明小京也是《红豆》重要一员："从照片留下'红豆编辑部同人合影'字样，显然这不是随意抓拍，而是一次有意义的合影。从合影人员构成看，这明显又是《红豆》负责日常编务的核心工作班子。当中有七七级五人（陈平原、苏炜、毛铁、戴小京、王培楠）。七八级（刘浩、辛磊）。七九级（罗昌松）。还有两位，当中应有七九、八〇级，是编辑部联系当时四个年级的负责人。从时间看，1981年10月22日，显然又是我们毕业前夕了。我想这次把这张照片一同送归学校，您看呢？戴小京已答应抄说明，我等他寄来。我想，您是位大学者，又是《红豆》核心亲历者，能一同给母校留个'大字书'的墨宝吗？这样，校史馆若开个《红豆》小展柜，阵营就不那么单薄了。"

　　我辞谢了赠送母校书法作品的建议，因同学中擅长此道的很多，轮不到我出头。12月22日王培楠又来信："平原兄好！小京的墨宝已寄到。校史馆说，没有收藏您的《怀想中大》。这次，是否可给他们送些书？"中大图书馆藏有我不少著作，校史馆因刚从图书馆独立出来，藏品及展品稀缺，号召校友们多多捐赠，此前我并不知晓。赶紧挑出若干近著，连同《怀想中大》，寄给王兄，请他转交中大校史馆。

正欣赏着小京抄写的《红豆》说明文字，突然传来他去世的消息，惊诧之余，我当即给培楠去信："实在让人难以置信，十几天前，你发来他抄写的向中大校史馆赠送《红豆》的那则短文，看不出任何病态，怎么会突然去世了。大概，同学年纪渐大，此类事越来越多，不胜悲伤。最难得的是你请戴小京抄写关于《红豆》的说明文字，如今竟成绝笔。"培楠回复，已将所有图书连同小京的书法交给了中大校史馆，小京那份捐赠证书日期为2021年12月30日："他是用此生的深情，在临终前，代表七七级，给母校留下了极为珍贵的遗墨！"

五

我与前三位故人，交往不见得都很密切，但起码认识二三十年。而结识模范书局创始人、诗人、雕版收藏家姜寻（1970—2022），只有短短两年时间，而且还是在疫情期间。可想而知，我对他的了解非常有限，只是因他去世太过突然，"是库房搬书的过程中意外身亡"，我觉得非记下几笔不可。

2019年年底，北京电视台编导王宇制作《我是规划师》第一集，约我客串出镜，在永定门、正阳门等处现场，念了几段我《北京记忆与记忆北京》（三联书店，2008）中的文字。这种现场表演，非我所长与所愿，但为了老北京，我还是勉为其难了。没想到2020年1月8日又接到王导来信，说还要补拍些我在城南的镜头，地点就选在杨梅竹斜街的模范书局。看我很不情愿，对方极力劝说：作为拍摄点，那是一个很有历史氛围的地方，而且主人很有趣，相信你去了会喜欢的。

那是个冬日的上午，风很大，天气很冷，但随摄制组走进书店，确有温暖如春的感觉。书店不大，略显拥挤，稍有顾客，就转不过身来，但氛围很好，尤其是那几部主人制作的雕版诗集，难得的兼及技术、审美与岁月沧桑。姜寻把我们领到二楼的书房，看他的收藏，签了若干他收藏的我的著作，聊了聊各自的文学观，以及对雕版印刷的感觉。谈得很开心，几乎把拍摄的事忘了。不知不觉中，太阳照进阁楼，站在窗前，俯瞰旁边的平房，老北平的韵味一下子上来了。看我赞叹不已，姜寻赶紧推荐自家在西城区佟麟阁路的"模范书局＋诗空间"，说比这更有味道。那里原本是中华圣公会教堂，始建于1907年，2013年公布为全国重点文物保护单位，如今被他改造成书店，成了文青打卡的最佳去处。当时一拍即合，就在那里举行我的新书发布会。

几天后我去信："姜寻兄，那天谈及在模范书局诗空间开我的《想象都市》等四本新书发布的可能性，承蒙你一口答应。可三联认为放在他们刚重新开业的韬奋图书中心更合适。得便再向你请教版刻及装帧问题。"接下来，我们围绕三联图书及其装帧等，略为交流了一下各自的心得。

同年1月16日，姜寻来信："我想，继饶公雕版诗集出版之后，一直没有更好的雕版诗集。模范书局邀您主持精选出版当代雕版系列丛书。"我的回复是："谢谢邀约。当代雕版如何做到内容与形式相匹配，且有一定的市场，需仔细斟酌。"几天后，他专门来访，讨论此事的可行性。我特别欣赏他赠送的《饶宗颐诗钞》（国家图书馆出版社，2013），那书最后一页是："岁在壬寅十二月，于京师煮雨山房开雕，姜寻工作室辑宋黄善夫《史记》刊字，扬州陈义时刻。"总共十二页（双面），售价1500元。严格说来，如此精美的图书，已经进入艺术品范畴。将文学阅读与非遗保护结合起来，制作典藏版的图书，这是个好主意，但必须顾及读者趣味及接受能力。

姜寻以他集宋本《草窗韵语》字、请扬州中国雕版文化传承人陈义时先生雕版的北岛诗集《一切》（中华书局，2017）为例，论证事在人为，此路可以走得通。那书一函两册，定价5000元，据说卖得还不错。我则坚称新诗人中北岛的地位很特殊，加上此书销售借助很多文化活动，是个特例。如此制作雕版图书，很难持续。我建议他每种诗文集就刻两页，雕版作为艺术品销售，其他部分同样集宋本但电脑制作，这样可以大大降低成本，让"雕版图书"（而不是非遗产品）真正复活。作为诗人兼艺术家的姜寻，理想主义色彩极为浓厚，对我如此向市场妥协，表面不说，心里估计太不以为然。当然也可能是因为紧接着武汉疫情暴发，大家都无暇他顾，此事也就不了了之。

同年三月间，姜寻送来若干特种纸，说是模范书局天桥店开张，政府有关领导要去检查，若评价好，可以补贴若干运营经费。因此，希望我题写"戏剧人生"，放在店里，权当点缀，也算是一种支持。

此后，我与姜寻的联系，仅限于互相问候，以及贺年、赠书等。说好的参观导览"模范书局+诗空间"，则因各种缘故一再推迟。如今，这一切都成了梦幻。除了叹惜其英年早逝，再就是挂念他的雕版以及书店事业，真希望后继有人。

2022年1月22日于京西圆明园花园

（初刊2022年1月28日《新华每日电讯·草地》）

辑四 师友风流

教授生活，可以如此优雅

一

七年前，著名散文家、台湾大学中文系名誉教授林文月写了一篇很感人的文章，题为《在台大的日子》(收入《回首》)，从1952年她作为新生进入台大中文系，到念研究所，再到毕业留校任教，至1993年夏退休离职，一直讲到若干年后重返校园——"我又来到这一间已不再存放我个人书籍的第四室。依旧是书籍拥挤的景象，甚至于几张书桌的排列都无甚变化。凭窗凝视，内庭的老树依旧稳立于原地。"对于熟悉林文月文章的读者来说，这棵老树很有名，二十年前，林曾专门为其撰文，题目就叫《树》(收入《午后书房》)，其中提到了老教授的相继凋零以及年轻人的薪火相传。而眼前这篇让我感慨万端的《在台大的日子》，也是如此立言："我们来看老树，我们走了；还会有不同的人来看它。在这里，台湾大学，永远不乏知识学术的新血。这一点是无疑的。"

之所以"感慨万端"，是因为林文发表后一年多，我也来台大任教，朝夕相处的，同样是这棵充满灵性的老树。走进这座建于1928年、已成台北市定古迹的"文学院"，颇有似曾相识的感觉。那是因为，此前我读过林文月的散文，对台静农等诸多台大中文系教授以及他们的工作环境印象极深。真是无巧不成书,系里安排给我的办公室,正是林文多次提及的第四室。《在台大的日子》有这么一段:"靠窗对面相向那两张较大的书桌,我曾见过先后为吴守礼、洪炎秋、郑骞、叶嘉莹等诸位先生拥有过。何其荣幸,我能与所崇敬的前辈学者共同分享过这个研究室!他们每一位的学识与人品,是我追随仰慕的典范。我目睹他们敦品励学,皓首穷经,谆谆教诲,爱护学生。"书桌依旧,书橱依旧,窗外的风景也依旧。只是人去楼空,我只能遥想前辈风流,再就是学林先生,发出"何其荣幸"的感叹。

多次赴台开会或讲学,结识不少台大的老学生、新教授,听闻许多关于优雅的林文月的传说。至于有意识地集中阅读林教授的著作,则是到台大任教以后。上任第二天,系主任送我一册刚印制完成的《台湾大学中国文学系系史稿》,其中的"沿革"部分称:1945年台湾光复,国民政府接收了这所创办于1929年的"台北帝国大学",改名"台湾大学",并将原文政学部分解为文学院与法学院;文学院下设中文、历史、哲学三系,台大中国文学系于是正式成立:"唯当时百废待兴,乃由北大中文系教授、台湾省国语推行委员会主任委员魏建功先生代为邀聘教员,参与规画。"细读"年表"及"传记",发现台大中国文学系早年诸多名教授,大部分是北京大学的毕业生,如毛子水、董作宾、洪炎秋、戴君仁、台静农等,再加上毕业于燕京大学的郑骞和毕业于清华大学的董同龢,难怪我到此讲学,有"宾至如归"的感觉(参见我为台北麦田2005年版《晚清文学教室》撰写的序言《从北大到台大》)。如此校史资料,只是供我驰骋想象的线索,真正让这所名校在我面前变得血肉丰满的,是林文月的若干散文集。

我相信,台大中文系之所以声名远扬,除了自身的学术业绩,林文月谈论台大课堂以及追怀老教授的诸多文章,至少是起了推波助澜

2012年10月林文月先生在北大演讲

的作用。林先生曾提及,在某次文学奖的颁奖典礼上,有获奖人前来致意:"我本来是考上电机系的。偶尔读了那篇老师写的《读中文系的人》,很感动,所以就转读中文系了。"(《十二月,在香港》,收入《回首》)我对此举的意义深信不疑——能让"大学精神"代代相传的,不是政府的文告,也不是校长的演讲,而是无数像《读中文系的人》这样的好文章,以及背后所蕴含的故事与人物。

二

因我进入林文的角度有点特殊,观感自然与时贤略有差异。必须承认,另一位散文家琦君的说法很有道理,《给母亲梳头发》《姨父送的蝴蝶兰》等抒情散文很精彩,"尤其难得的是她的文辞于平易中见情趣,于朴实处透至情,所以能格外打动人心"(琦君《心灵的契合——读林文月的散文集〈遥远〉》,《遥远》,洪范书店,1981)。可我自己更欣赏的,则是其对于台大人物以及台大生活的追怀。如《读中文系的人》(《读中文系的人》,洪范书店,1978)、《午后书房》《台先生和他的书房》(《午后书房》，洪范书店，1986)、《因百师侧记》(《交谈》，九歌出版社，1988)、《伤逝》《饮酒及与饮酒相关的记忆》(《拟古》，洪范书店，1993)、《人生不乐复何如》《台先生写字》《台先生的肖像》《从温州街到温州街》《坦荡宽厚的心》(《作品》，九歌出版社,1993)，还有《在台大的日子》《消失在长廊尽处》《记一张黑白照片》《龙坡丈室忆往》《怀念台先生》《台先生手书诗稿》(《回首》，洪范书店，2004)等，所有这些，都是难得的好文章。我曾将其中的《从温州街到温州街》推荐给北大的学生阅读，那些对台湾的教育制度及文化学术知之甚少的大学生们，竟然也都深受感动。可见，并不是因我曾在台大教书，故情有独钟。

在《台先生手书诗稿》一文中，林文月谈及台静农先生1975年的托付手书诗卷，那诗卷上书四十五首诗，卷末跋文："余未尝学诗，中年偶以五七言写吾胸中烦冤，不推敲格律，更不示人，今钞付文月女弟存之，亦无量劫中一泡影尔。"书后二印，上"澹台静农"，下"身处艰难气若虹"。这长365公分、宽19公分的诗卷，我曾有幸目睹。那是2001年12月，我赴台参加学术会议，顺便到台大演讲，得知图书馆有"台静农教授手稿资料展"，大喜过望。而展览中最具震撼力的，便是此长卷。

林文月的学术研究及散文写作，得到了台静农先生的鼓励，某种程度也受其影响——这里说的是"趣味"，而不是具体的写作技巧。在《读中文系的人》一书的《后记》中，林提及台先生劝其放弃小说，专攻散文，理由是林从小生活优裕顺遂，对民生疾苦等未有深刻体验。台先生早年曾从鲁迅问学，出版小说集《地之子》(1928)、《建塔者》(1930)，晚年又有笔力雄健的散文集《龙坡杂文》(1988)传世，对"文章之道"自有独特的体味。难得的是，年轻的林文月竟认同饱经沧桑的台先生的趣味——"起初他颇嫌我文笔太过流丽,教我要往平实的方向努力才好。经过了年少好炫耀卖弄的时期,近来我自觉得已逐渐收敛,比较能够符合台先生的要求了。"

1981年,林文月刊行散文集《遥远》,其《后记》已谈及如何摆脱往昔的"喜欢铺张缘饰",而逐渐过渡到"宁取平实而不慕华靡",作者称"这或即是步入中年的一种心态吧"。我读林文,是在步入中年以后;之所以激赏,是否也是年龄的缘故?对于这个"敏感"问题,我曾认真反省。结论是:年龄不是关键,关键在于学养和趣味。君不见,文坛上也有越老越花俏者,即所谓"冬行春令"是也。林教授那么早就追求"绚烂"之后的"平淡",豪华落尽见真淳,与其个人性情,也与其专业训练有关。研究六朝文章出身的林教授,多次变幻方式引用刘勰《文心雕龙》的"风骨篇":"若瘠义肥辞,繁杂失统,则无骨之征也。思不环周,索莫乏气,则无风之验也。"以收入《交谈》的《我的三种文笔》来说,作者称自己同时兼及论文、创作与翻译,其中关于文章的看法,稍异于往时:"无论执笔为文,或读别人的作品,不再满足于华丽夸饰,而逐渐喜爱淡雅,甚至饶富涩味者。所谓'瘠义肥辞,繁杂失统',总不如结言端直为佳。"

依照我的经验,撰写文艺评论,最怕遇到的是"学者型作家",因其思路清晰,话也说得透彻,轮到你上场,几乎已是"题无剩义"。读林文月《午后书房》的"代序"便有此感,这篇题为《散文的经营》的文章,便是极佳的"夫子自道",毋庸我再饶舌。

不过,话说回来,我还是可以有点小小的补充:将学者的"专业意识"以及"学术敏感"带进来,不断探索散文写作的边界以及可能性,这应该是林文淡而不薄、雅而多趣的缘故。尤其是在一个特定时空,摒除杂念,凝神静思,抓紧话题,左冲右突,此类"专题性写作",

使得林文月的若干散文集，气定神闲，有咫尺千里之妙。早年的《京都一年》，将游学京都的种种见闻逐一纳入笔下，"如今回想起来，当时撰写那些散文的篇章，我其实是以学术研究的态度对待的"；写散文而多有注释，虽则书生气重，对于游客却十分有用（《京都，我心灵的故乡》，收入《回首》）。

不仅仅是驰骋才情，而且是兼及学识与见闻，这样的文章，更典型地体现在其退休前后出版的三本书《拟古》（洪范书店，1993）、《饮膳札记》（洪范书店，1999）以及《写我的书》（联合文学出版社，2006）。《拟古》最能显现作者如何尽心尽力地"经营"散文，而且，此书之兼及古典文学研究、日本文学翻译以及散文写作，恰好体现了林文月之"三位一体"。《写我的书》原是作者在《联合文学》开设的专栏，写自家书房藏书，关注的不是版本价值，而是藏书和自家生命的内在联系："重新翻阅时，犹如翻阅自己的生命，种种的情绪涌上心头来，愉悦美好的，或感伤激越的，时则清晰，时或幽微。"（《自序》）如果我没猜错的话，三书之中，《饮膳札记》当最为雅俗共赏。同时，此书也最能显示作者的如下追求："平凡事物，若能写出真性情或普遍之理趣，未始不可喜。"（《我的三种文笔》）

三

自谦生于富贵人家，对人世艰辛的体会不够深刻，很难成为视野宏阔、思想深刻的小说家；但反过来，若撰写谈论"美食"的散文，则不但不成障碍，反是得天独厚。清代诗人兼美食家袁枚撰《随园食单》，其《序》中引魏文帝曹丕《典论》的一段话："一世长者知居处，三世长者知服食。"这话常被后世谈美食的人引用，大意是说，一代为官的富贵人家，只懂得如何建造舒适的房屋；而三代仕宦者，方才懂得饮食之道。

"人莫不饮食也，鲜能知味也"（《中庸》）；不但"知味"，而且"能文"，自然更不容易。这也是世上多有提倡"饮食文学"的文章，而少有关于饮食的"美文"的缘故。同样是"说美食"，有人只会动筷子，有人则能够且愿意亲自下厨。在我看来，"饮食"一如"作诗"，同样是"绝知此事须躬行"。整天围着锅台转，蓬头垢面，无暇品鉴，自然说不上"知味"；但从不下厨者开口说美食，恐怕也是隔了一层。

《饮膳札记》的"楔子"称："我于烹饪，从未正式学习过，往往是道听途说，或与人交换心得，甚而自我摸索；从非正式的琢磨之中获得经验与乐趣。有时，一道用心调制的菜肴能够赢得家人或友辈赞赏，便觉得欣然安慰。"像做学问那样琢磨"饮馔"，这种生活姿态很得我心。记得袁枚在《随园食单·序》中称："余雅慕此旨，每食于某氏而饱，必使家厨往彼灶觚，执弟子之礼。四十年来，颇集众美。"同样对饮食有兴趣，喜欢"集众美"，与袁枚派家厨前去学艺不同，林文月则根据"道听途说"，亲自下厨，逐渐摸索出一套制作潮州鱼翅、清炒虾仁、红烧蹄参等菜肴的手艺来。看书中不时提及，自家某某手艺得之于某厨，实在其乐无穷。至于我略有体会的几样家常菜，读林先生的文章，颇有同感，甚至跃跃欲试。其中说到潮式萝卜糕和台式或广式萝卜糕的差异，原因在于前者"萝卜刨丝后不入锅炒，直接把生萝卜丝与米浆混合蒸制"（《萝卜糕》），让我恍然大悟。这么多年来，每当有广州或台湾的朋友向我极力推荐他们的"名品"萝卜糕时，我总觉得味道不大对；原来"此糕非彼糕"，儿时的深刻记忆，竟成了某种"接受障碍"。

在作为广西师大版《饮膳札记》"代序"的《饮膳往事》中，林文月提及,其书出版后,"有人称我'美食家',更有人以为既然写过'食谱',便欲邀我现场表演'厨艺'。这些始料未及的后果,令我惶怖窘困至极"。可在收入《回首》的《十二月,在香港》中,却有这样一个感人的场面:学生设家宴,女主人依照《饮膳札记》制作"扣三丝",碰到了困难,老师林文月再次出手,亲下厨房,现场指导——"不知不觉间,大家全挤到厨房来了。小小天地,充满温馨幸福的气氛,那是毋庸言语形容的具体事实。"即便在偶尔露一手时,作者依旧重"心情"而轻"技艺"。这正是《饮膳札记》的魅力所在——有"厨艺",但更重要的是宴客的心情,以及师友欢聚的乐趣;故以饮食为表,人事为里,时常旁枝逸出,显得摇曳多姿。

跟名厨的比拼技艺不同,林文月的亲自下厨,是为了宴请心仪的客人。因此,美食固然重要,宴饮的氛围以及客人的感受,更值得主人关心。读以下文字,你能大略体会此人以及此书的妙处:

宴客的乐趣,其实往往在于饮膳间的许多细琐记忆当中。岁月流逝,人事已非,有一些往事却弥久而温馨,令我难以忘怀。(《潮州鱼翅》)

其实,宴客之目的,飨以佳肴固然重要,制造饮食欢谈的氛围更可贵,所以主人无须紧张慌乱,而且切忌披头散发做出一副辛劳状。我宁可多花一些事前的准备工作,整装停妥,从容与宾客共享欢聚之乐。(《口蘑汤》)

通常在构想菜单时,我总会特别在上菜的先后顺序方面多考虑,如何使自己能够有充分的时间于坐席上陪宾客说谈,而避免完全陷身于厨房内。因为宴客之际，菜肴固然重要，而席间氛围更应注意，若主人尽在厨房忙碌而无暇陪宾，实在既扫兴又失礼。（《饮馔札记·跋言》）

如此"体贴入微"，既为人，也为己，实乃一种合乎"礼"的生活方式。记得1924年，周作人写过一则文章，谈到"生活之艺术这个名词，用中国固有的字来说便是所谓礼"（《生活的艺术》）。于百姓日常的饮食起居中，讲求"性情"与"理趣"，如此"生活的艺术"，需要时代氛围的烘托，需要经济实力的配合，同时也需要个人的学养与趣味。而所有这些，林文月恰好都具备。

林先生曾提及，《京都一年》中那篇"吃在京都"，记述她在京都一年所享用的美食佳肴以及京都人的饮食礼节，"隐隐然可能是我撰写《饮膳札记》诸篇的潜在远因"（《饮膳往事》）。其实，"吃饭"和"做菜"是两回事；更何况，作者关心的是下厨以及宴请时的"心情"。在这个意义上，1984年的《过年心情》（收入《交谈》）以及1978年的《过年·萝卜糕·童年》（收入《读中文系的人》）更值得关注。前者提到"最能表现过年气氛的具体事项，恐怕是吃萝卜糕了"，而从"我们一向惯用台语称'菜头粿'"，由菜头粿说到童年时光，说到母亲的弃养，说到自己的"祭如在"；后者则是："曾几何时，自己也已为人母，在潜意识中，我好像要在儿女的惊喜中寻回失去的童年似的；十多年来，每到旧历年底，无论工作多忙，我都会匀出一天的时间来制做萝卜糕。"接下来便是制作萝卜糕的具体过程以及必须掌握的若干诀窍，当然，中间还穿插与帮佣的阿婆的对话。将这两则短文与《饮膳札记》，尤其是其中的《萝卜糕》相对照，很容易理解林文月优雅而入世的生活态度以及文章笔墨。

四

大约五年前,一个深秋的夜晚,就在台大文学院的第四室,我向来访的刘瑞琳君极力推荐林文月的作品,尤其是这册《饮膳札记》。看我说得兴高采烈,刘君频频点头。可接下来的联系版权,却碰到了意想不到的困难。本以为此事已经作罢,未曾想,几天前,刘君突然驰电,说是因我当初的推荐,她时刻挂念此书,如今历尽艰辛,终于解决了版权问题。而且,她也与林文月先生商议好,要我写序。十万火急……

恭敬不如从命,何况,还有前面所说的台大因缘。我赶紧冲进香港中文大学的新亚图书馆,抱出十几册林文月教授的书籍。兴冲冲地走在校园里陡峭的山路上,眼前不时闪过"在台大的日子"的诸多场景。

记得有一次,焦桐兄在天然台湘菜馆操办了一个小宴席,主客是齐邦媛与林文月。听两位台大前辈聊天,尤其聊身为"女教授"的诸多艰难,大长见识。突然间,林先生冒出一句:我实在不佩服现在那些只知道写论文,从不敢进厨房的女教授。此话在女性主义者眼中,起码是"政治不正确"。可这里有人生的感慨,也有生活的磨练。三十年前,那时还很年轻的林文月教授,撰有《讲台上和厨房里》一文(收入《遥远》),文章的结尾是:"虽然上面我也谈到女教员身兼家庭主妇的冲突和矛盾,不过,人生岂不就是苦乐参半? 一个女性教员和家庭主妇有甘有苦,实在也是应该的。"如何从容澹定地享受这"苦乐参半"的人生,不是每个人都能做到"游刃有余"的。倘若不论性别,能够同时在"讲台上和厨房里"挥洒才情,而且兴致勃勃,难道不值得推崇吗？

  洪范版《饮膳札记》附录有林文月为意大利裔美国人、诗人、美食家及旅行作家法兰西斯·梅耶的畅销书《杜镇艳阳下》所撰书评，其中提到："近来，我开始整理多年的中馈经验，断续写一些饮膳方面的文章。素材的挑选、烹调的过程等心得的记录，固然是为文的骨髓，但记述之间亦自难免有许多过往的人事记忆涌上心头，笔端遂禁不住会借饮膳以忆往；梅耶的文章与我不约而同，令我深深有获得知音的喜悦！"那篇书评，林文月起了个充满诗意的题目《生活其实可以如此美好》。而原台大外文系才子、岭南大学讲座教授刘绍铭，撰有推介林文月及其《饮膳札记》的文章，题目同样是《生活其实可以如此美好》。

  这话说得真好，只是实践起来太难了。正因为"知易行难"，我才感叹："教授生活，可以如此优雅。"

2008 年 3 月 19 日于香港客舍
（此乃作者为简体字版《饮膳札记》所撰序言，
初刊《南方都市报》2008 年 3 月 27 日，收入林文月著《饮膳札记》，
广西师范大学出版社，2008 年）

寻找"系友"张充和的故事

明年秋天，我所在的北大中文系将隆重纪念建系一百周年。学科建制和课程设计之间，有联系，但不能混同。办大学，必然有本国语言文学的教育，但京师大学堂创办初期，并没有明确的科系划分。1903年颁布的《奏定大学堂章程》称，大学堂分八科，其中文学科分九门：中国史学门、外国史学门、中外地理学门、中国文学门、英国文学门、法国文学门、俄国文学门、德国文学门、日本国文学门。一看就是纸面文章，以当年中国的人才储备，根本做不到。1910年3月底京师大学堂分科大学正式成立，其中文科也仅设立了中国史学门和中国文学门。换句话说，"中国文学"作为一个正式的科系设置，以北大为例，只能追溯到1910年。之所以如此"拘谨"，就像讲北大历史，追到1898年，而不是1862年（1902年并入京师大学堂的京师同文馆，创建于1862年，主要是培养外语人才，但也开设自然科学方面的课程）；讲北大的研究生教育，追到1922年，而不是1917年（有此计划，且已公布，但未真正实行），考虑的是"名实相符"（参见《陈平原谈大学中文系》，2009年7月5日《东方早报·上海书评》）。

为了这百年系庆，除编纂"北大中文文库"（20卷）、组织系列学术会议、拍摄专题片等，我们还将刊行六册纪念书籍，如描摹北大中文系教师风采的《我们的师长》、邀请活跃在学界的诸多系友撰文的

《我们的学友》、追忆校园生活的《我们的青春》、收录系庆征文的《我们的五院》、选辑校园文学杂志的《我们的园地》，以及呈现教授们"另一种笔墨"的《我们的文章》。此事得到同仁的鼎力支持，征集稿件等，正有条不紊地展开。至于书名题签，我想请一位与中文系有因缘的书法家，或教员，或学生，至少也曾有短期讲学之类。正思前想后，拿不定主意时，好事撞上门来了。

耶鲁大学孙康宜教授发来即将由香港的牛津大学出版社推出的《张充和题字选集》，乃是电子版校样，为PDF文档，图文相配，煞是好看。夏晓虹阅读之下，一时兴起，主动担起了校对之责。干完活，余兴未尽的夏君，突发奇想，给孙教授写信（2009年7月1日），讨要"一册作者和编者珠联璧合的签名本"：

> 张先生的字娟雅多姿，赏心悦目；你的小记也有锦上添花之效，娓娓道来的逸事多有史料价值。即如沈从文墓碑题字一事，前些天看到苏炜一组专记从张先生那里听来的故事，也道及此节。见到张先生题字的书影，发现很多书我们都有收藏。而且，其中《合肥四姐妹》一书，译者即为平原的两个博士生（夫妇）。文中提及的邵东方，也是我的小学同学，去年还有过联系。总之，读你的书与张先生的字，随处都有一种温馨的感觉。

说实话，夏君不是追星族，且眼界颇高，难得她向人要书或请人题签，这回可是见到真正喜欢的书。

对此，我颇为好奇。于是，接着翻阅，首先入目的是孙康宜的"编者序"《小题亦可大作——谈〈张充和题字选集〉》：

每次有人向她请求题字（哪怕只是几个字），她都一丝不苟，费心地去打好长时间的腹稿，进而又像打草稿那样在纸上写了又写，试了又试，直到写出了气势，调整好布局，自己感到满意之时，这才浓墨淡出，一挥而就，交出她最佳的一幅。多年来，她总是坚持自己磨墨，要磨到墨水的浓淡程度够了，才能开始尽兴地下笔。因此，即使是一个短短的题字（小题）也必须经过持续的努力（大作）才能完成。所以，我以为"小题大作"一直是充和的基本创作方式，不管写什么字，不管给谁写字，只要是从她笔下写出的字，每一个字都灌注了她平生习字的全部精力。

说实话，这描述让我震撼：如此对待书名题签，将其作为"艺术品"来经营，难怪那么精彩。

记得是1992年秋天，我和几位师友到长沙参加学术会议，而后转张家界游玩。路上，凌宇出示岳麓书社刚刚刊行的20册袖珍本"沈从文别集"，大家啧啧称奇。别人多从内容考量，赞许其每册附录相关日记、书札、杂感等，既实现了作者的遗愿，也给读书人提供了方便。我则欣赏其装帧设计——那是我第一次注意到为每册图书题签的张充和。而后，随着各种有关"张家四姐妹"的报道及书籍问世，这民国才女的身影变得越来越清晰。

翻阅这册尚属电子版的《张充和题字选集》，突然萌生一个念头：何不就请张充和老太太为我们的系庆图书题签？掰着指头算，依旧健在的北大中文系友，会写字的虽不少，但如此优雅，且又如此高寿的，没有第二位。记得张充和说过：

我考大学时，算学考零分，国文考满分，糊里糊涂就进去了，算学零分，但国文系坚持要我。我怕考不取，没有用自己的名字，而是用了"张旋"这个名字。最好玩的是胡适那时候是系主任，他说："张旋，你的算学不大好！要好好补！"都考进来了，还怎么补呀？那时候学文科的进了大学就再不用学数学，胡适那是向我打官腔呢！（见李怀宇《张充和：书法是立体的文化》，2008年11月12日《南方都市报》）

能请这么一位年高且风趣的系友题签，是再好不过的了。可翻开《北京大学中文系系友名录》（2008），当即心凉了半截。因为，1934级并没有"张旋"这个名字。系友录的本科部分，是从北大档案馆里抄录的，一般不会出错——除非当事人"迟到"或"早退"。张充和正是这种情况，1936年便因病回苏州去了，此后也没补念，故未见记载。

还有一种情况，在北大上课，但并非正式录取，属于旁听什么的。这些年关注"老北大的故事"，深知很多流传久远的"逸事"靠不住，即便当事人说的，也不能全信。因年代久远，记忆模糊，所有的"追怀"都可能变形。不过，多年的阅读经验，让我相信，若能寻得内证的支持，可猜个八九不离十。追忆中提及的人与事，若能与相关档案资料吻合，便大致可信。在回答李怀宇的提问时，张充和提及她修过沈兼士、钱穆、俞平伯的课，这都很平常，因这几位长期任教北大。下面两个有点特殊：张充和说她上过胡适"文学史的课"，以及"闻一多是我的老师"。胡适长期在北大教书，但大部分时间教的是中国哲学史，1934年因兼任中国文学系主任，方才"第一次'改行'"，讲授"中国文学史概要"。这一点，胡适的《一九三四年的回忆》说得很清楚。曾有老学生争论胡适在不在北大国文系教书，就看你是哪一年入学的。1934年以前，没有；此后便有了。反过来，你看1928年新月书店刊行《白话文学史》，断言北大教授胡适老早就教这门课，那也不对。1934年入学的张充和，看到的正好是胡适"改行"后的第一次表演。至于闻一多，谁都知道，他是清华中文系教授。张充和说闻是她的老师，这也没错。查1935年度北京大学的《文学院中国文学系课程一览》，那一年，闻一多恰好应邀在北大讲授"楚辞"课程。有点好奇的是，顾随同年在北大中国文学系讲"唐宋词"和"元明散曲"，喜欢填词的张充和，到底听了没有，为何未见她提及？

张充和念的是北大中文系，这点大概不会有错；但无论如何，总得有证据支持才好。人在外，无法亲临北大档案馆，去"上穷碧落下黄泉，动手动脚找东西"，只好在香港中文大学图书馆努力了。老天不负有心人，居然很快就给我找到了线索。王学珍、郭建荣主编的《北京大学史料》第二卷上册（北京大学出版社，2000），收录了原刊《北京大学周刊》第110号（1934年8月25日）的《国立北京大学布告》。那是一周前北大校方公布的录取新生名单，其中理学院93名，文学院103名（含试读生二名），法学院30名（含试读生3名），共计226名。另外，还有转学生21名。文学院的两名试读生中，一为"张旋（女）"。

据此公告，这一年北大文学院录取的女生，除张旋外，还有魏蓁一、曹芙英、严倚云，总共四位。严倚云（1912—1991）是严复的长孙女，进的是北大教育系，1947年赴美，先后任南加州大学、西雅图华盛顿大学教授。魏蓁一即韦君宜（1917—2002），很早就参加了共产党，是著名作家，长期担任人民文学出版社社长，晚年所撰《思痛录》影响深远。当然，魏蓁一当年并没进北大，而是选择了清华哲学系。考取多个大学，然后自由选择，这在当时很平常。北大文学院录取名单中，还有王瑶，可他最后选择的是清华中文系。

让我耿耿于怀的是，那第四名女生"曹芙英"，为何一直不见踪影？闲来翻阅《北京大学中文系系友名录》，突然发现，1934级有一"曹美英"。对了，肯定是形近而讹。记得清华大学教授、历史学家何兆武先生的夫人就叫曹美英，莫非就是她？果然，在何兆武《有关张荫麟及其他》（《万象》2006年9月）中，我读到以下文字：

> 一九三四年，北京大学录取的新生之中，中文系有三名女生，她们是：张充和、容婉和曹美英。三人友情甚笃。一九三七年抗战军兴，三人均辗转至西南后方的昆明和重庆，始终未断联系。

找到校方公告，可证其"有"；未见记录的，不等于就是"无"。因为，人家可以是补录，可以是插班，还可以是转学……历经战争等因素，档案不齐全，那是很正常的。容婉是不是北大中文系1934年正式录取的新生，在没找到确凿证据之前，我不敢断言。

经过一番考证，终于将仰慕已久的书家，变成了自己的"系友"，很开心。你看，人证、物证都在，我可以放心大胆地求字去了。于是，斗胆给孙康宜教授写信，请她转达我的愿望。

接下来的故事，就该由孙教授讲述了……

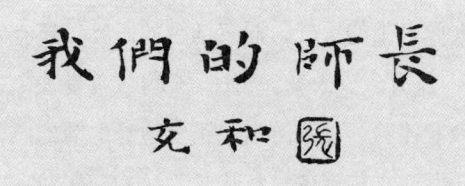

2010年张充和先生题签书名

2009年10月8日于香港客舍
（初刊2009年11月5日《新京报》）

宗璞的"过去式"

和很多中文系学生一样，我之认识小说家宗璞，是从《红豆》入手。不用说，那是读《中国当代文学史》的缘故。在一个阶级斗争的弦越绷越紧的年代，《红豆》的出现，确实让人耳目一新。那时，作者风华正茂，还不到而立之年。不过，对于作家来说，过早进入文学史，说不清是幸还是不幸。提起来，人人皆知，所谓"大名鼎鼎"是也；可读者对你的印象，也大都停留在"少作"。被想当然的读者和颇为武断的批评家定格在某个历史瞬间，此后无论你如何努力，仿佛都"不值一提"，那是很可悲哀的事情。

说到宗璞，评论家大都褒奖其擅长心理剖析，笔调缠绵委婉，文风恬静雅致；并且都不忘添上一句——这与其"家学渊源"有直接关系。其实，谈论一个小说家，"大家闺秀""学养深厚"，不见得都是好词。因为，直面人生的勇气，洞察社会的眼光，还有精骛八极的想象力，与"学养"没有多少关系。相反，过于"善良"或"书生气"，缺少上天入地的极端体验，以及游走于正邪边缘的梦幻感，对于小说家来说，未必是好事。尤其是在一个追求"大气磅礴"的"史诗风格"的时代，这样的写作，明显不讨喜。

还记得1980年代，有人曾借用清人刘熙载的话，表达对于汪曾祺的赞叹与惋惜："虽小却好，虽好却小。"这传诵一时的评语，原是《艺概》中关于齐梁小赋、唐末小诗、五代小词的评说。而背后隐含的审美眼光,便是"以大为美"。其实,作家才情各异,拿一把"伟大"的尺子上衡下量,左砍右劈,实在不明智。在我看来,作家成熟的标志,是找到最适合于自己的呈现世界与人生的方式。记得宗璞曾在一封公开发表的信中谈到:"这两年我常想到中国画,我们的画是不大讲究现实的比例的,但它能创造一种意境,传达一种精神。"如此追求"言有尽而意无穷",决定了其写作偏于"小品",而非"巨著";接近"散文",而非"戏剧"。

2018年7月访问宗璞先生

紧贴时代脉搏写作,那不是宗璞的所长;长期生活在"回忆"中,以大学校园为主要背景,从而酿成笔调温婉,气定神闲。这点别人很难企及。你可以说格局不大,但就像"米家山水"一样,在美术史上自有其独立的价值。与别的评论家关注《红豆》(1956)、《我是谁》(1979)等有明显时代印记的作品不同,我更喜欢其写于1980年的《鲁鲁》,因那接近作家的生活及趣味,且兼及小说、散文与童话。

实际上,忆旧或怀人的散文,也正是宗璞的拿手好戏。若《柳信》《哭小弟》《霞落燕园》《三松堂断忆》等,都是一唱三叹,情深意切。

另外,《一九六六年夏秋之交的某一天》,以及《我爱燕园》等系列散文,亦为不可多得的佳构。

作家创作,有的靠生活,有的靠才情,有的靠修养。一般说来,靠修养的,大都需要慢慢预热;而一旦找到适切的突破口,将有持续不断的上乘表现。瞬间爆发力不强,但持续时间长,宗璞属于这一类的作家。其艺术生命的长度与质量,更值得期待。说实话,长篇小说《野葫芦引》前两卷(《南渡记》,1988;《东藏记》,2001)的相继面世,让我这样的普通读者大吃一惊,世人对宗璞的衰年变法因而充满好奇。倘若计划中的《西征记》《北归记》顺利完成,并保持前两卷的水准,窃以为,宗璞作为小说家的地位将大为提升,其在文学史上的既定评价也势必改观。

在我看来,撰写长篇小说《野葫芦引》,最能体现宗璞的综合实力,也最能扬长避短。前年11月,在中国现代文学馆召开的"宗璞文学创作六十年座谈会"上,我作了专题发言,提及联大学生吴讷孙(笔名"鹿桥",1919—2002)、汪曾祺(1920—1997),以及联大师范学院附中学生冯钟璞(1928—),他们三位在塑造"联大形象"、或曰制作"联大神话"方面,过去曾经、今后仍将发挥巨大的作用。

鹿桥的小说侧重"青春想象",汪曾祺的散文更多"文人情趣",宗璞呢,我以为颇具"史家意识"——其系列长篇立意高远,气魄宏大。能写出一部让一代代大学生百读不厌、伴随其走向成熟、作为其"精神读本"的长篇小说,足以让人心驰神往。我以为,在中国,能写抗战的作家不少,能写好抗战中的大学生活的则寥寥无几。屈指数来,当世作家中,最合适者,莫过于从《红豆》起步、兼具学识与文采的宗璞先生。因为,此举不仅需要生活积累,需要激情,更需要学养。否则,很难深入体会并准确表达联大教授们的"南渡心境",以及"贞下起元"的期待、"旧邦新命"的抱负等精神情怀。

那次发言的末尾，我讲了这么一段话："看我今天说话的方式，不像是做文学评论的。没错，这是从一个关心'大学精神'以及'大学叙事'的普通读者的角度，而不是文学史家的立场，来祝贺宗璞先生从事文学创作六十周年。"今天写序，同样如此——并非专家，也未深研，只因为喜欢与期盼，故贸然站出来鼓吹。至于专业的评价，学界早有论著，不劳我越俎代庖。

2009年3月18日于京西圆明园花园
（初刊2011年8月9日《文汇报》）

诗人的美食

我与焦桐（叶振富）相识多年，每次见面，都是推杯把盏，晤谈甚欢。不过，最近几年，谈话内容发生了微妙的变化。先是新诗，后转为文学史，接下来出版市场，最近则是饮食文化。那是因为，早先以食谱形式写实验性很强的新诗（《完全壮阳食谱》），而后转为以诗人之眼品鉴美食（《餐馆评鉴》），移步变形中，焦桐的主要名声，已逐渐从"诗人"转变为"美食家"。

想想也是，"诗歌"与"美食"，虽然都是好东西，后者受众更广，更能博得大众传媒的青睐。原本假戏真唱，唱着唱着，竟唱出一个"生猛有力"的美食家来。围绕"饮食文学与文化"，焦桐写散文，编杂志，搞评鉴，开课程，还组织国际学术会议，一路风生水起，让朋友们看得目瞪口呆。今天的焦桐，出版诗集或文学史著，不见得有多少人捧场；而谈美食的《暴食江湖》《台湾味道》等，一经推出，很快被评为"年度好书"。

每次访台，与这位诗人／美食家见面，都会被他拉到"新发现"的一家餐馆。用过餐后，往往还有主管或大厨出来"请教"。我有点担忧，你不是主持《餐馆评鉴》吗？人家这么客气，评鉴时会不会手下留情？要真是这样，岂不等于利益输送？为了打消我的疑虑，焦桐花了大半天时间，详细介绍他的"餐馆评鉴"是如何运作的。那些高

2010年12月与焦桐在
新北市汐止食养山房

度保密的评审委员，需对本地美食十分了解，有开阔的文化视野，且对饮食充满热情，这样的卓绝之士，岂能被蝇头小利所收买？谈及评委会提供一定经费，请评审委员到各地餐馆去随意品尝，焦桐怕我见猎心喜，赶紧添一句：当评委你是不够格的，因为，光有热情还不够，还得有深厚的积累，所谓"一世长者知居处，三世长者知服食"是也。

这也让我换一个角度，思考餐馆主人（厨师）与食客的关系——其中有金钱的因素，但不全是。或许，同样也是"知音难求"。就像剧场中的演员与观众，二者互相支援，方才成就一台好戏。精致的食品，需要好食客的掌声鼓励。《台湾味道》中，常提及某餐馆主人如何精于厨艺，我担心有"广告"之嫌，在焦桐则纯是老饕口吻——不断地"惊艳"，这位食客兼作者确实脾胃壮，兴致高。

这里有个关键，焦桐所评鉴或激赏的，大都是价廉物美的小吃。常听暴发户夸耀，一顿饭吃了多少钱；更有某文化名人口出狂言：多少钱以下的菜不值得吃！近年中国大陆饮食业的风气不好，从餐馆装修到员工服饰，再到饭店命名、菜色定位，全都走"奢华"一路。连北大西门外的小饭馆，都打出"皇家气派，情系大学生"的招贴，让人哭笑不得。我在台湾四处游玩，或请客，或被请，都在普通餐馆，宾主皆欢，从未见以价格昂贵相夸耀的。因为，比起"大餐"来，"小吃"更有文化，也更见性情。

我欣赏《台湾味道·序》的说法："最能代表台湾主体性的，莫非风味小吃。台湾特色饮食以小吃为大宗，小吃大抵以寺庙为中心而发展。先民离乡背井来台，自然需要到寺庙拜拜祈福，人潮渐多，香火渐旺，庙埕乃成为市集，庙前小吃经历代相传，蒂固为人心依赖的老滋味，炉火旺盛。"以我的观察，小吃的专业化与精致化，确是台湾饮食的一大特点。刻意推崇"庶民美食的精华"，有无"政治正确"方面的考量，这里暂且不论；但就写文章而言，谈"小吃"更容易见文采。就以酱油膏和炒米粉为例："优质的酱油膏随便蘸什么都好吃，爽口，开胃，荤食如五花肉、白斩鸡；素食如竹笋、山苏，它含蓄地衬托食物，像一个谦逊而智慧的女子退居幕后，成就她很平庸的另一半。"（《酱油膏》）这话多精彩！至于从小说家黄春明的"米粉美学"，到散文家林文月炒米粉的诀窍，再到自家如何对付这炒煮两宜的食材，焦桐的《炒米粉》写得妙趣横生，让我辈对这再普通不过的食物另眼相看。

这就说到《台湾味道》的特点了，毕竟是文章，不是食谱；用数十种食物来描写台湾的"味道"，这就决定了其必须有历史，有文化，有美感，这才称得上"饮食文学"。谈论饮食而能勾魂摄魄，需要的不是技术，而是故事、细节、心情，以及个人感悟。书中提及的很多餐馆，你大概永远不会去；提及的好些菜色，你也永远不会品尝，可你还是欣赏这些文章，除了诗人文字的魅力，更因背后蕴含的生活态度。《土鸡城》提及木栅老泉里山上的"野山土鸡城"（主人名言："我家养的鸡，晚上都飞到树上睡觉"），焦桐带我去过；类似的山里农家菜，我在台湾吃过好几家，正因此，我很认同焦桐的看法："在台湾，哪个风光明媚的所在没有土鸡城？……土鸡城是台湾人的饮食创意——在景色秀丽的地方，整理自己的家园，经营起小吃店，一定卖鸡肉，也卖青蔬野菜；也多提供卡拉OK给大家欢唱，欢迎来客自行携带茶叶泡茶，品茗，欣赏美景，表现的是台湾人靠山吃山的机伶，和生猛有力的文化性格。"

"饮食文学"的读者，阅读时往往调动自家的生活经验，全身心投入。我之欣赏《台湾味道》，除了理解中华饮食文化的精妙，也在不断地重温自己的"口福"。八年前，我在台湾大学教书，每天中午，就在文学院旁边老榕树下，买一份肉粥搭配油条，怡然自得。这回读《咸粥》，了解台湾北部南部各家粥店的特点，以及各种制作技艺，更印证了我当初的体味。至于从当年金门服役时营长赏吃猪血汤说起，称"猪血汤是台湾创意十足的庶民小吃"，还引《孙文学说·行易知难》中如何大赞猪血汤"为补身之无上品"，确实新奇。不过，其中提及"猪血清肺"乃民间传闻，没有科学根据，让我大吃一惊（《猪血汤》）。因为，潮州习俗，早晨吃猪血煮真珠花菜，那叫"清凉解毒"；晚上则不吃，据说效果相反。某回在台湾逛夜市，友人邀吃猪血汤，我婉言谢绝，就因为记得家乡的这个禁忌。

《台湾味道》中有一则《蚵仔煎》，讲述流传在闽南、潮州、香港及台湾各地的蚵仔煎，如何是五代后梁时闽王王审知的厨师所创，让我大长见识。我与焦桐一样，也不喜欢虾仁煎、花枝煎、鸡蛋煎等各种"变奏"。但作为潮州人，品尝多次"台湾最出名的风味小吃"蚵仔煎，感觉上就是不如我家乡的好。没什么道理，或许是鲁迅所说的"思乡的蛊惑"：那些"儿时在故乡所吃的蔬果"，其味道长留在记忆中，"他们也许要哄骗我一生，使我时时反顾"（《朝花夕拾·小引》）。

《台湾味道》所收文章，在技术与美感之外，往往兼及历史与文化，那是因为，作者还有另一重身份——大学教授，还在中央大学开设"饮食文学专题"课。读焦桐自述如何在课堂上组织研究生讨论客家小炒（《客家小炒》），我直发笑。这诗人、学者、美食家的奇妙组合，使得他每回组织"饮食文学与文化研究"研讨会，必定有实践性质的"文学宴"殿后。2007年10月，我曾应邀参加，对会后的"文学宴"赞不绝口。去年秋冬，焦桐又通知开会，说这回专谈"客家菜"，我谢绝了，因实在不懂。事后，焦桐笑我迂腐：你以为来的人都懂"客家菜"的文化内涵，很多人还不是冲着那曲终奏雅的"文学宴"！

2010年8月19日于香港中文大学客舍
（此乃作者为简体字版《台湾味道》所撰序言，初刊2010年9月5日
《东方早报·上海书评》，收入焦桐《台湾味道》，三联书店，2011）

把人生当作一首诗 *

前几天出差，临走前得到通知，6月28日上午黄怒波系友的捐赠仪式上，作为北大中文系主任，我有五分钟的发言时间。这个场合，有书记、校长致辞，有老教授讲话，或高屋建瓴，或热情洋溢，轮到我这小小猫，还能说、还该说些什么呢？

车行西北，一路上不断接到同事的电话，告知又有某省市的尖子报考北大中文系。这两天高考成绩出来，各大学使尽浑身解数，希望招来好学生。年初，《中国青年报》希望我"对文科考生谈谈中文专业的专业方向及职业前景"。有人提议我以黄怒波为例，说明中文系毕业生也能赚大钱。我拒绝了，理由有四：第一，黄怒波的致富之路极其特殊，需要天时地利人和，基本上不可复制；第二，我们不是商学院，不该为学生制订四十岁赚多少钱之类的人生规划；第三，没有钱不行，只有钱也不行，北大中文人应该有更高的精神追求；第四，黄怒波最可敬且最可爱之处，不在赚钱，而在花钱。

计划为母校北京大学捐赠十亿资产，这确实很了不起；不过，这不是唯一的——起码将来如此。而为绚丽多姿但虚无缥缈、没有任

---

* 此乃作者2011年6月28日上午在北京大学英杰交流中心举行的"中坤集团向北京大学捐赠协议签字仪式"上的发言。

何实用价值的"诗歌"事业大笔捐款,这在国内绝对是独一无二。至于国际上有无先例,我没有调查,不好妄说。也正是这一点,显示了其诗人本色,同时也是中文系学生很难抹去的"胎记"。

写诗难,赚钱难,既写诗又赚钱更难;如果再添上登山,那就更是难上加难了。很多人羡慕"会当凌绝顶,一览众山小"的境界,却不太考虑登山过程中随时可能出现的危险,以及蕴含其中的壮怀激烈。即便不说是"九死一生",那种行走在刀锋上的感觉,是一种极端的生命体验。这既是冒险,也是一种生命的大美——任何从事大事业者必有的情怀。

前天凌晨三点,因想着会议上的发言,我睡不着,拉开窗帘,辽阔的大草原上,没有繁星点点,也不见导游所说的狼嚎,一切都那么平静。我努力遥想黄怒波在珠峰大本营辗转反侧或即将启程的感觉,可惜我不是探险家,实在无法体会其中成功的喜悦与失败的痛楚。

想起一个细节:登上珠峰后,黄怒波竟然摘掉氧气面罩,朗诵自己创作的《珠峰颂》。在空气极为稀薄的地球之巅"读诗",这很浪漫,可这绝对是个疯狂的举动。不过,诗人本来就是"不可理喻"的。对于诗人来说,是不是危险,有没有意义,不是最要紧;要紧的是永远忠实于自己的立场以及个人的感觉。你可以说,此举带有"表演"成分,可只有诗人才有胆识这样冒着生命危险"表演"。

这种"表演意识",猛然间让我想起北大中文系的教育背景。同是喜怒哀乐,千古诗文熏陶出来的心灵,自有不同流俗的表现。或许,在黄怒波的视野里,出版诗集是"写诗",用极具想象力与前瞻性的眼光经营旅游地产是"写诗",行走千山万水、在地球之巅留下脚印也是"写诗",功成名就后为母校北京大学捐赠十亿资产更是"写诗"。显然,这是一个将自己的一生当作一首瑰丽的诗篇来用心经营、精雕细刻的真正意义上的"诗"人。

　　珠峰之上，黄怒波展开的不仅是中国国旗、北大校旗，还包括中文系系旗，以及北大中国诗歌研究院的小旗子。在黄怒波的众多捐赠中，包括支持创建北大中国诗歌研究院，以及建造未名湖边那栋即将落成的优雅小院。黄怒波曾表示，完成"7+2"的登山壮举后，他将集中精力撰写自己十分牵挂的以中国新诗为研究对象的博士学位论文。

　　北大中文系师生大都不懂商业，也极少登山体验，但谈诗论文，却是本色当行；推进中国的诗歌事业，更是责无旁贷。因此，明年春暖花开时节，小楼落成，欢迎阅尽五洲风云的师兄，回来享受"以诗／文会友"的乐趣。如此，这"为诗歌的一生"将更加完美。

（初刊2011年7月5日《南方都市报》）

"在场"的意义

后殖民理论家、哈佛大学人文中心主任、哈佛大学校长人文学科高级顾问霍米·巴巴（Homi K. Bhabha）教授在欧美学界大名鼎鼎，而在中国，无论名声还是著作，都远未普及。本想翻译出版一两种书，为此次活动"热身"，也有利于读者的理解。因版权等问题，没能如愿。这样也好，没有先入为主的偏见，读者及听众反而获得了自由，可以海阔天空地倾听与驰骋想象。说实话，大学者如色相具足的千手观音，只是在传播中，常常被大大压缩，简称为某某主义者。这样一来，固然容易记忆，实则多有遮蔽；久而久之，只能从某一角度观看，有点可惜。这回可是真身出现，不仅允许而且鼓励诸位从不同的角度阅读与欣赏。

一百多年的"开眼看世界"，虚心好学的中国人，逐渐习惯于阅读外国学者的著述。没做详细统计，但知书店里的人文及社科新书，外国人写的，远比中国人的好卖。同是译作，哪些流传久远，哪些如过眼烟云，不完全取决于在其本国的学术地位。在众声喧哗的当下，要想长久吸引读者的目光，其实很不容易——大众传媒如此，学界也不例外。

在文化传播与理论旅行中，"译介"的作用不可低估，但"在场"更值得期许。记得新文化运动蓬勃兴起时，恰逢美国哲学家杜威（John

Dewey，1859—1952）和英国哲学家罗素（Bertrand Russell，1872—1970）先后访华，前者从1919年4月30日到1921年7月11日，在中国整整待了两年零两个月，后者在华也住了九个月。这两位大思想家的南北奔波，巡回讲演，深刻地影响了现代中国的思想、文化与教育。正因其不仅仅是"旅行"加"讲演"，而且是直接介入了当下中国的思想文化建设，杜威与罗素的"中国行"，至今仍为学界所津津乐道。

各家政治及学术立场有异，很难横向比较；但有一点，来华讲学，有的纯是收获掌声，有的则在开拓疆土。放长视野，焉知后者不若前者。2001年的4月和9月，德国哲学家哈贝马斯（Jürgen Habermas，1929— ）和法国哲学家德里达（Jacques Derrida，1930—2004）先后来华，在北大等校讲学，可谓盛况空前。但说实话，对他们二位而言，中国之行除了扩大社会声誉，没有多少实质性的推进。

至于开拓疆土的例子，最典型的，莫过于杰姆逊的故事。1985年9月到12月，应北京大学比较文学研究所和国际政治系国际文化专业的邀请，美国杜克大学教授杰姆逊（Fredric Jameson，1934— ）在北大做了四个月的系列演讲。第二年，其讲稿《后现代主义与文化理论》（唐小兵译）由陕西师范大学出版社刊行，十年后北京大学出版社推出修订本（1997）。可以毫不夸张地说，年轻一代的中国学者（如唐小兵、张旭东、王宁、陈晓明、王一川、王岳川、张颐武等），都是借助这次演讲和这册演讲集，初步接触后现代主义的理论话语，进而奋起直追，推动了上个世纪八十年代末、九十年代初中国学界的"后现代"热潮。不管你喜欢不喜欢后现代，也不管你认同不认同杰姆逊，从理论传播的角度，没有比这更成功的了。

我不至于糊涂到乱点鸳鸯谱，将霍米教授与杰姆逊教授混为一谈，我只是表达一种愿望：北大有好讲台，有好听众，希望若干年后回首，当初播下的种子，竟有如此好收获，实在让人欣慰。若如是，则幸甚。

此次霍米·巴巴教授的中国之行，三次演讲加上一次座谈，允许中文系先挑，我一眼就看上了"全球过渡时期的人文学科"。之所以如此选择，就因中文系同人（包括我自己）这二十年来，围绕"当代中国人文学者的命运及其选择""数码时代的人文研究""人文学的困境、魅力及出路"，以及"当代中国人文学之'内外兼修'"等，有过很多的困惑与挣扎、思考与突进。谈论转型期的人文学，可以是学者得失，可以是学科兴衰，更可以是知识系统的调整以及价值体系的重建。我关注的是，全球化时代，"人文学"应该是什么、目前状态如何、我们怎样用力、希望达到何种境界。至于论者持何种理论模式，是后殖民还是前现代，只要有所创获，悉听尊便。这也是我们没有过多铺垫，绕过已有的转述与评说，让诸位直接聆听，并与之展开对话的缘故。

五年前，我曾应杜维明教授之邀，在其"儒学研讨班"上做一专题演讲，地点就在富丽堂皇的哈佛大学人文中心。作为中心主任，霍米教授出面接待，礼节性地表示，对我的演讲很感兴趣，可惜太忙……今天轮到我当主人，对他的演讲"真的"很感兴趣，不要说今天下午没什么特别重要的事，即便有，我也会推开，跑来洗耳恭听的。

霍米教授这次北大之行，从"全球过渡时期的人文学科"，到"全球共同体的伦理与美学"，再到"展示现代性"，视野越来越宏阔，与之相对应的是，演讲的场地也越来越大，从一百多个位子的新闻报告厅，到可以容纳四百人的阳光大厅。这或许预示着，"好戏"还在后头。无论演讲者还是听众，"在场"感很重要；只有"在场"，而非"心不在焉"的"隔岸观火",才会努力去理解对方,参与一系列的挑战与争辩,在对话状态中,不断完善自家学说。

这是我对霍米教授系列演讲的期待。谢谢大家。

2010年5月18日下午,于北大英杰交流中心新闻报告厅

(初刊2010年5月20日《新京报》,

发表时被改题《"在场"感受学术魅力》)

有师自远方来 *

作为"胡适人文讲座"的启动仪式,有北大前校长许智宏院士的致辞,我的责任轻多了。关于讲座的宗旨、由来及命名等,我已撰有《"讲座"为何是"胡适"》,刊登在5月19日《中华读书报》上。今天的开场白,主要是向三位先生致谢。第一,感谢没有到场的中坤集团董事长黄怒波,是他的慷慨捐赠,使我设立高端讲座的愿望得以实现。前几天他刚从尼泊尔一侧的南坡登上珠穆朗玛峰,下来后需要适应性恢复,什么时候回京还说不定。而且,他一再说,这回捐给中文系的钱不算多,千万别张扬。我的立场是,无论钱多钱少,凡是支持中文系的教学及科研的,我都心存感激。

第二,感谢北大校领导对中文系设立"胡适人文讲座"的理解与支持,除了等额配比的资金资助,更重要的是道义上的担当。我深知校长书记都很忙,不想给他们出难题,于是转而恭请前任校长许智宏院士出席。为什么这么做?理由有三:一位前任校长向另一位前任校长致意,在我看来,合情合理,且责无旁贷;其次,几年前我在北大组织"《胡适全集》出版暨胡适学术思想研讨会",许校长顶住压力,

---

* 此乃作者2010年5月24日在北大英杰交流中心阳光大厅举行的第一届"胡适人文讲座"的"开场白"。

2019年6月在宇文所安先生、田晓菲教授家中

出席并讲了话；再次，看到网上关于中文系设立"胡适人文讲座"的消息，已经卸任的许校长又来信表示赞许，让我大受鼓舞，因而尝试着发出邀请，并如愿以偿。

第三，感谢今日的主讲嘉宾、哈佛大学詹姆斯·布莱恩·科南德特级教授、美国人文与科学学院院士宇文所安（Stephen Owen）先生。因为学术交流，也因为探亲访友，宇文所安教授多次来华，讲学之余，也接受媒体采访，再加上著作翻译，因此，对于中国读者来说，他的名字并不陌生。这次北大中文系设立"胡适人文讲座"，学界内外均有很高期待。得知我们第一次开讲请的是宇文所安教授，朋友们纷纷叫好，以为是最合适的人选。

确定邀请宇文所安教授的那天晚上，我翻查自家书柜，竟找到了六种他的著作的中译本：三联书店的《初唐诗》《盛唐诗》《追忆：中国古典文学中的往事再现》《迷楼：诗与欲望的迷宫》《中国中世纪的终结：中唐文学文化论集》，以及江苏人民出版社的《他山的石头记》。我知道还有别的译本，但单是这些就已经让人惊叹不已了。"翻译"并不直接等同于"接受"，但出版界如此"痴心不改"，持之以恒地译介，总不会是无缘无故的。

中国的媒体上关于宇文所安教授的报道很多，其中有很煽情的，如称其为"为唐诗而生的美国人"，只因其撰写并出版了《孟郊与韩愈》(耶鲁，1975)、《初唐诗》(耶鲁，1977)、《盛唐诗》(耶鲁，1980)、《晚唐诗》(哈佛，2007)等专著。可当别的记者问宇文所安先生是否向往唐朝生活时，他又摇摇头，说更愿意生活在南宋。你再追问，得到的答案很可能是魏晋或者晚明。不是我乱猜，而是因为对于这些时代的诗文，他都有所论述。可见，学者也像作家，总希望给读者意外的惊喜，其自述既不可不听，也不可全信。但有一点，像宇文所安教授那样视野宏阔，谈论中国诗文时贯通古今，不以朝代为限的，实不多见。不错，这是一个中国古典诗歌研究专家，可同时也是哈佛比较文学系主任，"大视野"正是其突出特征，看《追忆》与《迷楼》中的纵横驰骋，不难明白这一点。

汉学家评说中国古典诗文，难在"贴切"二字，往往是新意迭现，但又略有隔阂。宇文所安教授是个例外，除了语文能力，更重要的是"诗心"。以诗人的敏感，去感知千古诗人的脉搏，并与之展开坦诚的对话，这需要高远的想象力，以及对于中国诗歌的一往情深——恨不得起古人于地下，与之切磋诗艺。"我见青山多妩媚，料青山、见我应如是"。好的诗评家，大概常有此体会。将"体味"置于"知识"之上，不太受文学史论述框架的束缚，是宇文所安教授治学的一大特点。

1987年为《初唐诗》中译本撰写的《致中国读者》中提到:"因此,近年来我一直将文学史搁在一旁,试图精细地探讨中国诗歌那些无法为文学史所解释的方面。对于诗歌来说,文学史就像是'门厅',人们只有通过它才能到达诗歌;但是,它本身并不理解诗歌。我希望有一天将带着新的视野回到文学史。"而2004年为三联书店版《初唐诗》《盛唐诗》作序,又有如下表白:"在对诗歌的研究里,学术工作的唯一目的就是帮助我们更好地理解具体的诗篇。好的文学史总是回到诗作本身,让我们清楚地看到诗人笔下那些令人讶异的、优美的、大胆的创造。"可以这么说,评论宇文所安教授的学问,看得见的是比较文学的视野,看不见的,则是论者的诗心与诗情。

首先是阅读与品鉴,而后才是论述与阐发,这种细读文本(close reading)的习惯,在宇文所安教授眼中,不是一种批评策略或理论立场,而是一种基本训练,一种人文学者安身立命的根基。在一篇题为《微尘》(1998)的学术性散文中,宇文所安教授称:"偏爱文本细读,是对我选择的这一特殊的人文学科的职业毫不羞愧地表示敬意,也就是说,做一个研究文学的学者,而不假装做一个哲学家而又不受哲学学科严格规则的制约。无论我对一个文本所作的议论是好是坏,读者至少可以读到文本,引起对文本的注意。"(田晓菲译《他山的石头记》第292—293页,江苏人民出版社,2003)任何理论立场都可以通过文本细读来实现;反过来,偏好宏大叙事而排斥"精细的解读",则很容易走向大言欺世。不管你信的是哪一家哪一派,对于中文系学生来说,"文本"不仅仅是"史料",除了"说什么",还有"怎么说",以及压在纸背的"心情"……学文学的,完全抛弃自家特长,跑到邻居家舞刀弄枪,不是一种明智的选择。

不止一个学生告诉我,很喜欢《他山的石头记》,我想,除了学术立场，还包括此书兼及论文与散文的论述笔调。《他山的石头记·自序》提及此书的特点："与其说它们是'论文'，不如说它们是'散文'。'论文'是一篇学术作品，点缀着许多脚注，'散文'则相反，它既是文学性的，也是思想性的、学术性的。'论文'于知识有所增益，它希望自己在未来学术著作的脚注中占据一席之地；'散文'的目的则是促使我们思想，改变我们对文中讨论的作品之外的文学作品进行思想的方式。'论文'可以很枯燥，但仍然可以很有价值；'散文'则应该给人乐趣——一种较高层次的乐趣：思想的乐趣。"这么一种学术性的"散文"，不一定是考据，也不一定是理论，关键在理解与对话的能力，某种意义上，这是一种做学问的心态与境界。作者"以问题为导向"，兴致勃勃地谈"欲望"，说"情感"，论"欢乐"，辨"悲伤"，还有"追忆"与"想象"，等等，至于到底是"文学"还是"史学"，是"考据"还是"赏析"，是"宏观"还是"微观"，是"外部"还是"内部"，其实都无所谓，说到底，这是一种"思想的乐趣"。

　　说到"乐趣"，大家猜想，我是要切合今天演讲的题目《快乐·拥有·命名：对北宋文化史的反思》。不是的，我希望引入的是《论语·学而篇》："有朋自远方来，不亦乐乎？"改一个字，作为结束语："有师自远方来"，督促你我"学而时习之"，当然更是"不亦乐乎"了。

（初刊2010年6月2日《中华读书报》）

有学问，又好玩 *

去年五月，为纪念百年系庆，北大中文系创立"胡适人文讲座"，每年邀请一位国际著名学者前来作系列演讲。该讲座的宗旨、由来及命名等，我在《"讲座"为何是"胡适"》(2010年5月19日《中华读书报》)中，已做了说明。去年我们邀请的是美国哈佛大学詹姆斯·布莱恩·科南德特级教授、美国人文与科学学院院士宇文所安(Stephen Owen)先生，今年请到的则是挪威皇家科学院院士、奥斯陆大学汉学系教授何莫邪先生(Christoph Harbsmeier)。

作为著名汉学家，何莫邪先生1946年出生于德国哥廷根，1981年在哥本哈根获得中国古典语法方向的博士学位，1985年起任奥斯陆大学汉学系教授。何莫邪教授很早就与北大建立了良好且稳固的合作关系，1997年起任北京大学中文系客座教授，1998年起任北京大学汉语言研究中心终身研究员。除了专业著述《中国古典语法研究》(1981)、《中国传统语言与逻辑》(1998)，我更感兴趣的是其《社会主义与佛教徒的相遇：漫画家丰子恺》(1985)。此外，二十年前的《哈佛亚洲研究》上，曾发表何莫邪先生的《孔子的乐——〈论语〉中的幽默》，也很精彩。单看题目，你就能猜到其别有幽怀。这次系列演讲的第五讲"笑

---

* 此乃作者2011年4月26日在北京大学第二届"胡适人文讲座"首讲的"开场白"。

脸的孔夫子和中国笑林文化",大概与此相关。

在我看来,世界上的教授大致可分为四类:第一类,有学问,但不太好玩;第二类,好玩,但学问不太好;第三类,学问和性情都不怎么可爱;第四类最少见,那就是:有学问,同时又很好玩。何莫邪教授大概属于这非常稀有的第四类教授。为什么我敢如此断言?等下他一开讲,你们马上就明白。

一个研究古汉语的专家,喜欢丰子恺,关注中国的笑话、漫画以及小人书,这样的教授,不管是"土"还是"洋",必定是好(hào)玩,而且好(hǎo)玩。当然,只是"好玩"还不够,还得玩出名堂来,就像前几年去世的王世襄,在别人不经心的玩意儿里,做出独一无二的学问来。从漫画中读出康德哲学,借助丰子恺作品理解佛教思想与社会主义的张力,或者将历代帝王捧为"大成至圣先师"的孔夫子重新拉回人间,谈论《论语》所蕴含的幽默感,这里需要的不仅是学识,更重要的是智慧与心情。

上个月,北大为纪念高名凯教授百年诞辰而举行学术研讨会,我的发言题目是《语言学家的文学事业》(2011年4月27日《中华读书报》)。毫无疑问,高先生的研究领域及主要贡献是语言学,可他同时还是现代中国最重要的巴尔扎克小说翻译家之一。语言学家中同样"不务正业"的,还可以举出赵元任之翻译《阿丽思漫游奇境记》,以及王力翻译众多法国小说、戏剧。但很可惜,这样的越界操作,自由挥洒,今天的学者做不到,也不敢做。

有专业,但不限于专业,可以且能够"跨界"思考与表达,这是很让人羡慕的学术境界。在专业壁垒日益森严的中国大学里,学古汉语的,不太敢谈杜甫的诗作,更不要说鲁迅的小说或者丰子恺的漫画了。一不小心,就会招来"捞过界""不专业"之类的讥讽。国外汉学家没有这种禁忌，只要研究对象是中国，管他是历史、文学、宗教还是艺术，都可以做。至于从哪个角度切入，全凭自己的兴趣，没有什么不可以，也没有什么不可能。

回到今天的讲题《再说丰子恺》。我读过何莫邪著、张斌译《丰子恺：一个有菩萨心肠的现实主义者》（山东画报出版社，2005），也看过凤凰卫视"我的中国心"栏目中的"挪威的夫子：何莫邪"（2009年底），因此深知邀请何教授是个好主意——不仅汉语专业学生受益，文学专业的学生也会很感兴趣。至于感兴趣的原因，与其说是专业问题，还不如说是做学问的姿态与心态。

为什么觉得中国文化"好玩"，很大程度是因为研究者的趣味与心智。如此做学问，就好像丰子恺的漫画一样，是以童心观察世界。因此，请允许我引用丰子恺的两段话，作为今天何莫邪教授演讲的"引子"。在《谈自己的画》（1935）中，丰子恺称："成人的世界，因为受实际的生活和世间的习惯的限制，所以非常狭小苦闷。孩子们的世界不受这种限制，因此非常广大自由。""我企慕他们的生活天真，艳羡他们的世界广大。觉得孩子们都有大丈夫气，大人比起他们来，个个都虚伪卑怯；又觉得人世各种伟大的事业，不是那虚伪卑怯的大人们所能致，都是具有孩子们似的大丈夫气的人所建设的。"

回不到童年状态的我们，只能借助阅读、思考、追怀与阐释，多少保持一点童心与童趣，并以此视角观察这既"肮脏"又"好玩"的大千世界——此举既隐含生活哲理，也是从事学术研究的小窍门。

（初刊2011年6月1日《中华读书报》）

治学是一种"乐趣"*

读书多年,终于悟出,治学是一种志向、一种劳作,同时也是一种乐趣。缘于个人性情,从事有趣的研究,这样做学问,"好玩"。以前不好意思直说,直到读鲁迅《〈木刻创作法〉序》,看他提及为何介绍版画时,自称"第一是因为好玩",我这才放下悬在半空的心。连思想家兼斗士鲁迅先生都有屈从个人趣味的时候,何况志向不太远大的我辈!

1998年12月19日钱锺书先生去世,第二或第三天我接受《人民日报》记者电话采访。采访稿最终没能刊出,原因是"调子定得太低了"。我是这么说的:"《围城》是一部典型的学者小说,值得一读;《谈艺录》《管锥编》之博大精深,令人叹为观止。但相对于才气与学识,我更欣赏钱先生的性情。读书与做人合而为一,这种境界,十分难得。正如孔子说的,'古之学者为己,今之学者为人'。为己读书,此乃古往今来无数读书人所向往的境界,但真正达到很难。这里所说的'为己',指的是读书不为谋取生活资料,不为博得功名利禄,不是做给别人看的,而是自身求知、修养乃至自我娱乐的需要。这点如鱼饮水,冷暖自知。除了三五知己,外人很难领略这种乐趣,所谓'此中有真意,

---

* 此乃作者2011年4月16日在北京大学第三届"胡适人文讲座"首讲的"开场白"。

2018年5月出席李欧梵教授夫人李子玉画展开幕式

欲辨已忘言'。争辩钱先生是清高还是平易，是恬静还是狂傲，均不得要领。在日渐世俗、日渐浮躁的现代社会里，真正的读书种子越来越少。为己读书，将成为难以企及的精神境界。有心人可以追摹，但不必大张旗鼓地宣传。说实话，'钱锺书'作为一个文化符号，无法推而广之。这是一道即将消逝、永远值得怀念的风景，我们只能远远地观赏，最多再加一声由衷的赞叹。"十多年后重读这段"答问"，自认为评价还算妥帖，境界也并不低。

谈及自家治学或评价他人著述，是否"有趣""好玩""见性情"，在我是一个重要指标。第二届胡适人文讲座，请的是挪威奥斯陆大学汉学系教授何莫邪（Christoph Harbsmeier），我的"开场白"题为《有学问，又好玩》。这回有幸请到了李欧梵教授，那就更是"变本加厉"了。李教授的学术经历、著述及荣誉，参见发给大家的那份精致的演讲日程，我这里说些"好玩"的题外话。

李教授的英文专著《中国现代作家浪漫的一代》《铁屋中的呐喊：鲁迅研究》《上海摩登——一种新都市文化在中国：1930—1945》，都有中译本，在国内外学界声名显赫，不用我多说。我更希望推介的是其文化随笔及业余爱好，因那更见李教授的性情。学界中人，像李欧梵教授这样兴趣广泛且备受推崇的，绝对是凤毛麟角。有的人专业很好，但心无旁骛，不太可爱；有的人兴趣广泛，但主业不精，实在可惜。李教授脚踩两只船，平衡能力极佳，专业、业余都能收获掌声，这很难得。除了文学／文化研究这一本行外，狐狸洞主人李教授对电影、音乐、建筑等都有很好的见解，其著述如《我的音乐往事》《我的观影自传》等，专业人士也得让他三分。这还不算，因为研究张爱玲，技痒难忍，干脆撰写不怎么被看好的长篇小说《范柳原忏情录》和《东方猎手》。此外，还不时谈论自己少年就做的音乐梦，终于有一天，具体说就是2010年9月7日，母校台湾大学交响乐团演出，特邀他指挥"命运之力"序曲，让他兴奋了很长时间，逢人就自我表彰。最近这些年，朋友们聚会，李教授又念叨起自己的电影梦，这回没人敢接茬，因为拍电影很贵了，玩不起。

这么说，大家很可能以为李欧梵教授是大才子，倚马可待，不用怎么下苦功。那可是大错特错了。我见识过李教授苦读的身影，也明白其中甘苦。直到今天，听他满天星斗、才华横溢的演讲，或读他的散文随笔，你都能感觉到，这位名教授一直在认真思考——只不过因不再受学院体制的规约，可以天马行空，自由挥洒。读去年香港牛津大学出版社刊行的《人文今朝》，感叹李教授视野之宽、兴趣之广、品鉴之精，更重要的是，"才子依旧在读书"。

几年前，童心未泯的李教授，看人家"哈佛女孩"的书畅销，很不服气，难道哈佛教授不如哈佛学生？当即挥毫，撰写了《我的哈佛岁月》，一半谈哈佛八年求学经历，一半述哈佛十年教学经验。很不幸，单就销售业绩而言，教授好像不如学生。不过，对于无数像我这样热爱读书但又眼界有限的人来说，《我的哈佛岁月》犹如一个标杆，让我们明白，原来"书"应该这么"读"、"课"可以这么"教"。

　　什么是好大学？好大学就是聚集了大批好学生与好老师。相对来说，好老师更重要。北大虽也有不少名师，但借助"胡适人文讲座"，每年请一位顶尖学者前来传道授业解惑，我想那是更好不过的了。

（初刊2012年4月26日《南方都市报》）

作为大学精魂的诗歌

　　对于各国大学的文学院——尤其是本国语言文学系来说，研究诗歌的历史与现状，探索诗歌的形式与技巧，发掘诗歌的魅力及潜能，那是我们的天职。北大中文系自然也不例外，这方面的业绩有目共睹。之所以另辟蹊径，创立北京大学中国诗歌研究院，目的是走出相对封闭的大学课堂或诗人圈子，尽可能协调诗歌的创作与研究、译介与传播、校园与社会、经典化与普及性、诗人个性与诗歌潮流。

　　无论古今还是中外，诗歌与教育（大学）同行，或者本身就是其重要的组成部分。而在日益世俗化的当代中国，最有可能热恋诗歌、愿意暂时脱离尘世的喧嚣、追求心灵的平静以及精神生活的充实的，无疑是大学生。因此，大学天然地成为创作、阐释、传播诗歌的沃土。

　　毫无疑问，诗歌需要大学。若是一代代接受过高等教育的青年学子远离诗歌，单凭那几个著名或非著名诗人，是无法支撑起一片蓝天的。反过来，若校园里聚集起无数喜欢写诗、读诗、谈诗的年轻人，则诗歌自然会有美好的未来。这一点，早已被"二十世纪中国文学史"所证实。正是无数诗歌爱好者形成的海洋，积聚着巨大的能量，随时可能因大风鼓荡而"卷起千堆雪"，让今人及后世惊叹不已。

　　但这只是事情的一个方面。我更愿意强调的是另一面，那就是，大学需要诗歌的滋养。专门知识的传授十分重要，但大学生的志向、

2012年6月在土耳其举办的第四届亚洲诗歌节宣传册

情怀、诗心与想象力，同样不可或缺。别的地方不敢说，起码大学校园应该是"诗歌的沃土"——有人写诗，有人译诗，有人读诗，有人解诗。为一句好诗而激动不已、辗转反侧，其实是很幸福的。在这个意义上，不管你念的是什么专业，在繁花似锦、绿草如茵的校园里，与诗歌同行，是一种必要的青春体验。能否成为大诗人，受制于天赋、才情、努力以及机遇，但"热爱诗歌"，却不受任何外在条件的拘牵。因痴迷诗歌而获得敏感的心灵、浪漫的气质、好奇心与想象力、探索语言的精妙、叩问人生的奥秘……所有这些体验，都值得珍惜。正是基于此判断，北大诗歌研究院与北大中文系合作，热衷于在大学校园里"播种"诗歌——包括出版现代诗研究集刊《新诗评论》（已刊14辑），编印提倡"风雅性情，道德文章"、着力于古典诗文研习的《北社》（已刊15期），以及支持"未名湖诗歌节"（此每年一度的诗歌盛会，若从其前身未名湖诗会说起，已有二十多年历史）等。

"大学"需要"文学"，"文学"可以"教育"，这都没有问题；容易引起争论的是，什么样的"文学教育"才算是成功的。好的"文学教育",必须兼及"专业知识"与"个人趣味",这方面,学者与作家,其实各有专擅。

一个昂然走进大学课堂的诗人或小说家,他的讲授方式,跟一般学院训练出来的教授,本来就应该不一样。作家沈从文,以其独特的教学方式,把"文学教育"的问题推到我们面前。既然有此成功先例,何不勉力追踪前贤?于是,在原有的"中国作家北大行"系列讲演之外,我们创立了"驻校诗人"制度,每年邀请一位国际著名诗人来北大居住,举行专题演讲,且与同学们展开深入的对话,以弥补目前的文学教育过分偏重"文学史"讲授的缺憾。第一届邀请的是著名诗人、美国加州大学叶维廉教授,第二届则是著名诗人、台湾中山大学余光中教授;若能妥善解决翻译问题,不排除日后邀请非华语的各国诗人。

除了设立"驻校诗人"制度,北大中国诗歌研究院还受中坤诗歌发展基金委托,负责评审并颁发"中坤国际诗歌奖"。这两年一度的国际性诗歌奖,倡导理想主义、批判精神以及艺术探索,兼及本土性与国际性,希望借此促成当代中国诗歌的繁荣昌盛。第三届"中坤国际诗歌奖"授予中国诗人牛汉(1922—2013)及日本诗人谷川俊太郎(1931—)。在2011年12月6日的颁奖仪式上,我做了题为《未名湖的梦想》的"开场白",其中提及:"表彰那些毕生从事诗歌创作(或研究)并取得骄人业绩的诗人(或学者),同时,将他们的精神产品推展开去,让社会各界了解与接纳,这是我们的责任。希望通过不懈努力,十年二十年后,未名湖不仅成为学者的摇篮、诗歌的海洋,还能成为全中国乃至全世界诗人向往的精神家园。"

让未名湖成为全中国乃至全世界诗人向往的精神家园,这当然只是我们的梦想——可这梦想属于每个热爱诗歌的北大人。明年春天,随着北京大学中国诗歌研究院小楼"采薇阁"的正式落成,未名湖畔将有更多诗人雅聚的身影,以及"风声雨声读'诗'声"。我相信,绵绵春雨中,"随风潜入夜"的,不仅是青春的笑语,更有那大学校园里永远不灭的诗歌的精魂。

我曾经写过一篇短文,题为《大学以精神为最上》,说的是当下亚洲各国大学,都在以美国大学为榜样,急起直追,争创"世界一流"。在这过程中,校方看重的是有形的数字,比如科研经费、论文篇数、学科排名、诺贝尔奖获得者人数等,而很容易忽略那些没有固定形状、弥漫在空气中的"精神"。文中,我套用清末民初大诗人、大学者王国维《人间词话》的句式,称:"大学以精神为最上。有精神,则自成气象,自有人才。"这里,请允许我再次"借花献佛"——谈论当下亚洲各国大学的高低雅俗,在大楼、大师、经费、奖项之外,还得添上"诗歌"。对于具体的大学来说,愿意高扬诗歌的旗帜的,则自有高格,自成气象。

附记: 此乃作者2012年6月18日在第四届亚洲诗歌节(伊斯坦布尔)上的专题发言,带有"自我推介"性质,虽与《未名湖的梦想》颇多交叉,依旧收录。

(初刊2012年6月25日《文艺报》)

你读莫言了吗？

十二年前的这个时候，也是下午四点多，接到某境外媒体电话，要我别出门，若瑞典那边宣布获奖者是高行健，马上接受电话采访。当时我根本不信，只是漫而应之。这回不一样，我是笃信莫言能获奖的——不是今年，就是明后年。不过，当媒体要求我守在家中，第一时间接受采访时，我谢绝了。不是不乐见中国作家获奖，而是希望平常心对待，该干什么还干什么。晚七点我在港岛某餐厅与师友聚会，早就答应的，不好爽约。

我理解，国人之所以渴望中国作家获诺贝尔文学奖，主要目的有二：一是表彰"华文写作"，二是肯定"大国崛起"。后者是主流民意，但不太可信，因文学创作基本上是"个人的事业"，与国家大小、强弱、盛衰没多大关系。前者比较靠谱，只是属于"锦上添花"。说实话，当代中国文坛本就卧虎藏龙，没有这个奖，也能（或正在）大踏步地走出去；有了这个奖，当然路会走得更顺些，如此而已。

至于不想第一时间接受采访，并非"不屑一顾"，而是不知道说什么好。这个时候，需要的是热情洋溢的判断句，而不是绵密的学理分析——后者就像演员没化妆就跑到了打着强光的舞台上，显得分外苍白，甚至可以说"惨不忍睹"。仔细想想，可以采取的，不外以下四种策略：第一，表示热烈祝贺——全世界那么多专家、要人，大家都争先恐后这么说，实在不缺我一个。第二，揣测评奖内幕——对任何历史事件的解读，最有魅力的，莫过于各种各样的"阴谋论"；可此乃小民百姓茶余饭后的自我娱乐，实在上不了台面。第三，发表耸人听闻的高论——说这象征着什么什么潮流，或代表了什么什么大趋势，在我看来，都不无道理，但也都阐释过度。第四，提高嗓门，指着虚拟的诺奖评委鼻子骂——"凭什么莫言获奖，我们村比他好的作家，就有好几个"，如此愤青口吻，更不适合于我。承认没有随机应变的能力，正好可以借着"有约在先"，赶快开溜。

刚上饭桌，电话打来了，确实是莫言获奖。为莫言高兴，也为无数喜欢莫言小说的中外读者高兴。席上，有记者出身的朋友追问，为什么是莫言，而不是村上春树？说实话，两位都有资格获奖，但我更看好莫言。原因很简单，如站在欧美读者的立场：村上小说的孤独、迷茫、温情、美感，更熟悉，也更容易接纳；但莫言作品中现实和梦幻的融合、历史和传说的对话、外来资源与民间养分的勾兑、异想天开的寓言与悲天悯人的情怀，再加上"二十世纪中国"这个色彩斑斓的大舞台，无疑更具陌生感，更有冲击力，也更显得大气磅礴。

好作家中，有人擅长百米冲刺，有人则持之以恒，而莫言兼具爆发力与忍耐力。从《红高粱》（1986）一路走来，经过《天堂蒜薹之歌》（1988）、《酒国》（1995）、《丰乳肥臀》（1996）、《檀香刑》（2001）、《生死疲劳》（2006）、《蛙》（2009）等一个个阶梯，莫言几乎没有怎么停顿，一直保持着旺盛的创造力，这点很不容易。最近这些年，但凡评文学奖，评委们都得想着法子，怎么把莫言摆进去，否则有点说不过去——即使所评并不是莫言的"巅峰之作"。

明知这是个大作家，因专业关系，我在论著中从未涉及。只是八年前为人民教育出版社主编"普通高中课程标准实验教科书"之《中国小说欣赏》时，涉及古今中国小说十八部，其中第九单元"烽火岁月"选录了《红高粱》。还有，在北京大学或香港中文大学的课堂上，凡讨论"战争书写"，我都会表彰莫言的贡献。此外就是，去年十一月，我有幸在香港中文大学主持第三届"中国作家中大行"，邀请的嘉宾正是莫言，他的演讲题目为《文学与我们的时代》。在港那几天，除了学校以及系里的宴请，就是带他到九龙城寨附近的潮州菜馆"创发"去，向他吹嘘我的家乡菜如何如何了不起。就这么点会议或饭桌上的接触，实在不敢谬托知己。

既非"专家"，也不是"知己"，没必要学究气十足地讨论此次莫言获奖的五大或八大理由，我只想拦住街上步履匆匆的行人，问一声：你读过莫言吗？如果有，谢谢，请继续关注；如果没有，那人家获大奖了，肯定有理由，咱们就试着读读吧。

请别嘲笑我"拉大旗当虎皮"。最近二十年，在中国人的日常生活中，"文学"正大踏步地隐去；作为文学教授，我深切感觉到阵阵寒意。任何作品，单靠文字本身的魅力，已经很难再让读者"爱不释手"了。文学之所以偶尔被社会"强烈关注"，不是因为拍电影电视，就是闹抄袭丑闻，或者打版权官司，最好的结果，也只是作品获奖——此次莫言获诺贝尔文学奖，无异于给"中国文学"打了一剂强心针。

我关心的是，三天的兴奋劲过后，大家在做什么？作家忙着介绍经验，出版社抓紧加印图书，学者开始撰写相关论著，普通民众呢？建议从此多读书，读莫言，也读其他中国作家的好作品。

2012年10月12日于香港中文大学客舍
（初刊《明报月刊》2012年11月号）

不薄小说爱诗文

莫言获诺贝尔文学奖，对他本人来说，自然是极高的荣誉；顺带着，无论国人还是外国读者，都会更加关注中国文学——尤其是中国的长篇小说。是小说家而不是诗人、剧作家、散文家获此大奖，这本身是有偶然性的；但以中国人对于诺贝尔奖的崇敬与迷信，在以后的一段时间里，起码在中国，"小说"这一文类会更加走运。

为什么要从"文类"角度说事？因为"小说"在传统中国不登大雅之堂，而在二十世纪中国则独占鳌头，成为"文学中的文学"。进入新世纪，这好运是否还能长久保持，不是没有争议的。

十年前，我在台湾大学讲学期间，曾顺便参加了中央大学主办的"新小说一百年研讨会"，做了题为《怀念"小说的世纪"》的主旨演说。二十世纪初年，一场号称"小说界革命"的文学运动，揭开了中国小说史上崭新的一页。寻找这一历史事件的原点，学者们莫不指认为光绪二十八年（1902）十月十五日创刊于日本横滨的《新小说》杂志。梁启超在《新小说》上发表《论小说与群治之关系》，提出"小说为文学之最上乘也"这一高论[①]，成了二十世纪最有前瞻性，也最具影响力的文学口号。我在论文中称："在二十世纪中国，相对于诗歌、散文、戏

---

① 饮冰：《论小说与群治之关系》，《新小说》第1号，1902年11月。

剧等文类，小说的声势无疑最为浩大，成就也最为显赫，得到的掌声鼓励也特别多。在这个意义上，称二十世纪为'小说的世纪'，一点也不过分。"[①] 至于小说这一文类，为何以及如何在二十世纪中国"大放异彩"，这里就不细说了。

我关心的，其实是另一个问题：二十一世纪中国，是否依旧还是"小说的世纪"？ 很多人不假思索地点头，我却持怀疑态度。2000年初，应上海《文汇报》之邀，撰短文畅想"新世纪"（那时普遍误认为，2000年元旦即为"新世纪"第一天）。因为是文学教授，我谈的是"文运"而非"世运"，其中涉及小说的"文坛霸主地位"正受到日益明显的挑战：

> 就想象之丰富、叙事之细腻以及场面之波澜壮阔，影视的潜力远非小说所能比拟。而作为一种语言艺术，曾经风光无限但在20世纪却沦为配角的诗、文将有可能重返舞台中心。至于各种人物传记、历史叙述、风土记忆、文化随笔乃至人文社科的专门著述，都将夺去原先属于小说的"注意力"。在某种意义上，文学创作或研究作为一个专业的边界，将日益变得模糊，而目前仍在萌芽状态的"网络文学"起码提醒我们，随着教育逐渐普及以及科技水平的迅速提高，"五四"时期所提出的"爱美"的(amateur)文学理想将成为可能。[②]

没想到此"书生气十足"的议论，引起了媒体的广泛关注，邀约了不

[①] 参见陈平原《怀念"小说的世纪"——〈新小说〉百年祭》，《当代中国人文观察》第141页，北京大学出版社，2010年。
[②] 陈平原：《小说霸主地位受到挑战》，《文汇报》2000年1月3日。

少小说家及评论家参与讨论。最令人感动的是,著名小说家林斤澜先生(1923—2009)亲自出面,邀请我及诸多北京作家及学者,跑到郊外住了两天,专门讨论"小说的前景及想象力"①。

我从未预言作为文类的"小说"何时死亡;我要告别的是"小说的世纪",而不是"小说"本身。直至今日,仍有若干著名小说家可以做到"点石成金",书无论怎么写,都有人买有人读;但事情还有另一面,那就是中国小说的出版品种多,销量却急剧下降。为何很多有"教养"的"读书人"不再阅读小说,这是个很严重的问题,既牵涉外在环境的变迁与读者趣味的转移,也牵涉作家的创作姿态(积极与影视结盟,在我看来,是把双刃剑),值得认真反省。

除了有意警醒"自我感觉"过于良好的小说家,我写此短文的另一个目的,是希望借此提奖诗文。单就读者接受面以及"生存能力"而言,四大文类中,小说最为强势;即便没有政府、大学以及基金会的支持,著名小说家也能靠市场自立。戏剧主要活在舞台上,剧本并不是唯一性;散文的边界很宽,也有能够纵横四海,兼及文学内外者。唯独诗人,在当下中国,基本上不太可能靠版税来支撑写作。因此,我当初表彰"爱美"的文学,或称"非职业写作",心里想的主要是诗歌。接受《中华读书报》记者采访时,我的答复是:

> 诗歌在所有文学里是最先锋的,语言的讲究在小说、散文之上。相对于其他门类,文学最依赖的是语言,诗歌的实验性、突破性远在其他之上;文学爱好者都有这样的经验和认知,最初爱

---

① 参见《小说的前景及想象力——平谷金海湖文学现状研讨会纪要》(寇挥整理),《北京文学》2000年6期。

> 好文学是从写诗开始，诗歌是最容易入手的，好不好是另一个问题。从业余写作的角度出发，诗歌爱好者最多，诗人的非职业性最强。说诗歌有可能重返中心指以上两点而言。中国古代文人有许多不写小说，但写作诗文。古代中国文人不是职业性的，写诗作文乃自我感动的手法，一种瞬间发现美的能力，至于是否职业写作，不是最重要。衣食基本无忧的下世纪的国人，若能腾出更多的时间在文学创作、欣赏中获得精神的愉悦，将文学作为修养而非技能，是我们所希望的。①

十二年过去，我的预言大部分实现了——文学概念的模糊化、文类边界的交叉、业余写作的流行、网络文学的崛起，尤其是诗歌在大学校园的命运，值得深度关切。

不久前，我在香港作家联盟的国庆酒会上演讲，谈了三个问题：第一，"让'文学'走进大学"；第二，"让大学保持'诗性'"；第三，"校园如何'诗歌'"。其中提及设立"驻校诗人"制度的，单是在北京，我所知道的就有三所大学：首都师范大学（已实行八年）、中国人民大学（已实行三年）和北京大学（已实行两年）。要是有幸目睹或参加过北大的未名诗歌节（由创办于1983年的北大未名湖诗会演变而来），你会为大学生们对诗歌的热爱所震撼。商业出版与校园里的阅读，并不完全同步。大学生普遍囊中羞涩，不是出版家眼中的主要顾客；但校园里的阅读，影响更为深远，也更值得期待。

我曾专门撰文，探讨"大学校园里的"诗性""："别的地方不敢说，起码大学校园应该是'诗歌的沃土'——有人写诗，有人译诗，有人

---

① 参见《小说在新的世纪会失宠吗》，《中华读书报》2000年1月26日。

读诗，有人解诗。为一句好诗而激动不已、辗转反侧，其实是很幸福的。在这个意义上，不管你学的是什么专业，在繁花似锦、绿草如茵的校园里，与诗歌同行，是一种必要的青春体验。"我当然明白，他们中的绝大部分人，走出校门后不再写诗，也不再读诗。"可那些青春的记忆，永远值得珍惜，值得追怀。眼下中国各大学都讲专业化，且为争取更高的就业率，纷纷开设各种紧贴市场的实用性课程，我则反其道而行之，告诉大家，大学就应该有诗，有歌，有激情，有梦想。"我那篇专业论文，甚至以如此决绝的口吻收场：

> 在我看来，谈论当下亚洲各国大学的高下，在大楼、大师、经费、奖项之外，还得添上"诗歌"。对于具体的大学来说，愿意高扬诗歌的旗帜的，能够努力促成诗歌在大学校园里的"生长"，则自有高格，自成气象。[1]

诗歌的状态令人欣慰，可另一方面，我当初的预言也有落空的——小说依旧是当今中国最为活跃、最具声誉、最有创造力，也最容易获奖的文类。因此，我愿意将自己的立场修正为"不薄小说爱诗文"。

这么说，你或许认定，我是位诗人或诗评家。恰好相反，作为文学史家，我的长项在小说，其次是散文，诗歌是我的"短板"。之所以"哪壶不开提哪壶"，不是故意"显摆"，而是基于文学教授的立场——念兹在兹的，不是能否获大奖，而是如何保证文学事业生生不息，不

---

[1] 参见陈平原《大学校园里的"诗性"——以北京大学为中心》，《学术月刊》2012年11期。

断向前推进。

正因为此,我关心以下四点:第一,有效且持续的阅读;第二,非职业的写作;第三,日常生活中的"诗性";第四,打破"文"与"学"的隔阂——追求有文之"学"与有学之"文"。

2012年10月14日于香港中文大学客舍

(初刊[香港]《明报》2012年10月19日)